PYROMANE

Wojciech Chmielarz, né en 1984 en Pologne, est journaliste et rédacteur en chef de Niwserwis, un site Internet dédié à l'étude du crime organisé, du terrorisme et de la sécurité internationale. Il est l'auteur de quatre romans mettant en scène l'inspecteur Mortka, pour lesquels il a été nominé trois fois au prestigieux prix du Gros Calibre, récompensant les meilleurs polars polonais.

WOJCIECH CHMIELARZ

Pyromane

TRADUIT DU POLONAIS PAR ERIK VEAUX

AGULLO

Titre original :

PODPALACZ

Publié en langue française avec l'accord de la maison d'édition
Wydawnictwo Czarne, Pologne.

ISBN : 978-2-253-23709-9 – 1re publication LGF

À dire vrai, madame Marcus, je suis terriblement ennuyeux.
Qu'on m'enlève mon métier, et je n'existe plus.

Dennis LEHANE, *Mystic River*.

Prologue

La température de la nuit à Varsovie était descendue à moins vingt. Mais pour l'homme, ça tombait plutôt bien.

S'il avait fait plus doux, des groupes de jeunes sortis de boîte auraient traîné dans les rues, des insomniaques auraient promené leurs chiens, ou des SDF fouillé les poubelles à la recherche de trésors en alu. Mais avec ce gel, personne ne mettait le nez dehors. Les gens se blottissaient au fond de leurs lits sous des piles de couvertures et d'édredons.

Le froid aidait à la vigilance et stimulait l'esprit. L'homme vérifia son équipement : gants d'escalade en Goretex, bouteille d'essence, lampe de poche, couteau, des allumettes et un chiffon sec, tout était à sa place. Il jeta encore un œil aux rétroviseurs arrière et latéraux, ne vit personne. Il répéta son plan mentalement et descendit de la voiture.

Il fut frappé par un souffle de vent glacé. Il se raidit, mit une main dans sa poche, rajusta le foulard sur son visage et courut quelques mètres. Une agréable tiédeur lui passait dans les muscles. Il avait toujours été fier de sa musculature et de sa condition physique. Il savait qu'avec un tel froid rien de plus facile que de se faire un claquage ou une entorse. Qui compliquerait tout. Et il ne pouvait pas se permettre de complication. Pas maintenant.

Il fit quatre flexions rapides, se dégourdit les épaules, les articulations des genoux et des chevilles, fit des battements de bras, d'arrière en avant et d'avant en arrière.

Ça devrait suffire. Il trottina encore quelques dizaines de mètres puis franchit en deux temps la palissade en face de lui, avant de se retrouver sur le terrain de la propriété. Il se coula jusqu'au mur et se tapit dans le noir.

Il se concentra sur sa respiration qu'il lui fallait calmer, et sur l'écoute des bruits alentour. Un chien aboyait au loin, une voiture au pot d'échappement déglingué traversa une rue voisine. Sinon, il régnait un silence endormi et glacé.

Il se sourit à lui-même et vérifia la bouteille. Il l'assura à sa ceinture à l'aide d'un bout de ficelle et, pour plus de sécurité, la fourra dans un sac rempli de coton. Elle ne risquerait pas de prendre un choc.

Il vérifia encore le nœud et prit deux profondes inspirations.

Il avait devant lui la terrasse d'une maison familiale qui donnait sur une grande baie vitrée protégée par un solide grillage. Plus haut, il y avait un balcon.

Une lampe était allumée dans le salon du bas. Ça ne le dérangeait pas trop. La lumière était trop faible pour trahir sa présence, et elle créait une ombre supplémentaire dans laquelle il pourrait se dissimuler.

Il trouva une échelle de jardin contre le mur arrière du garage. Il revint sur la terrasse et déplia l'échelle sous le balcon. Le sang lui battait aux tempes. Il savait qu'il n'aurait pas dû, mais il observa l'intérieur du salon. Le propriétaire était bien là où il devait être, allongé complètement ivre sur le canapé devant la cheminée. L'homme aperçut sur la table une bouteille de vodka vide, à côté de deux canettes de bière et d'un cendrier rempli de mégots. La puanteur du tabac froid devait être si lourde qu'il pouvait presque la sentir sur le bout de la langue.

Il monta à l'échelle et tendit les mains. Il était grand, mais il lui manquait encore quelques centimètres pour atteindre la balustrade. Il s'élança donc du dernier échelon et s'agrippa au rebord métallique, puis il se hissa sur le balcon. Il enjamba le rebord et se colla contre le mur.

Il se massa les biceps. Tout se déroulait selon le plan. L'énervement du début avait disparu, comme s'il ne l'avait jamais ressenti. Ses épaules le picotaient, mais rien de terrible. Le lendemain, il aurait tout au plus des acidités dont il se débarrasserait avec quelques exercices d'élongation, un massage délicat et un bain chaud où il aurait fait dissoudre des cachets d'aspirine.

Il monta sur la balustrade et saisit le rebord du toit. Ce n'était pas le chemin le plus sûr. Il y avait sur le devant, contre le mur au-dessus du garage, une échelle de ramoneur qu'il avait d'abord prévu d'utiliser. Mais elle avait le défaut d'être parfaitement éclairée par les lampadaires de la rue. L'homme ne voulait pas prendre le risque d'être surpris.

Il se hissa. Il devait faire très attention, car le toit légèrement incliné était couvert d'une couche de neige et d'épaisses plaques de glace inégales. Il grimpa précautionneusement, presque à quatre pattes, jusqu'à la cheminée. En sportif expérimenté, il respirait non par la bouche mais par le nez, que l'air ait le temps de se réchauffer avant d'arriver aux poumons.

Son pouls revenait lentement à la normale. Le gel lui pinçait délicatement les joues mais, sous sa couche épaisse de vêtements, il était en sueur. Il se demanda s'il n'aurait pas dû enlever son bonnet pour se rafraîchir, mais il eut peur de prendre froid.

L'intrusion dans la propriété et l'escalade étaient, contre les apparences, la partie la plus facile de l'expédition. C'était maintenant que l'attendait le véritable défi. Il se sentait néanmoins plein de force et d'énergie. Il était deux heures du matin dans cette nuit de vendredi à samedi. Tout le monde alentour dormait. Il aurait pu se retrouver sur le toit de n'importe quelle maison sans que les propriétaires en sécurité entre leurs quatre murs en aient rien su. Ils n'auraient été réveillés que par les flammes. Mais il aurait alors été trop tard.

Il descella à l'aide de son couteau le cache de la bouche de la cheminée. Puis il tira de son sac la bouteille de vodka Absolwent qui contenait un mélange d'essence et d'huile de moteur. Il y colla un sachet de chlorate de potassium et de sucre en poudre.

Il se redressa. Il tira de sa poche une lampe et inspecta l'intérieur de la cheminée. Il ne vit rien qui aurait pu entraver sa tâche. Il glissa prudemment la bouteille dans l'ouverture. Il ne voulait pas qu'elle se brise en heurtant une paroi. Elle devait tomber droit dans la cheminée.

Il retint son souffle et lâcha le goulot.

La bouteille fila droit comme une bombe jusque dans le foyer éteint. Le verre éclata. Le sachet de chlorate de potassium s'ouvrit sous le choc, provoquant l'explosion du mélange d'essence et d'huile de moteur. Un nuage de feu envahit l'intérieur de la pièce.

L'homme glissa vers le bas du toit et sauta sur le balcon. Il reprit son souffle, adossé au mur. Puis il repassa la balustrade et redescendit sur la terrasse. Il jeta un regard vers le salon et aperçut à travers les barreaux les flammes qui gagnaient le canapé, les tableaux aux murs et les fleurs séchées dans un vase. Le propriétaire continuait à cuver sur le canapé.

L'incendiaire se lança dans la fuite. Il refranchit rapidement la palissade et se retrouva dans la rue. Quelques dizaines de mètres plus loin il s'arrêta et se retourna. Le feu faisait exploser les vitres de la villa, une lueur rouge orangé montait le long des murs tandis que des colonnes de fumées grises montaient vers le plafond.

Il était heureux. Il savait que les habitants du quartier n'étaient pas encore réveillés. Il se passerait un moment avant qu'on appelle les pompiers. Personne ne le remarquerait, personne pour faire attention à lui. Une pensée qui le tranquillisait. Il s'autorisa à regarder un temps encore l'incendie qu'il venait de provoquer.

Il eut une érection.

Il compta jusqu'à dix, puis remonta dans la voiture et partit vers le centre en suivant les rues étroites de ce quartier pavillonnaire. Il mit moins de quatre minutes pour déboucher sur la Pulawska, une des artères les plus fréquentée de Varsovie et qui, même à trois heures du matin, était encombrée de voitures, puis il disparut dans une file de véhicules.

Dans cette salle de spectacle, la lumière du projecteur lui faisait penser à une lame d'argent. Une étoile seule dans ce noir où se cachaient des milliers de personnes qui la fixaient. Aveuglée, elle devait cligner des yeux pour voir quelque chose. C'était sa nuit, c'était son moment à elle. Tout devait maintenant se décider.

Le rayon de la lampe lui léchait la peau, à la brûler. Une goutte de sueur coula le long de sa colonne vertébrale pour s'arrêter là où commençaient les fesses.

La fille se figea dans une pose étudiée.

Pour parvenir jusqu'ici, elle avait dû parcourir un long chemin. Elle venait d'un village près d'Olawa où vivaient de tristes personnes aux visages fatigués, où ceux de son âge comptaient le temps monotone qui va d'un samedi à l'autre, se saoulant pour se distraire, et démolissant des bagnoles achetées à leurs propriétaires dans le coin. Elle les revoyait tous, même maintenant, dès qu'elle fermait les paupières, engoncés dans leurs blousons, affalés aux arrêts de bus, avachis entre des bouteilles et des canettes vides.

Si elle ne réussissait pas, c'est là qu'elle devrait retourner. Au début, on la consolerait mais, dans le fond, on rirait à l'idée qu'elle aussi s'était fracassée contre le vaste monde. S'efforcerait-elle de faire montre d'humilité, adoptant une attitude de modestie, qu'on finirait bientôt par chuchoter dans son dos qu'elle le prenait de haut ; que la tête lui avait tourné pour être une fois partie à Varsovie à l'occasion d'on ne savait quel concours. Et tôt ou tard, peut-être derrière une guérite d'autobus, peut-être dans les toilettes de la discothèque d'à côté, elle n'aurait qu'à se mettre à genoux devant un gars, s'humecter les lèvres pour prendre dans la bouche un pénis légèrement salé et puant la pisse. Et puis tout recommencerait : elle tomberait enceinte, se marierait à la va-vite et emménagerait chez des beaux-parents avec un gosse, et jusqu'à la fin de ses jours, un ivrogne de mari qui ne se montrerait que rarement à la maison. Et lorsqu'il rentrerait bien chargé, il la traiterait de pute, lui balancerait de grandes baffes avant de la redresser à coups de pied.

Elle ne voulait pas de cette vie-là. Et c'est pour cela qu'elle se tenait maintenant dans la lumière des projecteurs, vêtue d'un mini Bikini, priant Dieu qu'il lui donne une chance.

— Et Miss Polonia 2010 est…

Le présentateur suspendit sa voix, tandis qu'elle se mourait d'énervement.

— Klaudia Kameron !

Au premier instant, elle ne put y croire, mais le présentateur répéta son nom, et elle réalisa qu'il s'agissait bien d'elle. Du rêve réalisé. Ses pupilles se dilatèrent violemment, et elle sentit un pur bonheur lui couler dans les veines. Elle aurait voulu sauter de joie, triomphalement lancer les mains en l'air, ou tomber à genoux pour remercier Dieu. Mais elle n'avait pas le droit. On lui avait enseigné la manière de se comporter le moment venu. C'est pourquoi elle sourit un peu plus ouvertement que d'ordinaire et salua de la main la foule déchaînée d'enthousiasme qui hurlait dans le noir.

De tous les projecteurs jaillirent des lumières dirigées sur elle. Elle était pétrifiée. La sueur ne lui coulait plus seulement dans le dos mais sous les seins, sur le ventre, derrière la tête sur laquelle on lui posait une couronne étonnamment lourde et chaude.

« Ça me brûle, ça me brûle ! » aurait-elle voulu crier, mais elle savait qu'elle ne pouvait pas. Elle continua à agiter la main en signe de joie. « Éteignez les projecteurs », supplia-t-elle dans sa tête. Ce n'est pas possible. Ça ne devrait pas se passer comme ça…

Les rayons lumineux continuaient à lui brûler le corps.

Elle ouvrit les yeux et se redressa vigoureusement, heurtant de la tête quelque chose de mou. Elle soufflait lourdement. C'était un rêve. Elle réalisa que ce n'avait été qu'un rêve.

Cette pensée ne fut pas un soulagement. Elle ressentait plutôt la morsure d'une peur. Elle ne put d'abord comprendre. Cela prit une fraction de seconde.

Elle s'était endormie. Endormie ou évanouie. Cela n'avait d'ailleurs pas d'importance. Elle ferma les yeux, essayant de reconstituer les évènements des dernières heures. D'abord le retour de son mari. Puis la dispute à propos du centre de cure qui s'était développée en scène sauvage. Il l'avait frappée, une fois, deux fois. Elle avait voulu s'enfuir, mais il lui avait barré la route. Elle avait couru dans la chambre à l'étage et s'était réfugiée dans la garde-robe. Mais elle avait oublié la clef à l'extérieur. Avant qu'elle ait pu faire quelque chose, elle entendit un grognement de hargne et le bruit d'un verrou que l'on pousse. Il l'avait bouclée. Quand est-ce que ça s'était produit ? Il y avait combien d'heures ? Elle n'arrivait pas à le mesurer. Elle respirait avec peine. Elle avait les yeux pleins de sueur. Image suivante. De la fumée, de la chaleur, des sonorités de morceaux de bois qui craquent, du feu… Un incendie ravageait la maison !

Elle se jeta contre la porte. Elle appuya de toute son épaule. Mais rien ne céda. Elle essaya de réfléchir clairement en dépit des volutes de fumée. Ça ne lui venait pas. Comme si on lui avait passé des menottes au cerveau.

Le chausse-pied !

Elle se pencha et le trouva sur le plancher non loin de la porte. Le métal était chaud et glissant.

Elle palpa du bout des doigts l'endroit dans la porte où se trouvait la serrure, ainsi qu'un orifice qu'elle élargit jusqu'au mécanisme de la serrure. Elle y travailla un long bout de temps, même si elle ne savait plus combien.

La tête lui tournait. Chaque respiration lui était devenue pénible. Il y avait de moins en moins d'oxygène dans le réduit, et de plus en plus d'oxyde de carbone. Elle comprit qu'elle allait s'asphyxier avant même que les flammes l'atteignent.

Elle se mit à hurler dans le noir, et des larmes lui inondèrent les joues. « Concentre-toi, concentre-toi ! » se répétait-elle, tout en frappant la porte avec le chausse-pied. Rien à faire.

La porte était épaisse, solide et résistante. Elle y serait peut-être arrivée plus tôt, quand elle avait encore de la force, mais plus maintenant où ses bras épuisés n'exécutaient que difficilement le moindre mouvement.

Elle enfonça le chausse-pied dans l'interstice entre l'encadrement et la serrure et essaya de s'en servir comme d'un levier. Le chausse-pied ne put que plier sous le poids du corps de la femme. Son visage vint heurter la porte et elle tomba à genoux.

Au sol, il faisait plus chaud et plus étouffant. Cela puait le brûlé. Mais elle s'y sentait mieux. Ses paupières se refermèrent d'elles-mêmes, comme des rideaux de velours.

Elle tressaillit.

S'était-elle endormie ? Combien de temps avait-elle pu perdre ?

Il lui sembla qu'elle ne faisait que gaspiller désespérément ses derniers instants de vie à croire qu'elle avait encore une chance de salut. Elle devrait cesser d'avoir peur, fermer les yeux et ne plus attendre que son dernier sommeil. Ce serait le plus simple. Mais d'un autre côté, elle entendait encore dans sa tête la voix qui continuait à lui donner de l'espoir, comme quelques années plus tôt lorsqu'elle avait échoué au concours de Miss Polonia, mais qu'elle n'était pas retournée dans son village natal pour s'enfoncer dans le désespoir ; une voix qui lui disait que la Klaudia Klau qu'elle était devenue pouvait bien tomber, mais qu'elle se relèverait toujours dans la vie. Et maintenant encore, elle allait se relever et ne mourrait pas dans cette garde-robe, asphyxiée par des fumées toxiques.

Elle se passa la langue sur son palais desséché.

Elle savait déjà quoi faire. Elle défit son chemisier et le poussa du pied pour boucher la fente entre la porte et le plancher, et bloquer ainsi l'arrivée d'air enfumé. Elle estima que cela devrait lui donner quelques dizaines de secondes. Puis elle saisit la tringle à laquelle étaient suspendus les vêtements. Elle tira une fois, deux fois. Elle s'y suspendit. Elle sentit les vis céder, puis elle-même dégringola. Elle avait détaché du mur une des extrémités de la tringle.

Elle reprit son souffle et rassembla ses forces.

Elle empoigna la tringle pour la secouer. Arracha la deuxième extrémité. Retourna la tige entre ses mains et l'enfonça dans le trou près de la serrure. Appuya. Cette fois, le bras de levier était plus long, et en acier. La porte craqua et s'incurva, avant de revenir à sa position première. Elle serra les dents et pesa de nouveau de toutes ses forces. La serrure céda dans un craquement. La porte s'ouvrit brutalement, et elle perdit l'équilibre avant de partir en avant.

Droit en enfer.

Elle se sentit cuire. Des milliers de particules chauffées au rouge se collaient à sa peau, ses joues, sa bouche, sa gorge, dans ses poumons. Une odeur de viande brûlée et une puanteur de cheveux se tordant en filaments noirs sous l'effet de la température. Elle pensa retourner dans le cagibi, se protéger du feu derrière la porte, et dans le silence et la félicité de l'oxyde de carbone.

Mais elle se mit à hurler et à pleurer.

La chambre était au premier. Les flammes étaient si hautes et puissantes qu'une fuite par la porte d'entrée était simplement hors de question. Elle serait morte avant d'avoir traversé la pièce.

Elle se redressa et se protégea le visage des mains. Avec peu d'effet. La fournaise lui attaquait les yeux, les paupières, le front, le menton.

Elle courut aux fenêtres qui avaient éclaté. Elle ouvrit et agrippa le grillage. Le secoua. Fermé. La clef ! Elle devait être par là. Tout près. Elle était toujours là. Elle tâtonna à l'aveuglette et finit par tomber sur un petit trousseau. Il lui brûla la main, la chaleur passant dans son corps comme dans du beurre. Elle choisit une des clefs qu'elle glissa dans le cadenas. Elle avait de la chance, elle était tombée juste du premier coup. Elle arracha le cadenas et ouvrit grand le grillage.

Son corps se contractait, se tordait, se révulsait. Elle tenta de monter sur le rebord, sans en avoir la force. Elle se contenta de s'allonger dessus puis de ramper vers l'extérieur. Elle perdit appui et tomba sans résistance.

La terre glacée lui fut douce comme un édredon. Elle sombra, soulagée, dans le noir.

Les pompiers arrivèrent sur les lieux environ sept minutes après avoir été prévenus. La maison entière était déjà la proie des flammes.

Chapitre 1

L'inspecteur Jakub Mortka, dit le Kub, finit une dernière gorgée de café dans le gobelet de son thermos. La boisson chaude le réveillait plaisamment. Il s'examina dans le rétroviseur. Il avait une tête affreuse. Pas rasé, les yeux cernés, un teint gris terreux qui lui donnait au moins cinq ans de plus que dans la réalité. Dariusz Kochan cogna la vitre de la Toyota Corolla qui avait bien dix ans. Mortka soupira, reposa le gobelet et ouvrit la portière. La température extérieure remontait, c'est en tout cas ce qu'on disait à la radio, mais l'inspecteur eut l'impression qu'au lieu de moins quinze il faisait moins trente. Il regarda son adjoint d'un air interrogateur. Il gardait l'espoir de n'avoir pas à quitter l'intérieur chauffé de la voiture.

— Et alors ?

— C'est moche. Descends.

— Ça veut dire quoi, moche ?

Kochan tordit la bouche, irrité.

— Moche, ça veut dire un cadavre et une petite dame bien amochée. Ça suffit pour te bouger le cul, monsieur l'inspecteur ?

— Suffit, répondit Mortka, hargneux.

Il descendit de la voiture et fourra les mains dans les poches de son pantalon. Il se trouvait devant une villa incendiée de la rue Kanarkowa, dans le sud de Varsovie, un quartier de maisons familiales, non loin des grands HLM d'Ursynow. Il apercevait à quelques centaines de mètres les cimes des arbres du bois Kabacki, et il entendait derrière son dos les voitures qui filaient sur la Pulawska.

Un endroit particulier où se côtoyaient de vieilles baraques à toit plat et des villas modernes, belles comme dans des films américains. Plusieurs immeubles de bureaux avaient surgi le long de la Pulawska. L'ensemble offrait un mélange étrange de quartier chic et de constructions anciennes, mais sans le caractère élitiste désagréable de Konstancin où l'on donne à comprendre à qui gagne moins d'un million par an qu'il exerce une influence néfaste sur le côté vivifiant de l'endroit. Un camion de pompiers et une voiture de police, autour desquels s'était rassemblée une petite foule de badauds, bloquaient la rue enneigée.

L'inspecteur s'étira avec un bâillement sonore.

— Pas dormi ? Tes petits étudiants ont encore fait la fête ? demanda Kochan.

Mortka acquiesça.

— Pourquoi tu ne leur colles pas un PV pour tapage nocturne ? Tu as épuisé ton carnet ?

L'inspecteur répondit d'un sourire en biais.

Kochan le guida jusqu'à un pompier à côté du portail, la quarantaine, petit ventre, grosses moustaches noires, qui dirigeait les opérations d'extinction.

Mortka exhiba sa carte de service.

— Bonjour. Inspecteur Jakub Mortka. Section criminelle et antiterrorisme. Vous connaissez déjà mon adjoint, Kochan ?

L'homme lui lança un regard par en dessous, puis fit un signe de la tête.

— Bonjour, dit-il d'une voix grave et puissante. Aspirant Marcin Kowalski.

Mortka étouffa un deuxième bâillement et regarda la villa incendiée. Une belle bâtisse d'un étage, avec une entrée qui lui donnait un air de manoir. Le toit légèrement incliné montrait des tuiles rouges, il y avait un garage et un vaste jardin. L'inspecteur se dit que devant une telle maison ne pouvait se garer qu'un 4 x 4 de luxe d'où descendrait un bel homme, la quarantaine, mallette de cuir à la main, pour saluer une épouse occupée à soigner des massifs de fleurs en gardant un œil sur des enfants jouant à la balançoire. Une image de nid familial douillet que ne brouillaient que des grillages noirs à chaque fenêtre, qui faisaient ressembler le tout à une prison de luxe. Au premier étage, les grillages étaient cependant ouverts.

L'incendie avait fait éclater toutes les vitres, et des colonnes sales et goudronneuses étaient apparues sur les murs jaunes. Le feu avait touché le toit, ce que montrait une grande ouverture au milieu de tuiles noircies.

— Qu'est-ce qui s'est passé ? demanda Mortka.

— Vers deux heures du matin, un incendie a éclaté. Nous avons reçu un premier appel à deux heures dix, et nous avons été sur place en plus ou moins six minutes, répondit le pompier.

— C'est du rapide.

Kowalski eut la mine blessée de celui pour qui ce « du rapide » sortant de la bouche d'un policier traduisait comme un reproche de n'être pas arrivé plus tôt sur place.

— Nous avons un poste rue Plaskownica, pas très loin, grommela-t-il. La maison, comme vous voyez, inspecteur, a été gravement endommagée. (Le mot « inspecteur » fut prononcé sur un ton légèrement dédaigneux et railleur.) À l'intérieur, c'est encore pire. Par chance, le feu ne s'est pas communiqué aux bâtiments voisins.

— Ça a brûlé vite, si vous êtes arrivés six minutes plus tard, remarqua Kochan.

— C'était au milieu de la nuit, le coin est tranquille, les gens dormaient. Je pense que le feu a fait rage dix bonnes minutes avant que quelqu'un nous appelle.

Le pompier remarqua que Mortka fixait le grillage ouvert à l'étage.

— Le propriétaire est mort dans l'incendie, expliqua Kowalski. Et la propriétaire a été gravement brûlée. Elle n'est en vie que pour avoir sauté de cette fenêtre, justement, que vous regardez. Elle s'est cassé les jambes.

L'inspecteur attendit que le pompier ait fini de parler, puis il se gratta le nez. Il avait encore envie de bâiller. Il regarda sa montre. On était samedi matin, bientôt sept heures et demie. Normalement, il devrait encore dormir à cette heure-là, mais les pompiers avaient insisté pour que quelqu'un de la section soit présent, et c'était tombé sur Mortka.

— Monsieur Kowalski… Aspirant, comment dois-je vous appeler ?

— Aspirant.

— D'accord. Donc, aspirant Kowalski, excusez-moi, mais ça m'a l'air d'un incendie classique. Plutôt tragique, il est vrai. Mais il n'était pas indispensable de nous faire venir. En tout cas, pas de si bon matin. Les gars d'ici auraient fait l'affaire.

Le pompier lui adressa un regard glacial.

— Suivez-moi, inspecteur, dit-il en s'avançant.

Il les conduisit vers la villa. Ils traversèrent le vestibule pour arriver dans un grand salon. On aurait dit qu'une bombe avait éclaté à l'intérieur. Des murs noirs de fumée, des meubles calcinés, certains entièrement. Pareil pour les tableaux. Sur le plancher, des débris de verre, de bois, des bouts de canapé ; ajoutée à cela, une boue de cendres et d'eau mélangées.

Les flammes avaient à peu près tout dévoré. Un corps était allongé près d'un morceau de table. Quelqu'un l'avait recouvert d'une couverture, néanmoins Mortka fut parcouru d'un frisson. Il savait qu'il aurait tôt ou tard à examiner ce qui était caché sous cette étoffe grise.

Kowalski s'approcha de la cheminée et fit signe du doigt aux policiers. Kochan fit à contrecœur un pas et regarda par-dessus le bras en direction de la porte.

— La structure du bâtiment est intacte, grommela le pompier. Vous n'avez rien à craindre.

— Je n'ai peur de rien, répondit Kochan.

Le pompier haussa les épaules, puis il fit retentir sa voix.

— Bien, messieurs ! (Ses paroles rebondissaient sur les murs incendiés.) L'incendie s'est déclaré dans cette pièce.

— Ça se voit, souffla Kochan.

— Plus précisément, dans la cheminée. Comme vous pouvez le remarquer, les meubles sont plus touchés dans cette partie.

L'inspecteur Mortka regarda le canapé de plus près. Il ne voyait aucune différence de degré de dévastation du meuble selon le côté, mais il choisit de faire confiance à la parole de Kowalski. Il déciderait plus tard si le pompier était un expert crédible.

— Cela se voit aussi aux traces de fumée, continuait l'aspirant. Le plafond est le plus noir autour de l'ouverture du foyer. Comme vous l'avez remarqué, le plancher est en bois. Les marques de brûlure forment un échiquier dont les cases rapetissent au fur et à mesure qu'on se rapproche du départ de l'incendie.

Mortka constata l'existence de traces caractéristiques. De fait, le pompier ne se trompait pas.

— Comment ça s'explique ? demanda-t-il.

— Je n'en ai pas la moindre idée, reconnut franchement Kowalski. On m'a appris ça à l'École, mais c'était il y a longtemps. Maintenant, venez plus près.

Ils s'approchèrent de la cheminée et s'accroupirent. Le pompier tira de sa poche un crayon à bille qu'il pointa sur des débris noirs à bords tranchants.

— Vous voyez ?

— Des morceaux de verre, dit Kochan.

— Justement. Et maintenant, respirez un grand coup.

Ils s'exécutèrent.

— Vous sentez ?

— Pas trop, fit Mortka, dubitatif.

— Voilà. C'est une question d'expérience. Vous, du premier coup d'œil, vous reconnaissez qui est un filou et qui ne l'est pas. Respirez encore une fois.

Mortka ferma les yeux et se concentra sur son odorat, mais il ne sentit toujours qu'une odeur humide de brûlé.

— Toujours pas ?

— Rien.

Le pompier soupira, un peu déçu.

— Et moi, je sens de l'essence, déclara-t-il.

Mortka le regarda, incrédule.

— Vraiment ? De l'essence ?

— Vraiment. De l'essence, gronda le pompier. Si vous faites venir ici les gars du labo, ils trouveront certainement des traces entre les lattes du plancher ou dans le bois même. Et lorsqu'ils passeront les cendres au peigne fin, ils trouveront certainement des restes d'étoffe.

L'inspecteur Mortka se redressa.

— Vous suggérez qu'il s'agit d'un incendie volontaire ?

Le pompier le regarda droit dans les yeux.

— J'en suis certain.

— À partir des traces de feu, des morceaux de verre et de votre reniflage ?

La voix de l'inspecteur ne manquait pas d'une certaine agressivité arrogante. Mortka lui-même ne savait pas pourquoi il provoquait le pompier. Peut-être à cause du manque de sommeil. À moins qu'il eût vraiment souhaité qu'il s'agisse d'un incendie ordinaire, aussi tragique fût-il dans ses conséquences.

— Vous savez quoi, inspecteur ? rétorqua le pompier en fronçant les sourcils avec colère. Je ne vous apprends pas votre métier. Si je reçois un PV de parking, je le paye sans discuter à propos du panneau qui est deux mètres plus loin. Un peu de respect, oui ? Je travaille avec le feu et les incendies depuis vingt ans, et je sais si j'ai affaire à un incendie volontaire ou pas. Et dans ce cas précis, inspecteur, je suis sûr. Et je sais même comment ça a été fait.

— Oui, comment ?

— Quelqu'un a lancé un cocktail Molotov par la cheminée.

— Idiot, pouffa Mortka.

Le pompier rougit de rage.

— Envoyez vos gars du labo. Ils confirmeront ce que je viens de vous dire. La maison, les fenêtres grillagées… tout était fermé de l'intérieur. Je le sais, parce que nous avons dû enfoncer la porte. L'incendiaire a dû grimper sur le toit et jeter le cocktail par la cheminée, affirma-t-il posément.

— Si seulement il y a eu un incendiaire, grommela Kochan.

L'inspecteur fit taire son collègue et regarda sa montre avec regret. Il était tôt, et il avait besoin de toutes ses forces pour se concentrer.

— Et donc l'origine de l'incendie est un cocktail Molotov lancé par la cheminée…

Le pompier faisait la mine de qui parle avec un imbécile.

— Oui, monsieur l'inspecteur, répondit-il d'un ton ironique.

— Mais comment est-ce seulement possible, monsieur l'aspirant ? demanda Mortka en articulant « l'aspirant » du même ton protecteur qu'avait employé Kowalski pour s'adresser à lui. Une bouteille comme ça peut passer dans la cheminée ?

— Les règles de construction imposent qu'un conduit de cheminée soit au moins de quatorze centimètres sur quatorze, ou d'un diamètre de quinze.

Mortka se gratta la joue. Quinze centimètres. Il essayait de se représenter la longueur. Une règle d'écolier fait vingt centimètres, si son souvenir était bon. Quel peut être le diamètre d'une bouteille de vin ou de vodka ? Dix centimètres ? Moins, et même, ça laissait cinq centimètres de libres. L'hypothèse du pompier lui paraissait toujours invraisemblable, mais dans l'intérêt du maintien de l'excellence des rapports entre services, il décida de s'avouer vaincu.

— D'accord. Kochan, appelle les gars du labo, qu'ils viennent ici. Ça ne peut pas nuire de vérifier.

Un sourire de soulagement se dessina sur le visage du pompier.

— Le procureur est déjà passé ? demanda Mortka.

Kochan, béat, réagit comme si l'inspecteur venait de lui sortir la meilleure.

— Le Kub, tu vois ça, un samedi, sept heures du matin ? Tu connais un procureur qui viendrait à cette heure-là pour un incendie, même avec un cadavre emballé dans le paquet ? Il signera tout ce qu'on voudra. C'est à nous d'abord, les charognards, à fouiller la merde.

Mortka frémit en entendant le dernier mot.

— C'est même mieux comme ça. Moins on les voit, mieux on se porte, confirma Mortka. Dieu sait qui ils auraient envoyé cette fois.

L'inspecteur passa en revue mentalement la liste des choses indispensables à faire : les pompiers trouvent un cadavre, il y a soupçon d'incendie criminel, ils en parlent au chef de secteur, le chef de secteur prévient la Criminelle et l'Antiterrorisme. La Criminelle et l'Antiterrorisme l'envoient avec Kochan. Réglé. Et maintenant ? Ils informent le laboratoire, les gars seront là sûrement dans une heure si Kochan sait bien les motiver.

L'inspecteur entendit Kochan jurer dans le téléphone. *Le laboratoire sera ici dans une demi-heure*, se dit-il. Kochan avait un don de persuasion. Il choisissait le ton et les invectives de telle manière que celui qui entendait ses embrouilles se sentait tenu de tout laisser tomber pour lui venir en aide. Mortka n'avait jamais réussi à comprendre à quoi ça tenait. Il avait essayé un jour d'employer les mêmes mots et sur le même ton avec la même personne, mais il n'avait reçu comme réponse que celle d'aller se faire voir.

Il revint à la liste. On n'amènerait le client au légiste qu'après le passage du procureur. Réglé. Et ensuite ?

— Avec mon collègue, vous avez fait mention de la propriétaire blessée. Qu'est-ce qu'il lui est arrivé au juste ? demanda-t-il à Kowalski.

— Pendant l'incendie, elle était bloquée à l'étage. On ne sait ni pourquoi ni comment. Elle pouvait très bien dormir et s'être réveillée au moment où le feu faisait rage. Elle a réussi à ouvrir le grillage de la fenêtre et à sauter de la maison en flammes. Elle a été sérieusement brûlée et elle s'est cassé les deux jambes en sautant, mais elle survivra. Elle est déjà à l'hôpital.

— Lequel ?

— Au MSWiA.

— Bien sûr. Avant que j'aille discuter avec les collègues du secteur, est-ce qu'il y autre chose que je devrais savoir ? demanda l'inspecteur.

Le pompier hésita, et son visage se figea de manière inattendue.

— C'est le troisième incendie de ce type ces derniers temps, finit-il par dire.

Mortka se demanda s'il avait bien entendu.

— Le troisième ?

Le pompier acquiesça à contrecœur.

— Et c'est maintenant que vous me dites ça ? brailla le policier.

Plusieurs personnes interrompirent leur travail pour regarder dans sa direction.

— Avant, il n'y avait pas eu de victimes. Mais si j'en juge par vos réactions de tout à l'heure, sans cadavre vous n'auriez pas bougé le petit doigt, grogna le pompier.

— Si j'avais su dès le début que c'était le troisième cas, notre conversation aurait été un peu différente, répondit l'inspecteur.

— Sûr… Allez dire ces belles histoires aux enfants.

— Belles histoires ? Quelles belles histoires ? J'arrive sur le lieu d'un truc qui a l'air d'un accident ordinaire suite à un feu de cheminée, et maintenant, au dernier moment, j'apprends qu'on est dans une foutue série.

C'est quoi, les autres infos que les pompiers nous cachent encore ?

Mortka crachait ses paroles en gesticulant. Kowalski se gonfla les joues, puis soupira bruyamment.

— Cacher quoi ? protesta-t-il. J'ai dit tout ce qu'il fallait. Et ce connard qui me parle de cachotteries.

Mortka en eut le souffle coupé.

— Qu'est-ce que tu dis ? Comment tu m'appelles ?

Il serra les poings. Le pompier fit un pas en arrière, non pour se retirer mais pour prendre une meilleure posture en cas de bagarre. Kochan s'interposa.

— Du calme, messieurs, du calme. (Il leur tapota délicatement la poitrine de ses mains ouvertes.) Le labo va débarquer, ne brouillez pas les indices. Si vous voulez vous battre, faites ça dehors, dans le froid. Et torse nu. Ça distraira les badauds qui ont l'air plutôt déçus.

Mortka respirait lourdement. Il détestait cette insulte, « connard ». Il l'avait entendue des milliers de fois. Même son ex-épouse l'appelait comme ça. Lui et Kowalski se regardaient maintenant droit dans les yeux, hésitant entre se jeter l'un sur l'autre ou oublier l'incident.

— Excusez-moi, finit par grommeler le pompier en tournant la tête comme s'il parlait à quelqu'un d'autre.

— Je n'aime pas qu'on me traite de connard, rétorqua l'inspecteur.

— Je m'excuse encore, dit Kowalski à voix plus haute et claire.

Ils se sentirent gênés d'avoir aussi facilement perdu leur maîtrise d'eux-mêmes. Ils eurent un sourire, au vinaigre, certes, mais signifiant que la hache de guerre était enterrée.

— Parlez-moi de ces autres incendies, demanda Mortka.

Le pompier se mordit les lèvres.

— Vous avez raison, nous avons commis une erreur de ne pas vous en avertir, mais laissez-moi vous expliquer, commença-t-il. On est en hiver, et celui-ci est plutôt rude. Vous n'imaginez pas, inspecteur, toutes les merdes avec lesquelles les gens se chauffent. Il nous arrive de courir d'un incendie à l'autre. Des feux qui partent de vieux radiateurs branchés n'importe comment, des cheminées qui n'ont pas vu le ramoneur depuis des années et dont les propriétaires ne se souviennent qu'avec le froid, des poêles sortis des caves sans savoir comment ça fonctionne, toute la palette. La bêtise sans limites. Sans compter les sorties pour déneiger les toits et enlever les blocs de glace, et les accidents de voiture qui ne manquent pas. Du travail par-dessus la tête et des tonnes de papiers à remplir. Vous comprenez ?

— Si je comprends ? On arrête un voleur de voiture, et ensuite il y a tellement de formalités qu'on finit par oublier pourquoi on l'a arrêté.

Le pompier sourit. Cette fois de bon cœur. Mortka se dit que, finalement, il allait bien l'aimer. Tous deux travaillaient sous des uniformes somme toute pas si différents : mêmes problèmes, mêmes paperasses inutiles et stupides, et même sentiment du devoir qui empêche de tout envoyer balader. Mais le pompier, lui, n'avait certainement jamais été traité de « connard ».

— Les trois incendies se sont déclarés dans le même quartier, continua Kowalski. Dans des maisons individuelles, des deux côtés de la Pulawska. Pour être sincère, on n'a pas fait attention au premier. Aucune victime. Des dégâts mineurs. Les propriétaires étaient absents au moment de l'incendie. Ils ont reconnu par la suite avoir laissé le feu couver dans la cheminée. Il est vrai que ça sentait un peu l'essence, mais on a pensé qu'ils s'en étaient servis pour allumer le foyer. Et comme le propriétaire a reconnu sa responsabilité, l'affaire a été réglée avec l'assurance, tout comme il faut, on a classé le dossier.

— Et le cas suivant ?

— Pareil. Pas de victimes. La pièce avec la cheminée brûlée, le couloir aussi un peu. Déjà plus grave, mais rien à voir avec ici. Cependant, nous avons eu des soupçons. Vous voyez, encore la cheminée, encore l'absence des propriétaires, encore de l'essence. Mais juste après, on a eu l'horrible histoire d'Ursynow. Vous en avez entendu parler ?

— Non.

— Un étudiant des Beaux-Arts qui arrosait son diplôme. Une fille s'est endormie, cigarette au bec. L'appartement était plein de dissolvants, de couleurs, de matériel de peinture. Tout s'est enflammé en même temps. Deux personnes brûlées. La fille et le diplômé. Un garçon s'est sauvé en se réfugiant sur le balcon. C'était juste avant les fêtes. On ne pensait qu'à ça. Et maintenant, voilà. Après l'intervention, quand je suis entré et que j'ai vu le cadavre, et que j'ai senti l'odeur…

Mortka réfléchit. Il connaissait bien ce mécanisme de défense naturel devant l'excès de tâches imposées.

Les policiers aussi choisissaient les solutions les plus simples, même s'ils pressentaient qu'elles n'étaient pas forcément justes. On pouvait parfois, bien sûr, s'appliquer davantage, chercher de nouvelles pistes, émettre de nouvelles hypothèses. Mais la vérité était qu'il fallait boucler les enquêtes au plus vite, sinon on croulait sous une avalanche de documents, de dossiers, de requêtes, d'enquêtes ouvertes que l'on n'aurait jamais le temps de conclure. Chez les pompiers, c'était visiblement la même chose. Le propriétaire reconnaît sa responsabilité, une deux, on signe les papiers, on informe qui il faut, et le dossier est clos. Ou encore, comme dans le cas du deuxième incendie, de nouveaux évènements modifient l'ordre des priorités, et il faut s'occuper de ce dont parlent les journaux. Pression des statistiques, du taux d'élucidation, formulaires à remplir que personne ne vérifie puisqu'il n'y a pas de temps pour ça.

— Comment ça s'est terminé, pour l'autre incendie ? demanda-t-il.

— Vous savez, ces gens n'étaient même pas assurés, donc tout leur était égal. De ce que je me souviens, on a classé l'affaire quand on les a déclarés responsables.

— Et ils n'ont pas protesté ?

— L'important pour eux était de tout remettre en état au plus vite. Nos hommes étaient engagés dans l'autre histoire. Donc, on les a laissés. Même en ayant des doutes.

L'inspecteur hocha la tête. Il jeta encore un regard sur le local incendié. Il s'attarda sur la couverture grise qui recouvrait le corps. Il soupira. Un plan d'action. C'était maintenant l'essentiel.

— Vous devez encore avoir du travail, dit-il à Kowalski. Je vais aller discuter avec les gars d'Ursynow. On se verra plus tard, quand tout sera plus calme ? Chez vous par exemple ?

Le pompier eut besoin d'un instant pour apprécier la situation.

— D'accord. On se retrouve à midi chez nous. D'ici là, tout devrait être en ordre ici.

Ils se serrèrent la main.

Une fois dehors, Mortka avisa un policier en tenue d'hiver qui sautillait sur place pour se réchauffer. Un jeune, cheveux courts, un visage d'enfant. Mortka le choisit parce qu'il avait l'air un peu moins blasé que les autres qui se contentaient de regarder les voitures radio garées un peu plus loin, attendant l'ordre de rentrer. De plus, il avait eu l'impression que l'agent l'avait observé attentivement lorsqu'il était sorti. Le garçon avait froncé les sourcils en essayant de se mettre en mémoire la forme du visage, du nez, l'âge et la couleur des yeux de l'inspecteur. Cela indiquait qu'il avait un peu de matière grise, et qu'on pouvait lui confier d'autres responsabilités que celle de veiller à ce que les badauds ne s'approchent pas de la villa.

Mortka s'avança vers le garçon et lui mit sans un mot sa carte sous les yeux. Le garçon salua d'un geste si vif qu'il faillit faire tomber sa casquette.

— Sergent Skalski, détachement d'Ursynow, annonça-t-il comme à l'appel.

Mortka accusa réception et lui demanda d'interroger les voisins. Skalski devrait déterminer si on avait vu un ou des suspects, et aussi qui était le propriétaire de la villa.

— Vous pensez à un incendie volontaire, inspecteur ? demanda Skalski.

Mortka fut frappé par le changement intervenu sur le visage du jeune policier. De concentré et sérieux, il était devenu excité, les yeux brillants et les joues rouges. Il avait vite réalisé de quoi il retournait.

— Il est encore un peu tôt pour tirer des conclusions.

L'inspecteur s'efforçait de rendre sa voix aussi neutre que possible.

— J'ai déjà fait les premières reconnaissances, se vanta le sergent. La maison appartenait à un certain Jan Kameron. Un entrepreneur. Il avait une société à Piaseczno, mais les voisins ne savent pas exactement de quoi. Sa femme s'appelle Klaudia.

— Bon travail, le félicita l'inspecteur, heureusement surpris.

Il ne s'attendait pas à ce que quelqu'un d'ici fasse preuve d'initiative.

Il mit une main dans une poche de sa veste et en tira un étui en métal. Pour l'ouvrir, il dut ôter un gant. Il lutta contre la fermeture, puis tendit une carte de visite à Skalski.

— Il y a mon mail, mon numéro de téléphone au commissariat et mon numéro de portable. Tu m'appelles à n'importe quelle heure si tu trouves quelque chose.

— Compris.

Le policier rangea la carte, salua et se dirigea du côté des badauds. Un peu plus tard, il interrogeait déjà quelqu'un, carnet dans une main et crayon à bille dans l'autre. L'inspecteur regarda sa montre. Il allait être huit heures moins vingt.

Une bonne dizaine de minutes plus tard, minutes passées à rêver de café en tapant du pied sur place, histoire de se réchauffer au peu, une Polonez rouge débarquait. Deux hommes en descendirent : un plus vieux, grisonnant, et un plus jeune mais déjà chauve. Mortka ne connaissait pas le deuxième. L'aîné s'appelait Kamil Jankowski, et il était un des meilleurs techniciens de la Direction centrale. Méthodique, rapide, mais aussi énervant et un peu cinglé.

— Mortka, vieux machin. C'est ton affaire ? (Jankowski saluait l'inspecteur.) Tu sais l'heure qu'il est ?

— Je sais.

— Merveilleux. (Le technicien leva un bras vers le ciel.) Oh, quel soulagement ! L'inspecteur Mortka n'a même pas égaré sa foutue toquante !

— Arrête de pleurer. Tu tournicotes ici jusqu'à neuf heures, après quoi tu pourras rentrer chez toi.

Le technicien regarda la villa. Le bâtiment faisait cent quatre-vingts mètres carrés, plus cave et jardin.

— Quoi ? Neuf heures ? Tu es sûr ?

— Plus tôt tu t'y mets, plus tôt tu auras fini.

— Alors, grouille. Qu'est-ce qu'on a ?

— Un incendie probablement volontaire, expliqua Mortka. À l'intérieur, il y a un pompier, l'aspirant Kowalski. Il s'y connaît mieux que moi. Il dit que quelqu'un a lancé un cocktail Molotov par la cheminée. Tu peux vérifier ?

Jankowski regarda l'inspecteur comme si l'autre avait voulu se moquer de lui.

— Pour ça, tu aurais pu faire venir un stagiaire, et pas…

— … pas un as de la technique polonaise comme toi ? coupa Mortka. Mais c'est Kochan qui a appelé. C'est lui qu'il faut remercier.

— Ah, le fils de…

— Et fais-moi aussi des photos de tous ces gens. Je n'ai pas noté que les gars d'ici aient eu des appareils.

— Va te faire voir.

— Merci.

Jankowski se dirigea avec son assistant vers la villa incendiée. Ils croisèrent Kochan, et Mortka entendit le technicien lancer une gerbe d'invectives. Kochan se contenta de rire et de menacer Jankowski du doigt.

— Bon, on essaye de rejoindre un centre opérationnel ? proposa l'inspecteur adjoint en approchant de son supérieur.

— Si tôt le matin, un samedi ? Il y aura quelque chose d'ouvert ?

— Il y a un McDo pas loin.

Mortka hocha de la tête.

Chapitre 2

Il n'y avait au McDo, eux mis à part, que les membres du personnel et trois ados penchés sur leurs plateaux qui n'arrêtaient pas de ricaner, de se pousser du coude et de s'envoyer des frites trempées dans du ketchup.

Mortka était servi par une femme, la quarantaine, qui avait l'air de ne pas avoir quitté son comptoir des deux derniers jours.

L'inspecteur remarquait dans les fast-foods de plus en plus d'employés d'âge moyen. Il y avait encore peu, c'était un travail pour des jeunes, mais visiblement les choses avaient changé. Il se demandait seulement si c'était l'effet du chômage à deux chiffres, de la peur de la crise, ou d'une politiquc calculée. On peut se donner des airs de jeunesse et se présenter comme la firme de tous les possibles, mais on sait qu'un étudiant pourra, lui, décider de venir ou non au travail, tandis qu'une mère seule avec deux enfants viendra prendre son poste au comptoir les vendredi, samedi et dimanche, qu'elle soit en forme ou malade, pourvu qu'elle touche ses mille zlotys brut.

Ils prirent place à une table. Mortka commanda un hamburger, des frites et un café. Kochan prit la même chose, mais avec un Coca au lieu de café et un sandwich en plus. Ils mangèrent un moment en silence.

— À quoi tu penses ? finit par demander l'inspecteur.

— À quoi ? rétorqua Kochan. Au pyromane qui escalade les toits et lance des cocktails Molotov par la cheminée ?

— Justement.

L'adjoint mordit dans son hamburger.

— Une pure folie, mec, une pure folie, dit-il la bouche pleine en faisant tomber un bout de viande sur son plateau.

— Mais est-ce seulement possible ?

Kochan déglutit en prenant le temps de réfléchir à sa réponse.

— Sans doute possible, reconnut-il à contrecœur. Imaginons que nous avons affaire à un cinglé qui aime voir des flammes et décide de mettre le feu à une baraque. Ça lui plaît tellement qu'il recommence. Mais finalement il commet une erreur, et il y a un mort.

— J'arrive bien à me représenter un pyromane, mais ce qui m'intrigue, c'est la méthode, répondit Mortka, irrité. Un cocktail Molotov, une grimpette sur le toit. Excuse-moi, mais il y a plus simple pour cramer une bicoque.

— Par exemple ?

Mortka haussa les épaules. Il prit une bouchée de son hamburger. Un peu trop sec, mais goûteux. Il but un peu de son café. Le deuxième, déjà, de la journée.

— Je ne sais pas.

— Justement. Supposons que notre pompier ait raison et que l'incendie ait été volontaire. Et après ?

Mortka mit une main dans une poche, en sortit un carnet et un crayon à bille. Il griffonna pour l'essayer, déchira la feuille gribouillée puis nota sur la feuille blanche le chiffre « 1 » suivi d'un point. Puis, à côté du « 1. » il écrivit le mot « pyromane ».

— Il va falloir constituer une équipe, interroger tout le voisinage, faire venir nos chamans, examiner tous les fichiers. Le type s'est peut-être fait prendre pour d'autres incendies. C'est peut-être quelqu'un qui vient de sortir de prison, arrivé à Varsovie pour chercher un travail et qui a retrouvé son ancien hobby… dit-il.

— Il va falloir aussi vérifier des tonnes de papiers, téléphoner à une infinité d'endroits, ajouta Kochan.

— Je sais. Et envoyer les gars du labo sur le toit. Peut-être que dans son escalade notre homme a laissé des empreintes, des bouts de tissu, quelque chose.

— Jankowski ne se tient déjà plus de joie.

— Je lui ai promis qu'il pourrait bientôt rentrer à la maison.

Les deux policiers sourirent en même temps. Jankowski était du genre colérique. Quand il apprendrait qu'il aurait encore à inspecter le toit, il exploserait, et malheur à celui qui se trouverait sur sa route. Comme ils connaissaient la vie, la victime du technicien serait certainement le premier jeune policier qui se montrerait à l'horizon.

— Qu'est-ce que nous avons encore ? demanda l'inspecteur.

— Partons de l'idée que notre pompier se trompe, et que les deux premiers incendies auront été des accidents. Nous aurions alors affaire à un seul feu volontaire.

Cette idée convenait mieux à Mortka.

— Nous vérifions le propriétaire, ses ennemis, ses amis. Il devait taper sur le système à quelqu'un qui aura décidé de se venger. Il avait peut-être des liens avec le monde du crime ? se demanda-t-il.

— Ça serait trop simple.

— Oh oui !

— Ou il a voulu essayer de toucher une assurance et mis le feu à la maison lui-même, et quelque chose n'a pas marché, suggéra Kochan.

— Ce serait une des tentatives d'extorsion à l'assurance les plus ratées de l'histoire de la criminologie mondiale, monsieur le sous-inspecteur.

— Mais ça nous épargnerait bien du travail, s'il se révélait que c'était ça.

Mortka sourit dans sa barbe et retourna à son hamburger. Oh, que oui, cette dernière hypothèse lui plaisait ! Dans des circonstances favorables, ils boucleraient l'enquête en quelques heures, au maximum quelques dizaines. De bons avis d'experts, quelques signatures au bas des papiers, et on pourrait classer le dossier sur une étagère et revenir aux mille autres affaires en cours.

— Et il y a aussi l'hypothèse que cette fois non plus il n'y a pas eu crime. Le type a mis trop d'essence pour allumer son feu et… boum, dit Kochan.

À cet instant, le téléphone de Mortka sonna. L'inspecteur avala sa bouchée, se plia sur sa chaise pour attraper son portable dans la poche de son pantalon. Il regarda l'écran.

— Jankowski, annonça-t-il à Kochan, et il prit l'appel. Oui, et alors ?

— J'ai parlé avec l'aspirant Kowalski, le pompier. (L'inspecteur entendait la voix énervée du technicien dans l'appareil.) Dommage que tu ne l'aies pas écouté dès le début, bourrique, je n'aurais pas eu besoin de me déplacer.

— C'est donc un incendie volontaire ?

— Tout ce qu'il y a de plus. Dans la cheminée, ça pue une essence que sentirait même un type au nez bouché.

— Un cocktail Molotov ?

— À l'évidence, répondit le technicien après une pause de réflexion. Ça ressemble à un mélange d'essence et d'une sorte d'huile, peut-être de moteur, peut-être de mazout. J'ai aussi trouvé des morceaux de verre dans la cheminée et autour. Des fragments de bouteille. Il y a encore quelques trucs que je dois vérifier.

— Et en premier, le toit, dit Mortka.

L'inspecteur adjoint sourit de toutes ses dents par-dessus son gobelet de Coca.

— J'y ai déjà envoyé mon jeune Padawan, rétorqua Jankowski au bout du fil.

Jeune ? s'étonna intérieurement Mortka. Le chauve lui paraissait au moins de son âge.

— Quand est-ce que j'aurai le rapport ? demanda l'inspecteur.

— Ce soir ou lundi matin. Demain, c'est dimanche, et je fête le jour du Seigneur où je n'ai pas l'intention de travailler.

— D'accord, d'accord. Dis-moi juste si pour ton œil technique, c'est vraiment un incendie volontaire. Sûr à cent pour cent ?

— Cent dix pour cent.

Fin du rêve d'une conclusion rapide, se dit l'inspecteur avec aigreur. Il avait jusque-là vraiment espéré réussir à boucler toute l'affaire en quelques heures.

— Merci. Tu me tiens au courant, grogna-t-il dans le téléphone.

Mortka raccrocha en lançant un regard résigné à Kochan.

— Du boulot ? demanda l'inspecteur adjoint.

— Hélas, oui.

— Dire qu'hier on voyait arriver un si beau samedi… Qu'est-ce qu'on fait ?

— On finit le petit déj.

Ils mangèrent en silence. Mortka s'interrogeait sur les étapes suivantes. Il faudrait vérifier ce Kameron à l'Office central de la délinquance financière, au registre des conducteurs et véhicules, et encore d'autres bases de données. Ça vaudrait la peine de consulter le registre des hypothèques. Il n'était peut-être pas le propriétaire ? Il nota toutes les pensées qui lui venaient. Puis il arracha la feuille de son carnet et la recopia au propre. Il inscrivit tout en haut « LUNDI ». Il finit son assiette, son café et vida son plateau dans la poubelle. Il devait retourner sur le lieu du crime.

Devant la villa, le groupe de badauds s'était encore agrandi. Il était bientôt neuf heures, l'heure de sortir promener les chiens.

Une fonctionnaire de police tournait autour de ce rassemblement, un appareil photo à la main. La fille avait dû être victime de la furie de Jankowski, car Mortka remarqua sur son visage des traces de larmes. L'inspecteur lui fit signe de la main.

— Tu peux arrêter de prendre des clichés, lui dit-il lorsqu'elle s'approcha. Et à l'avenir, essaye d'être plus discrète.

La policière fit de grands yeux effrayés. Ses lèvres bleuies par le froid commencèrent à trembler, et on aurait pu croire un moment qu'elle allait se remettre à pleurer.

— J'ai fait quelque chose de mal ? demanda-t-elle, soucieuse.

— Si le coupable était dans la foule, il aura certainement filé dès qu'il t'aura vue sortir ton appareil.

— Mon Dieu... Excusez-moi, je ne savais pas...

— Ne te fais pas de souci. Disons plutôt qu'il n'était certainement plus par ici.

Il congédia la fonctionnaire et s'approcha de la villa. Les pompiers achevaient leur travail dans les décombres. Ne devaient plus rester sur les lieux que des policiers et des techniciens criminologues.

Mortka tomba sur Jankowski au premier étage. L'expert notait quelque chose dans un gros cahier jauni.

— Tu n'avais pas besoin d'engueuler la petite.

— Une débile, répondit Jankowski sans lever les yeux de son cahier. Je ne sais pas qui l'a fait entrer dans le service. On aurait dû la coller contre un mur et la fusiller pour connerie maximum.

Mortka décida de ne pas connaître le fin mot de l'histoire.

— D'accord, qu'est-ce que tu as trouvé ? demanda-t-il.

— Ton collègue pompier avait raison. Mise à feu à l'aide d'un cocktail Molotov. Tu voudras savoir comment on a compris ça ?

— Ça ne me ferait pas de mal.

L'expert grogna avec irritation. Il remit son cahier dans sa sacoche d'où il tira un petit objet noir qui faisait penser à une commande de télé, et il le fourra sous le nez du policier.

— J'ai là une sorte de « *sniffer* », comme disent les Américains, expliqua-t-il en agitant l'objet. Ça sert à détecter les gaz inflammables. Ça vient d'identifier des vapeurs d'essence.

— Des vapeurs qui n'ont pas brûlé ?

— Mon *sniffer* détecte même des traces infimes de substances, de l'ordre du millionième de gramme.

— Futé, ton *sniffer*.

— Oh, pour ça, oui !

— Est-il possible que l'essence se soit trouvée là par hasard, ou que quelqu'un s'en soit servi pour allumer le feu ?

L'expert fit non de la tête.

— Plutôt non. Il y en a trop. Trop dispersée.

— Ce qui veut dire ?

— Quand tu t'en sers pour allumer, tu la verses directement. Juste dans la cheminée. Et moi, j'en ai trouvé sur le plancher à plus d'un mètre du foyer. Elle a giclé quand le cocktail Molotov a explosé. J'ai ramassé des échantillons, on va tout examiner au labo et je te prépare une expertise détaillée.

— Merci.

Mortka quitta l'expert et sortit de la villa. Il se dirigea vers un modeste jardin soigné. Des petits rosiers étaient plantés près de la clôture. De jeunes arbres fruitiers, protégés par de grandes feuilles de papier sales.

Kochan désigna à l'inspecteur une bande d'herbe moisie, une surface où le feu avait fait fondre la neige.

— Chouette, non ?

Mortka haussa les épaules.

— Qu'est-ce qu'on a par ici ?

— À dire vrai, rien. Les pompiers ont saccagé le terrain pendant leur action, et je doute que l'on trouve quelque trace que ce soit.

Mortka s'attendait à cette réponse. Il regarda encore une fois la villa. Le bâtiment avait des allures de forteresse. Des barreaux à toutes les fenêtres, sécurisées de plus par deux ou trois cadenas. La porte d'entrée, enfoncée, avait l'air solide, mais elle n'avait pas résisté au bélier des pompiers. Intéressant de savoir combien de temps ils avaient mis. Ça avait dû leur prendre plusieurs minutes. Mortka se dit que c'était la cause de l'étendue des dégâts. La maison s'était transformée en piège à feu. Le temps que les pompiers parviennent à entrer, il n'y avait déjà plus rien à sauver. Les gens dépensent des mille et des cents en sécurités compliquées, grillages, alarmes, et Dieu sait quoi, et au moment du danger ça ne fait que gêner. On sait depuis longtemps que la meilleure garantie contre un cambriolage est d'avoir un bon voisin. Il suffit de savoir comment il s'appelle, et de lui dire régulièrement bonjour.

— La clôture côté rue n'est pas spécialement difficile à franchir, dit Kochan. D'après moi, le pyromane a grimpé sur le balcon, puis du balcon sur le toit, et percé là-haut un trou pour sa bombe.

Mortka parcourut du regard le chemin indiqué par son collègue. Il n'avait rien d'impossible, mais lui-même n'aurait pas pu le suivre.

— Il n'y aurait pas plus simple ? demanda-t-il.

— Si. On pourrait essayer avec une échelle au-dessus du garage. Mais je n'ai pas l'impression que notre homme soit passé par là.

— Pourquoi ?

Kochan montra du doigt un lampadaire non loin du garage. L'inspecteur comprit aussitôt ce qu'il voulait dire. Si le pyromane avait choisi la voie facile, il aurait été un moment parfaitement visible depuis le bout de la rue.

Mortka leva les yeux. Le technicien chauve dont il ne se rappelait jamais le nom travaillait toujours sur le toit. Il recalcula la distance entre le sol et le balcon, et entre le balcon et le toit. Il se disait encore qu'il pourrait à la rigueur monter sur le balcon, mais qu'un autre plus agile et entraîné pourrait arriver tout en haut. Quelque chose le frappa soudain. Une échelle dépliée sur le balcon.

— Eh, toi ! cria-t-il.

L'expert se pencha prudemment.

— Où as-tu trouvé cette échelle ?

— Elle était là. À côté du garage.

— Tu as cherché des empreintes ?

Le technicien pâlit. Mortka serra les poings.

« L'imbécile », siffla-t-il entre ses dents.

Kochan se mit à rire et fit signe au technicien de retourner à son travail.

— Calmos, inspecteur. Les pompiers s'en sont sûrement servis. Et même si ce n'est pas le cas, ils l'ont copieusement arrosée pendant leur action.

— Sûrement, grommela Mortka.

Il donnait raison à Kochan, mais le manque de professionnalisme du technicien l'énervait. Il aurait fallu envoyer sur le toit Jankowski en personne. Il lui aurait rendu la vie impossible pour deux semaines, mais au moins tout aurait été fait dans les règles.

Ils entrèrent par la porte arrière du garage. Il abritait une veille Skoda sale, avec une portière légèrement cabossée. Mortka s'attendait à une bien plus belle voiture. Une Passat au moins, ou une Volvo. Une Skoda lui paraissait trop vulgaire pour une telle maison.

À côté de la voiture, sur des étagères en bois, plusieurs assortiments d'outils couverts de poussière et visiblement très rarement utilisés, un bidon d'antigel à moitié vide, un ensemble de pneus d'été et un chargeur de batterie. Ce n'était pas le garage de qui aime bricoler sa voiture, mais celui d'une personne qui n'achète que l'indispensable et se limite aux opérations les plus simples telles qu'un changement d'ampoules.

— Essayons de résumer ce que nous avons. Le coupable est monté sur le toit, le type devait donc être entraîné, dit l'inspecteur.

— Pourquoi un type ? protesta Kochan. Aujourd'hui, les bonnes femmes aussi font du sport. Et elles peuvent y mettre autant de violence que les hommes. Tu es bien placé pour le savoir.

Mortka laissa passer cette vacherie comme s'il n'avait pas entendu. Ils retournèrent à la villa par la porte ouverte du garage. L'inspecteur trouva le jeune policier à qui il avait parlé une heure plus tôt. Skalski avait eu le temps d'interroger les voisins : ils n'avaient rien vu de suspect pendant la nuit, aucun étranger n'était venu rôder dans le coin récemment, ils n'avaient pas entendu dire que Kameron ou sa femme auraient eu des ennemis.

— En un mot, nous n'avons rien, résuma Mortka.

— Pas tout à fait. Une des voisines se rappelle qu'hier soir une voiture inconnue a stationné devant la maison des Kameron, une Opel Vectra argentée.

— Elle a noté le numéro de la plaque ?

— Hélas non.

— Donc, nous n'avons rien, répéta Mortka.

Skalski avait l'air sincèrement désolé.

— Continue à poser des questions. Tu trouveras peut-être quelque chose, dit l'inspecteur.

Le policier salua d'un signe de tête et s'éloigna. Mortka se dit qu'il aurait dû quand même le féliciter, ça lui aurait redonné du cœur à l'ouvrage, et contribué à faire changer l'opinion des flics de quartier sur « les chieurs de l'antigang ».

L'homme tapa du manche du couteau sur la planche à découper assez longtemps et sur un rythme soutenu pour que les cachets d'aspirine soient réduits en une poudre blanche qu'il fit glisser précautionneusement dans un mouchoir avant de la verser dans une baignoire d'eau chaude. La chaleur de la salle de bains était telle qu'il avait du mal à respirer. Il attendit que le médicament se dissolve, puis il se coula prudemment dans le bain. Sa peau rougit instantanément. Il gémit de plaisir et ferma les yeux. L'eau réchauffait ses muscles raidis, et l'aspirine apaisait la douleur dans ses bras, ses épaules et son ventre. Il aurait pu rester ainsi des heures sans bouger tandis que son corps revenait de lui-même à sa pleine forme.

Il avait fait du bon travail cette nuit. Les flammes avaient même été plus grandes qu'il ne s'y était attendu, et l'explosion plus forte, parce qu'il avait utilisé une meilleure qualité d'huile de moteur pour prolonger la combustion de l'essence. Il regrettait un peu de n'avoir pas pu rester, mais il nourrissait un timide espoir que l'un des voisins aurait filmé avec une caméra ou un téléphone portable, et qu'il enverrait la scène sur YouTube. Et encore, YouTube, ce n'était pas grand-chose. Il faudrait la télé. Polsat et TVP Info. Ils devraient faire un reportage et montrer l'incendie aux informations. Mais pour le moment, son exploit restait silencieux. Avant de se préparer un bain, il avait passé une heure devant son ordinateur à vérifier les infos sur Internet. Il ne trouva qu'une brève mention sur un portail local que personne ne consultait. Et on y disait seulement que dans telle ou telle maison un incendie s'était déclaré pendant la nuit.

— Déclaré ! rugit-il de rage. Il s'est déclaré ! Il s'est déclaré tout seul !

Il frappa l'eau de la baignoire avec tant de vigueur que des gouttes lui jaillirent au nez.

Il méritait que son œuvre soit montrée à la télé. Mais pas grave, s'ils ne savaient pas apprécier. Ils apprécieraient.

Il y aurait d'autres incendies.

Chapitre 3

Tout le long du trajet jusqu'à la Direction centrale au palais Mostowski, Mortka rêva du café trop sucré du distributeur à l'entrée principale. Quand il en avait bu la première fois, le goût l'avait repoussé, mais maintenant il ne pouvait plus s'imaginer une journée sans un gobelet de ce liquide noir et épais qui contenait tant de sucre qu'il vous transformait le sang en liqueur. Mais arrivé sur place, il se révéla que la machine était en panne, et il dut se contenter d'un thé chaud ordinaire.

L'inspecteur s'assit à son bureau et alluma son ordinateur. Il lui sembla que des siècles avaient passé avant qu'il ait pu ouvrir une page Internet. Kochan eut plus de chance. Il avait un portable neuf rapporté de chez lui. Alors que Mortka en était encore à cliquer sur l'icône Explorer, son adjoint eut un long sifflement.

— Mais voyez-moi ça, voyez-moi ça…

— Qu'est-ce que tu as ?

— Tu sais qui est Klaudia Kameron ? demanda Kochan avec un sourire malin.

— Pas la moindre idée.

— Et Klaudia Klau ?

Une petite lumière allait s'allumer dans la tête de Mortka quand, du haut-parleur de l'ordinateur de Kochan, s'élevèrent les notes d'une chanson d'amour et de pluie qui tombe.

— Vous pouvez me baisser cette merde ?

L'inspecteur Maciej Gruda venait de passer la porte. Kochan fit de la tête un geste d'excuse et coupa la chanson.

On ne contredisait pas Gruda. Il avait déjà la cinquantaine passée et les cheveux gris, mais il était toujours le grand type sportif dont on voit qu'il cogne avant de réfléchir. Un flic de la vieille école, qui pouvait aussi bien boucler des malfrats que boire un coup avec eux.

Mortka n'aimait pas Gruda, et c'était réciproque. Cette antipathie mal dissimulée derrière des politesses feintes étonnait tout le monde, parce qu'on estimait que Gruda et Mortka étaient identiques en matière de caractère : têtes de mule, endurcis, aucun sens de l'humour.

— Excusez-moi, inspecteur, dit Kochan. On voulait écouter cette musique. C'est Klaudia Klau.

— Connais pas, souffla Gruda lourdement. Mettez-moi de la vraie musique. Je ne sais pas, moi. Le Trou du Souffleur ou Lady Pank.

— C'est quoi cette Klaudia Klau ? demanda Mortka.

L'inspecteur adjoint hésita entre continuer la conversation avec Gruda et répondre à son collègue de l'autre côté du bureau. Le dilemme fut tranché par Gruda lui-même qui s'appuya au montant de la porte et fit un signe d'acquiescement.

— Klaudia a enregistré deux disques à la fin des années quatre-vingt-dix, expliqua Kochan. Ce que j'avais mis, c'était son plus grand succès.

Mortka, furieux, continuait à cliquer sur l'icône Explorer qui ne voulait toujours pas s'ouvrir. Comme par malice, un message s'afficha à l'écran à propos d'une erreur, et l'ordinateur redémarra. L'inspecteur vida ses poumons et croisa les mains derrière la nuque.

— Je ne connais pas cette chanson, reconnut-il, résigné. Mais elle a un rapport avec quelque chose ?

— Klaudia Klau, c'est madame Klaudia Kameron, c'est-à-dire la femme de notre client.

— Jan Kameron, votre client ? intervint Gruda. Il lui est arrivé quelque chose ?

— Il est mort, répondit Kochan avant que Mortka ait eu le temps d'ouvrir la bouche.

Gruda eut un large sourire et se tapa sur les cuisses.

— J'ai toujours su qu'il se ferait avoir, annonça-t-il avec la satisfaction de l'homme qui a des années attendu de pouvoir claironner : « Je vous l'avais bien dit. »

— Se faire avoir ? Tu connaissais Jan Kameron ? demanda Mortka.

Gruda entra dans la pièce, poussa des papiers sur le bureau et s'assit sur un coin.

— Et alors, ce Kameron ? redemanda Mortka.

— Minute. Je réfléchis.

Gruda soupira et se gratta le front.

— En fait, on n'avait rien de précis contre lui. Mais vous savez, il n'a jamais été loin du milieu.

— Quelque chose de concret ?

— Si on avait eu du concret, gamin, on l'aurait coffré.

— Donc c'est juste le nom, comme ça, qui te chatouille les oreilles ? Super…

Gruda lança un regard furieux à Mortka.

— Si tu ne veux pas que je te raconte ce que je sais de Kameron, gamin, je me tais. Salut.

Kochan bondit vers la porte et lui bloqua la sortie.

— Inspecteur, il voulait juste vous taquiner. Alors ?

Gruda resta un moment planté au centre de la pièce, puis il revint s'asseoir sur le coin du bureau. Il regarda le plafond.

— D'accord, commença-t-il, la situation était la suivante. Nous n'avions rien contre lui, mais nous savions tous qu'il connaissait des types de la pègre, et qu'eux le connaissaient. Ils faisaient des affaires ensemble.

— Avec qui précisément ?

— Avec tout le monde, gamin. Comprends-moi, on n'a jamais réussi à l'attraper pour violation de la loi. Il faisait du business légal avec des boîtes légales dont on savait qu'elles appartenaient à des types de la pègre. Et toujours malin. Même si un truc foirait, il payait aux gangsters ce qu'il avait promis. Il n'a jamais essayé de les rouler, jamais menti, toujours tout réglé en temps et en heure. Jamais été débiteur. C'étaient plutôt eux qui lui devaient du fric. Et c'est eux qui ont commencé à venir le voir. De Pruszkow, Wolomin, Gdansk. Nous avons soupçonné qu'il les aidait à blanchir de l'argent. Mais le type n'était pas vorace. Quand il estimait qu'une affaire était trop risquée, il s'en retirait poliment. Et à un moment… J'ai dû tout simplement le perdre de vue.

— Qu'est-ce qui s'est passé ?

— Je pense que ça a coïncidé avec le démantèlement de Pruszkow et Wolomin. Kameron a vu que ses potes étaient morts ou en taule, et il a réfléchi à ce qui payerait le mieux pour lui. Il a dû penser qu'il vaudrait mieux ne plus avoir affaire à toutes ces sortes de mutants. Il a repris ses billes et changé de bac à sable.

— Qu'est-ce qu'il faisait concrètement ? Je veux parler de ses affaires légales.

— Il avait des parts dans des boîtes, dont une dans la Vieille Ville ; il jouait à la Bourse, avec succès, semble-t-il. Je crois qu'il s'est occupé d'import de textiles de Chine et du Vietnam. Mais il n'a pas dû résister face à la concurrence.

Mortka essaya de mettre en ordre dans sa tête les informations qu'il venait d'apprendre. Quelqu'un comme Kameron devait avoir des ennemis qui, même après des années, voudraient se venger. Mais lancer un cocktail Molotov par une cheminée ne faisait pas partie des méthodes en usage chez les gangsters polonais.

— À qui, concrètement, en a-t-il fait baver ? demanda-t-il à Gruda.

— C'est ça le plus curieux, gamin : à première vue, à personne. Il était respecté dans le milieu. Il s'est occupé de la famille d'un malfrat quand celui-ci était en taule. Il envoyait régulièrement des colis à un autre. Le premier, pour autant que je sache, est parti en Allemagne. Et l'autre est mort.

— Comment c'est arrivé ?

— Il s'est pendu avec un drap dans sa cellule.

— Tout seul, ou on l'a aidé ?

— Ah, ça, gamin, personne ne sait…

Gruda claqua soudain des doigts et bondit du bureau.

— Ça y est ! Une fois, on a failli avoir ce Kameron ! Il s'agissait de sa femme !

Mortka dressa l'oreille.

— C'était en… (Gruda essayait de se rappeler les détails)… en 1997 ou 98, ou quelque chose comme ça… Kameron avait envoyé un balaise casser la gueule à un producteur qui lui avait déplu. Ce producteur n'avait pas voulu sortir le disque de sa femme, à l'époque sa fiancée, ou bien il l'avait critiquée. Quelque chose comme ça. En tout cas, Kameron s'était énervé, il avait téléphoné à un de ses potes, et ce pote avait envoyé un mec refaire le portrait du producteur. Nous avons chopé le mec, mais il n'a pas soufflé mot de ses donneurs d'ordres.

— Alors comment avez-vous su que c'était une affaire de Kameron ?

— Des rumeurs, des on-dit, gamin. Mais tu sais que les on-dit n'intéressent ni les procureurs ni les juges.

— Et comment s'appelait le producteur ?

— Maciej Stas, lâcha-t-il avec soulagement.

Kochan écrivit le nom dans le moteur de recherche et consulta les résultats.

— Michal Stasinski, sans doute, dit-il.

— Peut-être.

— « Stas », c'était son surnom, compléta Kochan, les yeux sur l'écran. Michal « Stas » Stasinski. Il a un beau dossier. Au début des années quatre-vingt-dix, il s'est occupé de rock et de punk. Il a produit et fait connaître quelques groupes montants. Il a attiré l'attention sur lui et il est passé chez Sony. Il y a fait une belle carrière…

Kochan interrompit son exposé et continua à lire sur l'écran avant de reprendre :

— Mais il s'est brûlé, il a quitté son travail et il a créé sa propre boîte. Ils éditent du reggae, dance hall, hip-hop, du disco... De la techno un peu recherchée à mon goût... Vous pensez que ce Stas pourrait être notre incendiaire ?

Mortka fit non de la tête.

— Après tant d'années ? Sans doute que non. Mais il faudra quand même l'interroger.

L'inspecteur regarda sa montre. Onze heures cinq. Ne pas oublier qu'il devait se présenter rue Plaskowicka à midi. Il coupa l'ordinateur qui continuait à lui refuser ses services. Il se leva et commença à s'habiller.

— Je vais parler aux pompiers. Toi, Kochan, vérifie s'il te plaît ce Kameron dans notre base de données, d'accord ?

— D'accord.

— Où tu vas voir ces pompiers ? demanda Gruda.

— Rue Plaskowicka.

— Dans ce cas, tu m'emmènes et tu me laisses à Mokotow.

Ce n'était pas une demande mais un ordre. Mortka décida de ne pas se disputer avec Gruda. Il était trop fatigué pour recommencer à expliquer la différence entre une voiture et un taxi. Il salua Kochan et sortit de la Direction centrale avec le vieux flic.

De tout le trajet, ils n'échangèrent pas un mot. Mortka avait branché la radio, et il écoutait un bulletin d'informations qui ne lui apprenait absolument rien. Gruda regardait par la vitre. À un moment, il sortit un paquet de cigarettes et s'en mit une à la bouche. Mais il ne l'alluma qu'une fois descendu. Il ne remercia pas pour le déplacement, il s'engonça seulement plus profond dans son manteau et s'en alla sur son chemin.

Mortka parvint à destination un peu avant midi. L'état-major des pompiers rue Plaskowicka lui fit bonne impression. C'était un bâtiment neuf – sobre, propre et soigné. Mais ce qui lui plut surtout, c'était la tension qui y régnait. Chacun, même au repos ou en train de lire, était prêt à partir aussitôt en action. Il se sentit comme de garde dans un commissariat où on attend le signal pour être envoyé sur les lieux d'un meurtre, d'un vol, d'un cambriolage, ou plus simplement d'un tapage nocturne. Si ce n'est que les pompiers ne montraient aucun de ces signes d'écœurement ou d'apathie qui empoisonnaient l'air des commissariats où Mortka avait travaillé ou été envoyé. Il n'y avait rien d'étonnant à cela. *Les pompiers sont des chouettes types*, se dit l'inspecteur. *Ils sauvent des vies, ils sont toujours accueillis avec joie. Tu dis que tu es pompier, on va te laisser passer en premier, ou te donner une tape sur l'épaule. Tu reconnais travailler dans la police, tu peux t'attendre à une litanie de plaintes contre les organes de maintien de l'ordre, ou à ce qu'un poivrot trouve drôle de te demander si tu vas l'enfermer pour avoir fumé de l'herbe ou piraté de la musique sur Internet.*

Mortka n'apprit pas grand-chose de plus auprès des pompiers. Il réunit des documents, des protocoles, des photos, envoya ce qu'il pouvait sur sa boîte mail, et pour le reste il prit des notes. L'aspirant Kowalski et lui convinrent de se retrouver à plusieurs, le lundi ou le mardi suivant, pour mettre au point un plan en cas de nouvel incendie volontaire.

Puis l'inspecteur partit au commissariat d'Ursynow. Il voulait leur refiler la corvée d'aller annoncer la mort de Jan Kameron à la famille, mais il s'avéra qu'il n'en avait aucune. Il était fils unique, son père et sa mère étaient morts cinq ans plus tôt. Tous deux de mort naturelle, la mère en premier, le père six mois plus tard. On ne lui connaissait pas d'autres parents. Pour ce qui était de la famille de son épouse, la sœur de Klaudia habitait en Angleterre, et sa mère avait déménagé d'Olawa pour Varsovie afin de se rapprocher de sa fille. L'inspecteur fit au patron de l'endroit un récit des évènements, il lui parla de ses soupçons, et ils décidèrent ensemble que des patrouilles supplémentaires seraient affectées à la zone où s'étaient déclenchés des incendies supposés criminels. Il en profita pour écouter les récriminations habituelles sur le manque d'effectifs.

Il se rendit enfin à l'hôpital MSWiA, rue Woloska. Il montra sa carte à l'accueil, se présenta et dit qu'il voulait s'entretenir avec le médecin qui suivait Klaudia Kameron. Une vieille infirmière maquillée à l'excès vérifia d'abord quelque chose sur son ordinateur, puis elle téléphona et lui demanda d'attendre. Il s'assit sur une chaise contre un mur et regarda d'un œil paresseux les gens qui entraient à l'hôpital.

Dix minutes plus tard, un jeune médecin arriva, l'air aussi irrité que si Mortka lui-même venait de le tirer par la blouse de sa table d'opération.

Le policier se leva et se présenta le premier.

— Inspecteur Jakub Mortka.

— Michal Lesniak.

Ils se serrèrent la main.

— J'aurais voulu m'informer à propos de Klaudia Kameron. On vous l'a amenée ce matin.

— Je me souviens. De ce que je sais, son état est sérieux mais stable. Elle a des brûlures au deuxième et au troisième degrés. Une jambe cassée, l'autre déboîtée.

Le médecin parlait très vite et Mortka avait du mal à le suivre.

— Je peux lui parler ?

— Elle n'est plus chez nous à l'hôpital.

— Comment ça ? On m'a dit qu'on l'avait amenée ici. Vous-même…

— On vous a dit vrai, coupa Lesniak, impatient. Mais elle est partie. La fille a eu de la chance.

Mortka se demanda un temps si dans le jargon médical « avoir de la chance » voulait par hasard dire « mourir ».

— Nous l'avons transférée à l'hôpital militaire de la rue des Chasseurs, expliqua le médecin. À Varsovie, c'est le seul endroit où on a des spécialistes et l'équipement nécessaire pour les grands brûlés.

— Il n'y a que là ?

Mortka ne parvenait pas à cacher son étonnement. À l'hôpital du ministère de l'Intérieur, on soignait pourtant les députés, le gouvernement et le président.

— Monsieur l'inspecteur, dans le pire des cas, on peut toujours soigner des brûlés ici, mais nous manquons de spécialistes et des équipements adéquats. Vous savez combien il y a de lits dans la section des grands brûlés dans tout Varsovie ?

— Combien ?

Le médecin brandit deux doigts.

— Deux, s'il vous plaît. Deux. Un par million d'habitants. Les deux sont à l'hôpital militaire de la rue des Chasseurs. Et par chance pour Mme Kameron, les deux étaient libres. (Lesniak sortit de sa poche un papier plié.) Tenez. Je m'attendais à une visite de quelqu'un de chez vous. C'est le numéro du confrère qui s'occupe là-bas de Mme Kameron. Il vous donnera toutes les informations.

Mortka prit la feuille et lut le numéro d'un portable. À tout hasard, il le recopia rapidement dans son propre carnet.

— Autre chose ? demanda le médecin, agacé.

— Oui. (Mortka hésita.) J'ai compris que vous n'étiez pas spécialiste des brûlures, mais comment jugez-vous l'état de Mme Kameron ?

— Elle a devant elle une longue période de soins et de convalescence, mais elle vivra. Elle devrait retrouver sa forme physique et mentale. Mais…

— Oui ?

— Il m'a semblé que je la connaissais de quelque part. Quand nous l'avons transférée, j'ai cherché des informations sur Internet. Elle avait été finaliste du concours de Miss Polonia. Vous le saviez ?

— Non. Je sais seulement qu'elle a enregistré un disque.

— Ça, c'était plus tard… Elle était belle, c'était une très belle femme, monsieur l'inspecteur, mais après ce qui s'est passé, même avec une chirurgie esthétique…

— Ah oui ?

— Je doute que quelqu'un se retourne encore un jour sur elle dans la rue. Maintenant, excusez-moi, mais j'ai des malades qui m'attendent. On vient d'amener un député complètement bourré qui… je n'ai pas le droit d'en parler, disons que tout coule par-devant, par-derrière…

Le médecin salua d'un signe de la tête.

Mortka appela aussitôt l'hôpital militaire. Un certain Dr Mackowiak lui répondit. Une voix âgée et profonde. Il confirma que Mme Kameron était bien dans son service, mais refusa que la police lui rende visite. Ni aujourd'hui ni demain. Au plus tôt lundi.

— Mais de toute façon, ajouta-t-il d'une voix plus calme, moins catégorique, ça n'aura aucun sens. Mme Kameron est sous l'effet d'antidouleurs puissants et ne comprend rien de ce qui se passe autour d'elle.

Chapitre 4

Mortka arriva devant son ancien HLM de Kabaty et ne put, comme d'habitude, trouver de place de parking. Il retourna donc devant le Tesco voisin où il laissa sa voiture. Ça lui faisait cinq minutes à pied jusqu'à sa maison. Son ancienne maison.

À cause de la neige qui s'était entassée sur les trottoirs, au lieu de cinq minutes, il dut en marcher dix. Il eut le temps de se geler. Entrant dans la cage d'escalier, il croisa son ancien voisin de l'étage du dessous. Le petit vieux le fusilla du regard et grommela quelque chose. Pour des raisons inconnues, il en voulait à l'inspecteur de s'être séparé de sa femme.

Mortka fit un signe de la main au gardien et monta au second. Il sonna à la porte. Il entendait des cris joyeux provenant de l'appartement. Il secoua la neige sur son manteau et se repeigna avec les doigts.

C'est Ola qui lui ouvrit. Comme toujours, elle avait cette allure charmante, discrète, élégante, qu'auparavant il ne remarquait pas, mais qui maintenant le rendait fou. Il avait parfois l'impression que son ex-épouse se maquillait et s'habillait spécialement quand il passait.

Pas pour le séduire, bien sûr, mais en représailles et pour lui dire : « Regarde, et admire ce que tu as perdu. »

Elle avait de longs cheveux blonds descendant sur les épaules, de grands yeux noisette, un teint d'adolescente et des traits expressifs qui donnaient un charme oriental à son visage. Elle faisait vingt ans et quelques, alors qu'elle avait passé la trentaine. À voir sa silhouette, personne n'aurait pensé qu'elle avait déjà deux enfants. Elle s'était encore récemment plainte avec une satisfaction évidente de ce qu'une serveuse lui avait demandé une pièce d'identité lorsqu'elle avait commandé une bière.

Andrzej et Michal accoururent derrière elle. Mortka sourit à leur vue, et serra fort ses deux fils contre lui.

— Alors, les garçons ? demanda-t-il en leur caressant la tête.

— Ça va, répondirent-ils en chœur.

— Et à l'école ?

— Ça va !

Il regarda Ola. Elle confirma d'un signe de tête.

— Alors, c'est parfait. Prenez vos affaires, et on y va.

— Attends un peu, intervint Ola.

— Oui ?

Elle se tut, réfléchissant.

— Les garçons, dans la chambre, dit-elle enfin. Maman doit parler avec papa.

— Mais, maman… gémirent-ils.

— Dans la chambre.

— C'est vraiment nécessaire ? demanda Mortka. La séance est dans une demi-heure.

— Le Kub, je t'en prie.

Il regarda sa montre. Il avait acheté les billets à l'avance, il n'avait donc pas à se soucier d'une queue à faire devant la caisse, et le trajet jusqu'au Multiplex, deux stations plus loin, ne devrait pas leur prendre quinze minutes. Si on ajoute le quart d'heure de pub, ça leur laisserait le temps d'arriver pour le film.

— C'est bon, les garçons. Dans la chambre. J'ai à parler avec maman, dit-il.

Tous deux baissèrent la tête et firent demi-tour. Mortka referma la porte derrière eux et rejoignit Ola dans la cuisine.

Dix mois après le divorce, il se sentait tout drôle quand il entrait dans l'appartement qui avait été son chez-lui. Chaque fois qu'il revenait, il avait envie de s'allonger sur le canapé du salon, d'allumer la télé et de demander à Ola d'aller lui chercher une bière dans le frigo. Comme dans le temps. Maintenant, c'était impossible. Ces soixante-cinq mètres carrés n'étaient qu'à elle seule. Même si dans le salon se trouvaient les meubles IKEA qu'il avait lui-même montés, et aux murs des tableaux pour lesquels il avait lui-même fixé des crochets.

Il entra dans la cuisine et s'assit sur un tabouret qu'il avait acheté à prix cassé bien des années auparavant, lors de la liquidation d'un magasin de meubles.

— Il n'y a plus de télé, remarqua-t-il en montrant du doigt le salon à l'autre bout du couloir.

— Je l'ai donnée à la Maison de l'Enfance, répondit Ola. Les garçons passaient des journées entières devant. Au moins, maintenant, ils lisent des livres.

— Il vaut mieux que ce soient les enfants des autres qui restent devant la télé, pas vrai ?

Elle le regarda d'un air hostile.

— Tu as un problème ?

— Aucun…

Il allait par habitude finir sa phrase par « chérie », mais il se mordit la langue.

— Qu'est-ce que tu voulais me dire ?

— Tu n'as pas encore versé la pension.

Il se frappa le front.

— Excuse-moi.

Il se sentait exceptionnellement bête.

— On est déjà mi-janvier.

— Je sais. Excuse-moi. J'ai eu beaucoup de travail.

— Tu as toujours beaucoup de travail.

Elle détachait chaque mot. C'était sa manière de commencer une dispute. Et lui ne savait pas se retenir, et il se laissait provoquer.

— Tu m'avais dit toi-même que tu n'avais pas besoin d'argent ? Tu te souviens ? grogna-t-il.

— Parce que je n'en ai pas besoin. Mais c'est toi qui as voulu, et tu dois payer. C'est une foutue obligation. Tu comprends ?

— Compris, dit-il en s'efforçant de garder son calme. Je vais te payer.

— Pas moi ! C'est l'argent des enfants. Tes enfants !

— Mais je sais ! cria-t-il en s'arrachant du tabouret. Je t'ai dit que j'allais payer. J'irai lundi à la banque faire le virement.

— Et tu ne peux pas faire comme tout le monde, un virement par Internet ?

Il ne répondit pas.

— Mon Dieu ! (Elle leva les bras au ciel.) Tu n'as pas encore de compte Internet ?

— Non.

— Tu peux au moins prendre de l'argent dans un distributeur et me l'apporter quand tu ramènes les enfants.

Il sentit qu'il devenait rouge.

— J'ai un retrait limité, avoua-t-il à voix basse. Je ne peux tirer que cinq cents zlotys.

Elle se renfrogna et secoua la tête, incrédule.

— Tu n'as pas encore réglé ça ?

— J'ai eu du travail ! Un putain de travail !

— Calme-toi, et fais attention à ce que tu dis ! Les enfants sont derrière la cloison ! cria-t-elle.

Mortka se raidit, mais juste pour ne pas lui donner raison.

— Tu n'as qu'à verser la pension, répéta Ola d'un ton déjà un peu radouci.

— Lundi, je fais le virement.

Elle haussa les épaules.

— Fais ce que tu veux. Ça ne me regarde pas. Tout simplement, paye. C'est toi qui l'as voulu.

Il lui versait mille cinq cents zlotys, presque la moitié de son salaire. Il ne voulait pas se dérober ou économiser sur les enfants. Et elle, tout en sachant que c'était une grosse dépense pour lui, traitait ça avec dédain.

— Lundi, dit-il, conciliant.

Elle se posa les mains sur la poitrine et soupira profondément.

— J'emmène les enfants.

— Très bien.

Il allait ouvrir la bouche pour ajouter quelque chose, mais Ola restait immobile, et Mortka savait que poursuivre la conversation n'aurait pas de sens.

Il alla à la porte de la chambre de ses fils. Il frappa. Personne ne répondit. Il tourna la poignée et entra.

Les garçons étaient assis dans le coin sur le lit d'Andrzej, pressés l'un contre l'autre. Ils le regardèrent, effrayés. *Ils ont tout entendu*, se dit Mortka, furieux. *Bien sûr, qu'ils ont tout entendu*. Pourquoi n'avait-il pas pu leur épargner cela ? Ils avaient été témoins de tant de disputes avant le divorce qu'ils en avaient pour le restant de leurs jours, et malgré cela Ola et lui se fritaient à chaque occasion.

— Allez, on va au ciné, dit-il.

Dans l'entrée, il aida Michal à s'habiller. Le garçon avait déjà sept ans, mais il ne savait toujours pas nouer ses lacets.

Ils firent le trajet en métro sans dire un mot. Eux ne voulaient pas parler, et lui ne savait pas par quoi commencer. Ils allaient voir *Avatar*. On ne voulut pas laisser entrer les enfants en raison de leur âge, mais lorsque Mortka montra sa carte de police au vendeur de billets, celui-ci ne fit plus de difficultés. L'inspecteur acheta en plus à ses fils des Coca et un grand cornet de pop-corn.

Le film ne lui plut pas. Il le trouva tout simplement bête. Même les effets en 3D ne lui firent pas grande impression. Par contre, *Avatar* ravit les garçons. Michal fut un peu désolé de devoir aller aux toilettes, ce qui lui fit manquer une partie de la grande bataille, mais il n'arrêta pas pour autant de le commenter sur le chemin de retour. Leur discussion sur ce qu'aurait été leur avatar faisait sourire Mortka. Leurs idées s'écartaicnt loin du contenu du film qu'ils mélangeaient, pour autant que l'inspecteur s'y retrouvât, avec les Pokémon, mais cela ne les dérangeait pas.

Il les laissa chez eux un peu avant huit heures. Mais il n'entra pas dans l'appartement.

— Lundi, promit-il encore à son ex-épouse en guise d'adieu.

Elle acquiesça et lui ferma la porte au nez.

Il retrouva sa voiture sur le parking de Tesco, presque vide à cette heure, et rentra chez lui.

Après le divorce, il avait emménagé dans un sinistre bloc d'immeubles gris au bout de Mokotow, dans ce même quartier où on avait assassiné le général Papala. La cage d'escalier, en raison de la proximité d'un débit de boissons ouvert vingt-quatre heures sur vingt-quatre, était devenue le havre d'un ramassis d'ivrognes et d'ados plus ou moins agressifs qui s'organisaient des jeux par les tièdes nuits d'été jusqu'à cinq heures du matin. Les habitants normaux se faufilaient le long des murs pour ne pas attirer sur eux l'attention des uns et des autres. Et puis aussi, il y avait les colocataires.

Quand il entra dans son logement, il fut frappé par une puanteur de cigarettes. Il étouffa un juron. Il jeta son manteau et ses chaussures, puis passa à la cuisine où s'étaient assis Piotrek, Agnieszka et deux autres jeunes dont il n'avait pas eu l'occasion de faire la connaissance. Tous deux portaient de longs blousons noirs et des lunettes à fines montures de métal, et leurs visages étaient boutonneux. Il y avait une bouteille de vodka premier prix, des verres et un cendrier à moitié plein sur la toile cirée humide et tachée. Un mégot finissait de se consumer.

À la vue de Mortka, ils se turent. Puis l'un des gars se mit à ricaner, suivi par l'autre et enfin par Piotrek.

Il y avait de la vaisselle sale dans l'évier, des restes de nourriture un peu partout et des boîtes à pizzas de supermarché.

— Vous auriez pu nettoyer après avoir fini, gronda Mortka.

Il fit demi-tour et alla dans sa chambre. La puanteur de tabac se répandait jusque-là et, en dépit du gel, l'inspecteur ouvrit grande sa fenêtre. Il ferma la porte et alluma la télé. Sur la Une passait un film qu'il n'avait pas l'intention de regarder, mais il monta le son. Il s'allongea sur son lit. La faim lui gargouillait dans l'estomac, mais il n'avait pas envie de se préparer à dîner tant que ses colocataires se tiendraient dans la cuisine. Sinon il devrait supporter leurs regards ironiques et des remarques supposées drôles chuchotées entre eux. Il ferma les yeux et tenta de sommeiller.

Il s'était installé ici quelques semaines avant le divorce, quand les dés avaient été jetés et qu'il aurait été pénible de continuer à vivre sous le même toit que sa femme. Il s'était comporté en homme d'honneur et responsable pendant toute la procédure. Il avait laissé à Ola tout ce qui était possible, l'appartement (qui, de toute façon, lui serait certainement revenu puisqu'il s'agissait d'un cadeau de mariage de ses parents à elle), la voiture, l'ordinateur et tous les équipements de cuisine. Il n'avait emporté que ses vêtements. Il se souvenait de lui-même, attendant l'autobus, portant un sac à dos, tenant une valise dans une main et un costume dans l'autre, se demandant ce qu'il devait faire maintenant de sa vie.

La police manquait de logements de service ; avec son salaire amputé de la pension, même avec une prime de logement, l'inspecteur n'avait pas les moyens de s'offrir un studio indépendant. Après de longues recherches, il réussit à trouver une chambre en pension chez une vieille femme.

Lorsqu'il était arrivé chez elle la première fois, il avait été saisi par une odeur de vieux si intense qu'on aurait dit que la femme n'avait jamais ouvert sa fenêtre. Des poussières dansaient dans les rayons du soleil d'hiver, poussière dont une mince couche s'était déposée sur les meubles. La femme était trop faible pour faire elle-même le ménage, et trop pauvre ou trop fière pour demander de l'aide. Cette faiblesse ne l'empêchait cependant pas de gémir à tout propos. Comme la majorité des vieilles, elle ne remarquait pas que le policier ne l'écoutait même pas. Sa seule présence lui suffisait. Il ne pouvait espérer de tranquillité que la nuit, quand elle dormait – par chance elle se couchait tôt –, ou quand elle se rendait au cimetière Bronowski sur la tombe de son mari. Il avait malgré tout pris la chambre. Bon marché et bien située : près du métro, d'une supérette et des galeries Mokotow. Il s'était dit qu'il y resterait un mois ou deux. Il avait besoin d'un peu de temps pour se reposer et reprendre ses esprits pour la suite. Cela fait, tout se remettrait en place, la vie roulerait comme sur des rails, et Ola regretterait d'avoir divorcé.

Rien de tel ne se produisit. Presque un an plus tard, il se sentait toujours aussi désemparé qu'au moment où il avait attendu à l'arrêt du bus avec sa valise et son costume sur le bras.

Comme par méchanceté, la vieille mourut d'une attaque trois mois après son emménagement. Étant à son travail, il ne put donc pas la secourir. Il espéra qu'elle n'avait pas souffert. Par chance, la vieille avait longtemps auparavant mis l'appartement au nom de sa fille, qui lui permit de rester. Mais, après les vacances, elle avait fait entrer deux étudiants, Piotr et Agnieszka.

Au début, tout alla bien. Ils firent des efforts, lui aussi. Ils ne se gênèrent pas mutuellement, ils se donnèrent de petits coups de main. Ils s'intéressaient à son travail, lui à leurs études. Ils l'invitèrent même une fois à venir boire une bière dans un bar à musique voisin, mais il refusa en invoquant un surcroît de travail et la fatigue. Puis, de semaine en semaine, tout se gâta. Ils firent de plus en plus souvent la fête, sans nettoyer derrière eux. Ajoutez à cela de petites frictions... Même s'il fallait reconnaître que les problèmes venaient principalement du garçon, parce que Agnieszka s'efforçait au moins de se conduire correctement.

Mortka en était récemment venu à la conclusion qu'il devait se trouver un nouveau logement, mais il n'arrivait pas à se décider. Il avait toujours quelque chose de plus important en tête. Il avait aussi peur de ne rien trouver dans ses moyens.

Un quart d'heure plus tard, il entendit les étudiants se préparer à sortir. Ils n'arrêtaient pas de rire. Ils parlaient d'un « foutu Colombo », et d'un « Kojak à poils longs ». Il grinça des dents mais ne bougea pas du lit.

— Le Kojak à poils longs, elle est bonne, celle-là ! répéta Piotrek en gloussant.

Lui parvint enfin le bruit de fermeture de la porte et de la clef tournée dans la serrure.

Il voulut se lever pour aller à la cuisine, mais comprit qu'il y avait encore quelqu'un. Il entendait un bruit d'eau qui coule. Feraient-ils le ménage ?

Le film à la télé devenait plus stupide encore qu'il n'aurait pu penser. Un film d'action américain où le flic démolissait la moitié de la ville pendant une course-poursuite. Mortka essayait d'imaginer la réaction de ses supérieurs s'il faisait des choses pareilles dans Varsovie. Conseil de discipline et adieu au service.

Quelqu'un ferma le robinet, mais resta sans doute dans la cuisine. Un instant plus tard, Mortka entendit de petits coups timides frappés à sa porte. Il s'assit sur son lit.

— Entrez.

Agnieszka entra dans la chambre. Elle sourit et posa devant lui une bière et une assiette de petites tartines au fromage, aux tomates et aux oignons.

— C'est avec mes excuses, dit-elle.

— Merci.

— Piotrek est un vrai bordélique.

— J'ai remarqué.

— Je lui ai demandé de nettoyer, et ça lui arrive de le faire, mais ensuite il invite des copains, ils bossent un peu ensemble, et après c'est n'importe quoi.

— Ils bossent comme hier ? demanda l'inspecteur, ironique.

Elle rougit.

— Non, hier, nous avons eu une fête.

— Ce que je me suis dit…

— C'est pour ça que je m'excuse. Nous ne savions pas que tu allais travailler aujourd'hui.

— Vous auriez pu au moins demander, non ? dit-il.

Il prit une tartine, mordit dedans. Il ouvrit une bière.

— Je peux m'asseoir ? demanda-t-elle.

Il lui fit une place sur le canapé. Agnieszka était une brune menue, avec une petite poitrine et des hanches étroites. Très pâle, comme si elle ne sortait jamais au soleil. Moyennement belle, pas laide. Elle lui plaisait, même. Il lui arrivait de penser à elle en se masturbant.

— Tu as été absent toute la journée. Qu'est-ce qui s'est passé ?

Il prit une gorgée de bière.

— Un incendie volontaire, avec un mort. Un type a cramé, et sa femme a des brûlures.

— Cramé ? Ça doit être affreux à voir !

Mortka réalisa enfin qu'il n'avait même pas regardé le corps.

— Comme on imagine.

— On doit sûrement s'habituer à voir des cadavres, n'est-ce pas ? demanda-t-elle.

— Pour certains, oui, pour d'autres, non, répondit-il de façon évasive.

— C'est-à-dire ?

Il reposa la tartine sur l'assiette, fit tomber les miettes qu'il avait sur la main, et éteignit la télé. Le visage de l'acteur américain s'effaça dans un petit nuage de l'écran rendu au silence. Mortka se leva, sa bière à la main, alla fermer la fenêtre, se retourna vers la fille en s'appuyant au montant.

— La majorité des crimes sont des histoires familiales : un mari tue sa femme, une femme son mari, des choses comme ça… Ça arrive aussi à l'occasion de bagarres. Des types se retrouvent pour picoler, puis ils se disputent… Arrive un mot de trop, et il y en a un qui attrape un couteau, une bouteille, ou un cendrier, et fracasse le crâne d'un autre. On s'habitue à ce genre de choses. On vient sur les lieux, on rassemble des témoignages, souvent on arrête le coupable. Mais il y a d'autres cas.

— Lesquels ?

Il eut du mal à cacher son ennui. Il avait déjà souvent eu cette conversation. Pas de rencontre, pas de réunion, sans qu'il y ait quelqu'un pour vouloir sentir des frissons et entendre de la bouche d'un vrai policier un récit de crime macabre comme les gens peuvent en commettre. Les tragédies se transformaient en conversations de salon. Ça l'irritait, mais il ne refusait jamais.

— Il y a quelque temps, des jeunes ont fait une fête. Ils ont piqué le portable d'un des leurs, complètement saoul, et ils lui ont vidé son forfait. Ils avaient appelé un site de sexe. Ils tenaient tellement à ce qu'il n'en sache rien qu'ils l'ont tué. Ils l'ont étouffé avec des oreillers. Le gamin avait quatorze ans.

Elle le regarda, incrédule.

— Ou encore… continua-t-il. Dix-huit ans – avec un passé –, il avait une copine de quatorze ans. Il l'a donnée à ses copains. Ils l'ont violée à cinq à tour de rôle pendant plus d'une heure. Quand elle les a menacés de tout raconter à ses parents, ils l'ont tuée. Ils ont voulu jeter le corps dans la Vistule, mais ils ont été surpris par une patrouille au moment où ils la portaient roulée dans un tapis.

Il reprit une gorgée de bière. Il en gardait le goût amer sur la langue.

— Ce sont des choses auxquelles je ne m'habituerai jamais, dit-il après un temps de silence.

— C'est vrai ? Ça s'est vraiment passé comme ça ? demanda la fille.

— Oui, ça s'est vraiment passé comme ça, répondit-il.

Elle rougit, comme si la peur qu'elle avait éprouvée soudain avait été honteuse.

— Terrible, fit-elle avec tristesse.

— Je sais.

— Et l'affaire d'aujourd'hui ?

Mortka réfléchit, puis répondit :

— L'affaire d'aujourd'hui, entre les deux.

Il reprit une gorgée de bière.

— Où est Piotrek ? demanda-t-il aimablement.

— Il est parti au club de rock, à Raclawicka.

— Et pourquoi tu es restée ?

— Le Système d'élimination d'étudiants est activé.

— Pardon ?

— Les examens. Le Système d'élimination d'étudiants. J'ai plusieurs matières.

— Et Piotrek n'a pas besoin d'étudier ?

— Visiblement non. De plus, aujourd'hui, je ne me sens pas très bien.

Elle regarda son ventre d'un air éloquent.

— Aha, c'est ta période et aujourd'hui vous dormez à part, c'est ça ? dit-il sur le ton de la plaisanterie, mais comprenant aussitôt que ce n'avait pas été sa meilleure idée.

Agnieszka s'indigna.

— C'est pas tes oignons, gronda-t-elle.

Avant qu'il ait eu le temps de dire un mot pour sa défense, elle était sortie en claquant la porte.

Il finit sa bière et les tartines. Il remit le film à la télé, puis rapporta la vaisselle à la cuisine. Il alla se brosser les dents dans la salle de bains. Retournant dans sa chambre, il remarqua que la lumière était toujours allumée chez Agnieszka. Il se demanda s'il ne devrait pas aller s'excuser, puis conclut qu'il n'y avait pas de quoi. Il se coucha.

Il n'arrivait pas à décider s'il croyait plus aux mathématiques ou à la chance. Les maths étaient nécessaires, rien à dire. C'est clair, et tout le monde le dit, c'est toujours le casino qui gagne. D'ordinaire, c'est vrai, mais au moment où le joueur réussit à faire plus d'opérations dans sa tête qu'une addition et une soustraction, ses chances s'accroissent. Il s'agit de deux choses : deux bases d'un calcul de probabilités et d'évaluation du risque. Le premier dissipe les illusions et donne un regard lucide sur une situation. L'autre permet de choisir une stratégie de jeu optimale. Il y avait aussi d'autres principes universels qui découlaient de modèles mathématiques et permettaient une maximisation des profits et une minimisation simultanée des pertes. Ça disait : joue toujours petit, et dégage vite avec ce que tu as gagné. S'il avait cru aux mathématiques, il aurait dû depuis longtemps récupérer l'argent et aller faire la fête. Mais lorsque Piotrek tira sur le levier du bandit manchot et que, pour la deuxième fois, trois joyeux citrons s'alignèrent sur les rouleaux, il ne put pas ne pas croire que cette fois il avait de la chance. Et si c'était le cas, il fallait en tirer autant que possible.

Il sortit une cigarette du paquet posé sur la machine et l'alluma. Il prit une gorgée de bière. Tout ce temps, il caressa les flancs de l'automate. Il se décida pour un lancer unique. Les rouleaux se mirent à danser, et en s'immobilisant l'un afficha une cerise, l'autre s'arrêta entre un citron et une cloche, et le troisième sur le mot BAR. Conformément aux prévisions, il perdit.

L'automate ne permettrait pas plusieurs gains successifs, pensa-t-il.

Il fallait s'attendre à un passage à vide.

Il appuya de nouveau sur le bouton de pari simple et tira le manche.

Il avait laissé ses deux copains au Club Rock et s'était rendu seul dans la salle de jeux voisine, avec des machines pas tout à fait légales qui surgissaient et disparaissaient au rythme des contrôles de la police des jeux. Il ne regrettait pas spécialement ces deux corniauds, et même il ne les aimait pas. Ils étaient ennuyeux et ne savaient parler que des cours, de nouveaux modèles, de physique et de science-fiction. Il les avait entraînés dans la boîte parce qu'ils étaient parmi les rares étudiants de son année auxquels il ne devait pas d'argent. Ils s'étaient facilement laissé avoir au truc du portefeuille oublié et avaient accepté de lui prêter cinquante zlotys. Il avait râlé en les traitant de juifs et s'était vite retrouvé avec cent tout rond dans la poche. C'était peu, mais il savait qu'il n'en tirerait pas plus.

Les rouleaux s'immobilisèrent.

Il n'avait de nouveau rien gagné. Tant pis. Il était quand même encore dans le vert. Il allait bientôt changer l'argent et retourner au club. Il retrouverait les corniauds, leur payerait une bière et s'achèterait un paquet de clopes. Il pourrait peut-être tout de suite régler ses dettes.

Il tira sur le manche.

Au Club Rock, il trouverait une mignonne qu'il ferait d'abord boire, avant de l'emmener à l'écart, histoire de s'amuser comme il faut.

Cloche, cerise, quelque chose entre citron et abricot.

Ce serait la faute d'Agnieszka elle-même s'il dépensait l'argent pour une autre au lieu de lui acheter un truc. Elle aurait pu venir, elle aurait pu lui faire une douceur, comme il lui avait demandé.

Il tira le levier. Il regarda comme hypnotisé les rouleaux tourner. S'il ne gagnait pas, il devrait cette fois miser gros. La machine devait être prête à payer, et lui, il sentait qu'aujourd'hui, vraiment, la chance lui souriait.

Framboise, citron et quelque chose entre.

— Faiblard, petit.

Il entendit une voix forte derrière son oreille, une voix rauque.

— J'espère que tu n'as pas tout laissé filer.

Il voulut se retourner, mais l'homme dans son dos le comprimait si puissamment qu'il ne pouvait faire aucun geste. Sa cigarette lui tomba du bec et roula sur le sol.

— Oh, mais ce n'est pas si mal, petit, dit son agresseur en voyant la somme en crédit sur l'écran.

— Écoute, le Noir…

— Ta gueule, petit !

Piotrek sentit que le Noir le piquait délicatement avec un objet pointu dissimulé dans sa poche. Il pinça les lèvres. Il n'aurait jamais dû emprunter de l'argent à ce cinglé, mais un jour qu'il était à marée basse, le Noir était apparu devant lui avec une boîte à moitié pleine de jetons. Il aurait été dommage de ne pas profiter d'une telle occasion. En plus, la machine avait avalé des pièces pendant toute la journée et le jackpot était énorme, et Piotrek était sûr que tôt ou tard elle allait lâcher tous les gains et cracher un torrent d'oseille. Évidemment, rien de tel ne se produisit. Il perdit tout ce qu'il avait, plus tout ce qu'il avait emprunté.

Le Noir s'empara de la chope de bière qu'il pencha pour en vider le contenu sur le plancher.

— Putain, qu'est-ce que tu fabriques ? hurla une barmaid.

Le Noir se tourna dans sa direction, et à la vue de son visage la femme se figea de peur. Le Noir était bien connu dans le coin. Moitié tsigane, moitié polonais, toujours un surin dans la poche, et une condamnation pour une bagarre qui aurait pu se terminer par un meurtre si ses copains n'étaient pas intervenus.

— *Sorry*, patronne, lança le Noir, insouciant, par-dessus son épaule.

Il appuya sur le bouton de paiement et plaça la chope sous l'ouverture d'où commencèrent à dégringoler des jetons en tintant.

— Vieux... gémit Piotrek. Ce fric était pour le Lièvre, inventa-t-il.

— Vieux... coupa le Noir. Le Lièvre, c'est le Lièvre, mais t'as aussi une ardoise chez le Noir.

La chope se remplit presque entièrement de jetons. Le Noir relâcha la pression de son couteau, tapota amicalement Piotrek sur l'épaule, puis se dandina jusqu'au bar. Le garçon poussa d'abord un soupir de soulagement, avant de sentir des larmes lui monter aux yeux. Il venait de perdre toute une nuit de gains.

Le Noir posa la chope devant la barmaid.

— C'est pour changer, patronne, dit-il.

Elle tendit la main vers les jetons, mais le Noir la saisit par un bras, si violemment qu'elle sursauta. D'un geste tranquille, il préleva quatre rondelles de métal dans la chope.

— C'est pour vous, patronne. Avec mes excuses pour la bière renversée.

— Pas de mal, répondit-elle avec un sourire acide.

Libérée, elle récupéra le reste des gains dont elle fit un compte rapide.

— Le Noir... Laisse-moi quelque chose pour continuer, gémit Piotrek, toujours assis devant la machine.

La barmaid donna au Noir une liasse de billets que celui-ci fourra dans la poche de sa veste. Puis il reprit un des quatre jetons qu'il avait auparavant posés devant la femme et il le lança au jeune homme.

— Bonne chance, Piotrek ! lança-t-il joyeusement en guise d'adieu.

Piotrek attrapa le jeton et regarda bouche bée le Noir sortir. La barmaid lança un regard méprisant à l'étudiant et retourna à ses verres dans le bac à vaisselle.

Le garçon posa le jeton dans sa paume ouverte et le considéra longuement. Il y avait toujours une chance de se refaire. Il souffla deux fois sur le jeton, le glissa dans la fente. Il risqua le tout pour le tout. Il tira sans hésiter le levier et ferma les yeux. Il écouta les rouleaux tourner. Les cliquètements lui rappelaient le bruit d'un train en marche. Il ouvrit les paupières et regarda le résultat.

Une prune, quelque chose entre un abricot et un citron, quelque chose entre un sept et une cloche.

Perdu.

Il avala sa salive et pensa avec colère qu'il aurait mieux fait aujourd'hui de croire aux maths.

Chapitre 5

Mortka se réveilla à sept heures. Il resta longtemps sans bouger, réfléchissant à quoi faire de lui-même pendant cette journée. Il n'en avait aucune idée, et surtout il n'avait aucune envie d'aller où que ce soit. Il se demandait, et ce n'était pas la première fois, s'il avait toujours été ce type ennuyeux et pitoyable, ou s'il ne l'était devenu qu'après le divorce. Il avait l'impression confuse d'avoir eu dans le temps des centres d'intérêt, mais il ne se rappelait plus lesquels. Il avait dû les laisser à sa femme avec l'appartement et les enfants.

Il décida qu'après le petit déjeuner il se rendrait à la villa incendiée et examinerait soigneusement le site du crime.

Il passa dans la salle de bains pour se laver les dents et peut-être se raser. À peine le seuil franchi, il se pétrifia. Piotrek ronflait bruyamment, allongé nu dans la baignoire remplie d'eau. Le garçon était si maigre que l'inspecteur pouvait lui compter les côtes. Ses longs cheveux noirs bouclés ondoyaient dans le bain comme des tentacules de méduse. Un mégot mouillé traînait sur le carrelage à côté de la baignoire.

Mortka secoua vivement le garçon. Piotrek grommela quelque chose d'incompréhensible et se retourna sur le côté en faisant clapoter l'eau. L'inspecteur le secoua encore une fois, un peu plus fort, puis il lui donna une baffe délicate. L'étudiant ouvrit des yeux injectés de sang.

— C'est quoi ? grogna-t-il, ce qui lui fit entrer un peu d'eau dans la bouche.

Il recracha un filet de liquide.

— Tu t'es endormi dans la baignoire. Lève-toi.

— Aaah… Quelle heure est-il ?

— Huit heures.

— À huit heures, on dort.

Il referma les yeux. Mortka le gifla de nouveau, il le saisit par les bras et le secoua fortement. Le garçon tenta de se défendre, mais il était encore ivre et renonça à opposer une quelconque résistance.

— D'accord, d'accord, grommela-t-il.

Mortka le lâcha et hocha la tête avec dégoût. Le garçon se redressa avec difficulté, s'appuya contre le mur et attrapa une serviette dont il se couvrit les hanches. Il sortit de la salle de bains en répandant de l'eau.

— Essuie derrière toi, lui cria Mortka.

— D'accord, d'accord…

Piotrek entra dans sa chambre, ferma la porte et s'effondra sur son lit. Après une hésitation, Mortka retira le bouchon de la baignoire.

Il se brossa soigneusement les dents, se lava le visage et renonça à se raser. Il se prépara un petit déjeuner et du café. Il alluma la télé. Il regarda longuement le programme de la TVN où deux présentateurs qu'il ne connaissait pas tenaient une conversation inintéressante avec un type qu'il n'identifiait pas non plus. Il s'habilla et sortit. La température extérieure était de moins sept. Comme par malice, sa voiture refusa de démarrer. Il essaya vingt bonnes minutes, et quand il se rendit compte qu'il n'y arriverait pas, il débita tous les jurons de son répertoire. Puis il dévissa la batterie qu'il apporta chez lui pour la brancher sur le chargeur.

Il prit le métro jusqu'à Ursynow où il changea pour un bus qui le conduisit près de la villa incendiée. Pour l'atteindre, il lui fallut encore vingt minutes de marche en suivant la Pulawska.

Arrivé sur place, il salua le policier en faction, montra sa carte et demanda ce qui s'était passé pendant la nuit. Comme il s'y attendait, aucun suspect ne s'était montré.

L'inspecteur entra dans la villa. Il sortit un carnet de sa poche et essaya son crayon à bille sur une feuille blanche. Il souffla lourdement. Il n'y avait enfin plus de badauds ni de pompiers. Il pouvait se concentrer.

Il ne cherchait rien de concret et ne s'attendait pas à trouver quelque chose de particulier. Même s'il y avait eu des traces, elles auraient été effacées par les pompiers. Ce n'était pas de ça qu'il s'agissait. Il voulait revoir la maison de ses propres yeux, ramasser des éléments d'information, des débris qui un jour pourraient lui être utiles. C'est en cela, finalement, que consistait le travail : fouiller, les bras enfoncés jusqu'aux coudes dans des tas d'ordures, en espérant attraper quelque chose de précieux et poser mille fois la même question en espérant qu'enfin quelqu'un y répondrait.

Il y avait quatre pièces en bas : le salon à la cheminée, un bureau, une salle de bains et une vaste cuisine. Les deux dernières étaient intactes. Leurs épaisses portes en bois les avaient protégées des flammes. Les seuls dégâts, du reste mineurs, avaient été causés par les sauveteurs. Il décida de commencer par le bureau. La pièce produisait un effet étouffant. D'immenses tas de papiers s'accumulaient sur une vieille table de travail en chêne. Les étagères de la bibliothèque étaient remplies d'épais classeurs de documents d'entreprises ou personnels, entre lesquels étaient rangés des livres à thématique principalement économique et juridique, ainsi que deux ou trois manuels du type *Comment donner de l'inspiration ?* ou *L'Art de la guerre en affaires*. Des lampes, des chaises, un grand fauteuil de cuir dans un coin, et un petit bar élégant à l'intérieur duquel se trouvait une bouteille de whisky bas de gamme à moitié vide. Les meubles encombraient l'espace de telle manière qu'on avait de la peine à se mouvoir.

Deux petits paysages accrochés au mur : une montagne, un soleil couchant, quelques nuages, quelques arbustes rachitiques. L'inspecteur consacra deux minutes à déchiffrer la signature de l'artiste – Wyczolkowski. Ce peintre ne lui disait rien, mais il est vrai que sa connaissance de l'histoire de l'art s'arrêtait à l'oreille coupée de Van Gogh.

Il s'intéressa d'abord aux papiers sur le bureau. Il parcourut des notes énigmatiques, des feuilles de chiffres et de colonnes d'additions et de soustractions, agrémentées de dessins dans les marges qui représentaient des petits personnages stylisés. Ces personnages couraient un sabre à la main et se coupaient la tête les uns les autres, ou encore s'infligeaient mutuellement le supplice du pal. Il les considéra longuement, se demandant si on pouvait en déduire quelque chose de significatif, mais il finit par admettre que Kameron avait gardé en lui quelque chose d'un ado qui s'ennuie.

À côté des notes se trouvait un tas de courriers de banques, d'opérateurs de téléphonie, de compagnies d'eau et de gaz. Mortka comprit qu'il devrait demander à un stagiaire de regarder tout ça. Il compatissait d'avance, parce que ça représentait une journée entière d'un travail dénué de sens, et dont certainement rien d'intéressant ne sortirait. Il s'empara d'une lettre de banque et l'étudia. Les Kameron avaient un compte commun où figuraient à peine huit mille zlotys. C'était peu si l'on prenait en considération la valeur de la maison, et le fait qu'ils donnaient, ou voulaient donner, l'impression de gens fortunés. Peut-être Kameron avait-il un deuxième compte ? Dans une autre banque ? Apparemment, il jouait à la Bourse. Mortka nota ses questions dans son carnet.

Il sortit du bureau et se dirigea vers le salon incendié. C'était la pièce qui présentait le pire aspect. Les meubles n'étaient plus bons qu'à jeter. Des morceaux de cadres dorés et des restes de toiles transformées en bouts de torchons sales étaient répandus sur le plancher.

Il monta à l'étage, composé d'une salle de bains et de trois chambres. Toutes les pièces n'étaient que décombres. La mieux conservée était la salle de bains, même si les carreaux avaient craqué et les éléments en plastique, fondu sous la chaleur. Il trouva les fragments d'un rasoir Gillette et des restes d'emballages de cosmétiques pour femme.

Deux des chambres à coucher étaient sensiblement identiques. Toutes deux entièrement dévastées, mais dans la plus petite Mortka découvrit un réduit à part pour une garde-robe. Il regarda à l'intérieur et se figea. Quelque chose éveillait en lui de l'inquiétude, mais il ne savait pas quoi. Il se frotta les yeux, pris de fatigue. Il devait se concentrer. Comme à l'école : trouver l'intrus, les sept erreurs. Il se fit une liste des objets qui devraient être là. Des cendres, des débris de vêtements et de chaussures, de portemanteau. Tout cela était bien là, comme il se devait. Mais qu'est-ce qui clochait dans l'ordre des choses ? Une fourrure. Abîmée, mais pas par le feu. Mortka avala sa salive et regarda au sol. Un chausse-pied tordu en forme de U, et un portemanteau en métal qui avait dû supporter des vêtements mais qui visiblement avait été utilisé comme levier de fortune. La position des objets et les dégâts sur la porte montraient que la serrure avait été brisée de l'intérieur.

Il se rendit à la fenêtre, la seule de la maison dont le grillage était ouvert. Il comprit que c'était de cette chambre que Mme Kameron avait sauté.

Il s'appuya contre le rebord. Pourquoi quelqu'un avait-il dû forcer la porte de la garde-robe ? Parce que ce quelqu'un s'y trouvait. À l'intérieur, enfermé lorsque l'incendie s'était déclaré, se répondit-il à lui-même. Mme Kameron ? Et si oui, qu'est-ce qu'elle faisait là ? Et pourquoi ?

Les odeurs de brûlé commençaient à lui monter à la tête. Il ouvrit la fenêtre et se pencha à l'extérieur pour respirer un moment un peu d'air frais et froid.

Il se représentait ce qui avait pu se passer. Les Kameron s'étaient disputés et Jan avait enfermé sa femme dans le placard. Des choses qui arrivent. Mortka savait que pour certains hommes, l'usage de la ceinture ou l'enfermement de leur partenaire dans une cave, un réduit ou un placard étaient la meilleure manière de clore une dispute. Kameron était à l'évidence de ce genre-là. Lorsque l'incendie avait éclaté, sa femme avait d'abord forcé la porte de la garde-robe, puis réfléchi à une manière de fuir la maison en flammes. Mais le feu était déjà déchaîné et coupait la route du rez-de-chaussée. Il ne lui restait plus qu'un saut risqué de toute la hauteur du premier étage. Elle n'avait aucune chance de s'en tirer sans dommage. Mais pourquoi s'étaient-ils disputés ? Il nota la question à côté des autres, puis ayant réfléchi, il la souligna d'un trait appuyé.

Il referma la fenêtre et examina la porte de la garde-robe. Un bois solide, très dur et résistant. Un miracle qu'elle ait réussi à s'échapper. Un homme ordinaire aurait eu des problèmes. Il se dit que la femme avait dû s'acharner longtemps, avant même le déclenchement de l'incendie. La clef se trouvait toujours à l'extérieur de la serrure.

Il ne supportait plus l'odeur de brûlé, et des larmes lui montaient aux yeux à cause des cendres. Il quitta la villa. Le policier d'Ursynow, toujours assis dans son véhicule radio, surveillait le quartier.

Une blonde sortit avec un labrador de la maison voisine, vêtue d'une grosse veste rembourrée, coiffée d'un bonnet de laine à pompon rouge et portant des lunettes de soleil qui lui dissimulaient la moitié du visage, ce qui empêcha Mortka de deviner son âge avec précision. Il lui donna au jugé la cinquantaine.

— S'il vous plaît ! lança-t-il.

La blonde s'arrêta et tira sur la laisse. Le labrador obéissant s'assit. Mortka accourut vers elle.

— Excusez-moi, vraiment. Inspecteur Jakub Mortka de la police de Varsovie.

Il fouilla dans ses poches un moment, y trouva enfin son portefeuille et montra sa carte à la femme. Elle lui parut étonnamment inquiète. L'inspecteur se demanda si elle avait quelque chose sur la conscience, ou si, comme la moitié de la population de ce pays, elle faisait une allergie à la police.

— Ah oui, répondit-elle. J'ai parlé hier avec votre collègue. Je lui ai déjà dit que je ne savais rien. Avec mon mari, on s'était couchés tôt. Nous avons été réveillés par les sirènes des pompiers.

Elle s'exprimait curieusement, sur un ton prétentieux, en traînant sur certaines syllabes et en faisant des pauses comme si elle avait pensé à des virgules.

— Je n'en ai pas fini avec cette affaire.

Le labrador s'approcha de Mortka et lui renifla la main.

— Krysia, suffit !

La maîtresse tira sur la laisse, et la chienne recula un peu tout en remuant la queue.

— Dans ce cas, inspecteur, ferez-vous quelques pas avec moi ? Ce n'est pas bon de rester immobile dans ce froid. Et Krysia doit bouger.

Mortka acquiesça. Ils partirent vers le bois Kabacki.

— Un beau chien, commenta l'inspecteur en hochant la tête d'un air approbateur. Quel âge ?

— Six ans.

— On ne dirait pas.

— Les labradors gardent longtemps leur vitalité. C'est typique de la race. Ils restent des chiots jusqu'à deux ans.

— Et ils sont très intelligents. C'est ce que j'ai entendu dire.

— Même trop.

— Que voulez-vous dire ?

— C'est un grand chien qui a beaucoup d'imagination et peut abîmer des tas de choses. Parfois, il lui arrive de se comporter comme un enfant mal élevé, dit la femme en souriant.

Mortka jugea que la glace était rompue et qu'il pouvait revenir à sa première conversation.

— Comment vous appelez-vous ?

La femme éclata de rire.

— J'ai dit quelque chose de drôle ?

— Non. Je croyais que vous saviez.

— Malheureusement non.

— Mariola Zdunska.

— Enchanté de faire votre connaissance. Je voulais vous parler des Kameron.

— Je n'en sais pas grand-chose. Je n'étais pas de leurs proches.

— Et qui en était ?

Elle réfléchit.

— Sans doute personne. Vous savez, c'étaient des gens à part. Elle surtout, une grande star. (Zdunska ne faisait aucun effort pour cacher son dégoût.) Elle n'arrêtait pas de raconter qu'elle était invitée à *Danse avec les stars*, pas la session actuelle, mais la suivante. Et en fait la suivante, et la suivante. Je ne sais combien de temps elle s'est fait des idées.

— Et quel genre de gens ils étaient ?

— Un peu bizarres. Il était bien plus âgé qu'elle. Dix ans, voire plus. J'ai l'impression que le mariage n'était pas vraiment réussi.

— Ils se disputaient ?

— Oh oui ! Beaucoup.

— Et le jour de l'incendie ?

— Là, ça a vraiment bardé ! Tout le quartier a entendu. Vous pensez que c'est important ?

— Peut-être… De quoi s'agissait-il ?

— Je ne sais pas. Je n'écoute pas ce que disent les voisins, dit-elle, froissée. J'ai des choses plus intéressantes à faire.

— Vous avez dit vous-même que tout le quartier avait entendu.

Elle pinça les lèvres. Elle s'était laissé prendre.

— D'argent, je crois, fit-elle à contrecœur. Ils discutaient toujours d'argent.

— Ils vivaient serrés ?

— Lui avait sans doute perdu beaucoup d'argent à la Bourse. Vraiment beaucoup. C'est là que vous devriez chercher. Là, il y a vraiment du banditisme.

— Ça, c'est l'affaire de la section de la criminalité financière.

— Et vous êtes ?

— Terrorisme et grand banditisme.

— C'est-à-dire que vous courez derrière al-Qaida ?

Cela le fit rire, mais pour la bonne cause il approuva de la tête. Que Mariola Zdunska s'imagine donc que l'inspecteur Mortka courait après les terroristes à ses heures perdues.

Le labrador s'immobilisa, se carra sur ses pattes et fit ses besoins au milieu du trottoir. Zdunska regarda Mortka d'un air effrayé, puis commença à chercher dans ses poches, les yeux fixés sur le sol.

— J'ai oublié les petits sacs, avoua-t-elle enfin.

Mortka cacha à peine un amusement railleur.

— Aucune importance. Je ne suis pas préposé aux crottes.

— Parce que normalement, je nettoie, affirma Zdunska.

L'inspecteur fit semblant de la croire. Ils avaient suivi dans leur promenade un cercle de petites rues, et ils s'approchaient maintenant de la villa.

— Dites-moi… Ils n'avaient vraiment aucun ami ? Personne de proche ?

— Je vous ai dit que non. Même si ça n'a pas toujours été le cas. Vous savez, quand il y avait de l'argent, il y avait des amis. Il y a dix ans, ils organisaient de grandes fêtes pour des dizaines de personnes. Plus, même. Au point qu'il fallait appeler la police pour les calmer. Puis ça a pris fin.

— Et des ennemis ? Ils avaient des ennemis ?

— Je n'en ai aucune idée, monsieur l'inspecteur.

Ils arrivaient devant la maison des Kameron. Ils restèrent un instant à considérer en silence le bâtiment incendié, et Mortka sentit que le labrador lui reniflait de nouveau la main. Sa maîtresse tira sur la laisse.

— Merci pour la conversation.

— Mais je vous en prie, monsieur l'inspecteur. On ne me soupçonne de rien ?

— Non. Bien sûr que non.

Ce devait être une plaisanterie, mais Mortka prononça ces mots avec un grand sérieux. Décontenancée, Zdunska frotta nerveusement le sol du pied et rappela la chienne qui fouinait dans un petit tas de neige sale.

— On dirait que quelqu'un vous attend, inspecteur, dit soudain la femme. Un collègue de la police ?

Mortka regarda dans la direction indiquée. L'aspirant Kowalski se tenait devant la porte de la villa. À la vue du policier, il finit sa cigarette et jeta le mégot sur le trottoir.

— Non, il n'est pas de la police, répondit-il.

— Pourtant, il en a un peu l'air.

— Il est pompier, expliqua Mortka.

Il prit congé de Zdunska et se dirigea vers Kowalski. Ils se saluèrent d'une simple poignée de main.

— Je ne vous attendais pas ici, dit Mortka.

— J'ai des remords. Hier, il m'est venu à l'idée que si j'avais raison et qu'il s'agissait d'un troisième incendie volontaire, nous nous sommes étalés dans les grandes largeurs. Quelqu'un est mort par notre faute. J'aurais dû venir et tout regarder de mes propres yeux.

Ils entrèrent ensemble dans la villa et se dirigèrent vers la pièce à la cheminée.

— C'est ici qu'a commencé l'incendie, reprit le pompier. Le feu n'est passé que plus tard à l'étage.

— Et le reste du rez-de-chaussée ? Tout n'est pas détruit.

— Le feu n'a pas pu se propager. Des portes fermées, un combustible médiocre, et sans doute un manque d'oxygène. Plus facile de se développer vers le haut.

— Pourquoi ça ?

— Le tapis de l'escalier est en matière synthétique. Ça brûle encore mieux que l'essence. Quand nous sommes arrivés, les flammes atteignaient le toit. Et avant que nous ayons pu forcer ces sécurités (il montra du doigt les grillages aux fenêtres donnant sur la terrasse), il s'est bien écoulé dix minutes. Nous avons tout ce temps arrosé le toit et autour, que le feu ne menace pas les autres bâtiments. Pour ce qui est de la maison, nous n'avions plus grand-chose à faire.

— Les gens n'imaginent pas, dit Mortka, pensant aux grillages.

— Hélas…

— Et Mme Kameron ?

Le pompier se gratta la barbe.

— Vous avez vu la porte de la garde-robe…

— Oui, confirma Mortka.

— Je ne sais pas ce qui s'est passé, inspecteur. Mais ça ne me plaît pas. Cette femme a sauté par la fenêtre alors qu'elle était déjà sévèrement brûlée et que le feu faisait rage. Je ne comprends pas comment quelqu'un peut tant tarder à fuir une maison en flammes.

— C'est peut-être qu'elle ne pouvait pas s'échapper, non ?

— Peut-être qu'elle ne pouvait pas s'échapper, accorda le pompier. Mais c'est à vous d'établir comment ça s'est produit.

Mortka sourit tristement.

— Et comment ça s'est passé lors des autres incendies ? demanda-t-il pour changer de sujet.

— Vous voulez voir ?

L'inspecteur n'hésita pas longtemps.

— Évidemment.

— Allons-y. Vous me suivez ?

— Je n'ai pas de voiture. La batterie est à plat.

— Ah oui… Des choses qui arrivent avec ce temps. Dans ce cas, je vous emmène.

Ils repassèrent à l'extérieur. Mortka s'approcha du policier en faction devant la maison et lui dit qu'il ne reviendrait certainement pas de la journée. À tout hasard, il lui donna une carte de visite. Puis il se dirigea avec le pompier vers une Honda Civic noire. Si neuve qu'à l'intérieur elle sentait encore le salon de l'Auto !

— C'est la voiture de ma femme, expliqua Kowalski en voyant le regard plein d'envie du policier. Elle est chef comptable dans une grande boîte. Ils ont des dizaines de clients, et elle gagne bien. Ça me permet de garder mon hobby.

— C'est-à-dire ?

— De faire pompier.

Mortka éclata de rire, tout en sachant que la déclaration de Kowalski n'avait rien de drôle. *Quel foutu pays !* se dit-il. Ceux qui risquent leur vie au nom de l'ordre, du droit, de la protection des proches ne gagnent que des clopinettes. *Et on exige d'eux d'être disponibles à chaque appel et professionnellement efficaces.*

— On blague entre nous en disant qu'elle est dans le commercial et moi dans le missionnaire. Vous voyez, je suis… la conscience sociale, et elle c'est le business, dit Kowalski avec ironie.

— Ça ne vous dérange pas que votre femme gagne plus ?

— Que voulez-vous, inspecteur ? C'est clair que ça ne me dérange pas. Ça vous dérangerait, vous ?

Mortka pensa aussitôt à son couple passé. Et aux jours où Ola recevait son salaire. Il se sentait alors comme castré en majesté.

— Non, non, ça ne me gênerait pas, mentit-il avec aplomb.

— Ça mis à part, poursuivit le pompier, l'argent n'est pas le plus important. C'est sûr, les copains se moquent en disant que c'est ma femme qui m'entretient. Mais si vous voyiez dans quoi ils roulent, vous auriez peur de monter dedans.

Mortka ne répondit pas. Il se recula contre l'appui-tête et regarda la route. Il se demandait ce qui valait mieux : avoir une vieille guimbarde à soi, ou une voiture rapide, flambant neuve, achetée avec l'argent de sa femme. Il n'arrivait pas à se décider. Les deux lui paraissaient humiliants.

Le trajet dura en tout trois minutes. Le plus long fut de patienter au feu rouge de la Pulawska. Dès que le feu passa au vert, l'aspirant mit pleins gaz, et ils arrivèrent sur les lieux en balayant les limitations de vitesse.

Ils s'arrêtèrent devant une villa, plus petite que celle des Kameron. Une maison simple, de plain-pied, avec un toit plat et un garage. Ça avait pu être un atelier ou un local professionnel, transformé des années plus tôt en bâtiment d'habitation.

— C'est ici qu'a eu lieu le premier incendie. Vous voulez regarder à l'intérieur ? demanda le pompier.

— Évidemment.

Kowalski se gara en bloquant la sortie du garage.

— En cas de besoin, je la déplacerai, annonça-t-il.

Ils descendirent de la voiture. L'aspirant alla à la porte et activa la sonnette. Au lieu d'un son ordinaire, ils entendirent des accords de guitare. Mortka pensa qu'il s'agissait du début de *Smoke on the Water*, mais il n'en était pas sûr.

— J'arrive, fit une voix de l'intérieur.

Quelqu'un regarda par le judas. Puis on entendit un craquement de serrures, et ils virent une femme d'une trentaine d'années, vêtue d'une blouse de lin à motifs rustiques sur les manches et d'une jupe bigarrée. Elle avait noué ses cheveux châtains en un chignon qui la grandissait de quelques centimètres. Toute petite, pas plus d'un mètre cinquante. Mortka pensa en la voyant à un personnage des *Moomins*. Ne lui manquaient que les étincelles de malignité dans les yeux.

— Aspirant Kowalski ! s'exclama-t-elle, un large sourire sur sa frimousse arrondie.

— Bonjour, chère Ania, salua le pompier. J'ai amené avec moi l'inspecteur Jakub Mortka de la Direction centrale. Pourrait-on encore une fois jeter un œil sur la maison ?

— On peut, on peut. Mais, vous savez, nous avons tout nettoyé, dit la femme avec une légère inquiétude dans la voix.

— Ça ne fait rien, mais je voudrais quand même voir le lieu de l'incendie, intervint Mortka.

Elle acquiesça de la tête et ouvrit grande la porte.

— Chéri, c'est un monsieur de la police ! lança-t-elle derrière elle.

Un personnage à cheveux longs sortit de la pièce voisine. Il marchait pieds nus. Il était en jean et portait une chemise avec l'inscription « Jam » et un portrait de Richard Riedl. Si sa compagne rappelait la Mia des *Moomins*, lui faisait penser au Galapiat de la même série. Il avait la même expression indéchiffrable, un nez en trompette et un regard rêveur et ironique.

— Quoi que j'aie fait, je suis innocent ! cria le personnage en guise d'accueil, et il leva les mains.

La femme pouffa. Mortka se força à un sourire de politesse.

— Bonjour. Janek Borowski, précisa l'homme en s'inclinant légèrement.

— Inspecteur Jakub Mortka de la Criminelle.

— Peut-être qu'on sera mieux au salon ? proposa Borowski avec un geste d'invite. Vous boirez quelque chose ?

— Je ne refuserais pas un thé, dit Kowalski.

— Moi, un café, ajouta Mortka.

Ils passèrent dans une pièce de belles dimensions. La maison n'était pas plus grande qu'un appartement standard dans un HLM, mais elle était fonctionnelle. Il n'y avait dans le salon qu'une cheminée, un canapé, une table et deux fauteuils. Aux murs, par contre, étaient accrochés des guitares, des flûtes, des violons et encore d'autres instruments dont Mortka ne connaissait même pas le nom.

— Vous êtes musiciens ? demanda l'inspecteur.

— Pas trop difficile à deviner ? Oui. Nous sommes musiciens, répondit Borowski en prenant place dans un fauteuil.

Les visiteurs eurent droit au canapé.

— On en vit ? demanda l'inspecteur, curieux.

— Et du travail dans la police ?

Avant que Mortka ait eu le temps de répondre, Borowski reprenait :

— Excusez-moi, excusez-moi. Oui, monsieur l'inspecteur, on peut vivre de la musique. Ma femme donne des cours dans une école de musique, et elle fait des jam sessions. Moi aussi, plus quelques leçons particulières de guitare. Nous jouons également avec des amis à des mariages, et quand il n'y a pas de mariages, dans des boîtes. Hier, nous étions à un mariage en dehors de Varsovie, donc à tout hasard, j'ai un alibi.

Il leva de nouveau les mains et se mit à ricaner comme s'il avait fait la meilleure blague de l'année. Mortka fixa le plancher et se dit qu'il n'allait pas rester plus longtemps que nécessaire.

— Excusez-moi, monsieur l'inspecteur, je vois que vous n'êtes pas du genre à rigoler, se reprit Borowski. Je viens juste de me lever. Je suis rentré de ce mariage à sept heures ce matin. Une belle fête. Il y avait même la célèbre Kayah parmi les invités, et elle a accepté de jouer quelques morceaux avec nous. Pour en revenir à l'argent, j'ai un groupe : Saucisse, patates. On donne des concerts. Vous connaissez peut-être ?

— Non.

— On fait du rock absurde. On avait commencé avec le rock fécal. Nous avons été des précurseurs en Pologne.

— De quoi ?

Mortka pensait avoir mal entendu.

— Des chansons de merde, dit joyeusement Anna Borowska en apportant du café au policier et du thé au pompier, trottinant drôlement comme une geisha. Les garçons chantaient la merde, continua-t-elle en caquetant gaiement. Vous savez, on était jeunes, c'était la foule, on perdait la tête, ça hurlait « fé-cal, fé-cal, fé-cal ». Les filles en étaient dingues. Moi, par exemple.

Elle s'assit sur l'accoudoir à côté de son mari et lui posa une main sur la cuisse, assez haut pour que cela puisse avoir l'air inconvenant. Mortka eut l'impression que c'était sa manière de marquer instinctivement son territoire. Elle devait craindre la concurrence des autres femmes.

— Pour M. Kowalski, je sais, lui c'est Dream Theater. Mais vous, monsieur l'inspecteur, qu'est-ce que vous écoutez ? demanda Borowski en se penchant vers le policier.

— La radio.

Un silence se fit autour de la table.

— Sérieux ? reprit le musicien.

— Sérieux.

— Vous devez avoir une triste vie.

— L'inspecteur a certainement un genre de musique préférée, un groupe qu'il adore ! coupa Anna Borowska.

Mortka sentit qu'il devait dire quelque chose, leur donner un os à ronger, sans quoi ils ne lui ficheraient pas la paix.

— Dans le temps, j'écoutais les Jam, concéda-t-il, et il y avait même un peu de vrai là-dedans. *Whisky*, *Comme un oiseau bariolé*, *Rouge brique*, des trucs comme ça…

— Vous écoutiez ça ? Dans le temps ? Qu'est-ce qui s'est passé ? demanda Borowski qui se fit soudain soupçonneux.

Mortka avala sa salive. Il jeta un œil sur la chemise du musicien.

— Rysiek est mort, risqua-t-il.

Borowski acquiesça.

— Juste. Sans Rysiek, ce n'est plus la même chose. Dewodzki et Balcar font ce qu'ils peuvent, mais ce n'est plus pareil. Il n'y avait que Rysiek pour sentir le blues…

Borowski se tut un instant et regarda le policier.

— Respect, l'ancien, dit-il.

La réponse de Mortka l'avait visiblement satisfait, et le policier décida d'en profiter pour passer au sujet qui l'intéressait vraiment.

— Je voulais vous parler de l'incendie qui s'est déclaré chez vous début décembre, l'an dernier.

Borowski eut un geste d'impuissance.

— Il n'y a rien à dire. Je suis sorti de chez moi en laissant du feu dans la cheminée, comme un débile. Il y avait bien une protection en métal, mais ça n'a servi à rien.

— C'est-à-dire que vous n'étiez pas dans la maison ?

Anna Borowska fit non de la tête.

— Janek donnait un concert avec Les Boyaux.

— Où ça ?

— À Stodola. Un grand concert de rock absurde. Il y avait encore Zacier qui jouait. Vous connaissez forcément Zacier ?

Il la regarda, étonné.

— « Je suis un déchet nucléaire, je suis un déchet nucléaire, personne ne m'aime, personne me kife, personne me veut, personne me respecte », fredonna Anna Borowska.

Elle avait une voix délicate et agréable, qui aurait pu appartenir à une adolescente.

— Une chanson à eux ?

— Oui. Vous connaissez ?

— Non. Mais ce n'est pas le sujet. Revenons à l'incendie. Vous étiez en concert, c'est ça ?

— Oui. Nous étions sortis vers dix-huit heures, nous sommes rentrés après minuit. Nous avions coupé nos portables, donc tout le bazar autour de l'incendie nous est passé à côté, répondit-elle.

— Je comprends. À ce que je sais, les dégâts n'ont pas été trop importants ?

— Non. Heureusement… Un voisin a vu des flammes, il a d'abord appelé les pompiers, puis il est entré de force et il a commencé à éteindre le feu.

— Entré de force ?

— Il a cassé une fenêtre. Lui et ses fils ont éteint l'incendie avec des seaux et un tuyau qu'ils ont branché au robinet de la cuisine, expliqua Borowski. Je dois dire que leur action a fait plus de dégâts que le feu, fit-il en riant. Bien sûr, je plaisante. Depuis ce temps, je leur offre chaque semaine une bouteille pour les remercier.

— Quand nous sommes arrivés, il n'y avait en fait plus rien à éteindre, ajouta l'aspirant Kowalski.

— Et pourquoi toutes ces questions ? demanda Borowska, intriguée. L'affaire a été élucidée, non…

Kowalski regarda Mortka. D'un côté, l'inspecteur ne voulait pas trop en dire, mais de l'autre, il lui fallait bien expliquer le sens de sa visite. Il savait par expérience qu'une réponse trop évasive provoquerait des spéculations inutiles qui pourraient compliquer l'enquête.

— Disons que nous nous demandons s'il a pu s'agir d'un incendie volontaire et non d'un accident, répondit-il.

— Ça n'a pas de sens, affirma le musicien. Je vous ai dit que j'avais laissé du feu dans la cheminée.

— Oui, mais nous n'excluons pas d'avoir commis quelques erreurs, intervint Kowalski.

— Et même si c'est le cas, est-ce que ce n'est pas un peu tard ? demanda Borowska. Ça fait un mois et demi, nous avons tout remis en ordre, et pour parler franchement, nous avons déjà oublié toute l'affaire.

— Il y a eu près de chez vous un incendie analogue, reprit Mortka. La police doit vérifier toutes les possibilités. C'est pourquoi je vous demanderai de nous accorder encore quelques minutes. Très vraisemblablement, vous avez raison, et la cause de l'incendie chez vous est le feu dans la cheminée, mais nous devons remuer les cendres. Vous comprenez ?

Les Borowski se regardèrent. Toute cette histoire leur apparaissait comme une anecdote rebattue. Ils l'avaient tellement racontée qu'ils doutaient que quelqu'un veuille encore les écouter.

— Demandez toujours, dit Borowska.

— Si l'incendie avait été volontaire, pourriez-vous dire que vous avez des ennemis capables de faire ça ?

— Non. Plutôt non.

— Plutôt non ?

— OK. Il y a un type qui m'en veut parce qu'on l'a viré du groupe. Et il a plusieurs méfaits à son actif. Mais à mon sens, ça ne peut pas être lui, affirma Borowski.

— Pourquoi non ?

— Parce qu'il est enfermé à l'asile.

Mortka sortit son carnet et un crayon à bille.

— Vous pouvez me donner son nom ?

— Pour quoi faire ?

— À tout hasard.

Borowski pouffa et lança un regard amusé à sa femme.

— Aucun problème. Robert Wieza. De Varsovie. Il est maintenant à Tworki. Je ne connais pas le diagnostic.

— Vous pensez que ça peut être lui ? demanda Anna.

Elle lui parut sincèrement préoccupée. Elle pressait la cuisse de son mari, au point qu'elle en avait les jointures toutes blanches.

— Non, je ne pense pas. Mais mieux vaut vérifier, répondit Mortka. Une autre question : est-ce qu'avant l'incendie vous auriez vu dans le quartier quelque chose de suspect ? Par exemple des gens venus d'ailleurs pour traîner dans le coin ? Des voitures inhabituelles ?

— Non, lança Jan. Chérie ?

— Moi non plus, je n'ai rien vu de spécial. Rien, en tout cas, qui me vienne à l'esprit.

Mortka n'espérait pas d'autre réponse. Un mois et demi s'était écoulé depuis l'incendie, et Noël et le jour de l'An étaient passés par là-dessus. Rien d'étonnant, et même s'ils avaient vu quelqu'un de suspect, ils avaient eu le temps d'oublier. Mais il devait poser la question.

— Est-ce qu'en nettoyant vous auriez trouvé des morceaux de verre, de bouteille cassée dans la cheminée ou à proximité ?

Borowski hocha la tête.

— Oui, reconnut-il. Nous nous sommes même demandé d'où ça pouvait venir. Tu te souviens, chérie ?

— Je me souviens. Des morceaux de bouteille de vodka. Alors que nous ne buvons pas de vodka. Ça nous a fait rire de penser que le voisin avait versé de l'eau avec cette bouteille pour éteindre le feu.

Elle eut un petit rire avant de redevenir sérieuse devant la mine grave de l'inspecteur.

— Vous n'avez sans doute pas conservé ces morceaux de verre ?

Ils firent non de la tête.

— Ça a un lien avec l'incendie ? demanda Borowski.

— Je préférerais ne pas répondre à cette question.

— Pour le bien de l'enquête ? supposa le musicien.

— Oui, pour le bien de l'enquête. Est-ce que vous connaissez les Kameron ? Klaudia et Jan Kameron ?

Ils réfléchirent un instant.

— Non, firent-ils presque ensemble.

Mortka referma son carnet qu'il fourra dans sa poche. Il finit son café.

— Merci pour le temps que vous m'avez consacré. Je n'ai plus d'autres questions.

Il sortit une carte de visite de son portefeuille. Il la posa sur la table devant Borowski.

— Vous avez là mon numéro de téléphone. Si vous vous rappeliez encore quelque chose, merci de m'appeler.

— Bien sûr, répondit Borowski.

L'inspecteur se leva. Son regard tomba sur une des guitares, noire, luisante, avec un manche abondamment décoré. Un instrument comme on voyait les bluesmen américains en utiliser sur des vidéoclips. Soudain frappé, il comprit qu'il avait mal posé sa question.

— Et Klaudia Klau, vous la connaissez ? demanda-t-il.

Borowski eut le plus large des sourires possible.

— Klaudia Klau ! La première dame de la chanson fécale polonaise !

Comme Mortka ne comprenait pas, Borowski entreprit de lui expliquer le jeu de mots…

— À cause de son pseudonyme. Vous voyez, Klaudia Klau… Ça sonne presque comme « kal »… Les excréments, vous comprenez ? Entre parenthèses, ceux qui lui ont trouvé son nom de scène auraient pu se fatiguer un peu plus.

— Vous la connaissiez ?

— En tant que, disons… artiste. Son art, si on peut appeler ça comme ça, est culte dans certains milieux.

Ça résonnait de manière intéressante. Mortka eut du mal à ne pas se rasseoir sur le canapé.

— Quels milieux ?

— Les proches de Saucisse, patates et les amateurs de rock fécal en général, expliqua Borowska. Ça ne fait pas grand monde.

— Et comme sa musique est, comment dire, plutôt merdique… ajouta le musicien.

Mortka sentit son cœur battre plus fort. Il pensa à la femme allongée à l'hôpital, sévèrement brûlée, sa vie brisée et son mari disparu. Il n'était pas *fair*[1] de parler d'elle comme Borowski le faisait.

— Et vous connaissez Michal « Stas » Stasinski ? demanda-t-il en s'efforçant de garder son calme.

— Personnellement ! déclara Borowski avec fierté. Il y a des années, quand je n'étais qu'un petit morveux, il avait promis de faire la promotion de Saucisse et de faire de nous des stars. Serment d'ivrogne… Mais Stas était un type chouette. On pouvait parler avec lui, il donnait des conseils, il voulait aider. Après, il s'est vendu à Mammon, et il est devenu une espèce de taré ordinaire de la profession.

— Apparemment, il avait des rapports tendus avec le mari de Klaudia Klau, dit l'inspecteur.

— Ça, on n'en sait rien. À dire vrai, la dernière fois qu'on s'est vus… (Borowski fronça les sourcils)… ça va bien faire douze ans. Qu'est-ce que le temps passe !

Il secouait la tête en signe d'incrédulité.

— Je vous remercie encore pour le temps que vous m'avez consacré.

Mortka mettait un point final à la conversation.

Ils se dirent un bref adieu. Les maîtres de maison les raccompagnèrent à la porte. L'inspecteur était sur le point de sortir, quand il éprouva le besoin d'ajouter

1. En anglais dans le texte original. (N.d.T.)

quelque chose. Il se retourna et regarda Borowski droit dans les yeux.

— Pour ce qui est de Klaudia Klau…

— Kal, s'empressa de corriger Borowski.

— Je dois vous dire qu'elle habitait tout près. De l'autre côté de la Pulawska.

Borowski sourit et se tapa dans les mains.

— Vrai ? Si près ? Merde, dommage que je ne l'aie pas rencontrée. Je lui aurais demandé un autographe.

— Vous avez dit « habitait », souffla Borowska.

Mortka la regarda avec considération. Elle était plus vive que son mari.

— Habitait. Dans la nuit de vendredi à samedi, un incendie a éclaté chez elle. Son mari est mort. Elle-même est grièvement brûlée. Elle lutte pour sa survie.

Tous deux écarquillèrent les yeux.

— Bon dimanche ! lança Mortka en se détournant.

Alors que le pompier et lui dépassaient déjà la maison en voiture, les Borowski étaient encore à leur porte.

Ils roulèrent un temps en silence. Kowalski tapotait le volant des doigts. Il finit par demander :

— Pourquoi tu les as pris comme ça ? Pourquoi tu leur as parlé des Kameron ? De cette manière ?

— Elle, elle est OK, répliqua Mortka, en pensant à Anna Borowska. Mais lui… Je n'aime pas ce genre de type.

— Quel genre ?

— Les plus malins que les autres. Il joue dans un groupe de merde dont personne n'a jamais entendu parler, il vit de combines dont on ne sait d'où il les sort, il gratte de la guitare à des mariages pour se faire du beurre, et il se prend pour une star. « Klaudia Flop, Première dame de la chanson flop ».

Mortka en crachait de rage.

— La fille n'est peut-être pas une chanteuse d'opéra, mais au moins elle a essayé de faire quelque chose dans la vie, et ce petit connard prétentieux…

— Du calme, inspecteur, sinon vous allez vous pourrir le sang, le coupa le pompier.

Mortka ne répondit pas. Kowalski alluma la radio qui diffusait justement une chanson de Jam. À moins que ce ne fût du Trou du Souffleur ? Mortka ne les distinguait jamais l'un de l'autre.

La maison suivante se trouvait à cinq cents mètres de chez les Kowalski. Elle était habitée par une famille de quatre personnes. Le jour de l'incendie, ils étaient partis à leur déjeuner hebdomadaire chez la belle-famille en dehors de Varsovie. Comme toujours en ces occasions, la réunion s'était prolongée. Le beau-père avait sorti la vodka, les conversations avaient démarré sur la politique et, avant qu'ils en soient venus à des conclusions, le téléphone avait sonné pour les prévenir du déclenchement de l'incendie. Non, ils n'avaient aucun ennemi. Ils ne connaissaient pas les Kameron, Michal Stasinski ou Klaudia Klau. Non, ils n'avaient jamais vu personne de suspect dans le coin. Ils jugeaient également que la cause de l'incendie devait leur être imputée, une cheminée pas complètement éteinte, ou peut-être un court-circuit dans les installations électriques. Ils n'étaient pas assurés, mais les dommages n'avaient pas été trop graves. Le feu n'avait pas dépassé la pièce à la cheminée. Ils avaient tout réparé avec l'aide du beau-père qui avait un atelier de menuiserie et des doigts d'or.

Après cette visite, Kowalski conduisit Mortka à une station de métro. Ils se séparèrent et convinrent d'un éventuel rendez-vous téléphonique. Il était presque deux heures, et Mortka trouva un kebab où il prit un repas rapide avant de se rendre au palais Mostowski. Un dimanche, peu de monde au travail. Au calme, il remplit la paperasse en retard, puis chercha des informations sur Kameron. En gros, tout coïncidait avec ce qu'il avait appris de Gruda. Les affaires avaient bien marché pour lui dans les années quatre-vingt-dix. Sa fortune était montée à quelques dizaines de millions de zlotys de l'époque. Mais plus tard, après l'an 2000, le vent avait tourné. Les deux firmes, une dans la restauration (plusieurs établissements) et l'autre dans l'habillement (une chaîne de boutiques), périclitèrent. Il vendit ses parts, et quitta ses fonctions dans divers conseils de surveillance et conseils d'administration.

Il n'était maintenant plus engagé que dans une entreprise de production et de commercialisation, la Komistex, qui s'occupait de fabrication d'éléments hydrauliques à partir de matières plastiques et assimilées. La firme employait une douzaine de personnes, avec un siège à Piaseczno. La Komistex-Transport était chargée de la logistique. Un certain Mariuz Wyrwa, la quarantaine passée, était coactionnaire des deux sociétés. Mortka nota son nom.

Puis il téléphona à l'hôpital de Tworki. Il se présenta et expliqua les raisons de son appel, promettant d'envoyer au plus tôt les documents nécessaires, et insistant sur le caractère urgent de l'affaire, étant donné que l'assassin pouvait se trouver en liberté, et qu'il fallait au plus vite éliminer toutes les hypothèses possibles. Il pérora de la sorte dix bonnes minutes avant que la doctoresse au bout du fil accepte de lui dire de manière officieuse que Robert Wieza se trouvait bien dans l'établissement et que, non, il ne l'avait pas quitté ces six derniers mois. Il n'avait participé qu'à quelques sorties organisées par l'hôpital. Elle refusa cependant de lui donner quelque information que ce soit sur son état de santé.

— Et déjà comme ça, je vous en ai trop dit, affirma-t-elle en conclusion.

Mortka remercia et raccrocha.

Donc, ce n'est pas Wieza, pensa-t-il en regardant sa montre. Bientôt six heures… Il rendrait visite à Wyrwa le lendemain, ou bien il l'appellerait.

Il se demanda un moment s'il lui restait autre chose à faire, mais conclut que non. L'enquête ne démarrerait vraiment que lundi. Après un temps d'hésitation, il ouvrit YouTube où il trouva un clip de Klaudia Klau. En quelques minutes, il se convainquit de ce que Borowski avait malheureusement raison : c'était de la musique de merde.

Chapitre 6

Dès le matin, Mortka fut de mauvaise humeur. Il trouva dans la cuisine l'évier rempli de vaisselle sale et sur la table des restes de nourriture puants, et la salle de bains était gluante de saleté. Il avait l'impression de vivre dans un égout. Il lava la vaisselle, désinfecta les toilettes, puis partit le ventre creux au travail après avoir réinstallé la batterie dans la voiture. Arrivé au bureau, il se prépara un café fort pour avaler deux beignets. Après un tel petit déjeuner, il dut encore boire un demi-litre d'eau pour se débarrasser du goût douçâtre dans sa bouche.

Kochan arriva à huit heures vingt. Tout gai, souriant, il sifflotait un air que Mortka reconnut bientôt comme venant du répertoire de Klaudia Klau.

— On va voir le chef, dit l'inspecteur en guise de bienvenue.

— Et le bonjour, collègue, et comment s'est passé ton dimanche et tout ça ?

Mortka fronça les sourcils et montra du doigt la porte.

— On va voir le chef, répéta-t-il.

— Il a déjà appelé ?

Mortka hocha la tête. Il venait de raccrocher le téléphone. L'inspecteur Artur Andrzejewski, chef de la section Terrorisme et Criminalité, voulait connaître les détails de l'épisode de samedi. Le plus tôt étant le mieux.

— D'accord. Allons dans ce cas voir le grand AA en personne. J'enlève juste ma veste, dit Kochan.

Mortka laissa son collègue se défaire et se reprendre un peu. À huit heures et demie, ils frappaient à la porte du bureau d'Andrzejewski.

— Entrez.

— Les dames d'abord, fit Kochan en laissant passer Mortka.

Lorsque Mortka avait commencé son travail, il était sûr que le chef occuperait la plus grande pièce de tout le bâtiment et siégerait derrière un bureau en chêne massif dans un fauteuil de cuir majestueux. Il s'avéra que cette pièce ne pouvait accueillir que trois personnes. Le bureau n'était pas de chêne mais en contreplaqué. Aux murs, des armoires de documents. Et c'était tout. Modeste à donner le cafard, si on prenait en considération la position, le rang, le niveau de responsabilité d'Andrzejewski dans les structures de la police de la capitale.

Ils se tenaient devant lui, à le regarder parler au téléphone, répétant de manière monotone dans l'écouteur : « Oui, oui, oui », son visage se faisant de plus en plus rouge. Il raccrocha enfin en faisant claquer l'appareil comme s'il avait voulu le briser en mille morceaux. Le téléphone rebondit pour atterrir sur le plancher. Mortka se dit qu'Andrzejewski venait à nouveau d'arrêter de fumer. Avec un piètre résultat, vu que la pièce sentait clairement la fumée.

— Oh, merde, alors ! jura l'inspecteur adjoint en se penchant pour ramasser le portable.

Kochan toucha délicatement du coude son collègue en lui adressant un regard interrogatif. L'inspecteur haussa les épaules. Il ne savait pas avec qui avait parlé Andrzejewski et n'avait pas l'intention de s'y intéresser.

— Alors, les gars, quelle est la situation ? gronda le directeur adjoint en se croisant les mains derrière la nuque.

Andrzejewski était peu sympathique, chauve, légèrement trapu, avec de petits yeux perdus sous d'épais sourcils et noyés sous des plis de peau. Sévère, avare de compliments, depuis qu'il avait été nommé chef du service il passait plus de temps devant son ordinateur, en réunions ou plongé dans ses papiers, qu'avec ses hommes. Certains commençaient à avancer qu'il faisait plus confiance à Google qu'aux informateurs de la police. Son manque d'humour était célèbre, et comme il n'arrêtait pas d'arrêter de fumer il était en permanence irrité. Mais on pouvait vivre avec.

Mortka aimait bien Andrzejewski. Ce qui lui plaisait, c'était qu'avec lui on pouvait régler une affaire en deux temps trois mouvements. Pas forcément comme on l'aurait voulu, mais quand on sortait de son bureau on avait au moins une situation claire. C'était une bonne chose. Ça faisait avancer le travail.

L'inspecteur rendit compte des évènements du samedi et du dimanche. Il souligna que Jankowski avait confirmé le caractère volontaire de l'incendie. Puis il résuma les informations sur les affaires de Jan Kameron et la carrière musicale de son épouse. L'inspecteur écouta attentivement. Mortka ayant fini, Andrzejewski souffla, se leva et fit le tour de son bureau.

— Cette hypothèse de pyromane… Qu'est-ce que tu en penses, le Kub ? Ça peut se vérifier ?

— Les pompiers considèrent que oui.

— Et que renifle ton flair de chien policier ?

Mortka aurait dû s'attendre à cette question et préparer une réponse. Au lieu de cela, il avait la tête vide. Il n'était pas encore tout à fait convaincu de la théorie d'un pyromane courant dans Ursynow avec des cocktails Molotov, mais il ne pouvait pas non plus imaginer d'alternative crédible.

— On ne peut l'exclure, chef, répondit-il en traînant. Mais pour le moment, je vérifierais d'autres possibilités. Nous savons que Kameron avait des liens avec le crime organisé et que, dernièrement, ses affaires ne marchaient pas. Il avait peut-être des dettes. Peut-être quelqu'un à qui il avait un jour marché sur les pieds s'en sera souvenu et aura décidé de se venger ? Il y a beaucoup de possibilités, et l'hypothèse d'un pyromane rôdaillant du côté de la Pulawska est la moins vraisemblable.

— Sans qu'on puisse l'exclure… grommela Andrzejewski.

Paroles qui s'inscrivirent entre eux.

— Ce serait une catastrophe, ajouta le directeur adjoint. Trois incendies provoqués de la même manière sans que personne le remarque…

— On ne nous a pas informés. Il n'y avait pas eu de victimes, coupa Kochan.

— Tu crois que ça fera une différence, Kochan ? Si ça se confirme, la presse va nous tomber dessus. La

Direction générale va se jeter sur le chef de la police de Varsovie, et le chef de la police de Varsovie va se jeter sur moi. Et vous savez quoi ? (Il les pointa du doigt.) Je vous tomberai dessus, et ça ne va pas vous plaire.

— Sur nous ? Pourquoi sur nous ? protesta Kochan. Nous n'avons été saisis que depuis samedi ! Ce n'est pas notre faute si les pompiers ne nous ont pas informés avant !

— Et qu'est-ce que vous voulez que ça change ? répondit Andrzejewski.

— C'est la faute des pompiers.

— Darek… Tout le monde aime les pompiers. Les pompiers sont gentils, sympathiques, ils ont toujours une bonne tête sur les photos avec des politiques. Même s'ils ont commis une erreur, c'est nous qui aurons à la payer, pigé ?

Kochan acquiesça à contrecœur.

— Vous allez vous en tirer ? demanda Andrzejewski.

— Oui, répondit Mortka. Nous allons nous faire aider par les gars d'Ursynow. J'ai déjà parlé avec leur commandant. Un type sensé.

— Je sais. Je le connais. À tout hasard, je vais lui envoyer un courrier officiel, histoire qu'il ait une base.

Le directeur adjoint repassa derrière son bureau, ouvrit son portable, tapota à plusieurs reprises sur son clavier, puis patienta, les yeux rivés à l'écran. Mortka se demanda si cela signifiait qu'il devait partir.

— Je vais vous envoyer un chaman, annonça Andrzejewski alors que les policiers se dirigeaient déjà vers la porte.

Kochan envoya un regard significatif à Mortka.

— Ce n'est pas un peu tôt ? demanda l'inspecteur.

— Et tu veux attendre quoi ? répondit Andrzejewski. Le Kub, l'affaire est simple : s'il s'avère que nous avons affaire à un pyromane, je veux que nous puissions dire que nous avons tout fait pour l'attraper. Si ça implique de travailler avec un psychologue, vous travaillerez avec un psychologue. Compris ?

Ni Mortka ni Kochan n'aimaient les profileurs de la police. En général, des grosses têtes à lunettes qui travaillaient n'importe comment, et dont les portraits psychologiques compliquaient davantage les choses qu'ils ne les simplifiaient. Ce qui ne les empêchait pas, après le bouclage d'une affaire, de se comporter comme si l'arrestation des criminels était de leur seul fait.

— Et maintenant, au boulot, les gars. Ou bien vous m'attrapez ce pyromane, ou bien vous excluez absolument l'hypothèse qu'un taré du genre tourne dans Varsovie. Les deux solutions me satisferaient à l'identique, conclut Andrzejewski.

Ils étaient assis l'un en face de l'autre, chacun les yeux sur l'écran de son ordinateur. Kochan écoutait de la musique sur YouTube dans ses écouteurs, et Mortka vérifiait patiemment sa boîte mail. Il lui fallut vingt minutes pour en venir à bout.

— Je suis informé de l'ouverture d'une enquête. On nous adjoint Szydlon, dit-il enfin à Kochan.

Kochan releva la tête, regarda son collègue, surpris, et enleva ses écouteurs.

— Le procureur a ouvert une enquête. On nous envoie Szydlon, répéta Mortka.

— Szydlon ? reprit Kochan en mordant son crayon. Plutôt bien. Le type n'est pas du genre à s'imposer.

— Oui, mais il a des ambitions politiques.

— Oui, mais il ne s'impose pas.

— C'est vrai, approuva Mortka.

— Qu'est-ce qu'il veut ?

— Qu'on le tienne informé.

— Alors, on le tiendra informé. Et maintenant, qu'est-ce qu'on a comme plan ?

L'inspecteur ouvrit son agenda et passa en revue les notes qu'il avait prises la veille.

— Il faut aller à la Komistex, la société de Kameron, informer le personnel et son associé de la mort du patron. Et interroger tout le monde.

— Mon Dieu… gémit Kochan. On en a pour la journée.

— Exact. C'est d'ailleurs pour ça que c'est toi qui vas y aller.

— Moi ? Pourquoi ?

— Tu préfères aller à l'hôpital rue des Chasseurs apprendre à Mme Klaudia Kameron que son mari est mort ?

Kochan fit claquer ses doigts.

— Gagné, maître. Je vais à la Komistex bavarder avec le personnel. Kameron avait peut-être une belle secrétaire qu'il faudra consoler. Consoler son petit cul…

Il se leva et prit son manteau.

— Je te rappelle que tu as femme et enfant, dit Mortka.

— Je plaisantais. Pour l'instant.

Kochan sortit. Mortka sourit. Il déchira une feuille de son carnet, écrivit quelques mots et regarda sa montre.

Il attendit dix, vingt, trente secondes. À la quarantième, Kochan était de retour dans la pièce.

— Bon, c'est où ?

Mortka lui tendit la feuille avec l'adresse. Kochan lui donna une tape sur l'épaule et ressortit.

Chapitre 7

Mortka n'aimait pas les hôpitaux, et ce depuis presque toujours. Les odeurs de détergent l'effrayaient, tout comme le froissement des tabliers amidonnés blancs qui, pour lui, étaient associés à la mort.

Quand il était petit, son père, qui était médecin à l'hôpital, l'emmenait avec lui à son travail pour lui inoculer l'amour du métier médical. À l'époque, l'endroit lui plaisait : tous ces instruments, les grandes seringues, les potions mystérieuses tenues sous clef… Jusqu'au jour où, pour la première fois, il vit un cadavre. Il s'agissait de la dépouille d'un petit vieux de quatre-vingts ans, mort d'une crise cardiaque. Deux infirmières poussaient vers la morgue le chariot où reposait un corps gris et sans force. Le petit Kub éclata en sanglots. Et il pleura encore longtemps, de retour à la maison, même si son père lui avait ordonné d'arrêter, avant de le traiter de bonne femme, de fillette pleurnicheuse.

Il ne voulut plus aller à l'hôpital. Il avait peur même d'une simple visite dans un cabinet, longtemps persuadé que l'on n'y venait que pour mourir. Avec les années, cette frayeur passa, mais Mortka avait ôté de la tête de ses parents l'idée de l'envoyer à la fac de médecine.

Devenu policier, les visites dans des hôpitaux devinrent une composante indissociable de son métier. Il ne comptait plus le nombre de femmes poignardées par leur mari, les victimes de règlements de comptes entre gangsters, ou les jeunes tombés sur la route de salopards armés de battes de base-ball qu'il avait dû aller voir.

À l'hôpital rue des Chasseurs, il fut reçu par une doctoresse au visage fatigué par le travail. Chacun de ses gestes semblait envoyer comme signal qu'elle préférerait se trouver ailleurs, loin des patients, de tous ces lits, de la mort, des maladies et de ces souffrances. Mais Mortka subodora qu'elle devait être un excellent médecin. Seules des personnes qui se dévouent de tout leur cœur peuvent atteindre un tel niveau de dégoût, voire de haine, pour leur métier.

— Comment se sent-elle ? demanda-t-il tandis qu'ils avançaient dans un couloir sentant le chlore.

L'inspecteur se dit que la doctoresse était dans son élément : elle allait d'un pas ferme et militaire. Elle aurait été parfaite dans un défilé, marchant à la tête d'un détachement d'infanterie, portant un uniforme vert, un casque sur la tête et une cravache d'officier britannique sous le bras.

— Mme Kameron ? On ne pouvait espérer mieux. Les brûlures ne sont pas aussi graves qu'on l'avait pensé au premier coup d'œil. Mais elle ne redeviendra jamais une belle femme. Elle a tout le visage brûlé, la poitrine, les jambes et le bras gauche. Et une jambe cassée, l'autre démise. Elle ne souffre par chance d'aucun traumatisme interne. Physiquement, elle se remettra.

— Physiquement ? Et le visage ?

— Je me suis mal exprimée. Je voulais dire que tout fonctionnerait. Cependant, elle risque de souffrir de troubles psychiques. C'était une très belle femme. De telles blessures pèsent lourdement sur l'estime de soi.

Mortka hocha la tête.

— C'est pourquoi je vous demanderai de ne pas montrer d'émotion, poursuivit la doctoresse. On est secoué quand on la voit.

— Je suis policier. J'ai vu quantité de cadavres, de victimes de violences, de maltraitances, d'accidents, et je pourrais continuer la liste.

Elle fronça les sourcils, agacée par l'énumération.

— Je vous crois, monsieur l'inspecteur, dit-elle. Je me sens néanmoins obligée de vous demander de faire preuve de délicatesse.

— Je n'y manquerai pas.

Ils arrivèrent dans le service des grands brûlés et de chirurgie plastique. Ils s'arrêtèrent devant la chambre où se trouvait l'un des deux lits spécialisés, entouré de l'appareillage dédié. La doctoresse salua l'infirmier de garde qui lui donna aussitôt une liasse de papiers à signer. Elle les parcourut rapidement, ne lisant que les en-têtes.

— Quelqu'un lui a déjà parlé de son mari ? demanda Mortka.

— Non, répondit-elle en rendant à l'infirmier les documents signés. Elle est restée ces deux jours sous l'effet des antidouleurs. À peine consciente de ce qui se passait. Nous n'avons diminué les doses qu'hier soir. Aujourd'hui, elle est affaiblie et n'a peut-être pas les idées claires, mais son état s'est stabilisé. Elle ne pourra pas vous parler longtemps. Je vous donne dix minutes, pas plus. Et si nous remarquons que quelque chose ne va plus, vous sortirez de la chambre. D'accord ?

— D'accord. Même si, dix minutes, ce n'est pas long.

— N'espérez pas plus, inspecteur. Quelqu'un restera avec vous. À tout hasard.

Mortka jeta un regard dans la chambre. Une vieille dame coiffée comme d'un casque blond se tenait près du lit. L'inspecteur se dit qu'il s'agissait de la mère de Klaudia.

— Je n'aime pas ça, dit-il.

— Apprendre aux gens la mort de leurs proches ? comprit la doctoresse.

— Les gens commencent par nous accuser de ce qui est arrivé parce que nous n'avons pas pu prévenir le crime, puis ils nous en veulent de ne pas avoir attrapé le coupable, et à la fin ils nous reprochent le verdict toujours trop clément. Mais surtout, ils nous haïssent parce que c'est nous qui apportons la nouvelle… (Il se tut et se passa la langue sur le palais.) C'est toujours difficile à dire. Rencontrer une personne pour la première fois, et lui annoncer une telle nouvelle.

— Si vous voulez, je peux le faire. Je suis plus habituée.

— Merci, mais non.

— Comme vous voudrez. Je ne serai pas loin. J'envoie un infirmier qui pourra intervenir s'il arrive quelque chose.

— Bien.

Mortka poussa un soupir, compta jusqu'à cinq et entra dans la chambre.

La femme qui occupait le lit était presque entièrement enroulée dans des bandages d'un blanc immaculé et, branchée par une série de tuyaux à un appareillage médical, elle faisait penser à une batterie en charge. Les couches d'étoffes stériles ne laissaient voir que ses minces lèvres pâles et un œil terrifié. L'odeur de médicaments et de désinfectants, caractéristique des hôpitaux, était forte au point d'en être insupportable. Mortka sentit ses mains devenir moites.

— Bonjour, fit-il avec difficulté, conscient soudain de l'absurdité d'un tel salut adressé à la blessée. Inspecteur Jakub Mortka. De la section grand banditisme et antiterrorisme.

La femme blonde permanentée s'inclina depuis sa chaise. Klaudia Kameron se contenta de regarder. Malgré les antidouleurs, elle devait souffrir horriblement. Ses brûlures étaient bien plus étendues que Mortka l'avait supposé. Il eut peur d'imaginer à quoi ressemblait sa peau.

— Je suis venu vous voir pour parler de l'incendie, annonça-t-il.

Klaudia Kameron chuchota quelque chose. Sa mère se pencha vers ses lèvres.

— Ma fille demande ce qu'il est arrivé à son mari.

Mortka se racla la gorge pour gagner quelques secondes de réflexion.

— Malheureusement, commença-t-il, M. Kameron n'a pas survécu à l'incendie.

Un silence pénétrant s'abattit sur la chambre. Puis Klaudia Kameron se redressa brutalement, et de sa gorge brûlée et de ses poumons détruits par l'air surchauffé sortit un cri si terrifiant que Mortka recula en se couvrant le visage des mains.

Une seconde plus tard, il se trouvait projeté contre le mur, repoussé par l'infirmier qui venait de faire irruption. La doctoresse se précipita derrière l'infirmier. Klaudia Kameron continuait à hurler. L'homme la saisit par les bras et la rallongea délicatement sur le lit. La doctoresse avait à la main une seringue avec un calmant. Elle piqua l'aiguille dans l'avant-bras de la chanteuse et pressa le poussoir. La femme se détendit et tomba en léthargie.

Mortka se lava le visage dans les toilettes de l'hôpital. Il s'observa dans le miroir. Il entendait encore le cri de Klaudia Kameron. Il cracha dans le lavabo et regarda la salive mêlée de sang couler dans l'ouverture. Lorsque l'infirmier l'avait repoussé contre le mur, il s'était mordu la langue qui avait maintenant légèrement enflé et le tiraillait.

Il sortit des toilettes et retourna devant la chambre de Klaudia Kameron. La doctoresse l'y attendait.

— Vous n'avez rien ? demanda-t-elle.

— Rien.

— Tant mieux. Vous ne pourrez plus parler aujourd'hui avec Mme Kameron. C'est clair ? lui demanda-t-elle.

Le ton de sa voix indiquait qu'elle ne tolérerait aucune opposition.

— Très clair.

Elle lui donna sa carte de visite. Elle s'appelait Marzena Pawlik.

— Appelez-moi demain matin, dit-elle d'une voix déjà radoucie. Je vous dirai s'il est possible de parler à la malade.

Au même moment, une infirmière à l'extrémité du couloir se mit à faire des signes énergiques en direction de la doctoresse. Celle-ci lui répondit d'un hochement de tête, regarda l'inspecteur avec un air d'excuse et rejoignit l'infirmière. Elles échangèrent quelques phrases, puis se dirigèrent ensemble vers la sortie.

L'inspecteur regarda sa montre. Kochan devait à peine sortir des bouchons et arriver à l'entreprise Wyrwa et Kameron de Piaseczno. Ce n'était pas la peine de lui téléphoner. À ce moment, la mère de Klaudia Kameron reparut, une tasse de thé à la main. Elle se dirigeait vers lui, faisant mine de vouloir lui lancer le liquide bouillant au visage.

— Vous devriez avoir honte ! gronda-t-elle. Ma fille est dans un état épouvantable, elle a besoin de paix, et vous débarquez, vous entrez comme dans une étable et vous lui sortez ces nouvelles !

Elle parlait à toute vitesse, comme crachant ses mots avec des gouttes de salive.

— Je vous présente mes excuses. Je ne voulais vraiment pas que ça prenne cette tournure, répondit l'inspecteur.

— « Voulais pas, voulais pas », ironisa-t-elle. Vous devriez aller voir un psy qui vous ferait un cours sur la manière de parler aux gens. Un peu de subtilité, s'il vous plaît, un peu de subtilité !

Elle accentua particulièrement le dernier mot en pointant un doigt vers le haut comme pour le menacer.

— J'ai suivi ce genre de cours.

— C'est que vous avez oublié d'écouter.

Il ne voulait pas prolonger cette conversation. Il sortit son carnet et son crayon à bille.

— Comment vous appelez-vous ?

Comme il s'y attendait, elle changea presque instantanément d'attitude. Carnet et crayon sont un équivalent policier de la baguette magique. *Il suffit de les sortir, et voilà les gens qui se calment*, se dit l'inspecteur. Il ne savait pas pourquoi, mais ça faisait souvent plus d'effet qu'un coup de bâton.

— Katarzyna Budna.

Pour la forme, il nota son nom.

— Je vais vous poser quelques questions.

Elle jeta un regard vers la porte.

— Je devrais me trouver auprès de ma fille.

— Je n'en aurai que pour une minute. Votre fille était-elle heureuse en ménage ?

— Très heureuse, répondit-elle rapidement. Un couple modèle, pour ainsi dire. Ils n'étaient mariés que depuis un an et roucoulaient encore comme deux tourtereaux.

Mortka se remit en mémoire la porte cassée de la garde-robe et les récits des disputes incessantes dans la maison des Kameron. Il ne jugea pas pour autant nécessaire d'en faire état.

— Et comment était votre gendre ?

— Un homme jeune, magnifique…

Mortka considéra la femme. Elle pouvait être son aînée d'une dizaine d'années tout au plus. Il remarqua qu'elle ne portait pas d'alliance. Divorcée, ou – plus vraisemblablement – avait-elle élevé seule sa fille ?

— C'est terrible, ce qu'il lui est arrivé. Mon Dieu… (Elle se signa.) Cela a dû être une mort atroce. Brûler vif…

— Il a sans doute moins souffert que vous l'imaginez. Les victimes d'incendies meurent en général asphyxiées par les fumées, et non à cause du feu.

Elle écarquilla les yeux, étonnée.

— Et ça devrait me consoler ?

Mortka se sentit rougir.

— Non… simplement… grogna-t-il, avant de changer de sujet pour reprendre la direction de la conversation. Votre fille ou son mari avaient-ils des ennemis ?

— Non ! lança-t-elle, indignée. Bien sûr que non. Ma fille et son gendre, tout le monde, mais je veux dire tout le monde, les aimait.

Mortka comprenait déjà être tombé sur un cas désespéré. Il ne connaissait que trop bien ce type de mère. Ces femmes qui prenaient la défense de leurs fils violeurs, leur fabriquaient des alibis mensongers et permettaient que les maris maltraitent les enfants aussi longtemps que les voisins n'en parlaient pas. Budna n'avait sans doute aucune idée de la véritable vie de couple de sa fille et de son gendre, et même si elle s'était doutée de quelque chose, elle aurait préféré s'arracher la langue plutôt que de faire part à la police d'une information utile.

— Comme votre fille est à l'hôpital, vous devriez vous occuper de la maison, lui conseilla-t-il. Pour le moment, c'est la police qui surveille, mais ça ne va pas durer éternellement.

Il nota quelque chose sur une feuille qu'il arracha de son carnet et tendit à la femme.

— Tenez. C'est le numéro du commissariat d'Ursynow. Appelez-les. Ils vous diront quoi faire, d'accord ?

Katarzyna Budna regarda la feuille de papier, puis elle sortit son téléphone portable de son sac.

Alors qu'elle composait le numéro, le téléphone de Mortka sonna. L'inspecteur regarda l'écran. Il ne connaissait pas l'interlocuteur, mais décrocha.

— Service de médecine légale, je vous mets en communication, entendit-il.

S'ensuivit un signal sonore prolongé.

— Inspecteur Jakub Mortka ? demanda une femme à l'autre bout.

— Oui.

— Ici le Dr Halina Trymek, du service de médecine légale. Je vous appelle pour vous signaler que je viens de faire l'autopsie de M. Kameron, et je pense que vous devriez venir. Le plus tôt possible.

Mortka ne connaissait pas le Dr Trymek. Elle devait être nouvelle, parce que l'inspecteur avait eu l'occasion de travailler avec l'ensemble des pathologistes du service. La femme s'exprimait d'une manière particulière. Comme si elle n'envisageait pas que quelqu'un puisse lui résister. Cela lui déplut.

— La signature des comptes rendus peut attendre, docteur, je suis occupé.

— Non, monsieur l'inspecteur. Il ne s'agit pas de papiers. Il s'agit de ce que M. Kameron a été assassiné.

— Il est mort dans l'incendie, reprit Mortka. Nous n'avons pas encore pu établir s'il s'agit d'un meurtre, ou si la mort n'est que la conséquence d'un accident malheureux.

— Non, monsieur l'inspecteur. On l'a tué…

— Je vous dis qu'il est mort dans l'incendie, coupa l'inspecteur, irrité.

— Il a été tué au moins deux heures avant le déclenchement du feu, insista la pathologiste.

L'inspecteur en resta bouche bée, sentant un fourmillement désagréable dans le cou.

— J'arrive, dit-il en raccrochant.

Il se précipita vers la sortie de l'hôpital, laissant Budna derrière lui.

Chapitre 8

Le service de médecine légale n'éveillait pas chez l'inspecteur la même répulsion que l'hôpital. Au contraire. Il s'y sentait sûr de lui et tranquille, au point que cela l'inquiétait. Pourtant, les odeurs de la morgue et de l'hôpital étaient les mêmes, on s'y servait des mêmes instruments, et les employés déambulaient avec les mêmes tabliers.

Le Dr Halina Trymek semblait avoir quarante et quelques années. Elle appartenait à cette catégorie de femmes dont l'allure fait dire aux hommes « un sacré morceau » : grande, droite, cheveux courts et lunettes. Elle faisait penser à une surveillante psychopathe d'internat anglais.

— Inspecteur Jakub Mortka, se présenta-t-il.

— Halina Trymek. Suivez-moi.

Ils passèrent dans la salle de dissection – une pièce froide carrelée de céramique verte. Le corps de Jan Kameron était allongé sur la table de dissection. Mortka prit conscience du fait qu'il le voyait pour la première fois. En fait, il n'avait pas vraiment idée de ce à quoi ressemblait Kameron de son vivant. Il se promit de chercher une photo.

Le Dr Trymek enfila des gants de caoutchouc et en donna une paire à l'inspecteur. Ils s'approchèrent de la table.

Le corps de Jan Kameron était couvert de grandes brûlures qui faisaient penser à des taches de goudron fraîchement versé. Ne restaient de ses cheveux que quelques touffes entortillées. Il regarda les cicatrices laissées sur la poitrine par la dissection. *Franches et droites, un travail de professionnel*, jugea-t-il.

— Vous estimez donc qu'il a été assassiné avant l'incendie ?

Trymek le regarda par-dessus ses lunettes.

— Monsieur l'inspecteur. C'est la première fois que nous travaillons ensemble. Je vous pardonne donc cette question stupide. Je n'estime pas, je sais. Vous vouliez sans doute me demander comment j'étais parvenue à cette conclusion ?

Il approuva de la tête. Elle lui remit le rapport.

— Vous avez une mémoire auditive ou visuelle ? demanda-t-elle.

— Pour le moment, auditive.

— Vous lirez donc le rapport tranquillement dans un moment de libre. Maintenant, je vous demande votre attention…

Elle hésita, puis se mit à rire.

— Excusez-moi, inspecteur, pour ce ton et mon attitude. En fait, j'ai enseigné pendant des années, et il m'en est resté quelques tics.

— Je n'ai rien contre.

— Alors, je reprends le cours…

— Je dois prendre des notes ? fit-il pour plaisanter.

— Vous avez tout dans le rapport. Nous le considérons comme définitif.

Trymek prit une profonde aspiration. Mortka se surprit à loucher sur son décolleté. Cette poitrine lui plaisait. Légèrement bronzée, bien formée, de taille moyenne.

— Je ne vais pas vous tracasser longtemps. Passons à l'essentiel. Il n'y a dans les poumons du défunt ni oxyde de carbone ni substance qu'il aurait dû inspirer avec la fumée. Il est donc impossible qu'il ait été en vie au moment de l'incendie.

— Est-il possible…

— Impossible, coupa le Dr Trymek. La personne aurait pu mourir des flammes sans avoir d'oxyde de carbone ou de traces de suie dans les poumons, si au déclenchement de l'incendie elle avait retenu son souffle jusqu'au moment de mourir. Ce qui est hautement improbable.

La femme regardait Mortka droit dans les yeux.

— En effet, reconnut l'inspecteur.

— Vous voyez bien vous-même.

— Et dans ce cas, quelle est la cause de la mort ?

Le Dr Trymek s'approcha de la tête du défunt qu'elle saisit délicatement et fit tourner d'un geste précis. Elle montra du doigt un point quelques centimètres au-dessus de la ligne des sourcils.

— Vous voyez cette marque ? C'est le résultat d'un coup violent donné par un objet contondant.

Il se pencha pour mieux voir l'endroit désigné. Il distingua sans peine l'os brisé du crâne et des morceaux de quelque chose qui avait dû être le cerveau.

— D'où savez-vous que cette blessure a été infligée avant l'incendie, et qu'elle n'est pas par exemple une conséquence des actions des pompiers ? Les pompiers auraient pu faire les zouaves, et ensuite n'en rien dire.

— Très bonne question, inspecteur.

— J'aurai une bonne note ?

— Les bonnes notes sont données aux bonnes réponses, pas aux bonnes questions, répondit-elle sèchement. Voyez-vous, monsieur l'inspecteur, au moment où une blessure est infligée quand la victime est encore en vie, les leucocytes se déplacent aussitôt vers la blessure. Ils déclenchent un état caractéristique d'inflammation et des cloques. Nous utilisons le liquide de ces cloques pour faire un test de réaction protéinique. S'il est positif, comme dans le cas présent, c'est que le coup a été donné avant la mort.

— Un coup qui aura pu être la cause de la mort ?

— Oui. Bien sûr, si la victime est immédiatement secourue, dans la majorité des cas, on la sauve. Mais ici rien de tel ne s'est passé. Cet homme est mort deux heures au moins avant le déclenchement de l'incendie.

Mortka considéra encore une fois la dépouille brûlée. Un pitoyable spectacle. Il était curieux de savoir si la veuve sous ses bandages présentait un aspect identique. Si c'était le cas, elle resterait infirme pour le restant de ses jours et aucune chirurgie plastique n'y pourrait rien. Il devait lui parler au plus tôt et savoir ce qui s'était passé dans la maison ce samedi soir. Quelqu'un était venu, quelqu'un qui avait tué Kameron. Était-ce la même personne qui avait enfermé Klaudia dans la garde-robe avant de mettre le feu ? Et si oui, pourquoi avait-elle attendu des heures ?

Il sortit son carnet et nota ses questions. Le Dr Trymek sourit avec ironie.

— Le cours est fini, et c'est maintenant que vous prenez des notes ?

Il ne la comprit d'abord pas. Et lorsqu'il saisit enfin ce qu'elle venait de dire, il ferma précipitamment son carnet et le fourra dans sa poche.

— Ce n'est pas ça. Il arrive que des idées me viennent, et j'ai le sentiment que si je ne les note pas aussitôt, je vais les oublier et serai incapable de les retrouver.

— Curieux. J'ai quant à moi une excellente mémoire.

— Je n'en doute pas, fit-il, agacé.

— Vous avez des questions ?

Il fit non de la tête.

— Je lirai le rapport. Si j'ai ensuite des questions, je vous téléphonerai. D'accord ?

— Comme vous voudrez, monsieur l'inspecteur. Dois-je vous raccompagner ?

— Non merci. Je vais trouver.

Il allait sortir quand quelque chose lui revint.

— Nous ne nous sommes pas déjà rencontrés ?

— Quelle perspicacité !

Sa voix était pleine de sarcasme.

— Comment avez-vous atterri ici, venant de la fac ?

Elle fronça les sourcils.

— Comme vous savez.

— Non.

— Vraiment ?

— Vraiment.

— J'avais séduit un étudiant. Une relation purement physique, je n'ai donc eu aucun scrupule à le recaler à un examen. Ce merdeux a décidé de se venger et il est allé tout raconter au doyen. J'ai été débarquée. C'était ici, ou la suspension avec un sale dossier.

Il était sidéré.

— Je vous le raconte parce que vous l'auriez de toute façon appris un jour ou l'autre, expliqua-t-elle. Et maintenant, votre autre question ?

— Pardon ?

— Vous, dans la police, vous avez toujours une autre question. Alors, allez-y, qu'on en finisse.

— Mais quelle question ?

Elle poussa un soupir.

— Est-ce que vous n'avez de relations sexuelles qu'avec des étudiants ? dit-elle.

— Et alors ?

— Oui. Les jeunes font plus d'efforts. Au revoir.

Elle retira ses gants de caoutchouc, les jeta dans un panier à déchets et sortit de la salle. Mortka resta seul avec le corps de Jan Kameron.

Il quitta la morgue et partit vers le square Grotowski. Il voulait marcher et se remettre les idées en ordre. Un coup sur la tête asséné avec un objet contondant correspondait à la moitié des meurtres perpétrés dans cette ville. Dispute d'ivrogne, bagarre ; quelqu'un attrape une bouteille ou n'importe quoi d'autre et perd la maîtrise de soi. Clair, simple et logique. Ce devrait être le cas. Mais pas ici. Quelqu'un avait mis le feu à la maison. Et d'une manière particulièrement originale. Pourquoi avec un cocktail Molotov ? Pourquoi par la cheminée ? Il y a des méthodes plus simples.

Il arriva au square. Il débarrassa un banc de la neige qui le couvrait et s'assit. Le banc voisin était occupé par un jeune couple qui ne cessait de s'embrasser. On aurait dit que le gel qui régnait ne les dérangeait pas. Il dut les regarder un peu trop, car ils se levèrent et partirent vers les allées Jerozolimskie. La situation l'amusa tellement qu'il se mit à rire dans sa barbe. Il étira ses jambes, les ramena en arrière et fixa le ciel bleu de l'hiver.

Son téléphone sonna, et le numéro de Jankowski s'afficha sur le cadran. Il prit la communication.

— Mortka… Tu m'expédies au travail un samedi matin, et tu ne prends pas le temps de lire la note que je t'ai préparée ?

— Je devais avoir autre chose à faire, répondit l'inspecteur.

— Moi aussi, figure-toi, mais j'ai quand même fait une expertise pour toi. Tu pourrais au moins faire semblant d'apprécier mon travail.

— Je l'apprécie.

— Les bobards, à d'autres. Mais ça ne fait rien. Je sais que vous, à la Criminelle et l'antiterrorisme, vous êtes tous les mêmes, des saucisses imbues de fierté. Et maintenant, vieille saucisse, écoute-moi, et attentivement. Et sors ton carnet de pédé pour noter ce que j'ai à dire.

Jankowski fit une pause pour donner à Mortka le temps de sortir son carnet. Ce que l'inspecteur se refusa à faire, même si ce fut à contrecœur.

— Écoute… C'est bien comme j'avais dit. Le type a balancé un cocktail Molotov par la cheminée. Un mélange d'essence et d'huile de moteur. Mais il y a plus intéressant. Nous avons trouvé des traces de chlorure de potasse.

— C'est quoi ?

— Tu trouveras ça dans tous les manuels de maternelle. De toute façon, je ne vais pas t'expliquer, parce que tu ne comprendrais pas. Ce qui compte, c'est que la bouteille d'essence mélangée à de l'huile de moteur avec en plus un sachet de chlorure, c'est une recette qui remonte à l'insurrection de Varsovie. Ce que tu vois dans les films, le type qui prend le cocktail, allume un torchon et balance le tout, vu ?

— Vu.

— Justement. Dans la vraie vie et dans la vraie guerre, c'est très peu pratique. Tu comprends ça tout seul : le liquide de la bouteille peut se vider, l'allumage prend du temps, et puis c'est dangereux. Et il faut avoir un briquet qui marche, ou des allumettes sèches. C'est pourquoi, dans leur grande sagesse, les héroïques insurgés de Varsovie, gloire à leur mémoire, ont déposé un nouveau brevet. Ils ont attaché à la bouteille un sachet de chlorure de potassium. C'est la substance qui s'oxyde… *sorry*, j'oubliais que je parlais à un débile, la substance fait un grand boum en cognant. Un détonateur primitif mais terriblement efficace. Disparus, les problèmes de l'essence qui coule, et plus de temps perdu à mettre le feu au chiffon. Il suffisait de prendre la bouteille et de la balancer sur les Fritz. La bouteille se cassait, le chlorure de potassium s'enflammait, et avec lui le mélange d'essence et d'huile.

— C'est-à-dire que notre pyromane serait un amoureux de l'Histoire ?

— Est-ce qu'on t'a déjà dit que tu étais stupide ? J'oubliais, oui, bien sûr, ta femme.

Mortka serra les poings. Si Jankowski avait été à côté de lui, il lui aurait mis sa main sur la tronche.

— Je viens de te dire que le brevet est connu depuis l'insurrection de Varsovie, honneur à la mémoire des victimes, bien sûr. Tous les chimistes, techniciens de labos, tous les fondus d'explosifs le savent. L'essentiel est que le pyromane n'est pas le premier péquenot venu, mais qu'il s'y connaît un peu.

— Le fameux chlorate de potassium…

— Assez facile à trouver. Le type aura pu l'acheter dans n'importe quelle droguerie, ou même sur Internet. Il est clair que s'il en a acheté une grande quantité, quelqu'un aura pu le remarquer, mais ce serait comme chercher une aiguille dans une meule de foin.

— Une piste morte.

— Aussi morte que le macchabée de samedi.

— Mais au moins on en sait plus.

— Tu l'aurais su plus tôt si tu avais pris la peine de lire les papiers du labo quand ils ont atterri sur ton bureau.

— J'étais occupé, dit Mortka, qui n'aurait pas dû.

Jankowski coupa sans dire adieu. Mortka n'entendit plus que la tonalité.

Le soir arrivait et la température recommençait à descendre. Le speaker annonçait à la radio de fortes chutes de neige, et des spécialistes empressés prônaient une conduite prudente. Mortka prit une bouchée de kebab, sauce à l'ail, et se redit qu'il ne se nourrissait pas de la manière la plus saine. Mais il ne voulait pas faire la cuisine pour lui seul. Et encore moins dans la cuisine en désordre de son logement partagé où, avant même de préparer quoi que ce soit, il devrait d'abord tout nettoyer avec un détergent susceptible de venir à bout de la saleté gluante qui recouvrait les meubles et tout le reste. Il déjeunait là où il se trouvait, s'achetait pour le soir deux petits pains, une saucisse et une grande bouteille de Coca, et de retour chez lui, il s'enfermait dans sa chambre où il regardait la télé.

— L'affaire se complique, dit Kochan, assis à son côté et mâchant son sandwich. Comme si elle ne l'était pas assez déjà.

— À moins que ce ne soit l'inverse. L'assassin a peut-être enfermé Klaudia Kameron dans la garde-robe, avant de tuer son mari. Ça voudrait dire qu'elle a vu son visage.

— Et s'ils étaient deux ? S'ils portaient des masques ?

— C'est aussi possible, accorda Mortka. Mais je préfère m'imaginer qu'il n'y a eu qu'un seul agresseur, à visage découvert, et dont elle connaît les nom, prénom, date et lieu de naissance et numéro de sécu.

— Moi, je préfère m'imaginer avoir deux nanas à la fois. Une rousse et une blonde.

Kochan ricana en recrachant un petit bout de viande sur sa chemise. Il le fit tomber d'un revers de main.

— Tu as une épouse à la maison, lui rappela Mortka pour la deuxième fois de la journée.

— Oui, mais avec sa propre femme, tu sais ce que c'est… La même depuis des années. On s'ennuie. Et depuis qu'elle a eu la gamine, elle est moins svelte. Des fois, je me sens comme si j'agitais ma baguette au Palais des Congrès. Tu sais bien ce qui compte pour moi ? Ton ex a eu deux *babies*.

Mortka tourna la tête vers le rétroviseur latéral et fixa le kebab. Ils étaient tous les deux dans la Toyota de l'inspecteur. Kochan avait garé sa voiture un peu plus loin.

— Hé ! lança Kochan. Ne me joue pas les Père la pudeur. Tu as bien divorcé.

— Mais pas d'avoir trop vu ma femme, répondit Mortka.

Il termina son kebab et s'essuya les doigts avec un mouchoir. Il était énervé. Il n'avait pas à s'intéresser à la vie familiale de Kochan. Il devait se concentrer sur son travail.

Il regarda sa montre. Six heures moins dix. À ce moment-là, une BMW B 91 Diesel noire passa devant le portail de la maison près de laquelle ils étaient garés. Un véhicule pas vraiment typique de la marque. Plus familial que sportif. Le portail automatique s'ouvrit et l'auto entra dans la propriété. Il se rangea devant la porte du garage. Un homme grisonnant en veste sombre en descendit.

— BMW, dit Mortka.

— Dommage que ce ne soit pas une Opel Vectra. Ça nous aurait beaucoup simplifié les choses.

Mortka acquiesça. S'ils avaient retrouvé la voiture garée devant la maison des Kameron le jour de l'incendie, l'enquête aurait fait un grand bond en avant. Ou au moins on aurait pu l'espérer.

— C'est lui ? demanda-t-il en montrant l'homme.

— Ça en a l'air.

Les policiers observèrent Mariusz Wyrwa pénétrer dans la maison.

Lors de sa rencontre avec les employés de la Komistex et Komistex-Transport, Kochan n'avait pas appris grand-chose. Tous étaient sous le choc de la mort du patron. Ils n'avaient rien trouvé à dire sur d'hypothétiques conflits, menaces ou ennemis. Rien de suspect ne s'était produit dans les derniers jours.

Ils n'avaient pas pu contacter tout de suite Mariusz Wyrwa. Sa fille était malade, et il se montrait peu dans les deux firmes. Kochan avait néanmoins réussi à obtenir son numéro de portable. Il n'était parvenu à le joindre qu'après une heure de tentatives. Ils s'étaient donné rendez-vous à six heures chez Wyrwa.

L'adjoint finit de manger, s'essuya les doigts et jeta les papiers par la fenêtre.

— On y va ? demanda-t-il.

— On y va.

Ils se rincèrent la bouche avec du Coca, espérant couvrir l'odeur de la sauce à l'ail. Lorsqu'ils sortirent de la voiture, le ventre de Mortka se mit à gargouiller. Kochan, amusé, regarda son collègue.

— Tu as encore faim ?

— Oui, sans doute. Je m'étais habitué à faire des repas avec entrée, plat, et je n'en ai plus mangé comme ça depuis le divorce, répondit-il en avançant dans la neige.

— Sérieux ? s'étonna Kochan.

— Sérieux.

— Alors viens chez moi un de ces jours. Ma femme te préparera quelque chose de bon, avec entrée, plat et dessert. Qu'est-ce que tu en dis ?

Mortka réfléchit le temps de contourner un tas de neige qui bloquait le trottoir. Il voulait refuser, mais réalisa que Kochan, à la différence des amis de son ex-femme, ne lui poserait pas de questions stupides ni ne ferait état de l'âge prématuré de la retraite dans la police.

— Volontiers, répondit-il. Quand ?

— Demain, peut-être ?

— Demain, je n'aurai pas le temps. J'emmène les garçons à la piscine.

— Alors, mercredi ?

— Mercredi, ça va.

Ils arrivèrent au portail. Mortka appuya sur le bouton de l'interphone au-dessus duquel était vissée la plaque d'une société de surveillance.

— J'écoute, fit une voix vibrant dans le haut-parleur.

— Inspecteur Jakub Mortka, de la Criminelle, et inspecteur adjoint Dariusz Kochan. Nous avions rendez-vous.

Une sonnette retentit et la porte s'ouvrit. Ils entrèrent dans la cour. La propriété de Wyrwa était assez vaste pour contenir une grande villa familiale, un garage, un terrain de jeux, un jardin à l'arrière avec une pelouse, et à l'avant des massifs qui masquaient la vue de la rue.

La villa était construite dans un style aristo-varsovien, c'est-à-dire sans style, avec colonnes obligatoires devant le perron, deux lions en plâtre et autres ornements étranges tout le long des murs. Elle était peinte en jaune, avec de grandes fenêtres et des tuiles rouges. Mortka se surprit à se demander s'il réussirait à escalader le toit pour jeter un cocktail Molotov par la cheminée. Il parvint à la conclusion que oui.

Un grand personnage au visage un peu chevalin leur ouvrit la porte. Il sentait l'eau de Cologne sur fond d'alcool.

— Monsieur Mariusz Wyrwa ? demanda l'inspecteur.

L'homme leur lança un regard scrutateur.

— Messieurs, vous êtes de la police ?

Il avait une voix sèche mais forte et décidée.

— Oui.

— Je peux voir vos pièces d'identité ?

Ils sortirent leurs portefeuilles et exhibèrent leurs insignes. Wyrwa les examina attentivement, hocha la tête, puis écarta le battant de la porte.

— Entrez donc.

L'intérieur de la maison était exactement ce à quoi Mortka s'attendait. Spacieux, de hauts plafonds, des carreaux blancs brillants au sol, et des meubles de marque qu'on trouvait chez Kler. Ça sentait le parfum d'ambiance à la lavande.

Le maître de maison les conduisit au salon où une femme menue était assise sur le canapé. Un air de souris grise, du genre à garder le silence, ou à ne prendre la parole que pour rembarrer son mari. Elle se leva à leur entrée.

— Maria, dit Wyrwa d'un ton étrangement officiel. Ces messieurs sont de la police. Ils sont venus pour l'affaire de Jan.

Maria se signa puis, comme confuse de son geste, baissa la tête.

— C'est terrible, terrible ce qui lui est arrivé, chuchota-t-elle.

— Asseyez-vous, messieurs, proposa Wyrwa. Je vous sers quelque chose ?

— Un thé, dit Mortka.

— Un Coca, ou quelque chose comme ça, demanda Kochan.

Ils s'assirent tous deux dans des fauteuils de cuir marron qui firent entendre des craquements.

L'entrepreneur disparut dans la cuisine. Il revint un instant plus tard avec un verre de thé et une bouteille de jus d'orange. Il les posa devant les policiers et s'assit à côté de sa femme, toujours silencieuse, le regard rivé au plancher.

— Quand vous m'avez appris la nouvelle, pour Jan, j'ai été bouleversé, dit Wyrwa à Kochan. Je ne m'attendais pas à ce qu'une chose… à ce que quelqu'un puisse mourir comme ça. Dans le feu… (Il hocha la tête.) On sait qui a fait ça ?

— Pas encore, répondit Mortka. Mais nous avons quelques pistes prometteuses.

— Dieu merci ! intervint Maria Wyrwa. C'est épouvantable. Vraiment épouvantable.

— Vous étiez proches ?

Le couple échangea des regards. La femme posa une main sur celles de son mari.

— Non, répondit Wyrwa. Ils sont venus dîner quelques fois, nous sommes allés chez eux, mais je n'appellerais pas ça une intimité particulière. À cause de la maladie de notre fille, nous n'avons pas beaucoup de temps pour des amis. Anciens ou nouveaux.

Mortka prit le verre de thé. Il était brûlant, il dut secouer les doigts pour les refroidir. Il apercevait un service de tasses en porcelaine soigneusement rangé dans une armoire. Il se dit que Kochan et lui n'étaient à l'évidence pas des hôtes suffisamment importants pour que l'on sorte le service.

— Comment avez-vous connu Kameron ? demanda-t-il.

— Une relation d'affaires. La maladie de notre fille ne me permettait pas de consacrer à la firme autant de temps qu'il aurait fallu. Vous savez, pour tout surveiller, et pour bien le faire, il faudrait être présent pratiquement du matin au soir.

— Quelle est la maladie de votre fille ?

Wyrwa se renfrogna. Jusque-là, « maladie » pouvait vouloir dire « grippe » ou « rhume des foins ». Demandant une réponse concrète, l'inspecteur lui rappelait des soucis concrets.

— Myopathie.

Mortka se sentit gêné. Il pensa à ses fils et à leur chance d'être en bonne santé.

— J'en suis désolé, dit-il sincèrement.

— Merci, répliqua Wyrwa d'un ton qui montrait que cela lui était indifférent. Je passe des journées à conduire Zosia chez le médecin, à l'hôpital, suivre des traitements. Et lorsque je ne fais pas ça, je cherche des centres qui disposeraient de thérapies expérimentales.

— Il en existe ?

— La thérapie génétique est prometteuse. Mais elle est chère et difficilement accessible. J'ai eu aujourd'hui une conversation avec un ami, professeur de médecine, qui a ses entrées aux États-Unis. Il pourra peut-être obtenir son admission. Si, bien sûr, nous trouvons l'argent.

Kochan toussa de manière significative. Un signal à l'inspecteur pour revenir aux bonnes questions.

— Comment avez-vous connu M. Kameron ?

Wyrwa poussa un soupir.

— Quand je me suis rendu compte que je n'étais plus en état de diriger la firme de manière autonome, j'ai commencé à chercher qui pourrait le faire pour moi. J'ai d'abord voulu engager quelqu'un comme président, mais je suis de la vieille école. Vous savez, j'ai le sentiment que celui qui n'est pas propriétaire ne prendra pas vraiment soin de l'entreprise. J'ai donc décidé de trouver un associé à qui je vendrais des parts et qui prendrait le fauteuil de président. Un ami m'a conseillé Jan.

— Un ami ? Quel ami ?

— Krzysiek Borzestowski.

Kochan émit un léger sifflement. Mortka se redressa sur le fauteuil.

— Vous connaissez Borzestowski ?

Wyrwa parut surpris par la question.

— Bien sûr que je le connais. Krzysiek nous loue souvent des camions.

— Qu'il vole ensuite, grommela Kochan.

— Pardon ?

— Non, je n'ai rien dit.

— Et c'est donc Borzestowski qui vous a conseillé Kameron ? demanda Mortka.

— Exactement. Nous avons déjeuné une fois à l'occasion d'un projet, et vous savez comment ça se passe, quand j'ai commencé à parler de mes soucis, il m'a conseillé Jan. Il m'a dit que c'était un bon homme d'affaires, plein d'entregent, entreprenant, mais que malheureusement il venait de connaître des revers.

— C'est-à-dire ?

— À une époque, Janek avait été très riche. Sa fortune l'avait rendu avide, et il en avait voulu encore davantage. Il s'est mis à jouer au loto pour riches.

— C'est-à-dire ?

— À la Bourse. La Bourse… Les gens ordinaires perdent ce qu'ils ont aux bandits manchots, et les riches à la Bourse. Ce qui est arrivé à Janek.

— Vous pouvez être plus précis ?

— Est-ce que le nom de Bioton vous dit quelque chose ?

Mortka fit non de la tête.

— L'insuline, précisa Kochan.

Wyrwa le pointa du doigt.

— Justement, l'insuline. Vous jouez à la Bourse ?

— Non. Mais je me suis fait baiser avec des fonds de placement.

Maria Wyrwa fit la grimace quand elle entendit l'expression vulgaire.

— C'est presque comme si vous aviez joué, confirma l'homme d'affaires. Bioton est une société cotée en Bourse. Elle produit de l'insuline. Il y a deux ans, l'action valait plus de deux zlotys.

— Et aujourd'hui ?

— Quelque chose comme vingt groszy, dit Wyrwa avec un sourire aigre. Jan n'a jamais su comment investir. Lorsque le cours a commencé à baisser, il s'est mis à ramasser des actions en espérant qu'il y aurait un rebond. Qui ne s'est jamais produit.

— Il a perdu combien ?

— Je ne connais pas le chiffre exact.

— Plus ou moins ? demanda Kochan.

— Beaucoup.

— Qu'est-ce que ça veut dire, beaucoup ? redemanda Kochan.

— Je ne sais vraiment pas.

— Et si vous deviez vous faire une idée ?

— Je dirais, quelques millions de zlotys.

Mortka faillit s'étrangler avec son thé.

— Faites le compte vous-même. S'il a investi deux millions, il ne lui en est resté que deux cent mille. Bien sûr, je simplifie, mais le fait est que la Bourse ne lui a vraiment pas réussi.

— Et vous l'avez malgré tout pris comme associé ?

— Quand je l'ai choisi, je ne savais pas qu'il avait autant perdu. Mais je dois vous dire que je ne regrette pas ma décision. Un remarquable homme d'affaires. Le problème avec la Bourse, c'est qu'on manipule de l'argent qu'on ne voit pas. Qui vient de nulle part, qui grandit puis disparaît dans le néant. Vous n'aviez rien, vous n'avez plus rien, où est la différence ? Avec l'entreprise, c'est autre chose. Quelques dizaines de mille par ici, quelques dizaines de mille par là, et c'est un nouveau budget, un nouveau camion, une grue, un nouveau tracteur… (Wyrwa leva les bras.) C'est tout à fait autre chose quand on voit jour après jour à quoi on utilise l'argent. Quand Jan a vu ça, il est devenu un autre homme. Après qu'il a pris la présidence, le chiffre d'affaires a crû de trente pour cent.

— Où a-t-il trouvé l'argent pour racheter des parts ?

— Je pense qu'il a vendu les actions qui lui restaient.

— Des dettes ?

— Il m'a assuré qu'il n'en avait pas. Il l'a confirmé par acte notarié. Je n'aurais jamais vendu des parts à qui que ce soit pour qu'elles soient aussitôt saisies par une banque ou un huissier.

— Et des ennemis ? demanda Kochan. Il avait des ennemis ?

— Je n'en ai aucune idée.

— Et vous ?

Maria Wyrwa fit non de la tête.

— Serait-il possible qu'il existe des ennemis communs, des ennemis de votre société ? risqua Mortka.

— Nous n'avons pas de grands concurrents sur le marché de la logistique. Nous sommes une petite société, et nous ne menaçons personne. Pour ce qui est des éléments hydrauliques, nos rivaux sont les Chinois, mais ils n'ont aucune raison de se faire du souci à cause de nous. Pour la simple raison que nous sommes les perdants. Nous en avons d'ailleurs récemment parlé avec Jan, en pensant qu'il fallait renoncer à cette branche de business et se concentrer sur quelque chose de plus spécialisé. Car vous savez, nous ne pouvons désormais gagner contre les Chinois que sur la qualité et la technologie.

Mortka sentit sur lui le regard de Kochan. Le moment était venu de poser la question clef, et c'était à lui, en tant que plus gradé, que revenait cet honneur.

— Que faisiez-vous dans la nuit de vendredi à samedi ?

— Plus précisément ? demanda Wyrwa après un temps de réflexion.

— Comment ça, plus précisément ?

— À quelle heure commence la nuit ? À neuf heures, je suis rentré de chez le Pr Pilecki de l'Académie de médecine. C'est cette personne dont je vous ai parlé.

— Et ensuite ?

— Nous avons dîné et regardé la télé, dit Maria Wyrwa.

— Quoi, concrètement ?

— Plateau de fromage et salade.

— Concrètement, quoi à la télé ?

Cet échange stupide commençait à énerver Mortka.

— *Rancart à l'ombre*. Une série télé romantique de la chaîne publique. Pour adultes, un peu comme *Sex and the city*. La raison pourquoi elle passe si tard.

Mortka se souvint d'en avoir vu de grandes affiches publicitaires.

— Quelqu'un pourrait le confirmer ? demanda Kochan.

— Zosia.

— Et qui d'autre que votre fille ?

— Ma belle-mère, dit Wyrwa.

— Oui, maman nous a téléphoné ce soir-là. Mais je ne me souviens plus à quelle heure. L'épisode venait de se terminer. Donc à dix heures passées. Nous lui avons parlé tous les deux, ajouta Maria Wyrwa.

— Et en dehors de votre famille ? demanda Kochan.

Wyrwa fronça les sourcils.

— Comme je vous l'ai dit, à cause de la maladie de notre fille, nous n'avons plus trop d'amis.

Mortka finit son thé d'un trait et se leva. Il savait qu'ils n'apprendraient plus rien de nouveau. Kochan se leva à sa suite.

— Je vous raccompagne, proposa Wyrwa.

Ils passèrent dans le vestibule. Wyrwa se tint près d'eux pendant qu'ils remettaient leurs manteaux, comme s'il surveillait qu'ils n'emportent rien. Kochan prit congé d'une poignée de main. À tout hasard, il laissa une carte de visite. Mortka hésita un temps.

— Ce doit être difficile pour vous, dit l'inspecteur.

— À cause de Jan ? Oui, bien sûr, mais n'exagérons rien. Nous ferons face.

— À cause de votre fille.

— Ah, oui…

— J'ai deux fils. J'ai du mal à imaginer…

Wyrwa le coupa d'un geste.

— C'est moins terrible qu'on pourrait le penser. Nous avons décidé sur le tard d'avoir un enfant, c'est une conséquence, mais nous sommes heureux.

— Mais pour elle…

— Elle va mourir. Nous le savons. Je regrette qu'elle ne puisse pas vivre et connaître les mêmes choses que les enfants de son âge.

Mortka avala sa salive et prit congé de Wyrwa.

Kochan était à côté de sa voiture. Il piétinait sur place, les mains dans les poches de son manteau. De menus flocons de neige commençaient à tomber.

— Tu crois ce qu'il dit ?

— Je ne sais pas. Il avait l'air sincère, répondit l'inspecteur.

— Mais il connaît Borzestowski…

— Oui. Tu regardes Wyrwa dans le fichier ?

— Je l'ai déjà vérifié. On n'a rien sur lui.

— Sûr ?

Kochan approuva de la tête.

— Demain à neuf heures nous avons réunion du groupe d'enquête, dit Mortka.

— Ah ! Où ça ? À l'usine ?

— L'usine ? L'usine ! Ce n'est pas une usine, mais la Direction centrale. Qu'est-ce qui te prend ?

— C'est comme ça qu'on dit à la télé.

Kochan sourit et monta dans sa Mégane. Mortka regarda la voiture disparaître au coin de la rue, puis il se dirigea vers sa Toyota. Il rangea un peu l'intérieur, ce qui consista à tout pousser sur le siège passager, puis il partit vers Varsovie. Une dizaine de minutes plus tard, il sortait de Piaseczno.

Une agréable surprise l'attendait chez lui. Le vestibule avait été balayé, et les chaussures étaient rangées contre le mur au lieu de traîner au milieu. Assise à la table de la cuisine, Agnieszka lisait un livre. Aucune vaisselle sale dans l'évier, et le sol avait été soigneusement nettoyé. Rien à redire. Il brancha la bouilloire électrique et se prépara un thé.

— Tu travailles ? demanda-t-il après un temps.

— Non. J'ai travaillé quelques heures, et maintenant je bouquine.

— Quoi ?

— Mankell. Tu connais ?

Il essaya de se rappeler s'il s'agissait d'un titre ou d'un nom, mais rien ne lui vint à l'esprit. Ça n'avait pas dû faire partie des lectures scolaires à son époque.

— Henning Mankell. *Les Morts de la Saint-Jean*. Un polar suédois. Tu lis des polars ?

— Non.

— C'est ce que je me disais. Tu dois en avoir assez comme ça dans la vie de tous les jours.

— Oui, dit-il sans conviction.

— Et qu'est-ce que tu lis, si je peux demander ?

— Et toi ? fit-il, lui renvoyant la question.

— De tout. Des polars. Du fantastique. Il y en a deux qui sont terribles, Pilipiuk et Piekara. Tu connais ?

— Non.

— Je peux te les prêter.

— Un jour, peut-être…

— Et toi, qu'est-ce que tu lis ?

— Principalement pour le service. Des papiers, des dossiers, des journaux…

— Et des livres ? Qu'est-ce que tu as lu dernièrement ?

Un vide peu glorieux dans sa tête. Il avait dernièrement eu en main un livre de mécanique, mais il n'eut pas envie d'en faire état.

— *L'Amour au temps du choléra* de García Márquez, répondit-il enfin.

Ola lui avait fourré ce roman dans les mains quelques années plus tôt, alors que le divorce s'annonçait mais qu'ils essayaient encore de sauver leur couple. Elle l'avait ensuite harcelé pendant des jours, lui demandant s'il l'avait enfin lu. Le livre lui paraissait exceptionnellement ennuyeux, et insupportablement long. Il y avait pataugé à grand-peine. Et cela n'avait pas sauvé leur union.

— Un beau roman. Très beau. J'ai voulu l'offrir à Piotr, mais il n'a fait que le feuilleter et m'a dit qu'il ne le lirait pas.

— À propos, où est-il ?

— Il est sorti avec des copains.

L'eau avait commencé à bouillir. Mortka la versa sur le thé et passa dans sa chambre. Lorsqu'il alla se coucher, il eut le sentiment horrible d'avoir oublié quelque chose. Il réfléchit, réfléchit, mais ne put se rappeler de quoi il pouvait s'agir.

Chapitre 9

Le lendemain matin, une odeur acide de vomi montait des toilettes, et tout le tapis de l'entrée était couvert de boue. Mais dans la cuisine, l'ordre régnait encore. Mortka alla dans la salle de bains se brosser les dents et se raser – ce qu'il ne faisait plus que rarement depuis quelque temps. Ola ne supportait pas ses poils. Elle n'avait cessé de lui rappeler qu'il avait un air négligé, et qu'il grattait. Après le divorce, il constata qu'une barbe de quelques jours seyait à son visage.

À la réunion, à la Direction centrale, étaient présents Kochan, Jankowski et le sergent Janusz Skalski d'Ursynow qui leur avait été assigné comme aide dans l'affaire. Le technicien ne faisait pas partie de l'équipe. Il était venu à la demande expresse de Mortka, afin de faire état des résultats des labos.

Mortka aimait bien les réunions de groupes d'enquête, même si, comme dans le cas présent, elles ne méritaient pas ce qualificatif pompeux. Elles l'aidaient à clarifier les faits et à les mettre en ordre, émettre des hypothèses et planifier la poursuite de l'enquête ; il ne parvenait pas toujours à le faire dans le chaos du travail quotidien.

— Bien. Nous sommes réunis ici pour discuter des incendies d'Ursynow et de la mort de Jan Kameron, commença-t-il.

Il résuma les résultats des recherches effectuées. Le jeune Skalski prenait des notes. Kochan s'étira sur sa chaise avec l'air de s'assoupir.

Au moment où Mortka finissait, Andrzejewski passa la tête. Il pointa un doigt vers l'inspecteur et dit :

— Mortka, dans mon bureau.

L'inspecteur acquiesça.

— Kamil, fit-il à Jankowski, pendant mon absence, expose les résultats du labo.

Le technicien se leva et prit son rapport en main.

L'inspecteur suivit le directeur adjoint dans son cabinet.

— Ferme la porte.

Le ton du chef n'annonçait rien de bon. Mortka procéda à un rapide examen de conscience. Même sans motif d'inquiétude particulier, il eut une désagréable crampe d'estomac. Comme un mauvais pressentiment.

— En première page, Mortka. Lis toi-même, à haute voix.

Il déplia le journal. Il avait devant les yeux la couverture de *Fakt* où s'affichait une grande photo de Klaudia Kameron enveloppée de pansements, avec un gros titre : « TRAGÉDIE DANS LA MAISON DE KLAUDIA KLAU. »

Klaudia Klau (33 ans), chanteuse, mannequin, vit un cauchemar. Un incendie s'est déclaré dans sa villa, son mari est mort, elle-même est horriblement brûlée. « Je suis sous le choc. Je ne sais pas ce qui s'est passé. Mon amour de mari est mort. Je ne peux m'imaginer vivre sans lui », déclare la chanteuse.

— Tu n'as pas besoin de lire plus loin, coupa le directeur adjoint.

Mortka devint pourpre de colère. Le Dr Pawlik lui avait interdit de continuer l'audition, mais elle n'avait visiblement émis aucune réserve lorsque les journalistes avaient fait une interview avec la victime, avant de s'organiser une petite séance photo.

— Comme tu vois, la Klaudia se retrouve en première page du plus grand et – malgré les apparences – plus important des journaux de ce pays. D'accord, elle n'avait pas beaucoup de concurrence puisque aucun acteur n'a été pris ces jours-ci à dégueuler en public, ni aucune star à secouer ses nichons, dit Andrzejewski en souriant maladroitement, comme s'il avait oublié à quoi cela ressemblait.

— Je ne sais pas ce que je dois dire, rétorqua Mortka.

— Moi non plus, je n'en sais rien, grommela le directeur adjoint en respirant par le nez. La bonne nouvelle, c'est que les journaleux n'ont pas encore reniflé l'histoire des autres incendies volontaires, et il n'y a rien dans l'article de compromettant pour la police. Mais la Klaudia revient en star, donc l'affaire fait du bruit toute seule. Tu dois réagir, le Kub, et me trouver ce pyromane qui a tué Kameron.

— Kameron est mort avant l'incendie. D'un coup sur la tête, donné avec un objet contondant.

Le directeur adjoint souffla bruyamment, surpris.

— Quelqu'un l'a d'abord tué et a mis ensuite le feu à la maison ?

— À moins qu'il n'y ait deux affaires distinctes.

Andrzejewski essaya de combiner tout ça dans sa tête. Il se mit à ronger le bout de son crayon à bille.

— Qu'importe, conclut-il. Le cas fait du bruit, et ça n'annonce rien de bon. Tu me coffres qui il faut, et que ça saute.

— Compris.

— Alors, salut.

Mortka reposa le journal sur le bureau du directeur adjoint. Andrzejewski le plia en quatre et le jeta dans la corbeille.

Lorsque l'inspecteur revint dans la salle de réunion, Jankowski était déjà parti, et une blonde mignonne, la trentaine à première vue, s'était assise à la place de l'inspecteur. Elle portait une jupe courte qui ne couvrait que partiellement ses jolies jambes, et un bustier qui mettait sa poitrine en avant. Elle se leva à son entrée. Elle lui tendit la main.

— Anna Brodka, psychologue.

Il lui serra la main. Elle avait les yeux d'un bleu intense. Elle devait porter des lentilles de couleur.

— Inspecteur Jakub Mortka.

— C'est votre place, n'est-ce pas ?

Avant qu'il puisse répondre, elle avait repris son sac, un cahier et un livre dont Mortka n'eut pas le temps de voir le titre.

— Venez à côté de moi, proposa Kochan. Avec un peu de chance, vous allez me tomber dans les bras. Ou sur les genoux…

Elle sourit et prit place à côté de Skalski.

— Il est moins gradé. Vous devriez vous asseoir à côté de moi, protesta l'inspecteur adjoint.

— Si c'est le critère, je devrais m'asseoir à côté de l'inspecteur.

— Il ne saurait pas apprécier.

Mortka tapa du poing sur la table. Il obtint le résultat visé : Kochan et la psychologue se turent.

— Pourquoi êtes-vous ici ? demanda-t-il.

— On m'a demandé de faire un portrait psychologique du pyromane, expliqua-t-elle.

— Vous arrivez un peu tard, grogna-t-il en regardant sa montre. Plus d'une demi-heure ! Il faut que je reprenne tout, rien que pour vous ?

— Non, bien sûr que non. Je ne suis venue que pour récupérer les pièces de l'enquête.

— Je vous les donnerai, dit Kochan. Et puis vous me les rendrez…

Il souriait de toutes ses dents. La psychologue l'ignora.

— Je ne voudrais pas non plus que vos suggestions influent, même involontairement, sur mon travail. Ce que je cherche, c'est seulement à connaître les faits.

— D'accord. Vous recevrez les éléments. Quoi encore ?

— Je voudrais vous communiquer certaines spécificités concernant la psychologie des pyromanes. Ça pourrait faciliter votre enquête.

Mortka accepta à contrecœur. Il craignait que ce ne soit qu'une perte de temps, mais se rappelait aussi que le directeur adjoint souhaitait les voir collaborer avec la chamane.

— Tout d'abord, vous devez avoir à l'esprit que les pyromanes n'ont pas entre eux de traits communs, commença la psychologue.

— Jusque-là, nous savions, grogna Kochan.

— Ça ne signifie pas pour autant, continua la jeune femme sans s'offusquer, que l'on ne peut pas établir de portrait d'un tel criminel. Même si c'est sensiblement plus difficile que dans le cas d'autres types de crimes. Premièrement, les pyromanes agissent en secret. Ils ont peur des confrontations ouvertes. Parfois, ils s'attaquent à quelqu'un qui, à leurs yeux évidemment, leur a causé du tort. Ils mettent le feu à un immeuble appartenant à la personne en question. Très souvent, longtemps après l'affront supposément subi. Ils cultivent en eux-mêmes un sentiment de victimisation, de malheur, qu'ils doivent ensuite décharger dans un incendie.

Kochan tapota des doigts sur la table.

— Ça correspond à ce producteur de musique. Vous voyez lequel ?

Skalski consulta son carnet.

— Michal Stasinski, dit-il.

— Précisément.

— Je vous ai demandé que personne ne fasse de suggestion…

— Mais je ne vous suggère rien. Encore que…

Kochan haussa ses sourcils de manière expressive.

— Les pyromanes sont une catégorie à part, poursuivit la psychologue. Ce sont des criminels en série. Des malades, parce que la pyromanie est une maladie. Le plus souvent des jeunes, des hommes d'une vingtaine d'années. Ils commencent par allumer de petits feux, puis visent des objectifs plus importants, pour finir avec des maisons, des hangars, des annexes de jardins. Ils éprouvent de la haine pour le monde et ont des problèmes d'acceptation de soi. Une chose importante à savoir, c'est que les pyromanes ne sont pas des assassins. Si quelqu'un meurt, c'est plutôt à la suite d'un mauvais calcul, d'un imprévu, de la manière dont le feu s'est propagé. Ce qui a dû se produire dans notre cas, si c'est bien à un pyromane que nous avons affaire.

— Jan Kameron a été tué avant l'incendie, dit Mortka.

— Oooh… (La psychologue arrondit la bouche dans une moue charmante.) Ça ne fait que confirmer ce que je viens de dire. Il est vraisemblable que le crime n'a pas été commis par un pyromane, mais par quelqu'un d'autre. Je dois aussi vous dire que les pyromanes mettent rarement le feu à des habitations. Parce qu'ils ne veulent pas faire de mal aux personnes.

— À Ursynow, il n'y a que des barres de HLM ou des maisons familiales, intervint Skalski. Mais l'inspecteur a dit que dans les deux cas précédents, il n'y avait personne sur place au moment de l'incendie. L'auteur des faits aura peut-être vérifié que les habitants étaient sortis et qu'il n'arriverait rien à personne s'il mettait le feu.

— C'est possible, confirma la psychologue.

Mortka remarqua qu'elle était devenue la personne la plus importante de la réunion. C'était elle qui prenait les décisions, récompensait et punissait.

— Et alors, les Kameron ? Ils étaient chez eux lorsque le feu s'est déclaré, remarqua l'inspecteur.

— Ils étaient peut-être sur le point de partir ? risqua Skalski.

Mortka ajouta cette question à la liste des énigmes à évoquer lors d'un entretien avec Klaudia Kameron.

— Vous avez dit qu'il s'agissait d'un homme, dit Skalski.

— J'en suis sûre.

— Et pourquoi donc ? Ça pourrait être une femme. Moins attirante que vous, naturellement, réagit Kochan.

— Les femmes souffrent aussi de pyromanie. Mais elles mettent le feu à des biens dans leur environnement le plus proche. Elles se sentent coupables et éprouvent le besoin de se punir elles-mêmes. C'est pourquoi elles mettent le feu à la cabane du jardin, par exemple. Les femmes se punissent elles-mêmes, les hommes punissent le monde. Ce qu'a fait notre pyromane.

— Si nous sommes aux prises avec un homme qui a besoin de punir les habitants d'Ursynow… Tous ? Ça fait plus de mille personnes.

Mortka ne cherchait même pas à dissimuler sa raillerie.

— Vous touchez au cœur du sujet. À un niveau élémentaire, ça doit être ça. Bien sûr, notre pyromane n'en a pas conscience, mais ça ne change rien au fait que c'est bien comme ça. Une dernière caractéristique importante : les pyromanes sont, dans la vie de tous les jours, des gens très calmes, très gentils, un peu renfermés.

Skalski prenait note de tout. Il souligna une phrase d'une sorte de serpentin avant de dessiner autour en plus un petit rond. L'inspecteur se dit que lors de ses propres vérifications, il ne se montrait pas aussi pointilleux. Il suffit de montrer de belles jambes et un décolleté, et voilà les hommes plus attentifs. Ou faisant semblant d'écouter.

— Vous ne voulez pas que nous suggérions des hypothèses, mais c'est pourtant bien de ça que nous devrions nous occuper, dit Mortka.

— Oui. Bien sûr. Vous savez, inspecteur, j'ai un cours à la fac dans un instant.

— Vous continuez vos études ? demanda Kochan.

— C'est moi qui donne le cours, répondit-elle froidement.

— Voyez-moi ça ! Je ne l'aurais jamais pensé. Vous avez l'air si jeune.

La psychologue continua à ignorer Kochan.

— Monsieur l'inspecteur, préparez-moi un dossier de l'enquête, je viendrai le chercher dans l'après-midi.

— Je vous laisserai un paquet à la permanence, promit Mortka.

— Bien, monsieur l'inspecteur. Au revoir.

— Au revoir.

Ils se serrèrent la main. Skalski se leva alors qu'elle refermait la porte derrière elle.

— Vous pensez qu'elle se rase la chatte ? demanda Kochan.

La question de Kochan flotta dans l'air, le temps que Skalski, ne sachant comment réagir, jette un regard nerveux vers Mortka.

— Moi, je pense qu'elle a une tête à se raser la chatte… fit Skalski d'une voix rêveuse.

— On fait la pause, ordonna soudain l'inspecteur. Skalski, apporte-moi un café. Laisse-le reposer au moins cinq minutes.

Le jeune policier sortit de la pièce sans un mot. Mortka se leva et s'approcha de Kochan. Il s'appuya contre la table près de son adjoint et fourra les mains dans les poches de son pantalon.

— Un type est mort, dit-il lentement, pesant chaque mot. Quelqu'un l'a tué, et toi, tu te demandes si l'autre andouille se rase la chatte, c'est bien ça ?

— C'est une question importante.

— Vraiment ?

Il attendit que l'adjoint le regarde droit dans les yeux.

— Vraiment.

— Importante comment ?

— Mortelle.

Mortka hocha la tête et se mit à tourner autour de la table de réunion en tapotant en rythme de son index.

— Qu'est-ce que tu as dans la tête, le Kub ? demanda Kochan, irrité.

L'inspecteur s'immobilisa aussitôt, se retourna et regarda son collègue.

— Que tu ne traites pas l'affaire avec sérieux, dit-il. Je ne sais pas pourquoi. Tu la trouves ennuyeuse ? Sans intérêt ? Un seul cadavre, ce n'est pas assez pour toi ?

Kochan baissa la tête et considéra la pointe de ses chaussures. Quand il se redressa, il montra un air abattu.

— D'accord, tu as raison. Excuse-moi. Je ne devrais pas plaisanter de cette façon, mais…

— Mais ?

— Ça m'est venu comme ça. Excuse-moi. Toi, tu arrives à t'occuper de n'importe quoi avec une mine sérieuse ; tu sais rester dur, et sévère, et sinistre, tandis que moi il faut de temps en temps que je déconne. Mais ça ira pour aujourd'hui. Promis, juré. OK ?

Mortka ne savait pas très bien que répondre. Kochan avait toujours eu un rapport de moquerie au monde, au travail et à ses devoirs. Il ne se privait jamais non plus de faire des commentaires. Mais aujourd'hui, il avait dépassé les bornes. D'où cela pouvait-il venir ? De soucis à la maison ? Trop de stress ?

— OK, répondit l'inspecteur.

Cependant, Skalski revenait en portant précautionneusement deux gobelets en plastique remplis de café à ras bord. Essayant de ne pas renverser le contenu, il en donna un à Mortka et garda l'autre pour lui.

— Merci, dit l'inspecteur.

Le jeune policier retourna à sa place. Il jetait des coups d'œil vers Kochan, penaud et tendu, qui faisait tournicoter un crayon à bille entre ses doigts.

Mortka but une gorgée. Il reposa le gobelet sur la table et reprit sa marche autour du bureau. Marcher l'aidait à retrouver son calme.

— Bien. Réfléchissons à ce que nous a dit la chamane. Skalski, je vois que tu aimes prendre des notes. Alors, note.

— Prêt.

— L'auteur des faits est sûrement un homme. Les conclusions de la chamane rejoignent les miennes. Il n'y a qu'un homme pour avoir la force de grimper de nuit sur le toit et lancer un cocktail Molotov par la cheminée.

— Rappelle-toi qu'il a pu déjà mettre le feu à des sites plus petits, intervint Kochan qui ne cessait de jouer avec son crayon. Il faudrait vérifier des cas similaires dans le fichier. On a peut-être arrêté quelqu'un pour des faits identiques. Peut-être les pompiers ont-ils eu à intervenir ces derniers temps pour des incendies moins spectaculaires ?

— Bonne idée, le félicita Mortka. Skalski, note : vérifier les incendies volontaires, mettons des six derniers mois. C'est toi qui t'en charges. Si on connaît les auteurs, il faudra savoir ce qu'ils faisaient dans la nuit de vendredi à samedi.

— Bien.

— Nous avons aussi une autre hypothèse, liée à la personnalité de Borzestowski et aux relations douteuses de Kameron. Nous ne pouvons pas exclure qu'il aura tapé sur le système à quelqu'un et fait quelque chose qu'il n'aurait pas dû, ou que de vieilles histoires seront remontées à la surface. Faire le tour de la ville, et parler avec les gens. Kochan ?

— Je m'en occupe.

— Parfait. J'irai voir Klaudia Kameron et je lui poserai des questions. Je vais prendre rendez-vous avec ce producteur de musique et l'interroger. C'est une vieille affaire, mais nous n'avons pas d'autre piste pour le moment. De ce qu'a dit Wyrwa, il y a aussi ce sujet des investissements malheureux de Kameron. On va demander au juge de lever le secret bancaire et examiner les comptes de Kameron. Je m'occupe de ça aussi. Des questions, des suggestions ?

— Aucune, répondit Kochan.

Skalski regarda ses notes et fit non de la tête.

— Bien. Pour résumer, nous avons deux affaires. L'une est une série probable d'incendies volontaires à Ursynow. L'autre, la mort de Jan Kameron. Nous avons deux hypothèses principales. La première, le pyromane entre dans la maison, il tue Jan Kameron, et quelques heures plus tard, il met le feu à la maison, récapitula l'inspecteur.

— Ça ne tient pas, répliqua Kochan.

— Pas complètement, corrigea Skalski. Je suis d'accord que c'est peu vraisemblable, mais il est possible que l'assassin ait d'abord tué Kameron, puis qu'il ait paniqué et se soit enfui du lieu du crime. Une fois calmé, il a pu parvenir à la conclusion qu'il devait effacer les traces. Il est revenu…

— Et il a provoqué l'incendie en jetant un cocktail Molotov depuis le toit ? l'interrompit Kochan. J'admire l'inventivité de notre jeune collègue, mais c'est stupide.

Skalski resta impassible. S'il s'offusqua des paroles de l'adjoint, il n'en laissa rien voir.

C'est bien, c'est un dur, remarqua Mortka à part lui. *Mais il ne se défend pas. Aurait-il peur de discuter avec un ancien qui ne croit pas au scénario qu'il a suggéré ?*

— Et Mme Kameron, alors ? Qu'est-ce qui s'est passé avec elle ? On vient tuer son mari, et pendant plusieurs heures elle ne prévient pas la police ? Elle n'était pas à la maison ? Mais si oui, où était-elle ? À moins qu'elle soit assez vernie pour ne rentrer qu'au moment de l'incendie ? poursuivit Kochan.

L'adjoint devint étonnamment fébrile. D'ordinaire, pendant les réunions, il restait silencieux, mâchait du chewing-gum ou rongeait son crayon. Il attendait plus tard pour lancer deux ou trois idées qui montraient que malgré tout il avait bien écouté ce qu'il se disait. Mortka se dit qu'il voulait se faire pardonner l'incident avec la chamane.

— Tu as raison, dit l'inspecteur. Mme Kameron est la clef. Nous devons savoir ce qu'elle faisait ce soir-là. Pourquoi n'a-t-elle prévenu personne de la mort de son mari ?

Il prit une profonde respiration.

— Nous avons des raisons de croire qu'elle avait été enfermée dans la garde-robe par son mari.

Il leur parla des disputes, de la fourrure déchirée et de la serrure cassée. Quand il eut terminé, Kochan eut un sifflement d'admiration.

— Pas mal, ce Kameron, lança-t-il, joyeux. On voit qu'il n'était pas du genre à se laisser souffler dans les bronches. Curieux de savoir s'il pilait souvent sa bonne femme…

Skalski feuilleta rapidement ses notes.

— Nous n'avons jamais eu de plaintes pour violence conjugale, que ce soit d'elle ou de lui, affirma-t-il.

— De lui ? s'étonna Kochan. Pourquoi aurait-il eu à porter plainte ?

— De nos jours, on voit de plus en plus souvent des hommes victimes de violences, précisa Skalski.

Kochan avait un air amusé.

— Écoute, gamin. (Il pointait son crayon en direction du jeune policier.) Impossible qu'une femme batte son mari. Et si un mec se laisse cogner par sa bonne femme, c'est pas un homme, c'est une lavette. Facile, non ?

Mortka se dit qu'il fallait couper court à cet échange d'arguments avant que les deux policiers s'enfoncent dans les statistiques de la violence conjugale. Il se racla bruyamment la gorge. Ils se retournèrent vers lui.

— L'autre hypothèse est qu'il y avait deux criminels. L'un tue Kameron, et l'autre, quelques heures plus tard, vient pour effacer les traces. Il est aussi possible qu'ils aient agi indépendamment l'un de l'autre. Le premier tue Kameron. L'autre est notre pyromane qui choisit par hasard de mettre le feu à la maison des Kameron.

— Deux ?

Il y avait de l'incrédulité dans la voix de Kochan.

— Exactement. Ce n'est qu'une hypothèse, bien sûr. Concentrons-nous maintenant sur le pyromane, s'il existe vraiment. Comment choisit-il les maisons ? Pourquoi celles-ci plutôt que d'autres ?

— Peut-être qu'il ne voulait faire de mal à personne. Il devait savoir qu'il n'y aurait personne dans les autres maisons, suggéra Skalski.

— Comment ça ? demanda l'adjoint.

Le jeune policier haussa les épaules.

— Il y a peut-être réellement quelque chose là-dedans, affirma Mortka. Skalski, tu creuses ça. Va parler avec les gens des deux premières maisons. Essaye de savoir si quelqu'un pouvait être au courant qu'ils sortaient. Cherche des coïncidences : peut-être qu'ils ont en commun de recourir aux services du même plombier, ou que c'est le même livreur qui leur apporte des pizzas ? Ça vaudrait aussi la peine que tu contactes les pompiers de notre part. Je vais te donner le numéro de l'aspirant Kowalski. Peut-être qu'il a une idée, qu'ils attendent quelque chose de notre part, ou je ne sais quoi.

— D'accord.

— Bien. En cas d'urgence, j'ai toujours mon téléphone. On se revoit demain, même heure.

Kochan et Skalski sortirent. Mortka resta dans la petite salle de réunion.

Il buvait son café et repensait à la rencontre avec la chamane. Elle ne lui avait pas fait bonne impression. Ses remarques, ses idées, rien de tout cela n'était de grande utilité, et ça lui rappelait les horoscopes – n'importe lequel ou presque peut correspondre à n'importe qui. Mais peut-être, après tout, avait-elle un peu raison quelque part ? Il se remémorait ses paroles. Le pyromane, un homme jeune, une vingtaine d'années. Qui éprouve le besoin de punir. Mais de quoi ? Qu'est-ce qu'on lui avait fait pour qu'il mette le feu aux maisons ? Avait-il eu des contacts avec les Kameron ? Il se sentit commencer à divaguer. Il avait assez pensé comme ça. Il était temps de passer à l'action.

L'inspecteur tomba sur le Dr Pawlik à l'entrée de l'hôpital. Il eut d'abord l'impression qu'elle avait cherché à l'éviter, voire à se cacher dans le réduit à balais. Mais quand elle réalisa qu'il l'avait aperçue, elle décida de faire front.

— Toutes mes excuses, commença-t-elle dès qu'elle fut à portée de voix. Je ne savais pas qu'un journaliste était venu dans le service, je ne savais pas qu'il y avait des photographes. La couverture du journal d'aujourd'hui m'a secouée autant que vous. Ça ne m'excuse pas pour autant.

Mortka sentit que toute la hargne qui s'était emparée de lui à la lecture de l'article ressortait maintenant de son organisme comme emportée par le torrent de paroles.

— Vous me bousillez tout le plaisir, annonça-t-il.

— Quel plaisir ?

— Celui de vous rentrer dedans.

Elle sourit.

— Je suis désolée.

Il haussa les épaules.

— Pas de mal. Se passer les nerfs sur quelqu'un est peut-être agréable, mais peu constructif. L'important, c'est que je veux parler avec Klaudia Kameron. Et je dois le faire aujourd'hui.

— Je vous en prie.

— Si son état se détériore comme hier, je devrai attendre jusqu'à ce que je puisse reprendre l'entretien.

— Après sa crise d'hier, je n'ai rien contre.

Elle le conduisit par des couloirs bondés de malades, principalement des vieux qui faisaient des allers-retours en lançant des regards inquiets d'un côté ou de l'autre.

— Ils cherchent un moyen de se cacher pour en griller une, expliqua Pawlik. À certains nous l'interdisons, et d'autres n'ont pas la force de sortir pour fumer. Mais le besoin subsiste. Vous fumez ?

— Non.

— C'est bien. Pour la santé. Et vous avez fumé ?

— Non. Jamais. Et vous ?

— Hélas oui. La majorité des médecins fument. On se dit qu'on ne devrait pas, mais avec le travail qu'on fait, impossible de s'en passer. La même chose chez vous, je suppose ?

— Je n'en sais rien, répondit l'inspecteur, évasif.

Certains de ses collègues, s'ils ne fumaient pas au moins un paquet par jour, en devenaient péniblement nerveux, voire agressifs, mais il ne voyait pas de raison d'en faire part à la doctoresse.

Ils s'arrêtèrent pour laisser passer un chariot emmenant un malade au bloc opératoire. Deux médecins marchaient quelques pas derrière le brancard et chuchotaient à propos de l'opération.

Ils arrivèrent dans la salle où se trouvait Klaudia Kameron. Par chance, sa mère n'était pas présente à son chevet.

— Il y a un infirmier de garde à proximité. À tout hasard… déclara la doctoresse.

Il passa devant elle sans mot dire et entra. Il prit une chaise contre le mur et la posa près du lit de Klaudia Kameron. Elle devait dormir mais se réveilla lorsqu'il s'assit.

— Bonjour. Inspecteur Jakub Mortka, police de Varsovie. Je suis venu hier. Vous vous souvenez de moi ?

Elle hocha la tête.

— Vous êtes en état de parler ?

Elle acquiesça de nouveau de la tête.

— Je dois savoir ce qui s'est passé chez vous dans la nuit de vendredi à samedi.

La femme rassemblait ses forces pour répondre. Le policier attendait avec patience.

— Nous aurions dû être ailleurs, chuchota enfin Klaudia Kameron d'une voix pleurnicharde.

— Pourquoi ?

— Nous devions… au spa… à côté de Varsovie… à Serock.

Elle lui donna le nom de l'établissement.

La maison aurait donc dû être vide, comme dans les deux autres cas, se dit Mortka.

— Pourquoi n'êtes-vous pas partis ?

— Une dispute.

— À propos de quoi ?

— De tout.

— Vous vous disputiez souvent, c'est ça ?

Elle acquiesça en faisant une grimace, car chaque mouvement lui faisait encore mal.

— Et puis, que s'est-il passé ?

— Il m'a frappée… Puis il m'a enfermée…

— Dans la garde-robe ? poursuivit-il à sa place.

— Oui, souffla-t-elle.

Sa voix était faible et délicate.

— Quand ça s'est passé ?

— Vingt-deux heures… je crois.

— Et ensuite, qu'est-il arrivé ?

Une larme perla sur sa joue.

— Des flammes. Ça brûlait.

— Mais avant ? Quelqu'un est venu à la maison ? Vous avez entendu quelqu'un ?

— Non…

Mortka regarda par la fenêtre. Le ciel se couvrait de lourds nuages sales.

— Vous aviez des ennemis, vous connaissez quelqu'un qui pouvait vouloir vous faire du mal ? demanda-t-il.

Elle fit non de la tête. L'inspecteur voyait qu'elle souffrait.

— Vous voulez faire une pause ? demanda-t-il.

— Oui.

Lorsqu'il sortit de la chambre, l'infirmier jeta un œil pour s'assurer que la malade n'avait rien, puis il reprit sa place sur le banc près de la porte. Mortka s'assit près de lui. Il sortit son carnet et relut ses notes, cherchant les questions qu'il aurait encore à poser.

— Vous êtes là ? Vous voulez encore faire souffrir ma fille ?

Katarzyna Budna accourait vers lui, sac à main serré contre la poitrine et martelant le sol de ses talons. Sa démarche évoquait celle d'un canard. Mortka attendit qu'elle s'arrête devant lui, puis lança :

— La police vous dérange, mais pas les journalistes, c'est ça ?

Katarzyna Budna redressa le menton en prenant une pose noble.

— Les fans de ma fille ont le droit de savoir ce qu'il lui arrive, dit-elle.

— C'est donc vous qui avez téléphoné aux journalistes ? demanda l'inspecteur, hors de lui.

— Les fans de ma fille ont le droit de savoir ce qu'il lui arrive, répéta Budna.

— Et vous êtes contente de vous ? En voyant les photos de votre fille dans cet état en première page du plus grand journal du pays ?

Il avait touché juste. La femme pâlit légèrement et sa lèvre inférieure se mit à trembler doucement.

— C'est une faute de la rédaction. Ils devaient publier une grande photo d'elle au concours de Miss, et une petite de l'hôpital. C'est la bêtise des journalistes qui a interverti les photos. Mais j'en ai déjà parlé au rédacteur en chef. Des têtes vont tomber.

— Lesquelles ?

Comme il s'y attendait, elle ne sut que répondre.

— Vraiment, je serais très étonné s'ils viraient qui que ce soit. Au contraire, un journaliste va toucher une prime pour cette photo. Vous vous êtes fait manipuler. Et le pire, c'est que vous leur avez fait faire du pognon sur le malheur de votre propre fille.

Ce n'était plus la lèvre seule mais le corps entier de la femme qui tremblait. Son énervement grandissant apportait une sorte de satisfaction à Mortka.

— Mensonge ! siffla-t-elle. Le rédacteur en chef m'a dit lui-même que des têtes allaient tomber. On peut l'appeler, vous l'entendrez vous-même.

Elle fit mine de chercher son portable dans son sac. Mortka l'arrêta d'un geste de la main.

— Je retourne voir Mme Kameron, dit-il à l'infirmier. Ne laissez pas Mme Budna entrer.

La femme s'étrangla et lui lança un regard outré.

— Mais c'est ma fille ! J'ai le droit !

— D'accord, répliqua l'infirmier en ignorant la mère.

Mortka se dit qu'il n'était pas le seul à qui elle devait taper sur le système.

L'inspecteur ne put juger si le moment de repos avait permis à Klaudia Kameron de se remettre ou non. Elle était telle qu'il l'avait laissée, malheureuse et souffrante comme cinq minutes plus tôt. Il prit la place près du lit.

— Soupçonnez-vous quelqu'un de cet incendie volontaire ?

Il commençait par la question qui avait clos la première partie de leur conversation. Il espérait que la femme y aurait réfléchi et que quelque chose lui serait venu à l'esprit. Mais il fut déçu.

— Non.

— Aviez-vous des ennemis ? Vous, ou votre mari ?

— Non.

Il avait du mal à le croire. Un personnage comme Jan Kameron, et elle avec sa carrière manquée dans le show-business… Ils avaient dû susciter des rejets ou des jalousies. Il se dit qu'elle mentait.

— Ni d'amis, ajouta Klaudia Kameron un peu plus tard. Nous vivions en solitaires…

C'est donc ça... L'inspecteur voyait enfin leur vie telle qu'elle avait dû être en réalité : cette ancienne star de musique pop et cet homme d'affaires en faillite ne pouvaient maintenant plus que contempler les vestiges du bon vieux temps. Amis et ennemis n'étaient que des souvenirs.

— Il est peut-être arrivé quelque chose d'étrange récemment ? demanda-t-il après un temps de silence.

— Non.

— Votre mari n'était pas énervé, craignant quelque chose ou quelqu'un ?

— Non.

— Auriez-vous remarqué quelqu'un qui observait votre maison ?

— Non.

— Quelqu'un savait-il que vous deviez aller en centre de cure ?

— Non.

— Vous êtes sûre ?

— Oui, répondit-elle après une légère hésitation.

Mortka n'avait plus de questions. Il la remercia, lui souhaita un prompt rétablissement et sortit de la chambre. Katarzyna Budna n'était plus dans les parages.

— Elle est partie se plaindre auprès du directeur de l'hôpital, expliqua l'infirmier, voyant que l'inspecteur cherchait des yeux la mère de Klaudia Kameron.

— Elle va arriver à quelque chose ? Vous n'allez pas avoir d'ennuis ?

— Non, le directeur va lui dire d'aller se… en termes militaires… vous voyez ce que je veux dire. Tout le monde est furieux contre elle à cause de cet article dans *Fakt*.

Mortka s'imagina la scène avec un sourire involontaire.

— Comment les journalistes sont-ils arrivés jusqu'à Mme Kameron ? demanda-t-il.

— Pour être franc, nous avons tout simplement tellement de travail que personne n'a fait attention à eux, reconnut honnêtement l'infirmier. Vous pourriez entrer avec un char d'assaut sans que personne remarque rien avant que vous arriviez dans la salle d'opération.

L'inspecteur regarda autour de lui et donna raison à l'homme. Une foule de malades, de médecins et d'infirmières envahissait les couloirs. De tous côtés parvenaient des gémissements et des bruits de pleurs. Les familles abordaient les médecins, voulant à tout prix savoir ce qu'il advenait de leurs proches. Pire qu'au commissariat un vendredi soir quand on attend l'appel consécutif à une beuverie trop sonore, une bagarre ou des actes de vandalisme ordinaire. C'est vrai que les journalistes avaient la tâche facile.

— J'ai fini de parler avec Mme Kameron. Au revoir.

— Au revoir.

L'infirmier retourna dans la chambre et Mortka se dirigea vers la sortie.

Il rentra au commissariat où il commença par remplir les papiers de demande de levée du secret bancaire. Puis, il récapitula mentalement les éléments de l'enquête.

Selon lui, l'hypothèse la plus vraisemblable était celle d'un cambriolage ordinaire. Les propriétaires devaient être absents, mais en raison d'une dispute ils avaient annulé leur départ. Cela avait permis à Kameron de surprendre le cambrioleur, qui avait paniqué. Une bagarre s'en était suivie, Kameron avait reçu un coup mortel sur la tête et le malfaiteur avait pris la fuite. Si c'était le cas, les chances d'attraper le coupable étaient quasi nulles. Surtout s'il s'agissait de quelqu'un d'extérieur au milieu – un petit merdeux voulant se faire de l'argent de poche, ou un jeune voyou de banlieue. Quelques heures plus tard, le pyromane était arrivé sur le toit.

Il se rembrunit. S'il s'était agi d'un simple incendie volontaire ou d'un simple meurtre, il aurait procédé sans peine. Mais en l'occurrence, comme une affaire s'ajoutait à l'autre, les coupables, sans même le savoir, effaçaient mutuellement leurs traces, et tout s'embrouillait.

Il finit de rédiger la demande et l'apporta au secrétariat. Il espérait que le directeur la signerait rapidement et qu'elle filerait tout aussi rapidement chez le juge.

Puis il prépara les documents destinés à la chamane et fit des copies de tout ce qu'il put. Quand il apporta le paquet à la permanence, il apprit que la femme était passée trois heures plus tôt. Elle avait dit qu'elle reviendrait le lendemain. Elle avait eu l'air énervé.

Mortka s'en voulait de n'avoir pas réglé ce détail plus tôt. Il ne croyait pas aux chamans, mais un bon portrait psychologique pouvait toujours être utile. Ne serait-ce que comme argument vis-à-vis de ses supérieurs…

Il retourna dans son bureau et se remit au travail. Il rechercha d'abord le centre de cure à Serock et téléphona. Une réceptionniste lui répondit d'une voix chevrotante.

— Inspecteur Jakub Mortka de la Brigade criminelle de Varsovie. Je voudrais savoir si les époux Kameron avaient bien une réservation chez vous pour le week-end dernier.

— Je ne peux pas donner ce genre d'information par téléphone.

— Je peux vous envoyer un fax, un courrier…

— Le mieux serait que vous veniez sur place.

— Je n'ai malheureusement pas le temps de faire une virée à Serock. Si on pouvait s'en passer… C'est très important, s'il vous plaît.

Il entendait son hésitation dans l'écouteur.

— En fait, ils ne sont pas venus, dit-elle.

— Mais ils avaient une réservation ?

— Oui. Une chambre double pour le week-end dernier. Mais on ne les a pas vus. Et franchement, ça ne m'a pas étonnée.

— Pourquoi ?

— Nous rappelons toujours pour fixer le programme des soins. Lorsque j'ai appelé Mme Kameron vendredi, c'est son mari qui a répondu. J'ai demandé si on confirmait la réservation. Il a dit que oui.

— Alors, pourquoi avez-vous pensé qu'ils ne viendraient pas ?

— À sa façon de parler. Du genre… « Ah oui, une réservation ? Bien sûr. Confirmer. Je confirme. » J'ai eu l'impression qu'il n'était pas au courant.

— Il avait peut-être oublié. Qui avait fait la réservation ?

— Sa femme. Mme Kameron.

— Je comprends. Merci pour votre aide.

— Au cas où, vous ne dites pas que je vous ai parlé, n'est-ce pas ?

— Je ne connais même pas votre nom.

Elle gloussa.

— Si on reçoit un courrier officiel, on pourra tout dire.

— Je ferai ce qu'il faut.

Il mit fin à la conversation et reposa l'écouteur.

Il consacra le reste de la journée à noter les comptes rendus de l'enquête. Puis il téléphona à la firme Stasinski et prit rendez-vous pour le mercredi. Il se demanda s'il ne devait pas essayer de rencontrer Borzestowski, mais conclut qu'il n'était pas préparé au mieux pour un tel entretien. Il avait trop peu d'informations.

De retour chez lui, il s'offrit une demi-heure de sieste. Puis il ramassa les maillots de bain et partit chercher les enfants. Ola lui confia les deux garçons sans dire un mot. Ils allaient à la piscine « La Varsovienne ». Ses fils jouaient dans le petit bassin, tandis que lui faisait vingt longueurs dans le grand.

Quand il ramena les garçons, Ola lui demanda de patienter un instant. Il dut attendre que sa femme leur ait séché les cheveux et les ait couchés. Il savait qu'elle lui en voulait de ne pas lui-même leur avoir essuyé correctement la tête.

Il attendit dans la cuisine. Lorsqu'elle revint enfin, la mine maussade, il se leva de la chaise et se plaça près du frigo.

— Tu m'offres un thé ? demanda-t-il.

— Tu payes la pension ? répondit-elle agressivement. Tu as encore oublié ?

— Excuse-moi, j'ai oublié. Je suis sur une affaire…

— Tu es toujours sur une affaire.

— Je paye demain.

Elle ne répondit pas.

Il alla souhaiter une bonne nuit aux garçons. Ola ne le raccompagna même pas à la porte.

Chapitre 10

Mortka fut réveillé en plein sommeil par un rire semblable au coassement d'un crapaud. Il se redressa et attrapa sa montre sur la tablette à côté du lit. Les aiguilles indiquaient deux heures et quart. Le chahut provenait de la chambre de Piotrek. Il sembla à l'inspecteur entendre le garçon, Agnieszka et encore quelqu'un d'autre. Quelqu'un qui riait de la façon la plus énervante possible.

Furieux mais résigné, il retomba sur le lit et resta un long moment immobile. Il ferma les yeux, essaya de se rendormir, en vain.

Le rire ne cessait pas, renforcé par des bruits de bouteilles. Quelqu'un, Agnieszka sans doute, s'efforçait de calmer la compagnie.

Il se mit un oreiller sur la tête. Il resta ainsi dix bonnes minutes. Sa colère ne fit qu'empirer.

Il finit par se lever. Il trouva dans le noir sa chemise qu'il enfila. Il sortit dans le vestibule et se dirigea droit vers la chambre de Piotrek. Il ne savait même pas quand il s'était décidé. Il s'était tout simplement dit que s'il entendait encore une fois ces ricanements, il n'y tiendrait plus.

Il tourna la poignée. Piotr et Agnieszka étaient assis dans la pièce enfumée. Il aperçut près de la porte un jeune gars aux cheveux courts. C'était lui qui glapissait si fort.

Le poing de Mortka s'abattit sur sa tête. L'inspecteur sentit à peine une douleur partir de sa main pour remonter comme un courant électrique jusqu'à son coude. Le gars tomba de sa chaise et atterrit tout étourdi sur le plancher. Il porta les mains à son front et gémit bruyamment.

Piotrek et Agnieszka se turent et regardèrent, traumatisés, le policier.

— Tu n'as pas le droit… tu ne peux pas faire ça, balbutia Piotrek.

Agnieszka s'efforça de le retenir, mais il la repoussa d'un vague geste d'ivrogne.

— Pas le droit ? (Mortka pointa vers le gars un doigt tendu.) Bien sûr, que j'ai le droit ! Vous avez intérêt à la fermer, sinon je reviens et je vous mets la tête au carré. C'est clair ?

— Tu n'as pas le droit, répéta Piotrek, déjà moins décidé.

— Je peux, et si ça ne te plaît pas, appelle la police.

Il sortit de la chambre et retourna chez lui. Il se recoucha. Le silence était revenu dans tout l'appartement. Il se rendormit rapidement.

Debout tôt le matin, il tomba dans la cuisine sur Piotrek. Le garçon lui lança un regard haineux, mais il n'osa rien dire. Mortka trouva une tasse qu'il passa à l'eau, et il se prépara un café. Il regrettait l'incident de la nuit et son comportement. Il emporta le café dans sa chambre.

Il but, se demandant ce qu'il devait faire. Il lui faudrait déménager de cet appartement, sans quoi il deviendrait fou, ou ferait une connerie dont il se repentirait plus tard. Sauf qu'il lui manquait toujours de l'argent.

Il était conscient que s'il ne changeait rien, il mènerait la même vie jusqu'à sa mort. Traînant d'une chambre à l'autre, vieillissant avec les années, sa situation devenant de plus en plus pitoyable. Devait-il quitter la police, chercher un travail ailleurs ? Il n'arrivait pas à se l'imaginer. Que saurait-il faire ? Travailler dans la sécurité ? Avec son expérience, on le prendrait peut-être à un poste de direction. Mais la vérité était qu'il ne se voyait pas en dehors du service.

Et s'il sollicitait une diminution de la pension alimentaire ? Il aurait du mal à se regarder dans la glace. S'être comporté avec dignité lors du divorce était un de ses rares motifs de fierté. Il ne voulait pas se priver de ce sentiment. Il en avait besoin comme un noyé a besoin de sortir, même brièvement, la tête hors de l'eau.

Il lui fallait pourtant faire quelque chose de sa vie. Il se l'était promis. Et d'abord, il allait attraper ce pyromane.

Il s'habilla rapidement et partit au travail.

Kochan et Skalski arboraient des mines de types mal réveillés. Assis en silence, ils buvaient du café.

— Bon. On débute la réunion. Chacun son tour, comme à confesse. Je commence.

L'inspecteur résuma brièvement les évènements de la veille.

— Maintenant, à vous. Skalski ?

— Chez les pompiers, je n'ai rien appris de spécial. Mais les gars sont sur les dents. Surtout ce Kowalski. Ils n'arrêtent pas de se demander quand l'autre va frapper de nouveau. Ils nous supplient littéralement d'envoyer davantage de patrouilles dans le quartier.

— Et concernant les pyromanes ?

— Il y a quelques pistes intéressantes. J'ai cinq suspects. J'en ai vérifié deux hier. Malheureusement, l'un n'était pas à Varsovie au moment de l'incendie, et l'autre a un alibi. Je vais m'occuper aujourd'hui des trois autres.

— Tu as besoin d'aide ?

— Un copain d'Ursynow va venir avec moi.

— Une bonne chose. Kochan ?

L'adjoint s'essuya le visage et finit son café.

— J'ai parlé hier avec un peu tout le monde. Comme disait Gruda, Kameron était connu dans le milieu. Mais tout ce que j'ai pu glaner concerne des histoires datant d'il y a des années. Selon les gars de Pruszkow, il donnait dans le blanchiment. Selon ceux de Wolomin, il s'était arrangé pour se faire cambrioler, et il empochait l'assurance. À l'époque où il avait encore un bar dans la Vieille Ville, il payait régulièrement pour sa protection, et ils finirent par l'aimer au point de le dispenser de « cotisation ». En revanche, ils pouvaient toujours venir picoler à l'œil chez lui.

— « Ils finirent par l'aimer » ? demanda Mortka, incrédule.

Kochan haussa les épaules.

— Moi non plus, je n'ai pas voulu y croire, qu'ils auraient par pure sympathie lâché la poule aux œufs d'or, mais tout le monde affirme que oui.

— Kameron n'avait pas d'ennemis ?

— Il y en a eu un. Le type s'appelait Sokol, il venait de Wolomin. Avec l'accord de Kameron, il avait piqué un camion. Mais ça a mal fini. Le chauffeur a été massacré. Le type a atterri à l'hôpital avec la colonne vertébrale brisée, et il roule toujours, mais dans une petite chaise. Kameron était furax. Il s'est plaint aux chefs. Et comme il avait de bons rapports avec eux, Sokol s'est fait niquer : concrètement, il a perdu sa part du gâteau et il est descendu dans la hiérarchie.

— Et il est où maintenant, ce Sokol ?

— Au cimetière. Il est mort pendant une de ces opérations que les gars montaient à la fin des années quatre-vingt-dix. Kameron n'était absolument pas impliqué là-dedans.

— Sokol avait une famille, des amis, des potes ? Je sais que c'est une piste fragile, mais ça vaut la peine de vérifier.

L'adjoint hocha la tête.

— D'accord avec toi. Je m'en occupe aujourd'hui.

— Et le type en chaise roulante ?

Kochan eut un sourire ironique.

— Tu soupçonnes qu'il a pu se venger de Kameron pour l'avoir offert aux types de Wolomin ? Il lui aurait fallu être sacrément costaud des bras pour se hisser sur le toit avec sa chaise roulante.

— Il a peut-être un fils. Un grand. Du genre sportif. Qu'est-ce que tu en dis ?

L'adjoint rougit et piqua du nez dans ses papiers.

— Je vérifie, marmonna-t-il.

Mortka se redressa sur sa chaise. Il regarda d'abord Kochan, puis Skalski.

— Bien. Dites-moi ce que vous pensez de tout ça.

— Sincèrement ? demanda Skalski.

— Sincèrement.

— À cause des erreurs des pompiers et des nôtres, on a loupé les trois premiers incendies. On n'aura une chance d'attraper le type que s'il remet ça une quatrième fois. On a trop peu de données.

— Et pour le meurtre ?

— Si je peux parler avec la même franchise que notre jeune collègue, commença Kochan, nous perdons notre temps. À première vue, le type était devenu clair depuis des années, et même s'il avait des ennemis, aucun d'entre eux n'aurait eu envie de le descendre. À mon sens, quelqu'un est entré dans la maison. Il est tombé sur le propriétaire, il y a eu bagarre, Kameron y est passé. Histoire classique. Le problème est que l'incendie a effacé toutes les traces, et celles qui restaient ont été piétinées par les pompiers. On ne sait même pas si quelque chose a disparu. Et on ne saura jamais ce qui a brûlé, ni ce qui aura pu être volé par le cambrioleur.

Mortka se dit que ce n'était pas le moment de reconnaître que lui-même se faisait les mêmes réflexions. Si le meurtre était dû au hasard, leurs chances de retrouver le coupable étaient quasi nulles. Il ne restait qu'à espérer tomber sur une nouvelle piste.

— Essayons quand même de retrouver l'assassin plutôt que de classer tout de suite le dossier. Kochan, tu suis la piste de ce Sokol et du type en chaise roulante. Il en sortira peut-être quelque chose. Skalski, tu t'occupes de ces pyromanes que tu as dans le fichier. Je vais parler à l'entourage de ce Stasinski… Peut-être sommes-nous partis dans la mauvaise direction… Peut-être ne s'agit-il pas d'ennemis de Kameron, mais d'ennemis de Klaudia Kameron ? Quelqu'un qui aura voulu se venger d'elle ?

— C'est probable, reconnut Kochan. On en sait moins sur elle que sur lui.

— Je m'occupe d'elle, dit l'inspecteur. D'autres idées, d'autres hypothèses ?

Personne ne répondit, Mortka conclut donc la réunion. Il salua Skalski et passa dans son bureau prendre son manteau et sa casquette.

— Le dîner est toujours d'actualité ? demanda Kochan.

L'adjoint s'assit à son bureau et brancha son ordinateur.

— Oui, bien sûr.

— Alors, on se donne rendez-vous ici à… (Kochan regarda sa montre)… peut-être cinq heures et demie ? On passera d'abord chez toi, tu laisseras ta voiture, et je t'emmènerai chez nous. Comme tu ne conduiras pas, on pourra boire un coup. La vodka est déjà au frigo.

— Avec le temps qu'il fait, tu aurais pu la mettre sur le balcon.

— Et laisser les oiseaux la piquer ? plaisanta l'adjoint. Alors, ça te va ?

— Et comment je rentre ?

— Ma femme te raccompagnera.

Mortka comprit à l'air de Kochan qu'il n'échapperait pas à la vodka. Il commença à regretter d'avoir accepté l'invitation.

— D'accord, on se retrouve ici à cinq heures et demie.

— N'oublie pas.

— Sûr.

Mortka s'habilla. Quand il sortit, il entendit le haut-parleur de l'ordinateur de Kochan diffuser les premières paroles d'une chanson de Klaudia Klau.

La firme de Michal « Stas » Stasinski, Stas Records, se situait dans la banlieue nord de Varsovie, à la limite de Bielany et de Bemowo, dans un complexe d'anciens garages industriels. Elle voisinait avec une fabrique de papier, une imprimerie de matériels publicitaires et un atelier de réparation automobile. Dans le parking d'à côté, il n'y avait que quelques camions sales et deux hommes en blouse. Ils fumaient en examinant les visiteurs. Ils observèrent aussi Mortka, mais leur intérêt s'éteignit lorsque celui-ci passa près d'eux sans mot dire.

La firme occupait la partie du bâtiment fraîchement rénovée, d'allure plus élégante. Mortka fit tomber la neige de ses pieds et entra. Une demoiselle à cheveux roses, un anneau dans le nez, engoncée dans une succession d'épais sweaters, montait la garde à la petite réception. Fortement maquillée et largement décolletée, elle ressemblait à une version punk de la poupée Barbie.

— Inspecteur Jakub Mortka, de la Criminelle de Varsovie. J'ai rendez-vous avec M. Stasinski.

— Aha…

Elle consulta un cahier.

— Encore une fois, quel nom ?

— Vous vous moquez de moi ?

Elle releva la tête et le regarda avec un étonnement mal feint.

— Mais comment ça ?

— Vous savez très bien de quoi je parle.

— S'il vous plaît. Je ne fais que mon travail. Ça consiste à être précise. Sinon, je peux avoir des ennuis. Mais bien sûr, vous savez (elle baissa la voix comme pour une confidence), on peut s'arranger.

L'inspecteur étouffa un soupir d'irritation.

— Ah ? Un PV ? dit-il. Pour ? Excès de vitesse ou quelque autre délit ?

— Excès de vitesse, reconnut-elle à contrecœur.

— De combien ? Et où ?

— De quatre-vingts, en agglomération.

Il siffla en connaisseur.

— C'était la nuit, et l'agglomération, c'était un trou perdu bordé de planches. Rien que pour ça, ils m'ont pris mon permis, ajouta la fille.

Pas que pour ça, se dit Mortka. Pour autant qu'il le sût, on ne perd pas assez de points pour être privé de permis sur un seul excès de vitesse, même si gros.

— Et en plus, ce porc voulait que je lui graisse la patte !

— Il aurait peut-être fallu le faire.

— Je ne donne pas de pot-de-vin aux chiens. Jamais.

Oh, oh ! L'honnête citoyenne d'sa mère, soupira l'inspecteur *in petto*.

— Vous me laissez entrer ? demanda-t-il.

Elle cligna des paupières de sorte que Mortka put y voir briller des paillettes de fard.

— Vous êtes OK, décida-t-elle.

Elle décrocha le téléphone et appela un numéro intérieur.

— Stas. Le flic du quartier pour toi.

Mortka choisit de ne pas corriger. Il se contenta de la remercier pour son aide.

Michal « Stas » Stasinski avait dans les quarante-cinq ans. Maigre, les cheveux presque ras, il portait un petit bouc soigné dont la finition devait bien lui prendre une demi-heure chaque matin, et des fringues usées artificiellement en usine. Ce qui n'empêchait pas que tout fût de grand prix, de marque et dans le vent.

— Jakub Mortka, de la Criminelle, se présenta l'inspecteur.

— Stas. Entrez donc.

Le producteur serra la main de l'inspecteur en lui tapotant chaleureusement l'épaule et le conduisit vers la partie bureau.

— Vous êtes déçu ? demanda Stasinski. La plupart des gens extérieurs à la branche sont déçus quand ils voient mon bébé. Ils s'attendent à un gratte-ciel, ou je ne sais quoi. Et on est ici dans un entrepôt transformé. Tout le monde croit que la production de musique, c'est représentation permanente, grosses voitures et fiestas avec nanas en tenue légère. Mais ça, c'est seulement pour les séries télé. Chez moi, je suis comme je suis, mais je peux vous dire que j'ai du matos de première classe.

— Première classe, reprit Mortka comme en écho.

Il lui semblait que c'était justement ce que Stasinski voulait entendre.

— Exactement, monsieur l'inspecteur. Première classe. Le meilleur de Varsovie. Personne n'a rien de pareil. Vous voulez boire quelque chose ?

— Non, merci.

— Et pour les narines ?

Stasinski se porta un doigt sous le nez et fit le geste de sniffer une ligne de coke. Avant que l'inspecteur, sidéré, ait eu le temps de répondre, le producteur éclata de rire en lui donnant une autre tape sur l'épaule. L'inspecteur se contenta de serrer les dents, espérant ne pas laisser paraître son irritation profonde.

— Mais non, voyons, bien sûr que non ! Ici, on est *clean* ! reprit Stasinski, riant de nouveau. Passons aux choses sérieuses.

— Sérieuses, fit Mortka d'une voix d'outre-tombe.

— Installons-nous dans mon cabinet.

Il y avait là un grand meuble où étaient rangés dans un ordre parfait des coffrets de CD et de DVD, quelques livres sur la musique et un exemplaire de *L'Alchimiste* de Paulo Coehlo, un ordinateur et une mince pile de dossiers. Contre le mur, une armoire laissait voir des dos de cartons portant des inscriptions : délégations, contrats, accords. Sur l'autre mur étaient accrochées des affiches de *Casablanca* et de *Citizen Kane*, ainsi qu'une guitare électrique portant une signature illisible.

Stasinski sortit d'un tiroir un paquet de Pall Mall.

— Une cigarette ?

— Je ne fume pas.

— Je peux ?

Mortka haussa les épaules.

— C'est votre bureau, répondit-il.

Le producteur prit une cigarette dans le paquet et se la planta entre les lèvres. Il tira de sa poche arrière un briquet. Il alluma et aspira profondément, avant de relâcher la fumée par le nez avec un soupir de contentement.

— Vous voulez me parler de Klaudia Klau... commença Stasinski.

— Comment le savez-vous ?

— J'ai vu la première page de *Fakt*. Puis, vous avez téléphoné. Pas difficile de déduire une chose de l'autre. Et alors, je ferais un bon policier ?

— Très bon. Nous avons besoin de gens comme vous.

Stasinski eut un rire bref. Il tira une nouvelle bouffée.

— Trop vieux, affirma-t-il en envoyant en l'air un ovale de fumée. Et puis j'ai à m'occuper de mon bébé. Je veux parler de la firme.

— Vous la connaissiez ? demanda Mortka pour ramener la conversation sur les rails.

— Klaudia Flop ? Bien sûr. Et c'est bien pour ça que vous êtes ici. J'ai produit son premier CD. C'était en... (Il plissa les yeux et agita la main qui tenait la cigarette comme s'il avait dirigé un orchestre.) En 1997. Je me souviens qu'à l'époque le *Zebra* de Kayah était sorti, et que nous avions perdu aux Victoires. Oui, ça devait être 1997.

— Vous avez dit « Klaudia Flop ».

Le producteur fit tomber la cendre grise dans un cendrier blanc qui portait en bleu l'inscription « Wyborowa ».

— J'ai vraiment dit ça ? s'étonna-t-il. Punaise, le surnom lui est resté. Quelqu'un l'avait inventé à la sortie de son deuxième disque. Ce n'est pas moi qui l'avais produit, mais j'ai entendu l'histoire, disons la légende, de cet évènement mémorable.

— Quelle légende ?

— Vous voyez... (Stasinski tira une dernière bouffée et écrasa dans le cendrier la cigarette à moitié fumée.) Klaudia, le fait est qu'elle chantait moyen, mais qu'elle avait un joli cul et une belle poitrine. Pour cette catégorie musicale, ça suffit. La fille a eu son quart d'heure de gloire, qui dans son cas n'a duré que trois minutes. Mais c'est bien sa faute. Si elle s'était conduite un peu plus raisonnablement, elle aurait pu durer jusqu'à aujourd'hui. Peut-être pas au top, elle ne danserait peut-être pas avec les étoiles, mais au moins elle aurait pu évoluer sur la glace... Qui sait ? Avec un peu de chance, elle aurait pu décrocher une émission à TVN Style, ou quelque chose dans le genre. En tout cas, on aurait continué à l'inviter à la fête.

— Qu'est-ce qui s'est passé ?

— Je reprends au début, d'accord ?

Le policier acquiesça.

— À un moment, avec des collègues de la firme de l'époque, on s'est dit qu'il fallait fabriquer une Britney Spears polonaise. On a organisé un casting. Klaudia a gagné. Elle avait la tête, elle ne chantait pas trop mal, et c'était une chouette fille sensée. Elle écoutait ce qu'on lui disait, elle corrigeait ce qu'il y avait à corriger, elle y mettait du sien. C'était agréable de travailler avec elle. Nous avons sorti son disque. Pas un chef-d'œuvre, mais il contenait un tube et une autre chanson que je rangerais quasiment dans la catégorie des tubes. L'essentiel est que l'album s'est bien vendu et que la firme est revenue dans le vert. C'était un résultat d'autant plus significatif que nous avions signé avec elle pour un deuxième disque.

— Et…

— Et la télé a débarqué, les passages dans les émissions de variété, les interviews. *Ma vie à chaud*, et voilà que Klaudia s'est mise à nous la jouer star. Son mari – peut-être à l'époque seulement son fiancé – a lui aussi commencé à faire la star. Un type très désagréable, agressif.

— Agressif?

Stasinski se gratta le front.

— Ce n'est peut-être pas le mot qui convient, reconnut-il. Il avait en lui quantité d'énergie mauvaise. Elle irradiait de lui. Comme si tout son corps avait été bâti en opposition aux principes du *feng shui*. Vous connaissez cet art chinois antique…

— Je sais ce qu'est le *feng shui*, coupa Mortka. Vous pourriez me préciser le genre de choses qu'a fait son mari ?

— Il nous a bousillé Klaudia. C'est à cause de lui qu'elle a commencé à se comporter comme si elle était la plus grande star du showbiz polonais, comme si elle comprenait quelque chose à la musique. Elle avait oublié qu'elle était juste bonne à être regardée…

Soudain apparut un garçon à dreadlocks et chemisette de l'équipe du Brésil. Apercevant Mortka, il se figea.

— Oh, pardon… Stas, il faut que tu écoutes ça.

Il posa un DVD sur le bureau du producteur et sortit précipitamment.

— Je t'avais bien dit qu'il y avait la police ! cria une voix dans le couloir.

La porte se referma. Le producteur lança un regard sur le paquet, grommela quelque chose et jeta le DVD sur une pile à côté de son ordinateur.

— De quoi je parlais ?

— Du deuxième disque de Klaudia Klau. Et de ce qu'elle se comportait comme si elle s'y était connue en musique.

— Ah oui.

Il sortit une deuxième cigarette et la fit tourner entre ses doigts en écrasant délicatement le tabac.

— Elle a commencé à faire passer ses idées en force. De mauvaises idées. Et le producteur qui s'occupait d'elle s'est laissé effrayer par elle et son mari. Le résultat est qu'au lieu d'un solide album de pop nous avons écopé d'une merde disco que même des Polonais élevés au disco-polo ne voudraient pas acheter.

— Et ensuite ?

— J'ai bloqué la sortie du disque. J'étais responsable du secteur dans la firme, et je savais que si on sortait ça, c'est moi qu'on massacrerait.

— C'était si mauvais que ça ?

— Ce n'est pas que c'était mauvais. Vous savez bien quelles saloperies se vendent de nos jours…

Mortka n'en savait rien, mais il préféra garder ça pour lui.

— Nous divisons les disques en deux catégories : commerciaux et artistiques, poursuivit Stasinski. Les commerciaux, c'est pour les plus ou moins grandes stars ou starlettes pop. Ça peut être faible, mais ça peut se vendre. Simple. Nous avons aussi des projets artistiques. Ou bien, ça ne se vend pas, ou bien ça se vend mal, mais ça vaut la peine d'avoir dans le catalogue quelques disques dont on peut se vanter. Le premier album de Klaudia était commercial à crever. Je ne l'aurais jamais recommandé à qui que ce soit, mais je savais qu'il allait se vendre. Le deuxième album de Mme Klau n'était ni commercial ni artistique. On n'aurait ni pu le vendre ni s'en vanter. Et elle s'est comportée comme si elle avait chanté *You are my destiny*.

— C'est à ce moment-là que Jan Kameron vous a fait casser la gueule ?

Le producteur fit la grimace à ce mauvais souvenir.

— Oui, en effet, reconnut-il. Vos collègues n'ont pas brillé. Tout le monde savait que c'était sur son ordre, mais pour la police cela ne suffisait pas.

— Il n'y avait pas de preuves.

— J'ai passé une semaine à l'hôpital, monsieur l'inspecteur.

Mortka devait rapidement changer de sujet pour que Stasinski ne se concentre pas sur son seul malheur.

— Et qu'est devenu le disque ?

— Nous avons vendu les droits à une autre maison. Comme je m'y attendais, ça a été un flop commercial et artistique. Pour être franc, je ne me souviens pas d'un autre disque qui ait reçu d'aussi mauvaises critiques.

Il exagère, se dit Mortka. Stasinski en voulait toujours à Klaudia Kameron et à son mari. Était-ce uniquement à cause du disque, ou y avait-il autre chose ? Et surtout, la blessure était-elle assez profonde pour le décider à mettre le feu à la maison, ou à engager quelqu'un pour le faire ? Après tant d'années, cela paraissait peu vraisemblable, mais l'inspecteur ne pouvait exclure cette possibilité.

— Je comprends qu'après ce disque la carrière de Klaudia Klau s'est achevée ?

— Elle a continué par la force d'inertie un certain temps, un an ou un peu plus. Je ne sais pas, je n'ai pas trop suivi. Malgré son échec, elle n'a rien appris. Elle a continué à se la jouer diva de la chanson polonaise. Elle tapait à bras raccourcis sur tous ceux qui osaient la moindre remarque critique. Son mari a sorti plein d'argent pour la promotion, l'organisation de concerts… J'ai entendu dire qu'ils ont voulu faire un troisième disque, mais ça n'a rien donné. Plus personne ne voulait l'entendre ni la voir.

— Elle avait des ennemis ?

— On ne vous a rien dit ? Elle s'est mis à dos toute la profession.

— Je précise ma question : avait-elle des ennemis qui auraient été disposés à mettre le feu à sa maison ?

Le producteur glissa entre ses lèvres la cigarette qu'il tenait à la main et l'alluma.

— Non, répondit-il après quelques secondes de réflexion. Je ne connais personne capable de ça.

— Et que faisiez-vous dans la nuit de vendredi à samedi ?

Stasinski pouffa, ce qui lui fit sortir la fumée de la bouche.

— Vous ne me soupçonnez quand même pas ?

— Je vous prie de répondre à la question.

— J'étais à un concert.

— Où ça ?

— À La Fabrique, avec un paquet de connaissances, jusqu'à une heure. Puis nous sommes allés faire la fête chez des amis chez qui j'ai passé le reste de la nuit. Je suis rentré à la maison vers sept heures du matin.

— Quelqu'un peut le confirmer ?

— Les gens qui étaient avec moi, bien sûr. Je peux vous donner leurs numéros ?

Il n'avait cessé de parler d'une voix amusée, sûr de lui. Mortka eut le sentiment de s'être égaré avec cette question, mais il ne pouvait plus reculer.

— Ce serait utile.

— Attendez une seconde.

Stasinski sortit son portable et consulta ses contacts. Il recopia plusieurs numéros sur une feuille vierge qu'il donna à l'inspecteur.

— Vous connaissez les amis de Klaudia Kameron ? Quelqu'un à qui je devrais parler ? demanda l'inspecteur.

— Non. Malheureusement, non. Je regrette.

Mortka plia la feuille de papier en deux et l'inséra dans son carnet.

— Merci. Vous m'avez été d'une grande aide. Si j'ai encore besoin de quelque chose, je vous appellerai.

Stasinski le raccompagna jusqu'à la réception.

— Une invitation à un concert pourrait vous faire plaisir, monsieur l'inspecteur ?

Sans laisser à Mortka le temps de répondre, le producteur était déjà devant la réceptionniste.

— Jola, qu'est-ce que nous avons ce week-end ?

— Non, merci, je ne fréquente pas les clubs, protesta l'inspecteur.

— Vous êtes sûr ?

Stasinski agitait un carnet de tickets colorés.

— J'en suis sûr.

— Dans ce cas, au revoir, monsieur l'inspecteur.

Mortka coiffa sa casquette et se dirigea vers sa voiture. La neige commençait à tomber. L'inspecteur décida de se hâter avant que tout Varsovie ne soit plus qu'un entortillement de bouchons.

Il mit plus de temps pour rentrer qu'il ne l'avait imaginé. Un grave accident s'était produit rue du Général-Maczek, et il resta coincé une heure dans un embouteillage. Il écoutait la radio. À son grand étonnement, le speaker annonça une chanson de Klaudia Klau. Il ne saisit pas le titre.

Il apprit des collègues de la circulation que l'accident avait été causé par un jeune. Roulant trop vite et sans pneus neige, il avait dérapé, perdu le contrôle et heurté un camion arrivant d'en face.

— L'ambulance l'a déjà emporté, mais je doute qu'il s'en sorte en un seul morceau, dit le jeune sergent de faction.

La neige ne cessa que trois heures plus tard.

Lorsque Mortka arriva à la Criminelle, il se rappela la pension. Il trouva une succursale de la PKO, place de la Banque. Il prit place dans la queue, regardant sans réfléchir défiler les numéros des clients appelés successivement, écoutant machinalement la conversation de deux retraitées qui échangeaient des tuyaux sur ce qu'on pouvait acheter moins cher. Une jeune mère tentait sans succès de calmer un gamin de six ans qui n'arrêtait pas de pleurer et de crier en courant dans le bâtiment. Arrivé à la caisse, Mortka se souvint qu'il n'avait pas sur lui le numéro de compte d'Ola. Il était noté dans son agenda de l'année précédente, resté au bureau. Énervé par sa distraction, il préleva mille cinq cents zlotys de son compte.

Ola travaillait pour un cabinet d'avocats internationaux dont le siège était dans une tour près du rond-point des Nations-Unies. Il ne s'y était rendu qu'à l'occasion de soirées de fin d'année comme on en voit dans les films américains. Une fois, un juriste un peu pompette lui avait demandé, au cas où des terroristes les attaqueraient, s'il se comporterait comme John McClane dans *Piège de cristal*. C'était une des raisons pour lesquelles il s'efforçait toujours de rester le moins de temps possible. Il arrivait volontairement en retard et prétextait un appel urgent pour filer en avance.

Il trouvait particulièrement agaçant que ces tours modernes soient mieux protégées que la plupart des bâtiments officiels. Chaque fois qu'il y venait, il se sentait observé par des caméras ou par des malabars en chemise blanche. La carte de police produisait cependant grande impression, et on le laissait passer sans grandes formalités.

À la réception, il croisa deux businessmen avec des sacoches en cuir noir.

— Bonjour, inspecteur Jakub Mortka de la Crim…

Il s'interrompit au milieu de sa phrase, voyant les yeux écarquillés d'effroi de la jeune réceptionniste.

— Pardon, Jakub Mortka, tout court. Pourriez-vous appeler Mme Aleksandra Mortka ?

— Qui ça, monsieur l'inspecteur ?

Il avait oublié qu'Ola avait repris son nom de jeune fille.

— Aleksandra Kaminska. Je voudrais voir Aleksandra Kaminska.

— Qui ?

— Me Kaminska.

Encore une jeune qui voulait se payer sa tête ?

— Au lieu de me faire poireauter, prenez votre téléphone et appelez Aleksandra Kaminska. Maintenant, fit-il fermement.

— Désolée, mais je ne connais pas ce nom. Elle ne doit pas travailler chez nous.

Il tapa du poing sur la table. La réceptionniste en sursauta sur sa chaise.

— Elle travaille ici. Appelez-la.

Quelqu'un lui tapota délicatement l'épaule. Il se retourna. Il avait devant lui l'un des deux businessmen croisés en sortant de l'ascenseur.

— Le Kub, pas vrai ? demanda l'homme. De la police ? Le mari d'Ola ?

Mortka se le remit en mémoire. Il s'appelait Andrzej ou quelque chose comme ça. Il devait être un des associés dans le cabinet.

— Dieu soit loué ! Dites à cette jeune fille d'appeler ma femme… mon ex-femme. J'ai quelque chose à lui remettre.

La réceptionniste regarda l'avocat d'un air effaré.

— Notre réceptionniste travaille ici depuis peu.

— J'ai eu le temps de me mettre au courant, protesta la jeune femme.

— Et elle ne se souvient pas d'Ola.

— C'est ce que je vois… répondit Mortka, avant de réaliser que la voix de l'avocat avait une tonalité curieuse. Ne se souvient pas ? répéta-t-il.

— Ola ne travaille plus chez nous depuis six mois.

Mortka eu l'impression de recevoir un coup sur la tête.

— Vous êtes sûr ?

— C'est moi qui lui ai remis sa lettre de licenciement.

Mortka avala sa salive.

— Où travaille-t-elle maintenant ? demanda-t-il.

— Je ne sais pas, répondit l'avocat. Pour être sincère, nulle part, il me semble. En tout cas, pas dans un grand cabinet.

L'inspecteur avait la gorge sèche. Il dodelina de la tête. Il ne dit même pas au revoir. Il passa dans l'ascenseur et redescendit.

Il trouva un banc dans le hall. Il s'assit pour souffler. Un des gardes l'observait fixement, hésitant entre lui demander de partir et le laisser tranquille. Mortka sortit son téléphone portable et composa le numéro d'Ola. Elle décrocha après trois sonneries.

— Tu appelles pour dire que tu as versé la pension ? demanda-t-elle sur un ton désagréable, avant même qu'il ait eu le temps de dire « salut ».

— Où es-tu ?

Elle hésita avant de répondre.

— Comment ça ? Au travail.

— Au cabinet ?

— Bien sûr, au cabinet, reprit-elle avec assurance.

— J'en sors. On m'a dit que tu avais été licenciée il y a six mois.

Mortka eut l'impression qu'Ola venait de raccrocher. Mais il entendit à nouveau sa respiration dans l'écouteur.

— On se voit ? fit-il doucement.

— Je n'en ai pas envie.

— On se voit, répéta-t-il.

— D'accord. Où ?

— Peut-être près du métro, proposa-t-il.

— Fit Food. Métro Sainte-Croix. Dans une demi-heure.

Il approuva.

Le restaurant Fit Food était une sorte de McDonald's végétarien avec un meilleur service et une nourriture plus saine. Quelques étudiants et des employés de firmes voisines venus pour un lunch rapide avaient pris place aux petites tables carrées où l'on pouvait à peine poser les coudes.

Mortka étudia le menu. Il parvint à la conclusion qu'il était temps de commencer à mieux s'alimenter et de troquer les kebabs contre quelque chose de plus sain. Il choisit une soupe de lentilles et une enchilada qui avait un goût de carton bouilli.

Il termina son repas avant l'arrivée d'Ola : elle avait presque une demi-heure de retard. Elle retrouva Mortka et s'assis en face de lui sans un mot de salutation. L'inspecteur reposa ses couverts et repoussa son assiette.

— Tu prends quelque chose ? demanda-t-il.

— J'ai encore les moyens de me payer à manger, répondit-elle.

Chacune de ses paroles empestait le venin.

— Excuse-moi, ce n'est pas ce que je voulais dire.

Il se sentait gagné par la rage. Il ne lui avait fait qu'une proposition honnête !

Il alla au comptoir et commanda deux thés. Ça lui faisait gagner quelques minutes, le temps de se calmer. Il retourna à la table et posa le gobelet devant son ex-femme. Elle ne le toucha même pas.

— Pourquoi as-tu perdu ton boulot ? commença-t-il.

— En quoi ça te regarde ?

— Comme ça… Tu ne m'avais rien dit.

— Ce ne sont pas tes affaires.

— Comment non ? demanda-t-il, sincèrement étonné. C'est toi qui élèves nos enfants…

Un détail lui revint soudain à l'esprit.

— La télé ! lança-t-il. Mon Dieu… Tu ne l'as pas donnée à la Maison de l'Enfant, tu l'as vendue.

Elle tourna la tête pour éviter son regard.

— Je n'avais pas de quoi payer le loyer. Et puis je voulais en acheter une neuve, mais quelqu'un était en retard pour le versement de la pension…

— Ne me mets pas ça sur le dos ! Tu m'as dit toi-même que tu gagnais assez pour mettre ces mille cinq cents de côté pour les enfants. Tu as oublié ?

Des étudiants assis à la table voisine les observaient en rigolant, se planquant derrière leurs bouteilles de Coca. Ola baissa la tête de manière à se cacher le visage sous ses cheveux. Elle s'essuya les yeux du revers de la main.

— Comment as-tu perdu ton boulot ? redemanda l'inspecteur.

— Va te faire voir, gronda-t-elle si bas qu'il l'entendit à peine.

— Qu'est-ce que tu fais maintenant ?

— C'est un interrogatoire ?

— Non. C'est que je me fais du souci pour vous. Pour les enfants et pour toi.

— Si c'est le cas, paye la pension.

Il plongea la main dans une poche de sa veste et en tira la liasse de billets, qu'il posa sur la table devant elle. Elle la prit rapidement et la fourra dans son sac.

— Que fais-tu maintenant ?

Elle haussa les épaules.

— Des collègues me repassent des dossiers ponctuels. Je travaille ici ou là. En donnant des conseils, en apportant une aide.

— Qu'est-ce qui s'est passé ?

Elle écarta les cheveux de son visage. Elle se leva de table.

— D'accord, le Kub. Les garçons t'attendront dimanche, comme d'habitude. Et la pension suivante, je voudrais la recevoir au début du mois, et non au milieu, comme maintenant, fit-elle sèchement, tandis qu'une ride de colère venait lui plisser le nez.

Elle sortit du restaurant sans dire au revoir. Elle n'avait même pas touché au thé.

Mortka rentra au commissariat dans un état lamentable. Comment avait-il pu ne pas remarquer que son ex-femme était au chômage ? Comment avait-il pu ne rien voir ? Ola n'avait rien dit, mais pourquoi les garçons non plus n'en avaient-ils pas soufflé mot ? Est-ce parce qu'elle leur avait ordonné de garder bouche cousue, ou simplement parce qu'elle n'avait pas su leur en parler ? Il craignait quc ce ne fût plutôt cette dernière hypothèse.

Il se rendit dans son bureau et nota tout ce qu'il avait appris du producteur. Un travail qui ne nécessitait aucune réflexion mais qui lui permettait d'oublier Ola pour un moment.

Quand il eut fini d'écrire, il considéra la pile de documents accumulés sur la table. Il était persuadé qu'ils recelaient quelque chose qu'il avait dû louper auparavant. Les criminels laissent toujours des traces. Il suffisait de savoir les découvrir. Dans la majorité des affaires qu'il n'avait pas su résoudre, la faute en revenait aux policiers qui n'avaient pas ou mal sécurisé les preuves et les scènes de crime, ou tout simplement n'avaient pas remarqué des indices qu'on aurait pu croire évidents. Mortka aurait-il commis une faute de ce genre ? Malgré sa lassitude, il décida de relire tout le dossier. Cependant, il devait d'abord boire un café.

Lorsqu'il revint avec son gobelet, Kochan l'attendait déjà. Appuyé contre le bureau, il faisait sauter ses clefs dans sa main.

— Te voilà, le Kub. On y va.

Mortka jeta un œil à sa montre. Cinq heures et demie.

— J'avais complètement oublié, gémit-il.

— C'est ce que je vois, dit Kochan en regardant d'un air entendu le bureau encombré de papiers. Range tout ce bazar, et on y va.

L'inspecteur s'approcha du bureau et posa le café. Il prit une feuille où étaient notées des idées éparses. Il recula la chaise. Il voulait se rasseoir et vérifier quelque chose. Kochan réagit comme un éclair.

— Le Kub ! cria-t-il.

Mortka le regarda d'un air penaud.

— Relax, mec, dit l'adjoint. Aujourd'hui, on ne résoudra plus rien, et ma femme attend avec le dîner. On va t'habiller, et on gare ta voiture. En route !

Mortka soupira, se frotta les yeux, bien fatigués. Kochan avait raison. Il devait se détendre, se reposer. À contrecœur, il referma les dossiers qu'il rangea dans l'armoire.

Chapitre 11

Mortka comprit que quelque chose clochait dès qu'il ouvrit la porte de son appartement. Il fut frappé par un silence anormal.

Il fut tiré à l'intérieur et projeté contre le mur. Puis il reçut un coup violent dans l'estomac, et il tomba à genoux. L'enchilada du Fit Food lui remonta à la gorge.

— Police ! Mains sur la tête, tas de merde ! hurla Kochan depuis la cage d'escalier.

L'inspecteur se releva du plancher, se tenant le ventre. Il vit devant lui un costaud au crâne rasé, en doudoune et jean bleu que Kochan visait avec son revolver.

Mortka passa devant son agresseur abasourdi et terrifié, et entra dans sa chambre. Agnieszka était sur le canapé, la tête sur les genoux, en pleurs et terrorisée. Un deuxième balaise, encore plus grand, tenait Piotr aplati sur le sol. Du sang coulait du nez et de la bouche du garçon dont un œil commençait à bleuir. Le tortionnaire qui le maintenait regarda tour à tour l'inspecteur et son collègue. Il n'arrivait pas à comprendre ce qu'il se passait.

— Rien de cassé, le Kub ? demanda l'adjoint.

— Rien. Dis à cet enculé de se pousser, siffla Mortka.

— Tu as entendu ce qu'a dit mon collègue, grogna Kochan en agitant le canon de son revolver.

Il n'eut pas besoin de s'expliquer davantage. Le premier voyou vint se placer à côté de son camarade. Le policier les gardait en joue.

— Eh, les gars, fit le plus grand en avalant sa salive, on peut se mettre d'accord.

La douleur dans le ventre s'estompait et Mortka pouvait de nouveau respirer sans craindre de se mettre à vomir. Piotrek râlait sur le plancher et crachait du sang. Il essaya de se relever, mais retomba sur le tapis. Il gémit, puis s'allongea sur le dos.

— Tu es entière ? demanda l'inspecteur à Agnieszka.

Elle acquiesça de la tête.

— Qu'est-ce qui se passe ici ? demanda Mortka.

— Vous êtes qui, putain ? répondit le balaise.

— Tu dois avoir des problèmes de vue si tu n'as pas remarqué ce qu'il y a dans la main de mon collègue. C'est un Walther P99. Calibre neuf millimètres. Neuf cartouches dans le chargeur, dit Mortka d'une voix neutre. Je reconnais que ce n'est pas l'arme la plus meurtrière créée par l'homme, mais compte tenu de la distance qui vous sépare, à votre place je chierais dans mon froc, et je répondrais poliment aux questions. Je répète : qu'est-ce qui se passe ici ?

Les gangsters se regardèrent. Ils avaient l'air de types qui comprennent qu'ils viennent de se faire coincer, déboussolés, et surtout furieux de s'être fait avoir aussi stupidement.

— Le gamin nous doit du fric, expliqua le plus grand.

Mortka ne prit même pas la peine de feindre l'étonnement. Il considérait Piotrek comme un petit merdeux, mais jamais il ne l'aurait pensé bête au point de frayer avec des gars de la pègre, et encore moins de leur emprunter de l'argent.

— J'habite ici.

C'est tout ce que Mortka trouva à dire.

— On ne savait pas, chef, réagit le petit malfrat.

Outre le fait qu'il était de carrure plus modeste, il semblait avoir moins d'expérience. Il s'énervait à la vue du canon du pistolet, mains tremblantes, regard fuyant. Le plus grand gardait son calme, comme si ce n'était pas la première fois qu'il se trouvait en pareille situation. Il penchait la tête avec indifférence.

— D'accord. Maintenant, question suivante. Réfléchissez bien avant de répondre, dit l'inspecteur.

Ils secouèrent ensemble leurs crânes rasés.

— Histoire de drogue ?

— Dettes de jeu, grommela tristement le plus grand.

Mortka se sentit soulagé. S'il devait s'avérer qu'il avait été en coloc depuis six mois avec un dealer, ce n'aurait plus été une vie pour lui au commissariat. Il aurait eu à supporter les blagues des collègues jusqu'à la retraite.

Agnieszka était toujours sur le canapé, Kochan tenait en joue les deux balaises, Piotrek était allongé devant eux, en sang, et Mortka se demandait quoi faire. Il devait arrêter les deux agresseurs, mais cela supposait une confrontation. Il est vrai que Kochan les tenait toujours en joue, mais s'ils faisaient preuve de résistance, impossible de savoir comment cela pourrait finir. Mortka ne voulait pas prendre de risque inutile.

— Bien, décida-t-il. Vous disparaissez, tas de merde, de chez moi. Et si je vous revoie, je vous flingue. C'est clair ?

— Oui, chef, répondit le petit.

Les deux types n'en revenaient pas.

Mortka s'écarta pour les laisser accéder à la porte. Kochan recula de quelques pas, tenant toujours son pistolet. Il attendit qu'ils soient sortis, puis il referma derrière eux à double tour.

Mortka s'assit sur le canapé et se prit la tête dans les mains. Agnieszka courut à Piotr qu'elle aida à se relever.

— Rien de cassé ? demanda l'inspecteur.

— Nan.

Agnieszka le prit par les hanches. Elle fondit en larmes en l'entendant gémir de douleur.

— C'est de ça que j'avais peur, souffla-t-elle.

Kochan mit un œil au judas pour scruter la cage d'escalier, puis se rendit à la fenêtre de la chambre d'Agnieszka.

— Ils sont montés dans leur voiture et ils sont partis, annonça-t-il en revenant.

Mortka hocha la tête.

— Tu leur dois combien ? demanda-t-il à Piotrek.

— Cinq…

Ce n'est pas grand-chose, se dit Mortka.

— … mille, acheva le garçon.

Kochan lança un sifflement.

— Avec ou sans les intérêts ?

Le garçon pâlit.

— Avec… je suppose, dit-il.

— À qui ?

— Le… Lièvre. Le Lièvre.

Mortka ne connaissait aucun Lièvre. Il lança un regard à Kochan. L'adjoint se contenta de tourner légèrement la tête en faisant une sombre mine. Mortka savait ce que signifiait cette attitude. Le Lièvre, qui que ce fût, ne devait pas être du genre à s'effrayer de n'importe qui. Et au-dessus de lui, il y avait sûrement plus grand et plus fort, quelqu'un qu'il serait encore plus difficile de faire renoncer à une dette.

— Tu as quelqu'un qui peut se porter garant pour toi ? Des parents, des copains fortunés ?

— Non.

— Un crédit étudiant ?

— J'ai déjà souscrit.

La mine du garçon disait tout. Il avait déjà joué et perdu le crédit étudiant. Il avait d'ailleurs dû commencer par ça.

— Alors, tu l'as dans le cul, gamin, résuma-t-il, regrettant aussitôt ce qu'il venait de dire.

— Tu… Vous ne pouvez pas aller leur parler ? demanda Piotrek sur un ton suppliant.

— Parler à ce Lièvre ? Pour lui dire quoi ? Salut, le Lièvre, tu fais remise à mon coloc de cinq mille. C'est un petit connard d'étudiant qui a perdu la boule. (Il s'interrompit pour reprendre son souffle.) Ça va pas, la tête ? Si on pouvait tirer d'affaire tous les débiteurs, ce serait la queue devant le commissariat, comme à Lourdes. Et tu vois, il n'y a pas la queue. Et tu sais pourquoi ? Parce qu'on n'y peut rien ! Rien !

Il se leva du canapé, furieux. Furieux contre rien de concret, si ce n'était cette journée épuisante et difficile. D'abord cette réceptionniste agaçante, puis l'affaire d'Ola, et maintenant ça. À peine réglait-il un problème qu'il en surgissait un autre.

— Qu'est-ce qu'on doit faire ? demanda Agnieszka.

Elle continuait à tenir serré le garçon pour l'empêcher de tomber.

— Le mieux serait de quitter la ville, intervint Kochan. Pour Wroclaw, Poznan, Gdansk, n'importe où, pourvu que ce soit loin. Vous louez un appartement, vous vous refaites une vie. Et vous vous tenez peinards comme des souris dans leur trou. Fini les discothèques, fini les salles de jeu. Vous oubliez vos parents pour quelques années. Avec un brin de chance, vous pouvez ne plus entendre parler de cette dette.

Agnieszka regarda Mortka, incrédule.

— Le Kub... dit-elle en mettant de l'espoir dans sa voix.

Elle attendait des paroles de consolation, mais Mortka avala sa salive, sachant qu'il lui fallait la décevoir.

— Darek a raison, répliqua-t-il. Ou vous remboursez, ou vous disparaissez au plus vite de Varsovie.

— Mais tu ne pourrais pas parler à ce Lièvre ? redemanda Piotrek.

— Putain, mais tu es sourd, connard ? s'exclama Kochan.

Le garçon, effrayé, se contracta. La fille se plaça entre lui et l'inspecteur.

— S'il vous plaît, ne lui criez pas dessus, dit-elle.

Mortka pouffa avec mépris, laissant entendre que toute cette situation ne le concernait pas. La fille prit Piotrek par le bras et l'aida à passer dans leur chambre.

Kochan remit le cran d'arrêt et rangea le pistolet dans sa gaine.

— Il s'est bien mis dans la merde. Jusqu'au cou, résuma-t-il.

— Ouais.

— Tu te changes, et on y va.

Mortka le regarda comme s'il ne comprenait pas.

— Le dîner… rappela Kochan.

— Ah, oui, le dîner… répéta Mortka en tremblant légèrement. Peut-être ferais-je mieux de rester ici, à tout hasard ?

— Tu crois qu'ils vont revenir aujourd'hui ? demanda l'adjoint, perplexe. Le Kub… Les gars ont foncé chez le Lièvre, et ils vont réfléchir une semaine sur la marche à suivre.

Mortka devait reconnaître que Kochan avait raison. Les agresseurs avaient cru à un boulot facile, et ils étaient tombés nez à nez avec deux flics au lieu d'un simple étudiant.

— C'est qui, ce Lièvre ?

— Un type à Borzestowski.

Mortka soupira.

— Borzestowski… Magnifique.

Il se massa le ventre. L'estomac lui faisait toujours mal. Le coup avait dû être plus rude qu'il ne l'avait d'abord ressenti. Si telle était la façon de cogner du petit, il frémissait à l'idée de ce qui lui serait arrivé s'il était tombé entre les pattes du plus grand voyou.

— Je te l'ai dit, le gamin s'est mis dans une belle merde. Mais tu t'habilles, et on y va. Dis aux gosses de fermer à double tour, de n'ouvrir à personne, et qu'il ne leur arrivera rien.

L'inspecteur hésitait toujours. Il savait qu'il ne pouvait pas s'occuper de ses colocataires. Il avait du travail et sa propre vie. C'était terrible à dire, mais la dette auprès du Lièvre était bien leur problème, et ils devaient le régler eux-mêmes.

À peine arrivé dans la cour, il faillit changer encore d'avis et remonter. Mais Kochan le tira par la manche vers la voiture.

— On y va, parce que ça va refroidir.

— Tout de suite, tout de suite… Je devrais acheter des fleurs pour ta femme ? demanda Mortka, pour gagner du temps.

Il jeta un coup d'œil sur l'immeuble. De la lumière brillait dans la chambre de Piotrek. Il lui sembla un instant apercevoir la fine silhouette d'Agnieszka.

— Des fleurs ? Non, tu n'es pas obligé.

— Alors, une bouteille de vin ?

— Une bouteille de vin ? Ça, on pourra la boire, approuva Kochan.

Mortka alla chez le caviste situé dans le centre commercial près de son immeuble. Il choisit un rouge El Sol. Sur le chemin du retour, il vérifia d'un regard s'il n'y avait pas les deux voyous, mais il ne remarqua rien de suspect.

Ils roulèrent jusqu'à Targowski, c'est-à-dire qu'ils durent traverser la moitié de la ville. Ils franchirent la Vistule par le pont Siekierkowski. Puis ils se traînèrent sans mot dire dans un concert de klaxons et d'injures de chauffeurs, par des rues enneigées et encombrées, tandis que Mortka se remémorait ce qu'il savait de Borzestowski.

Borzestowski était dans le viseur de presque toutes les directions de la police de Varsovie, sans compter les collègues de la direction de la police judiciaire. Chacun était bien conscient que Borzestowski était un gangster, un trafiquant de drogue, un organisateur de jeux clandestins, qu'il possédait des intérêts dans des bordels, et Dieu sait quoi encore. Mais que faire sans preuves ? Borzestowski était un finaud qui savait parler aux gens. On attrapait bien, de temps à autre, quelqu'un qui travaillait pour lui. Mais le malfrat endossait chaque fois toute la responsabilité de ses actes, sachant bien que s'il commençait à cafter il finirait un beau jour sous les roues d'un camion ; alors que s'il se taisait, il y aurait toujours une main invisible pour s'occuper de sa famille, envoyer des colis en prison, et glisser à ses codétenus qu'il était réglo et qu'il fallait rester poli avec lui.

Les policiers savaient bien sûr qu'il se trouverait un jour ou l'autre quelqu'un pour accepter de témoigner, contre une garantie de protection et le statut de témoin anonyme, mais l'attente était frustrante. Et pendant ce temps, Borzestowski leur riait au nez. Chaque jour plus fort, et chaque jour plus moqueur.

Les policiers avaient trop peu d'argent, trop peu d'hommes, de moyens et de droits pour lutter contre un véritable groupe organisé, tel que Borzestowski, justement, avait organisé le sien. Ce gangster n'avait pas à demander s'il pouvait briser des os, brûler une voiture ou loger une balle dans le crâne d'untel ou d'un autre. Il n'avait qu'à le faire. Quand la police, de son côté, étouffait sous la bureaucratie.

Il existait un autre facteur favorable à Borzestowski : les indicateurs d'efficacité. Les policiers devaient afficher de bonnes statistiques d'élucidation d'affaires : ils se concentraient donc sur les plus faciles et les plus ordinaires, qui leur donnaient les plus grandes chances de réussite.

Dans le cas Borzestowski, ils faisaient donc ce qu'ils pouvaient : ils observaient, ils accumulaient des informations, et surtout ils comptaient sur un coup de chance.

Ania Kochan embrassa son mari sur la joue et prit Mortka par les bras. Elle avait l'air fatigué. Même son maquillage ne masquait pas les cernes de ses yeux et son teint cireux. L'inspecteur lui tendit la bouteille de vin.

— Merci, le Kub. Tu n'étais pas obligé. Ça fait longtemps.

— J'ai été très pris.

— On se demande par quoi… lança Kochan en donnant un coup de coude à son collègue. Tu n'as plus de femme à la maison, les gamins n'y sont plus non plus. Tu traînes avec des nanas, c'est ça ?

Mortka voulut lui répondre, mais on entendit des pleurs d'enfant dans la chambre voisine. Ania sourit en s'excusant.

— Janek vient de se réveiller. Passez dans le séjour, les garçons, je vais le calmer, ensuite je vous apporte la soupe.

— Mais vite, j'ai une faim de loup, dit Kochan.

— Mais oui.

Ania disparut dans la chambre d'enfant, tandis que Kochan conduisait Mortka au salon, qui remplissait également la fonction de chambre à coucher. Dans ce modeste deux-pièces exigu, l'une était réservée à l'enfant, l'autre aux parents. Ils avaient disposé dans cet espace réduit un canapé-lit, une table, des chaises, un fauteuil, un placard encastré et un immense écran plat de quarante pouces. Le tout entassé de telle manière qu'il était difficile de ne pas heurter quelque chose en se déplaçant.

— Assieds-toi, le Kub, qu'est-ce que tu bois ?

Kochan ouvrit son petit bar et passa en revue les étiquettes. Mortka aperçut derrière son bras des bouteilles de Johnnie Walker rouge, de gin Seagram's et de Metaxa. Chacune plus qu'à moitié vide.

— Un thé.

— Déconne pas ! se hérissa l'adjoint. On ne va pas boire du sans alcool à cette heure-ci. Le sans alcool, ça sera juste pour te rincer.

— Je ne sais pas, Darek. Demain, on a du boulot.

— Relax. Je ne dis pas qu'on doive se torcher comme des porcs, mais on peut bien s'en envoyer quelques-uns. C'était quand, la dernière fois où on a pu se poser tranquille pour discuter le coup ?

— À dire vrai, je ne sais plus.

— Juste après ton divorce, répondit Kochan. Ania était partie chez sa mère et nous sommes restés toute la nuit à regarder des pubs de télésexe sur une chaîne allemande. Tu te rappelles ?

L'inspecteur se rappela comme ils s'étaient marrés au son des voix fébriles, éperdues des actrices qui lançaient des « *Ruf mich an !* » (« Appelle-moi ! »). Il se souvint également de la monumentale gueule de bois du lendemain. Et d'avoir été obligé d'arrêter la voiture sur le pont Siekierskowski, de descendre et de vomir dans la Vistule en dessous.

— Une petite bière, pour commencer ? demanda-t-il, mal assuré.

— C'est clair. La bière, c'est bon. Ania ! On a de la bière ? cria-t-il.

— Ouiii ! lança sa femme.

— Alors, apporte !

— J'arrive !

Ania ferma la porte de la chambre où son fils continuait de pleurer et courut à la cuisine. Elle leur rapporta deux canettes de forte, et un instant plus tard, deux assiettes de bouillon.

— Tu ne manges pas avec nous ? demanda Mortka.

— Non. Vous avez tellement tardé… J'ai mangé plus tôt.

— Dommage.

— Dommage, pas dommage… C'est une soirée de mecs. Attaque la soupe, dit Kochan.

Cette soupe au poulet était vraiment bonne. Puissante, aromatique, goûteuse, agrémentée de nouilles fines et de morceaux de carottes. Lui succédèrent sur la table des côtelettes de porc accompagnées de pommes de terre et de chou. Le gamin de Kochan se calma entre les deux plats et cessa de pleurer. Eux mangeaient en silence, buvant leurs bières. Quand ils eurent fini, Ania débarrassa puis retourna dans la chambre.

Kochan se leva alors et passa à la cuisine d'où il revint avec une bouteille de vodka recouverte d'une fine couche de givre. Il prit deux petits verres dans le bar, les posa sur la table et versa l'alcool.

— Et pour faire descendre ? demanda Mortka.

— Il te reste de la bière.

Mortka secoua sa canette qui, par chance, était déjà vide. Kochan se leva de table avec une mine de martyr et retourna à la cuisine. Il revint avec une brique de nectar orange et un verre qu'il posa devant l'inspecteur.

— Dis-moi… reprit Kochan. Dis-moi, le Kub, tu t'es bien retrouvé une gonzesse ?

— Non.

— Ah, tu devrais. Depuis ton divorce… Tu es jeune, ta plomberie fonctionne encore, non ?

— Ça fonctionne, répondit Mortka à contrecœur.

Il n'aimait pas parler de ce sujet.

— Mais tu fais une sale tête, le Kub, une sale tête… Tu es le genre de mec, le Kub, qui a besoin d'une nana, tu vois ? Une qui te fait la cuisine, le ménage, et puis qui s'occupe de toi.

Mortka eut l'impression que Kochan était déjà un peu saoul. Alors qu'ils n'avaient bu qu'une bière.

— Sûrement.

— On boit à la dame que tu vas trouver, le Kub.

Ils choquèrent leurs verres. La vodka n'avait pas de goût. Mortka avait perdu l'habitude des alcools forts. Il la fit vite passer avec du nectar d'orange.

— Tu tiens le coup après ce divorce ?

— Pourquoi tu poses la question ?

— Si tu ne veux pas en parler, d'accord.

Kochan tendit une main vers la bouteille.

— Je tiens le coup. Même si ce n'est facile, Darek, pas facile… hasarda-t-il.

Il aimait bien Kochan, mais n'avait pas envie de tout lui dire.

— Difficile de refaire sa vie et de se conduire comme il faut. Tu comprends ?

— Sans doute…

Il ne comprend rien. Tant pis, se dit Mortka.

— Tu parlais de nana, Darek. Tu sais combien je verse de pension ? La moitié de mon salaire, pour les enfants. Quelle bonne femme voudra de moi, d'un flic en demi-solde ? C'est ridicule.

— Une riche.

L'adjoint éclata d'un rire gras, puis il resservit la vodka.

— Les riches, elles se choisissent des jeunesses. Des étudiants. Ou un de ces foutus culturistes. Et moi, j'ai déjà un petit ventre.

Il leva son verre. Ils trinquèrent et burent d'un coup. Cette fois, la vodka avait retrouvé son goût, et l'inspecteur en eut chaud au cœur.

Kochan remplit à nouveau les verres. Assis en silence, chacun était plongé dans ses propres pensées.

— Et comment ça va, chez vous ? demanda Mortka.

— Ça va. Janek grandit et il coûte de plus en plus cher. Les fringues, les bouquins, les crayons…

— Je connais. Pour nous c'était plus facile parce qu'à l'époque Ola gagnait bien sa vie. Mais…

— Des fois, je me demande s'il ne vaudrait pas mieux tout envoyer balader.

Mortka fronça les sourcils.

— Je veux parler de la police, pas de la famille, expliqua Kochan en éclatant de rire. Tu sais, nous sommes encore jeunes. On pourrait créer notre boîte. On connaît du monde…

— Quel monde ? Des mafieux et des tueurs ?

— Pas ceux-là. Tu sais ce que je veux dire… On a traîné nos guêtres ici et là. On pourrait monter une agence de sécurité. Ou de détectives privés.

Mortka fit la grimace. Il aimait encore moins les détectives privés que les psychologues. On n'en tirait rien, et ils dérangeaient plutôt qu'autre chose. Il avait de bonnes, voire très bonnes, relations avec certains, mais il pensait que le monde irait mieux sans eux.

— Je ne sais pas, dit-il.

— Spécialiste de la sécurité, tu vois…

— Peut-être…

Ils burent le verre suivant, et Kochan resservit.

— Non, merci, protesta Mortka avec un rot, en se cachant la bouche d'une main. Ça devrait suffire comme ça.

Kochan regarda la bouteille.

— Sans doute, reconnut-il. Mais j'ai déjà versé…

Mortka acquiesça de la tête.

— D'accord. On boit le dernier, décida-t-il.

Ils se mirent à gémir sur le travail, puis ils passèrent au foot, puis au hand. Ils discutèrent en particulier de ce dernier, ce qui était d'autant plus étonnant qu'ils n'en connaissaient que ce qu'ils avaient pu en lire sur Internet au bureau. Ils reprirent quelques petits verres tout au long de leur discussion.

Il était plus de onze heures quand ils se quittèrent. Comme promis, Ania raccompagna Mortka. L'inspecteur ne se rappelait pas exactement de quoi ils avaient parlé dans la voiture. Elle avait dû lui dire que Darek le respectait, mais qu'il était surmené. Qu'il fallait lui éviter le stress, et autre chose encore. Peut-être Mortka avait-il promis d'en parler avec lui… Toujours est-il qu'elle le remercia et sourit avec soulagement, comme si on lui avait ôté une pierre du cœur.

Il lutta longtemps avec sa clef et la serrure avant de réussir à pénétrer chez lui. Il faisait sombre dans la chambre de Piotrek et d'Agnieszka. Ils avaient dû réfléchir à un moyen de se tirer d'affaire. Il aurait voulu entrer et parler de ce qui s'était passé, mais se dit qu'il était trop saoul et ne ferait que se ridiculiser. Il décida de remettre la conversation au lendemain.

Il regagna sa chambre et s'allongea tout habillé, inconscient qu'au même instant commençait une des plus terribles nuits de sa vie.

Chapitre 12

L'homme était agréablement excité. Il ne comptait pourtant pas sa dernière action au nombre des mieux réussies. Il ne savait pas que la femme se trouverait dans la maison. Ce n'était pas elle, l'objectif ; elle aurait dû avoir quitté la ville. Les grands titres de la presse et les photos en première page l'avaient choqué. Il s'était précipité pour acheter *Fakt* et était rentré chez lui analyser le contenu de l'article phrase après phrase. Il était furieux contre les journalistes qui avaient donné si peu d'informations. Il se demanda même s'il ne devait pas appeler l'hôpital, mais craignit de se dévoiler inutilement : la police n'attendait qu'une erreur de sa part. C'était… excitant.

Il réfléchit longuement à ce qui s'était passé, se demandant où il avait commis une erreur. Il parvint à la conclusion qu'il n'y avait pas faute de sa part : il pouvait donc continuer à agir.

Il décida cependant de modifier son mode d'action. Sa méthode n'était pas mauvaise, mais elle comportait trop de risques. Jusqu'ici, les habitants du quartier n'avaient rien vu venir, ils ne prêtaient pas attention à ce qui se passait autour d'eux. Il pouvait rester dans sa voiture la moitié de la nuit à observer les alentours sans que personne lui jette même un regard. C'était un atout, mais cela restait inquiétant. Il espérait que la bonne information était tout de même parvenue aux oreilles des bonnes personnes. Toutefois, il devait désormais supposer que la vigilance des habitants s'était accrue, et que ceux-ci appelleraient la police au moindre soupçon.

Il se gara donc devant un HLM d'Ursynow, d'où il n'était qu'à un kilomètre et demi du lotissement de maisons individuelles. Il coupa à travers champs jusqu'à l'orée du bois Kabacki. Craignant de tomber sur quelqu'un pendant cette marche, il adopta l'attitude d'un quidam à la recherche de son chien dénommé Bolo. La lune brillait, il faisait clair, l'air de l'hiver était glacial, rafraîchissant son esprit enflammé. Il avait un plan, il voulait s'y tenir, mais quelque chose le poussait à se précipiter, à agir tout de suite, maintenant. Qu'on en finisse, qu'au ciel s'élève la superbe lueur de l'incendie !

Il se débarrassa de ces pensées. Elles n'étaient pas bonnes.

Il arriva bientôt à la clôture de la propriété qu'il était allé repérer plus tôt. Il regarda autour de lui, s'assurant que personne ne l'observait. Puis il prit son élan et sauta la clôture d'un mouvement fluide. Il atterrit de l'autre côté dans une neige molle et s'agenouilla.

Il n'entendit rien de suspect, ne remarqua aucun mouvement. Seul le vent agitait les branches. Devant lui se trouvait une belle maison à un étage. Son cœur battit plus fort.

La porte vitrée donnant sur le jardin était protégée par un grillage cadenassé. Il sortit de sa poche une lampe qu'il alluma puis, muni d'un crochet, il s'accroupit devant la serrure. Il l'ouvrit plus rapidement qu'il ne l'aurait pensé : il lui suffit d'à peine quinze secondes.

Il éteignit la lampe, rangea le crochet et, retenant son souffle, donna un coup dans la vitre à l'aide d'un petit marteau. Elle se brisa dans un tintement.

Personne n'entendit rien, personne ne remarqua rien.

Il soupira avec soulagement. Prudemment, pour ne pas se blesser, il passa la main à l'intérieur, saisit la poignée, ouvrit la porte et entra. Il avait envie de fouiller les armoires, de regarder les photos de famille… Il savait que rien ne le menaçait, qu'il était en sécurité, mais il fallait minimiser le risque.

Il trouva une pièce avec une cheminée. Il tira de son sac à dos deux bouteilles de deux litres de napalm de sa production. Il le fabriquait en mélangeant de l'essence, de l'acétone et de la mousse de polystyrène diluée : le liquide ainsi obtenu avait une consistance de gelée aqueuse et gluante. Il versa la substance autour de la cheminée, sur les coussins, le sofa et les meubles.

Pour un incendie aussi splendide qu'il se l'imaginait, il devait faire en sorte que le feu se propage le plus rapidement possible. Il dessina donc avec la deuxième bouteille un ruban de napalm jusqu'à l'escalier, et arrosa aussi les divans et la bibliothèque.

Cela fait, il retourna dans le jardin. Il referma la porte, toujours en prenant garde de ne pas se blesser, puis le grillage. Il avait encore devant lui la dernière partie du travail.

Prenant appui sur le grillage, il se hissa jusqu'à un balcon. Il trouva vite la bonne cheminée et tira de son sac à dos une autre bouteille, cette fois un cocktail Molotov.

Il prit le temps de souffler. Il savait qu'il aurait peu de temps. Le sang lui bruissait dans la tête. Il rajusta son sac à dos et jeta le cocktail Molotov dans la cheminée.

En un battement de cœur, il se retrouva sur le balcon. Un deuxième, il atterrit sur le sol. Le troisième et le quatrième l'amenèrent à la clôture. Cinq, et il se trouvait dans le bois Kabacki. Arrivé là, il se retourna. Il vit les flammes jaillir vers le ciel. Telles qu'il se les était imaginées. Il sourit et fila vers l'immeuble HLM. Il ne mit pas dix minutes pour arriver à sa voiture. Personne ne l'avait vu.

Il se gonflait d'orgueil. Il pensait au feu déchaîné, sentant monter l'excitation. Il démarra le moteur, sortit dans la rue Plaskownicka et roula en direction de la Pulawska.

Cependant, il était rongé par la tentation de retourner là-bas. Une foule de badauds devait déjà s'être assemblée autour de la maison… Personne ne le reconnaîtrait, il serait en sécurité…

Et si la télévision ne venait pas ? s'effraya-t-il soudain. Il ne verrait jamais son œuvre. Et puis à la télévision, le feu n'est jamais aussi merveilleux que dans la vie.

Il obliqua dans un parking à côté de l'hyper Real. Il réfléchissait fiévreusement. D'ici, il lui faudrait cinq, dix minutes jusqu'au lieu de l'incendie. Il pouvait y faire un saut. Cela valait-il la peine de prendre ce risque ?

Il descendit de voiture.

Il ne savait pas si c'était raisonnable, mais il ne pouvait plus attendre pour voir les flammes.

Le téléphone réveilla Mortka vers une heure du matin. Il prit machinalement la communication.

— Jakub Mortka, bredouilla-t-il dans l'écouteur, à moitié endormi, à moitié ivre.

— Monsieur l'inspecteur… (Il perçut une hésitation et une note de crainte dans la voix de l'homme de garde.)… Encore un incendie.

Mortka eut le pressentiment que c'était bien plus grave que ça.

— Nous avons deux victimes, ajouta l'homme de garde.

— Envoyez-moi une voiture radio. Et prévenez la technique, ordonna Mortka en s'efforçant de parler d'une voix sobre.

— Compris, monsieur l'inspecteur.

Il sortit du lit et se précipita dans la salle de bains pour s'asperger le visage d'eau glacée. Il prit son thermos dans le placard de la cuisine. Il le déboucha et sentit aussitôt une odeur acide désagréable. De l'urine ! Quelqu'un avait pissé dans sa bouteille. Il savait qui. Piotrek, ce connard, cette crevure, cet abruti s'était vengé parce que Mortka avait cogné l'autre jeune.

— Allez vous faire foutre, grogna le policier. Vous vous démerderez tout seuls avec le Lièvre.

Il vida le thermos dans l'évier, puis le remit dans le placard. Il le laverait plus tard, le passerait à l'eau bouillante, le relaverait, encore un coup à l'eau bouillante, et puis il le jetterait pour s'en acheter un autre.

Il s'habilla en vitesse et courut en bas pour attendre dehors la voiture radio. Il allait et venait nerveusement le long de l'immeuble d'un pas hésitant. Le gel lui pinçait les joues, lui mordait le nez, tandis qu'il priait que cela lui rafraîchisse un peu l'esprit. La tête lui tournait encore et il se sentait la langue pâteuse.

Il aurait dû appeler l'homme de garde pour lui demander de faire venir quelqu'un d'autre. Mais il ne réussit pas à s'y résoudre.

La voiture de police arriva environ cinq minutes plus tard. Le chauffeur n'avait pas envie de parler. Il avait mis la sirène et fonçait dans Varsovie endormie.

Ce que Mortka vit sur place devait plus tard revenir dans ses cauchemars, même s'il pourrait se rappeler les évènements dans l'ordre.

Il se souviendrait de Jankowski, le technicien, venant à sa rencontre, l'air furibard, et se plaignant :

— Tu me tires du lit en pleine nuit, tu me fais écrire un rapport pour demain matin, et tu ne le liras même pas !

— Dégage, tu m'entends ! Au boulot ! lui hurla l'inspecteur en réponse.

Mortka devait avoir l'air hors de lui, ou bien Jankowski perçut quelque chose dans son regard, car il blêmit.

— L'affaire est grave ? demanda-t-il.

— Un paquet de merde.

Le technicien sortit son téléphone.

— J'appelle les autres, dit-il.

Mortka hocha la tête. Il avait des larmes dans les yeux.

Un chien hurla dans le lointain.

Une foule de badauds se pressait tout autour, hypnotisée par les flammes orangées et les épais nuages de fumée.

Kowalski fit un bref signe à l'inspecteur et grommela quelque chose comme « toujours quand je suis de garde ».

Mortka se souviendrait de la femme. Belle, jeune. Un élégant tailleur gris. Assise dans la neige durcie par le gel, alternant sanglots et hurlements. Ses cris, pleins de désespoir et de douleur, lui pénétraient l'esprit et le corps. L'inspecteur continua à l'entendre après qu'on lui eut donné un calmant et menée de force dans une ambulance.

Il y avait un homme à côté de la femme, vêtu d'un manteau gris. Pâle. Immobile comme une statue. Il ne criait pas, ne présentait aucun signe d'hystérie, mais sa tristesse semblait plus profonde et terrifiante que le désespoir de la femme. Il pleurait sans faire un geste, sans dire un mot.

L'homme fixait un point. Devant la maison, là où gisaient deux petits corps sous une couverture. Bartek et Kamil Korzeniowski, sept et dix ans.

L'inspecteur se souviendrait d'avoir couru d'un policier à l'autre pour demander où était Kochan.

Quelqu'un prenait des photos. L'éclat du flash aveugla Mortka. Il prit à part une policière du quartier.

— Vous me relevez les identités de tous ces badauds, compris ? Je veux leurs noms, prénoms, adresses, numéro national, tout, compris ? dit-il.

Elle répondit « Compris » et s'éloigna pour obéir à l'ordre. Il la vit plus tard tourner dans la foule avec un autre policier.

Plus tard, il ne savait même plus quand, il se tenait devant les corps des garçons, regardant leurs visages innocents, brûlés. Il ressentait de la peur. Il pensait à ses propres fils. Se disant qu'ils étaient si semblables à ces deux-là, allongés devant lui. Il respirait avec peine. La tête lui tournait.

Il alla s'asseoir dans la voiture et but un café. Il se calmait et dessaoulait enfin. Il regretta d'avoir cessé de fumer.

Jankowski toqua à la vitre. Mortka descendit de la voiture.

— Kochan est arrivé ? demanda l'inspecteur.

Le technicien fit non de la tête.

— Qu'est-ce que vous avez ?

— C'est bien ton gars. J'ai trouvé des morceaux de verre dans la cheminée, et de l'essence. Incendie volontaire.

— Le fils de pute.

— Il a changé de méthode. Ce qui s'est passé à l'intérieur est étrange. J'en saurai plus lorsque les pompiers auront sécurisé le terrain.

— Bien, répondit l'inspecteur en regardant sa montre. À dix heures, on fait le bilan.

— D'accord. Mais n'attends pas de miracle.

— Fais ce que tu as à faire. On se voit au commissariat.

Jankowski s'éloigna en vacillant sous l'effet du froid, du manque de sommeil et de la fatigue. Mortka allait plus mal, car il commençait à ressentir les premiers symptômes de la gueule de bois.

Il n'en continua pas moins à coordonner pendant plusieurs heures les recherches sur le lieu du crime et à interroger les voisins. Il alla de porte en porte, sans se soucier de l'heure ni du sommeil des propriétaires. Il reposait toujours les mêmes questions, et recevait toujours les mêmes mots en réponse : « Je n'ai vu personne, je n'ai rien remarqué de suspect, je n'ai rien à dire. » Il songea qu'il allait éclater de fureur. Trois personnes étaient déjà mortes, et lui n'avait toujours pas la moindre piste.

Il arriva près d'une demi-heure en retard à la réunion de service. La tête lui faisait mal à exploser. Il avait dû s'arrêter pour acheter une grosse boîte d'Ibuprome. Il prit deux cachets d'un coup qu'il fit descendre avec une canette de Coca trop glacé, trop gazeux.

Il y avait plus de monde dans la pièce qu'il n'aurait dû s'en trouver. Outre Kochan, Skalski et Jankowski, la psychologue Anna Brodka, le directeur adjoint Andrzejewski et un homme en costume noir, au visage amer, étaient là.

— Le Kub, dit Andrzejewski, je ne sais pas si tu connais…

— Je m'appelle Bogdan Szydlon. Procureur, se présenta l'inconnu d'un ton sec.

Mortka se souvenait de cet homme.

— Nous nous sommes rencontrés un jour. Un meurtre et un viol…

— Possible, coupa le procureur. Comme vous devez le savoir, je dirige cette enquête. J'examine depuis ce matin les documents, et j'ai le regret de vous dire que vous avez commis de nombreuses fautes.

L'inspecteur serra les dents.

Le supérieur du procureur était sûrement allé sur Internet ce matin, ou bien il avait allumé la télé régionale et vu l'incendie. Il avait sauté sur son téléphone pour assaisonner Szydlon. *Et maintenant ce Szydlon me fait porter le chapeau*, pensa-t-il.

En d'autres circonstances, il aurait benoîtement écouté les tirades du procureur et exprimé des remords, mais pas aujourd'hui. Pas après avoir passé la nuit dehors et regardé les corps des deux gamins.

— Avec tout mon respect, nous n'avons commis aucune erreur, répondit-il fermement. Nous avons fait tout ce qui était nécessaire.

— Mais vous n'avez pas attrapé le coupable.

— Trop peu de temps. Nous avons plusieurs pistes à vérifier.

— Lesquelles ? Dans le dossier, je n'en vois aucune.

— Vous devez savoir que dans une enquête aussi bousculée que celle-ci, on peut manquer de temps pour remplir tous les papiers à envoyer au procureur.

— Ce n'est pas la première fois, siffla le procureur. Les pistes, je les ai trouvées ici, ajouta-t-il en tapotant du doigt un dossier. Plus d'une dizaine. Et toutes menant à la tragédie d'hier soir. Deux enfants sont morts dans cet incendie, inspecteur.

Mortka tapa du poing sur la table.

— C'est du délire ! hurla-t-il à l'adresse du procureur. On marne jour et nuit depuis samedi pour mettre la main sur ce pyromane, on suit chaque piste, et tu viens me faire la leçon ? On t'a vu combien de fois dans l'enquête que tu es censé diriger, hein ? Combien ? Zéro ! Zéro fois ! Tu ne m'as même pas téléphoné ! Et tu sais pourquoi ? Parce qu'un incendie volontaire avec des morts, ce n'est pas assez sexy pour toi, espèce de carriériste !

Quand il eut fini, un silence sourd s'abattit sur la pièce. Jankowski regardait la pointe de ses souliers ; Brodka baissait la tête avec la mine de qui aurait voulu se trouver ailleurs ; quant à Skalski, il éprouvait visiblement de la nostalgie pour son commissariat de quartier. Le directeur adjoint était furieux mais n'en laissait rien paraître. Mortka savait qu'il en prendrait pour son grade, mais pas avant que le procureur ait quitté les lieux. Kochan, par contre, se comportait comme s'il n'avait pas été là.

Entre-temps, Szydlon avait tranquillement dénoué le ruban qui fermait le dossier et posé des documents sur la table. Il mit la main dans une poche pour en sortir des lunettes qu'il se posa sur le nez.

— Et vous n'avez rien à vous reprocher ? insista-t-il.

Mortka sentit son estomac se serrer. Le calme du procureur n'était pas naturel.

— Nous avons mené l'enquête correctement, répondit-il.

Le procureur prit la première feuille d'une petite pile.

— Vous êtes sûr ?

— Sûr.

— Dans ce cas, expliquez-moi les faits suivants. (Le procureur soupira et rajusta ses lunettes.) À vrai dire, je ne sais pas par quoi commencer. Peut-être par le début... Il résulte de mes conversations avec les pompiers que vous avez négligé la théorie d'un pyromane en série.

— Comme vous le remarquez, il ne s'agissait que d'une théorie.

— Et maintenant ? Après la mort de deux enfants, ça reste une simple théorie ?

Mortka se mordit la lèvre pour ne pas exploser de nouveau.

— Non. Plus maintenant, reconnut-il.

— Il ressort de ces rapports que vous n'avez pas beaucoup fait pour suivre la piste d'un pyromane en série. Vous vous êtes concentré sur la version selon laquelle l'assassin de Kameron était une personne de son entourage.

— L'un n'exclut pas l'autre.

— Et même, j'ai l'impression que vous avez saboté les actions de recherche d'un pyromane en série. La psychologue Brodka, profileuse très respectée à la Direction centrale, s'est plainte de ce que vous lui compliquiez l'accès à l'information.

La psychologue arborait une mine contrite. Mortka n'eut aucune compassion pour elle. Il soupçonna que, lors d'une conversation à bâtons rompus avec le procureur, elle avait évoqué la négligence de l'inspecteur, et que Szydlon en faisait maintenant un reproche majeur.

— J'ai oublié de lui transmettre des éléments. Excusez-moi, mais ce n'était pas intentionnel.

— Vraiment ? Toute la Direction connaît votre attitude dédaigneuse vis-à-vis des profileurs de criminels… Vous dites d'eux qu'ils sont… (il chercha dans ses papiers)… des « chamans ». Vous ne les aimez pas, et vous n'appréciez pas leur travail. Et ce, malgré les succès que la police a obtenus grâce à leur aide. Mme Brodka peut certainement citer quantité d'exemples…

La psychologue sursauta sur sa chaise comme une élève mal préparée soudain appelée au tableau.

— Oui, bien sûr, répliqua-t-elle.

— Merci beaucoup, coupa le procureur. Donc vous n'avez pas envisagé sérieusement la piste d'un pyromane en série… Continuons… À ce que j'ai appris, vous n'avez pris connaissance qu'avec un retard injustifié du rapport du laboratoire criminel.

Mortka était stupéfait. Il pouvait s'expliquer l'attitude de Brodka, mais Jankowski connaissait les règles du jeu. Le technicien était un salopard, mais l'inspecteur n'aurait jamais pensé qu'il irait se plaindre au procureur. Jankowski lança un regard d'excuse à Mortka. Il voulut dire quelque chose, mais n'en eut pas le temps.

— Vous avez négligé ce rapport, monsieur l'inspecteur, parce que les conclusions ne coïncidaient pas avec vos soupçons ?

Le directeur adjoint Andrzejewski se racla la gorge.

— Il me semble que nous devrions poursuivre cette conversation ailleurs.

— Trop tard, lui répondit Mortka. Je vous en prie, monsieur le procureur, continuez.

Szydlon eut un sourire rusé.

— Répondez plutôt à ma question.

— Jankowski m'a fait part de ses conclusions oralement, bien avant de les écrire. Je n'ai pas senti la nécessité de prendre connaissance de la version écrite. En tout cas, pas immédiatement. J'avais des choses plus urgentes à faire.

— Vous n'avez auditionné Mme Kameron, le principal témoin de l'affaire, que mardi. Trois jours après le tragique incendie ! Inspecteur, même *Fakt* a été plus rapide, railla le procureur.

— Les médecins n'avaient pas donné l'autorisation de lui parler avant, se justifia Mortka.

— Ça n'a pas gêné la presse caniveau.

— La presse caniveau a des soucis de chiffres de vente, et non de plaintes des citoyens. Pour nous, c'est différent, monsieur le procureur.

— Il n'en reste pas moins que votre retard est saisissant, et après une publication dans *Fakt*...

— C'est de ça que vous avez peur ? demanda Mortka. D'une publication dans *Fakt* ? Je parle de la prochaine. C'est pour ça qu'il y a ce, comment dire, ce jugement, cet interrogatoire ? Vous devez faire le ménage pour vos supérieurs avant que *Fakt* n'écrive sur la mort...

Il réalisa alors de quelle manière le procureur parlait des victimes. Il sourit en lui-même et dit :

— Vous pouvez me rappeler leurs noms ?

— Pardon ?

— Les enfants. Comment s'appelaient-ils ? C'est que… (l'inspecteur se frappa le front)… leurs noms me sont sortis de la tête.

Le procureur se taisait.

— Vous ne savez pas, ou vous avez oublié ? Essayons plus simple. De quel sexe ?

Szydlon pouffa de dédain.

— Ils étaient de quel sexe ? répéta Mortka.

— Pourquoi votre collègue n'était-il pas sur les lieux ? Pourquoi l'inspecteur adjoint Kochan n'était-il pas sur le lieu de l'incendie ? répliqua le procureur.

Kochan, immobile sur sa chaise, baissait la tête, continuant à jouer les absents.

— Ils étaient de quel sexe ? redemanda Mortka en articulant chaque syllabe.

— L'inspecteur adjoint Kochan n'était pas sur les lieux, peut-être parce qu'il était bourré comme un coing ! Vous aussi d'ailleurs, inspecteur, vous sentiez l'alcool. Comment expliquez-vous ça ?

— Normal, hier j'ai pris une vodka, monsieur le procureur, répliqua calmement Mortka.

— Et ça vous suffit comme explication ?

— Oui.

Ils se mesurèrent du regard. Après quelques secondes, le procureur baissa la tête et commença à ranger ses papiers.

— Je me pose sérieusement la question de savoir si je dois demander qu'on vous enlève l'enquête.

Mortka en eut le souffle coupé.

— Je pense, putain ! que vous voulez plaisanter…

— Eh, le Kub ! intervint Andrzejewski.

Il craignait visiblement que Mortka se relance dans une nouvelle tirade. Mais l'inspecteur n'en avait plus la force.

— Le directeur adjoint a tenté de me persuader que vous étiez un de ses meilleurs hommes. J'ai bien voulu le croire. Maintenant, je commence à avoir des doutes.

Szydlon eut un sourire triste et Mortka réalisa que le procureur avait vraiment envie de le décharger de l'affaire. Ce serait l'information qu'il apporterait à ses supérieurs : « J'ai trouvé le responsable de cette situation, et je l'ai déjà sanctionné. »

— Je vais arrêter ce pyromane, déclara fermement l'inspecteur.

— J'ose en douter.

Mortka avala sa salive. Il eut du mal à contenir un nouvel accès de colère mais il ne pouvait pas se permettre un autre éclat.

— Vous avez raison, monsieur le procureur, dit-il à contrecœur. Je suis coupable de certains manquements. Je n'ai pas apprécié certains éléments à leur juste valeur. Mais cela va changer. Je vais corriger le tir. Je vous ferai parvenir régulièrement mes comptes rendus, je consulterai qui il faut. Je vais jouer selon vos conditions.

— L'inspecteur Mortka est vraiment un flic de talent, renchérit Andrzejewski. Lui enlever l'enquête maintenant ne serait pas justifié.

— Inspecteur ?

— J'ai commis des erreurs. Même maintenant, en vous parlant. Excusez-moi. C'est la fatigue. Cela ne se reproduira pas.

Le procureur hochait lentement la tête. Difficile de dire s'il était satisfait de ce qu'il venait d'entendre ou pas. Il rangea le dossier et se leva.

— Téléphonez-moi tous les jours à midi et à six heures, et faites-moi un rapport de l'avancée de l'enquête. J'attends des progrès rapides. Vous me comprenez bien, inspecteur ?

— Je comprends.

— Parfait, fit sèchement le procureur. Dans ce cas, je vous salue bien, madame, messieurs.

Il s'approcha de Mortka qui tendait la main pour le saluer. Le procureur y fourra sa carte de visite et sortit de la pièce.

Personne ne se risquait à prendre la parole le premier. Ce fut Andrzejewski qui brisa le silence.

— On fait dix minutes de pause, déclara-t-il. Mortka, suis-moi.

Andrzejewski vérifia d'abord que personne ne les suivait, ni ne se préparait à écouter en douce, puis il ferma la porte à clef. Et soudain, de manière tout à fait inattendue, il eut un large sourire.

— Ah, le Kub, qu'est-ce que tu lui as mis ! fit-il en exhibant ses dents jaunes. J'en ai pété de fierté en t'écoutant, mais je ne peux pas te promettre une brillante carrière, collègue. La chose va s'ébruiter, et Szydlon va vouloir se venger.

Mortka haussa les épaules. Le directeur adjoint hochait la tête, amusé. Il s'assit à son bureau.

— Si tu veux savoir, je considère que tu n'as commis aucune erreur.

L'inspecteur se sentit soulagé. C'était une bonne chose de garder le soutien d'Andrzejewski.

— Merci.

— Mais il faudra que tu parles avec Kochan.

— Nous avons picolé hier. Chez lui. Une erreur, mais nous l'avons faite ensemble.

Le directeur commençait à chercher des cigarettes.

— Le problème n'est pas que vous ayez picolé, mais que tu sois venu seul sur les lieux, dit-il en regardant dans un tiroir. Cela dit, un seul flic bourré là-bas, ça suffisait ; on avait réussi à camoufler l'absence de Kochan. Et le fait qu'il n'ait pas soufflé mot aujourd'hui parle en sa faveur. Tu devrais prendre exemple. Au moins, certains jours…

— Alors, où est le problème ?

— L'agent qui était parti le chercher a remarqué des traces sur le visage de sa femme.

Mortka s'assombrit. Il eut d'abord du mal à croire ce qu'il venait d'entendre.

— Elle ne s'est plainte de rien, le Kub, mais le gars qui devait le ramener est un nouveau. Kochan l'a pris de très haut, l'envoyant paître et le menaçant de ceci et cela. Le jeune est reparti la queue entre les jambes, mais il a tout raconté à son chef, qui m'a téléphoné. Putain… Mais où sont ces clopes ?

Le directeur adjoint referma violemment le tiroir.

— Chef, vous avez arrêté de fumer, vous n'avez pas oublié, chef ? rappela Mortka.

Andrzejewski grogna.

— Vraiment ? demanda-t-il, incrédule.

— Vraiment. Et Kochan a vraiment cogné Ania ?

— Tu dois avoir raison, répondit le directeur adjoint en pensant aux cigarettes. Et pour ce qui est de Kochan, le jeunot affirme que sa femme avait un œil au beurre noir.

Mortka avala sa salive.

— Je vais lui parler.

— C'est ça, fais-le, bredouilla le directeur adjoint résigné en s'affaissant sur sa chaise. Tu sais ce que c'est, le travail, le couple… Tu as toi-même divorcé.

Oui, mais moi, je n'ai jamais frappé ma femme, se dit Mortka.

— Et chope-moi ce pyromane, le Kub, continua le directeur adjoint. L'incendie d'aujourd'hui est en tête de tous les portails Internet, et on nous a téléphoné de TVN et des journaux.

— Je vais le choper.

— Alors, au boulot.

L'inspecteur sortit du bureau de son chef. Il se rendit d'abord aux toilettes où il se lava le visage à l'eau froide. La gueule de bois était toujours là, et un foyer de douleur couvait paresseusement sous son front.

Il prit le deuxième café de la journée au distributeur. Noir, serré, double sucre. Jankowski lui tomba dessus alors qu'il contemplait la machine cracher le liquide noir dans le gobelet.

— *Sorry*, le Kub, commença le technicien. *Sorry*, ça ne devait pas se passer comme ça. C'est un fumier qui a débarqué. Tu comprends ? On est là à siroter notre café, on cause de tout et de rien, et le voilà qui nous raconte ce qui se passe chez le procureur. Tu comprends, chacun y va de son histoire. La psychologue se plaint de toi, moi j'ajoute mon grain de sel. Tu sais comment je suis…

Mortka lui posa une main sur l'épaule.

— Pas de souci, dit-il, sentant qu'il n'aurait pas la force de se fâcher. On ferait mieux de se remettre à l'enquête.

— Sûr ! Mais *sorry*, le Kub, vraiment.

L'inspecteur prit son café et ils repartirent ensemble vers la salle de réunion.

Mortka s'installa en bout de table. Il posa devant lui son gobelet, sortit son carnet et un crayon à bille. Il soupira. Après l'altercation avec le procureur, le groupe était désemparé. Il fallait au plus tôt se remettre les idées en place, se concentrer sur l'essentiel. Il tapa dans ses mains pour attirer l'attention.

— Bien. Vous savez tous ce qui est arrivé cette nuit.

Ils hochèrent la tête.

— Dans ce cas, passons aux divers points. Jankowski d'abord.

Le technicien se leva.

— C'est notre homme, commença-t-il. Nous avons trouvé des débris de bouteille autour de la cheminée. Il a sûrement regrimpé sur le toit et lancé un cocktail Molotov. Mais cette fois, il y a eu un changement.

— C'est-à-dire ?

— Il est d'abord entré dans la maison. Nous avons identifié des traces de substances incendiaires dans des endroits où elles n'auraient pas dû se trouver. Dans d'autres pièces, dans l'escalier, loin de la cheminée. Cette substance, après une première analyse, est une sorte de napalm du pauvre qu'on peut fabriquer avec des produits facilement accessibles. Il a vraisemblablement crocheté le cadenas de la grille à la porte donnant sur le jardin, puis cassé une vitre. Nous avons retrouvé des fragments de verre à l'intérieur.

— Il voulait voler quelque chose ?

— Je ne suis pas en mesure de l'établir. À mon avis, non. Tout simplement, il est entré, il a arrosé avec sa mixture, et puis il est ressorti. L'étonnant, c'est qu'il a recadenassé derrière lui.

— Pourquoi ? s'étonna Mortka.

— Pour que personne ne puisse sortir ? risqua Kochan.

C'étaient ses premiers mots depuis le matin. Parfaitement sensés, si l'on prenait en compte le fait qu'il devait souffrir au moins autant que Mortka. Sa peau avait légèrement verdi, il avait les yeux injectés de sang, et il se balançait délicatement sur sa chaise comme pour se préparer à vomir. Rien d'étonnant à ce qu'il ait tout fait pour ne pas attirer l'attention.

— Je ne sais pas, répondit Jankowski. C'est votre affaire. Je ne dis que ce que nous avons réussi à établir. D'après nous, il a sauté la clôture du côté du bois Kabacki, il s'est introduit dans la maison, a répandu son mélange, puis a refermé la maison et escaladé le toit. Il a jeté un cocktail Molotov par la cheminée. Vous pouvez imaginer l'effet produit… Tout s'est instantanément embrasé.

— Vous avez quelque chose de concret ? demanda l'inspecteur.

— Dans la maison, non. Mais dans le jardin… (Jankowski fit une pause et bomba le torse avec fierté.)

Nous avons recueilli des traces de chaussures dans la neige. Nous soupçonnons qu'il s'agit des siennes. À quatre-vingt-dix-neuf pour cent, c'est lui.

— Comment tu le sais ?

— Une tout autre allure que des chaussures de pompiers. Nous avons vérifié les nôtres, ce n'est personne de chez nous. On va s'assurer auprès des pompiers qu'aucun d'entre eux ne portait ce type de chaussures, mais comme je te dis, à quatre-vingt-dix-neuf pour cent, c'est notre homme.

— Beau travail ! le félicita Mortka. Et qu'est-ce qu'on sait de lui, grâce à ça ?

— Il porte des chaussures de sport, taille quarante-trois. À vue de nez, je dis bien à vue de nez, il doit peser dans les quatre-vingts kilos. Je suppose qu'il est de taille moyenne. Donc, le Kub, on n'est malheureusement pas tombé sur un nain qui traîne de la patte gauche.

La blague était d'une drôlerie toute relative, mais suffisante pour que l'inspecteur sourie.

— Et quoi encore ?

— On aura d'autres choses quand nous aurons analysé toutes les données recueillies.

— OK, dans ce cas, passons à notre psychologue.

Brodka redressa brusquement la tête et se mit à tripoter nerveusement sa bague.

— Alors… commença-t-elle, aujourd'hui, vous m'avez envoyé un paquet d'infos. Je n'ai pas eu le temps de tout examiner.

— Et que pouvez-vous déjà nous dire à ce stade ?

— Quand vous l'attraperez, il sera déjà en costume croisé.

Les policiers se regardèrent, l'air consterné.

— Excusez-moi, mais je ne comprends pas.

Elle fit grise mine.

— C'est une sorte de plaisanterie… dans le métier, je dirais.

— Et sans plaisanterie ?

Elle prit une profonde aspiration.

— Nous avons ici deux affaires. L'incendie et l'assassinat de Jan Kameron. Je pense qu'elles sont l'œuvre de deux personnes différentes. Comme je l'ai dit lors de notre premier entretien, un pyromane ne veut faire souffrir personne, et si quelqu'un meurt, c'est l'effet du hasard.

— Aujourd'hui, deux enfants sont morts, remarqua Mortka. Un hasard ?

Elle le regarda droit dans les yeux.

— Je suis sûre que oui. Je suis sûre que la famille Korzeniowski n'aurait pas dû se trouver à la maison ce jour-là. Mais pour revenir à M. Kameron, j'estime impossible que le pyromane soit d'abord entré chez lui, l'ait tué d'un coup sur la tête et plus tard ait déclenché le feu. Le pyromane n'est tout simplement pas motivé par l'idée de faire du mal aux gens.

Mortka était d'accord avec la psychologue, mais il n'avait pas l'intention de le reconnaître.

— Concentrons-nous sur les incendies, poursuivit-elle. J'estime que l'auteur est un homme plutôt jeune, dans les trente-cinq ans. Physiquement bien entraîné. Il a des griefs quant aux habitants du quartier, et il veut les punir de quelque chose.

— De quoi ?

— Ça peut être n'importe quoi. On connaît le cas d'un pyromane qui incendiait des bâtiments car, selon lui, ils défiguraient le paysage de montagne. La raison peut être tout aussi incompréhensible, mystérieuse, immatérielle. Ce qui est important, en revanche, c'est sa façon de choisir les cibles à incendier. Dans les trois premiers cas, il n'y avait personne à la maison, ou du moins, comme chez les Kameron, personne n'aurait dû s'y trouver. Ce n'est pas un concours de circonstances. Je pense que le coupable habite le quartier ou en tout cas qu'il s'y trouve souvent. Un point à travailler. Question clef : comment le pyromane savait-il que les maisons seraient vides ?

— Précieuse remarque.

— Merci, inspecteur. J'espère avoir quelque peu modifié votre opinion sur les chamans, dit-elle avec ironie.

Il fit une petite grimace.

Elle ne devrait pas me rappeler ça, surtout vu comme je me suis couché devant le procureur, se dit-il.

— Passons à l'assassin de M. Kameron, continua la femme. La question est ici bien plus difficile, car l'incendie a détruit la plupart des traces. De plus, comme les rapports me sont arrivés en retard, j'ai eu peu de temps et je me suis concentrée sur le pyromane. À première vue, cela ressemble à un cambriolage doublé d'une bagarre mortelle. Ce genre de crimes est d'ordinaire le fait d'hommes plutôt peu éduqués, et avec des problèmes d'alcool. Ça peut être un poivrot du quartier en manque d'argent pour acheter de la vodka, mais aussi un collaborateur de M. Kameron qui lui en voulait.

— Nous ne savons même pas si quelque chose a disparu, remarqua Kochan.

— Je m'en rends bien compte. Et je reconnais donc que l'affaire est plus difficile, monsieur l'inspecteur adjoint, que dans le cas de notre pyromane. Tout comme je pourrai vous en dire plus, monsieur Jankowski, lorsque j'aurai analysé les derniers éléments.

— Merci, madame, répondit Mortka. Skalski ? Ça donne quoi chez vous ?

— Nous questionnons les habitants du quartier. Nous avons fait des photos des badauds.

— Je voudrais les voir. Enregistre-les-moi sur une disquette.

— C'est déjà fait.

Il tira un CD de son sac à dos et le poussa sur la table vers l'inspecteur.

— Et pour les pyromanes que tu devais vérifier ?

— Malheureusement, rien. Ils ont tous un alibi.

— D'accord. (L'inspecteur tapota la table du bout des doigts.) Maintenant, c'est l'heure du remue-méninges. Des idées ?

— Il faudrait demander à Mme Kameron qui pouvait savoir qu'elle devait partir au spa avec son mari, suggéra Brodka.

— J'ai déjà posé la question. Personne n'en savait rien.

Elle secoua la tête, incrédule.

— Vous êtes sûr ?

— Moi, non, mais Mme Kameron, tout ce qu'il y a de plus sûr.

— Quelqu'un devait forcément savoir, marmonna Brodka, plus pour elle-même que pour l'inspecteur.

Mortka ignora la remarque.

— Quelque chose encore ? D'autres idées ?

— Peut-être interroger les gens du quartier sur ce qu'ils savent de leurs voisins. Ils pourraient avoir des soupçons ? Puisque vraisemblablement le pyromane habite dans le coin… lança Skalski.

— Ou y travaille, ajouta Brodka.

— Non, protesta Mortka. Tu vas déclencher une chasse aux sorcières et tu vas te retrouver à patauger dans toute la boue du quartier. Tu vas recevoir des messages de pure méchanceté, ou destinés à vider des rancunes stupides remontant à des années. Et il faudra tout vérifier. Ça ne servira à rien d'autre qu'à nous faire perdre du temps.

— Oui, mais on pourrait trouver une piste, insista Skalski pour appuyer son idée.

— Aucun sens, réagit Kochan. Le Kub a raison. C'est bien ça, la Pologne, mon gars, si quelqu'un a l'occasion de te mettre dans la merde, il le fera pour le simple plaisir de t'y voir patouiller.

Skalski ouvrit grande la bouche, mais ne dit rien.

— Encore d'autres idées ? demanda l'inspecteur.

Personne ne proposa plus rien.

— C'est bon. Dans ce cas, Jankowski retourne au labo et nous prépare un rapport. Madame la psychologue, pareil. Mais au calme de votre cabinet, ou Dieu sait où vous siégez. Skalski, vérifie bien que tout le monde a été interrogé à Ursynow, puis tu me ponds l'élégant rapport que je pourrai envoyer dès ce soir. Kochan…

Mortka posa son regard sur son collègue.

— Oui ?

— Épluche soigneusement tout ce qui concerne les Korzeniowski dans nos bases de données. J'en doute sincèrement, mais peut-être aurons-nous quelque chose sur eux. Et étudie leurs rapports avec les Kameron. Ils ont peut-être fait des affaires ensemble, eu une boîte en commun, n'importe quoi… fit-il après réflexion.

— D'accord.

— Je vais aller les voir et discuter un peu. Je vais interroger Mme Kameron encore une fois. S'il n'y a pas d'autres remarques, je considère la réunion comme terminée. Prochaine mise au point, demain à dix heures.

Ils se levèrent pour retourner à leurs occupations. Mortka retint Kochan. D'un mouvement délicat mais ferme, il le rassit sur sa chaise. Il attendit que tous soient sortis et souffla afin de se donner des forces pour la conversation qui allait suivre.

— Tu n'es pas venu sur les lieux ce matin, dit-il enfin.

Kochan se recroquevilla. Il avait l'air abattu.

— *Sorry*, le Kub. Quand tu es parti, j'ai encore un peu picolé. Tu sais comment je suis… Si je commence, je ne sais pas m'arrêter. Et puis, qui aurait pu imaginer qu'il allait se passer quelque chose comme ça ?

— Il paraît que tu as cogné ta femme.

Kochan soupira puis sourit timidement.

— Qu'est-ce que tu racontes, le Kub ?

— L'agent qui est allé te chercher a dit qu'Ania avait un œil au beurre noir.

Kochan s'étrangla et de petites gouttes de sueur perlèrent sur son front.

— Écoute, j'ai continué à boire quand tu es parti, je le reconnais. Quand Ania est revenue, nous nous sommes disputés. Je ne sais plus pourquoi. Une dispute serrée, oui. Mais, le Kub, je ne l'ai pas frappée. Je te le jure, pour l'amour du ciel ! Je ne l'ai pas frappée.

— Alors, qu'est-ce qui s'est passé ?

— Rien. Nous nous sommes seulement disputés. Elle s'est mise à pleurer, et tout son maquillage a dégouliné. Ce policier qui est venu me chercher, c'était une espèce de débile. Je te le dis, impossible de lui faire entendre raison. Incapable de comprendre qu'il n'était pas question que j'aille où que ce soit, bourré comme j'étais, et encore moins sur le lieu de ce foutu incendie. Il a vu Ania pleurer, et il s'est dit… Mais je t'assure, le Kub, jamais je ne lèverais la main sur elle !

Mortka ne savait que penser. Kochan n'était pas du genre à battre sa femme. Il n'était ni violent, ni frustré, ni irréfléchi. Du moins, autant qu'en pouvait juger l'inspecteur. Il décida donc de croire son collègue, de lui accorder le bénéfice du doute tant que l'enquête ne serait pas achevée. Puisque c'était elle, maintenant, la priorité.

— D'accord. Remets-toi au boulot. Tu m'appelles dans une heure ou deux avec les infos sur les Korzeniowski. Je dois repasser chez moi petit-déjeuner, me raser, boire une Red Bull.

Kochan se contenta de hocher la tête.

Mortka prit son manteau et son arme. Il ne portait d'ordinaire pas de pistolet : il n'aimait pas ça, et il en avait peur. Une arme à feu représentait toujours une tentation et une menace supplémentaire, en particulier dans les mains de qui ne s'en servait, comme lui, qu'au champ de tir. C'est pourquoi, sauf s'il y était obligé, il la laissait toujours dans l'armoire blindée du commissariat. Mais il s'inquiétait d'une possible deuxième visite des gangsters de la veille, et il se sentait tenu de disposer d'une assurance supplémentaire.

Sur le chemin de la maison, il pensa à Kochan. L'adjoint aurait-il pu pour de bon frapper sa femme ? Il était saoul. Ce sont des choses qui arrivent. Le travail dans la police, en particulier dans leur direction, était extraordinairement stressant. Certains ne tenaient pas le coup. Ils craquaient. Ou peut-être était-ce l'alcool ? Kochan avait pris la veille une muflée monstrueuse…

Il faudra être vigilant, décida-t-il.

Chapitre 13

Les étudiants avaient déménagé. Aucune surprise, à vrai dire, pour Mortka. Après ce qui s'était passé, et ce qu'ils avaient entendu de sa bouche et de celle de Kochan, disparaître était la solution naturelle.

Ils avaient emporté leurs portables et l'essentiel de leurs vêtements. Ne restaient que les livres, des souvenirs de pacotille et autres babioles de vacances qui, visiblement, n'avaient pu trouver place dans leurs sacs à dos. Mortka ne savait pas s'ils viendraient un jour les reprendre.

Il prit conscience avec étonnement du peu de choses qu'il savait d'eux. Il se souvenait de leurs noms, d'où ils venaient et de ce qu'ils étudiaient, mais c'était tout. Il ne connaissait même pas leurs numéros de téléphone.

Il était fatigué. Il s'assit sur le canapé et avala deux cachets d'Ibuprome. Il eut du mal à ne pas céder à la tentation de se coucher. Il savait que s'il se permettait ne serait-ce qu'une courte sieste, il ne se relèverait plus avant le soir. Il se lava, se rasa et enfila un costume propre. Il espérait que cela suffirait pour qu'il cesse de puer l'alcool mal digéré.

Il mangea deux petits pains avec du jambon, arrosés d'une boisson énergisante. Il se sentait un tout petit mieux, mais ce n'était tout de même pas son meilleur jour. Il décida cependant d'aller parler avec les Korzeniowski.

En sortant de la cage d'escalier, il remarqua deux balaises chauves. Avant qu'il ait pu réagir, un troisième, un chevelu en blouson de cuir, lui barra la route.

— Salut, poulet, dit-il. Il y a quelqu'un qui veut te parler.

Mortka plissa des yeux. Il dépassa le type en blouson en le bousculant légèrement du coude. Le chevelu l'attrapa par le col.

— Tu n'as pas entendu ? Quelqu'un veut te parler. C'est clair, dis, poulet ?

— Va te faire voir, pourriture, où je te casse les dents ! lança-t-il à son agresseur.

— Oh, mais c'est que le petit poulet veut aboyer… Il va falloir punir le petit poulet.

Les deux chauves s'approchèrent. Mortka sentit ses genoux faiblir. Il savait qu'il n'aurait pas le temps de sortir son pistolet et qu'il n'avait aucune chance à un contre trois dans une bagarre à mains nues.

— Bruno ! Bruno ! cria quelqu'un plus loin.

Le balaise en blouson de cuir hésita. Mortka regarda dans la direction d'où venait la voix : un autre type s'approchait. Plus âgé, en manteau de laine, pantalon noir et gros pull blanc.

— Bruno, du calme, nom d'une pipe ! lança l'inconnu.

Il avait dans les quarante ans, peut-être un peu plus. Bien bâti, une allure sportive, légèrement bronzé, soigné comme un client régulier de salle de gym et de solarium. Il émanait de lui une délicate senteur d'eau de toilette pour homme. Il avait un visage agréable et avenant. Seuls les yeux détonnaient, des yeux de serpent regardant une proie.

— Mais qu'est-ce que tu fabriques, Bruno ? dit-il.

— Cet animal ne voulait pas…

— Mais quel animal, bon Dieu, Bruno ? (L'homme donna une tape à Bruno.) C'est Monsieur l'inspecteur, pour te servir, mon garçon.

Bruno hochait la tête, incertain.

— Demande pardon à Monsieur l'inspecteur, ordonna l'homme.

Bruno se rengorgea avant de mettre un mouchoir sur sa fierté.

— Pardon, Monsieur l'inspecteur.

— Mais voilà, Bruno, très bien, le félicita le bronzé. Et maintenant, pousse-toi un peu. Monsieur l'inspecteur et moi avons à parler au calme.

Obéissant, Bruno recula de trois pas. Les deux chauves, la mine fermée, se placèrent derrière lui.

— Excusez ce malentendu, inspecteur. Je m'appelle…

— Je sais comment tu t'appelles, coupa Mortka. Krzysztof Borzestowski.

— C'est bien moi.

Borzestowski tendit la main avec un léger sourire. L'inspecteur ne réagit même pas. Le gangster haussa les épaules et rangea sa main dans sa poche.

— On fait un saut jusqu'à un café. Je vous invite à déjeuner, une bière ? Il y a plusieurs endroits chouettes. Sans parler de la Galerie Mokotow…

— Non.

Borzestowski se gratta le nez. Il avait l'air amusé.

— Je comprends, inspecteur. Nous pouvons bavarder ici, dans le froid.

— Qu'est-ce qui te fait dire que je veux discuter avec toi ?

— Nous avons une affaire en commun.

— Non.

Borzestowski prit soudain une mine grave.

— Si. Sauf que vous ne le savez pas encore. Il s'agit de l'incendie d'aujourd'hui.

Mortka se pétrifia.

— Les deux garçons qui sont morts... continua Borzestowski, c'étaient mes neveux. Vous ne saviez pas ?

L'inspecteur fit non de la tête. L'information était une mauvaise surprise. Un nouvel élément dont il ne savait encore quoi faire. Kameron connaissait Borzestowski, et Korzeniowski aussi. Était-ce la piste qui leur manquait ?

— Szymek, c'est mon demi-frère, expliqua Borzestowski. Même mère, pères différents. Le mien est mort d'avoir trop bu. Elle s'est donc choisi un autre homme. Même genre d'ivrogne. Un miracle que tous les deux soyons devenus des gens convenables.

— Vraiment ?

Borzestowski fit semblant de n'avoir pas entendu.

— Szymek n'a rien à voir avec ce que je fais. Je me suis occupé de lui depuis tout petit, et il a toujours été à l'écart de mes affaires. C'est un type réglo. Il paye même l'eau, le gaz et l'électricité. Quant aux garçons, Bartek et Kamil... Je n'ai pas d'enfants, inspecteur, et ces deux-là, je les aimais comme s'ils avaient été mes fils. Vous comprenez ? Je leur avais même ouvert un compte pour qu'ils aient, le jour venu, de quoi partir étudier à Oxford ou à Harvard. Quand j'ai entendu ce matin ce qui s'était passé… (Il hocha la tête.) Vous me comprenez, inspecteur, n'est-ce pas ? Vous-même, vous avez deux garçons.

Mortka serra les poings. Borzestowski recula d'un pas et leva un bras en défense.

— Excusez-moi, inspecteur. Ce n'est pas ce que je voulais dire. Croyez-moi. Je voulais… Oublions plutôt cette parole malheureuse, d'accord ?

— Qu'est-ce que tu veux ? grogna Mortka.

— Je veux mettre la main sur le fils de pute qui a tué mes neveux, inspecteur. Et vous allez m'aider.

— Non.

Borzestowski ne montra aucune déception. Comme s'il s'était attendu à cette réponse.

— J'ai beaucoup entendu parler de vous, inspecteur, rien qu'en bien. Sérieux, honnête, rapide… Pragmatique, et qui ne se laisse pas souffler dans les bronches. Un foutu bon flic. Un molosse qui ne lâche jamais. S'il y en avait davantage, des comme vous, les comme moi auraient la vie dure.

Le compliment inattendu sonnait étrangement. Mortka n'aurait jamais cru entendre ce genre de paroles sortir de la bouche d'un des plus grands gangsters de Varsovie.

— Mais il n'y a rien de tordu dans ma proposition. Elle serait même conforme à votre code personnel de l'éthique. Vous avez un salaud qui met le feu à la maison de mon frère avec mes neveux dedans. Bartek et Kamil sont morts. Ils ont brûlé. Vous chopez ce pyromane, et après ? Dites-moi, la main sur le cœur, combien il va prendre ? Avec un bon avocat, on ne lui collera même pas quinze ans. Et avec un très bon, il ira chez les fous. Est-ce la punition méritée pour une pareille ordure ?

La question resta en suspens entre eux, puis Borzestowski continua.

— Trouvez-le-moi. Et vous n'aurez plus rien à faire. Juste un signe. Je m'occupe du reste. Vous ne saurez rien, vous n'aurez pas à vous poser de questions, vous n'aurez aucun remords. Et vous savez ce que vous aurez en prime ?

— Non.

— Un citoyen reconnaissant de plus, et le sentiment du devoir accompli.

Mortka était surpris par la proposition.

— Non, répondit-il à nouveau.

Un frisson parcourut le visage de Borzestowski. Il saisit l'inspecteur par sa veste et l'attira contre lui.

— Écoute-moi bien, salopard, tu vas me le donner, gronda-t-il.

Mortka se dégagea. Bruno se tenait de côté, suivant le développement de la situation et prêt à passer à l'action au moindre signe de son chef.

— Non, répéta le policier.

— Tu sais bien que je finirai par l'avoir ! Si ce n'est pas maintenant, ce sera en prison.

Mortka se rapprocha du gangster au point de sentir son souffle parfumé aux cigarettes mentholées.

— Qu'à cela ne tienne, dit-il. Mais ce sera alors le problème de la pénitentiaire, et pas le mien.

— Tu vas le regretter.

— Tu me menaces ? Tu sais que menacer un fonctionnaire en service peut t'envoyer à l'ombre ?

Borzestowski eut un sourire feint.

— Mais personne ici ne menace personne. Bruno, tu as entendu quelqu'un menacer quelqu'un ?

— Ah, non. À moins que Monsieur l'inspecteur ne vous ait menacé. C'est ça que j'ai entendu ?

— Monsieur l'inspecteur ne m'a pas menacé.

— Alors je n'ai rien entendu.

— Tu vois, inspecteur. Personne n'a menacé personne. J'ai des témoins. Et toi ?

Mortka haussa les épaules, fit demi-tour et se dirigea vers sa voiture. Son cœur battait comme un tambour. Il s'attendait à ce qu'un des types de Borzestowski lui fonce dessus, le jette à terre et le roue de coups.

Quand il monta dans sa voiture, les gangsters étaient toujours devant sa cage d'escalier. Borzestowski fumait une cigarette mince. Lorsque Mortka démarra, le gangster lui fit un signe d'adieu.

Les Korzeniowski s'étaient réfugiés chez des parents à eux dans le quartier de Bemowo. Mortka s'y rendit en se frayant un chemin au milieu d'embouteillages. Il s'efforçait de se calmer. Borzestowski l'avait plus énervé qu'il ne voulait se l'avouer. La personnalité du gangster traversait toute l'enquête comme un mauvais esprit. D'où connaissait-il l'adresse de Mortka ? C'était encore plus inquiétant que toute la rencontre.

C'est à ce stade de ses réflexions que son téléphone sonna. Mortka ne put l'extraire qu'à grand-peine de sa poche, au prix de contorsions qui manquèrent de le faire déraper.

— Mortka.

— Salut, le Kub ! (Il entendait dans l'écouteur la voix excitée de Kochan.) J'ai une vraie bombe. Korzeniowski…

— C'est le frère de Borzestowski.

Mortka termina la phrase de son collègue. Kochan, stupéfait, se tut quelques secondes.

— Comment tu sais ? balbutia-t-il.

— Je viens de rencontrer cet enfoiré. Il m'attendait en bas de chez moi.

— Tu blagues ?

— Pas le moins du monde.

— Qu'est-ce qu'il te voulait ?

— Que je lui trouve le pyromane qui a tué ses deux neveux.

— Oh, putain ! jura Kochan. Ils vont tout nous foutre en l'air.

Mortka pensait la même chose. Quoique… Il songeait parfois qu'il leur manquait dans la police quelques crânes rasés qui sauraient comment mener un interrogatoire et faire sortir les réponses à coups de poing.

— Il faut les surveiller et, au moindre écart, les boucler de manière prophylactique, le plus longtemps possible.

— Compris. Je passe le message aux collègues.

— Bien. Et tu as trouvé autre chose sur Korzeniowski ?

— Hélas non, le Kub. Quelques PV, d'ailleurs payés à temps. C'est tout.

— Il a quoi, comme voiture ?

— Tu as toujours en tête l'Opel Vectra devant la maison des Kameron ? Désolé, collègue. Encore chou blanc. Il a une 407 Peugeot.

L'inspecteur n'espérait pas de meilleure réponse, mais fut quand même déçu.

— Merci, fit-il avec aigreur.

Ils raccrochèrent.

À la hauteur de la galerie marchande Arkadia, le téléphone de Mortka sonna de nouveau.

Cette fois, l'appareil était sur le siège à côté. L'inspecteur n'eut pas à répéter sa gymnastique risquée.

— Mortka.

— Bonjour. Jaroszlaw Sztoch, des Assurances EFI.

— Je ne suis pas intéressé, lança l'inspecteur, et il raccrocha.

Il n'avait pas reposé l'appareil que la sonnerie retentissait de nouveau. Il regarda l'écran. Le même numéro.

— Vous n'avez pas dû me comprendre. Primo, je ne suis pas intéressé. Deuzio, je n'ai pas les moyens, gronda-t-il dans l'écouteur.

— Je vous appelle pour autre chose, répondit précipitamment Sztoch. Je voulais parler de Jan Kameron.

Au même moment, un policier de la circulation lui fit signe avec son bâton. Le fonctionnaire avait vu Mortka parler au téléphone en conduisant. L'inspecteur jura à voix basse et se rangea docilement contre le trottoir.

— De Kameron ? demanda-t-il.

— De Jan Kameron. À ce que je sais, c'est vous qui suivez le dossier de sa mort et de l'incendie de sa maison.

— C'est exact.

Mortka observait dans le rétroviseur le policier qui s'approchait de la voiture.

— C'était notre client, ajouta l'homme de l'assurance.

L'inspecteur se dit que Kameron avait souscrit une assurance sur la vie ou sur la maison. Dans de tels cas, les compagnies contactaient la police pour exclure toute tentative de fraude. Une procédure de routine.

— Quelqu'un a déclaré le dommage ? demanda-t-il.

— Katarzyna Budna, au nom de Klaudia Kameron. Et ?

— Rien. Envoyez-moi un mail et je vous répondrai dès que j'aurai le temps.

— Je préférerais vous parler en personne.

— Cela va être difficile. Je suis très occupé.

— Moi aussi, monsieur l'inspecteur. Quand aurez-vous le temps ?

Le policier de la circulation frappait à la vitre. Il avait l'air irrité. Mortka lui fit signe d'attendre.

— On ne peut vraiment pas régler ça par mail ?

— Vraiment pas, monsieur l'inspecteur. Dites-moi une heure et un lieu.

Mortka regarda sa montre. Les gens des assurances avaient parfois des informations intéressantes qu'ils partageaient volontiers. Il serait dommage de gâter de bonnes relations. Il conclut que puisqu'il devait de toute façon déjeuner, il pourrait en profiter pour rencontrer Sztoch.

— D'accord, dans deux heures au McDo de Bemowo. C'est possible ?

— Je vous y attendrai.

L'autre raccrocha. Mortka jeta le téléphone sur le siège et ouvrit sa vitre.

— Vos papiers, s'il vous plaît, fit le policier de la circulation.

— Excusez-moi, j'avais un coup de fil important.

La remarque ne fit par la moindre impression sur le fonctionnaire.

— Vos papiers, répéta-il.

Mortka porta la main à sa poche, en sortit sa carte de service qu'il tendit à l'agent. Celui-ci, l'apercevant, salua. Sa hargne avait disparu comme sous l'effet d'un coup de baguette magique.

— Bonne route, inspecteur.

— Merci. Encore une fois, excusez-moi.

— Pas de problème. Je pensais être tombé sur un bouseux quelconque.

Le policier retourna à son véhicule. L'inspecteur finit par arriver sans encombre.

Mortka se trouvait dans la cuisine d'un T3, petite à vous rendre claustrophobe, et il regardait les yeux morts d'un homme qui avait tout perdu. Szymon Korzeniowski remuait un thé brûlant avec une petite cuillère en argent. Il était comme un cadavre vivant : pâle, absent, plongé dans le vide.

Sa femme était couchée sur le canapé de la pièce voisine. Elle n'était pas en état de parler. Assommée par des tranquillisants, elle dormait enroulée sur elle-même, comme morte. Ses parents, un couple de petits vieux écrasés par le poids de l'instant, la veillaient patiemment. Mortka lut dans leurs regards la crainte que leur fille ne se fasse du mal.

L'appartement entier était plein d'une souffrance inexprimable qui alourdissait l'air ambiant. Mortka savait d'expérience que c'était le calme qui précède la tempête.

Ils ne croyaient pas encore pleinement à ce qui leur était arrivé. Ils gardaient encore l'espoir qu'il s'agissait d'un cauchemar dont ils allaient se réveiller. Lorsqu'ils perdraient cet espoir, la douleur éclaterait avec une nouvelle force et les précipiterait dans une détresse noire.

— Nous aurions dû être absents, dit Korzeniowski au bout d'un long moment.

Mortka frémit malgré lui.

— Nous aurions dû être absents, répéta l'homme. Nous devions partir faire du ski dans les Alpes, toute la famille, mais les garçons ont attrapé une angine et nous avons dû annuler. J'ai pensé alors… j'ai pensé alors… (sa voix se brisa)… que c'était un vrai malheur, acheva-t-il presque en murmurant.

Donc, encore un hasard, se dit Mortka. *La poisse, un malheureux méchant concours de circonstances qui a fait qu'au lieu de descendre les pistes ils sont restés à Varsovie. Le pyromane ne voulait vraiment pas faire de mal à qui que ce soit. Voilà pourquoi il avait choisi cette maison. Il devait ne s'y trouver personne.*

— Qui était au courant de votre voyage ?

— Moi, Martyna, les beaux-parents, les collègues de travail, les voisins, tout le monde.

— Et qui savait que finalement vous n'étiez pas partis ?

— Quelle importance ? s'étonna Korzeniowski.

Il ne ressemblait pas à son frère. Il avait un corps mince auquel était associée, comme par plaisanterie, une tête trop grosse avec un front très haut, ornée de lunettes à fine monture métallique. Il portait les cheveux coupés court. Il avait l'air d'un intellectuel, mais se comportait différemment. Il avait des gestes d'homme du grand monde, d'un homme qui fait carrière, ce qui n'allait pas du tout avec son aspect malheureux. Mortka se le représentait arpentant des couloirs de gratte-ciel, vêtu d'un costume impeccable, une serviette en cuir à la main, débordant d'assurance. Ce qu'il avait dû être un jour. Mais il n'était plus qu'un paquet de nerfs planant au-dessus d'un précipice.

— Ça a de l'importance. Qui savait que vous aviez annulé votre départ ?

— Les mêmes. Les collègues de travail se sont étonnés quand je suis revenu au bureau malgré mes congés.

— Où travaillez-vous ?

— Dans une boîte de consultants, la Safix. J'en suis coactionnaire. Nous nous occupons principalement de mettre en œuvre des projets d'outsourcing et de stratégie marketing.

— Vous connaissiez peut-être Jan Kameron ?

L'homme fit non de la tête.

— Mariusz Wyrwa ?

— Non plus.

— La société Komistex ?

Il fronça les sourcils, cherchant intensément.

— Malheureusement, cela ne me dit rien, avoua-t-il enfin.

Raté, se dit Mortka, irrité. Il gardait espoir que ces incendies volontaires ne soient pas l'œuvre d'un dément, mais qu'ils cachent un motif, une idée ou un plan.

— Vous avez peut-être des ennemis susceptibles de vouloir mettre le feu à votre maison ?

— Non.

— Vous en êtes sûr ?

— Oui.

— Et votre frère ?

Szymon Korzeniowski se pétrifia.

— Mon frère… répondit-il après un moment. Je n'en sais rien. Je suis bien conscient qu'il travaille à la limite de la loi…

— À la limite de la loi ? Vous savez ce qu'il fait réellement, qui il est ?

L'homme sortit la petite cuillère du verre de thé et la posa sur la soucoupe. Il eut un sourire triste.

— Même si c'était le cas, vous ne croyez tout de même pas que je vais me mettre à débiner Krzysztof ? Vous savez, monsieur l'inspecteur, vous pouvez penser de lui ce que vous voulez. Mais je le défendrai toujours. C'est lui qui m'a élevé et m'a permis de démarrer dans la vie.

— Et si c'étaient ses ennemis qui avaient mis le feu chez vous ?

— Ils n'auraient jamais fait ça.

— Comment en êtes-vous si sûr ?

— Vous semblez ne pas connaître Krzysztof, inspecteur. Personne ne toucherait à un de mes cheveux ou à ma famille avant de s'être assuré à trois reprises au moins qu'il est bien mort. Et je suis sûr que Krzysztof reçoit en ce moment même des coups de téléphone de ses ennemis les plus acharnés qui lui assurent n'y être pour rien.

Korzeniowski pouvait avoir raison. Ce n'était pas nécessairement l'œuvre d'un gangster. Cet incendie aurait pu être une forme d'avertissement, mais alors l'auteur aurait pris soin de s'assurer que Borzestowski comprenne d'où il venait. Or, puisque Borzestowski avait demandé de l'aide à Mortka, c'est qu'il n'avait pas la moindre idée de qui avait pu mettre le feu à la maison de sa famille.

L'inspecteur gardait toutefois le sentiment que Borzestowski pouvait être la clef de l'affaire. Kameron le connaissait, Korzeniowski était son frère. Peut-être les propriétaires des deux autres maisons avaient-ils aussi un lien avec lui ? Mortka eut du mal à se retenir de sortir son carnet pour noter l'idée.

— Et vous ? Vous n'avez jamais travaillé dans la même branche que votre frère ?

— Bien sûr que non ! Et si Krzysztof apprenait que je fais quelque chose d'illégal, il deviendrait fou furieux. Et là, c'est moi qui aurais peur de lui.

L'inspecteur sentit que Korzeniowski parlait sincèrement. Il était trop fatigué et désespéré pour mentir.

— Vous n'avez rien remarqué dernièrement de suspect ? D'étrange ?

— Si ce n'est que Dieu s'en est pris à nous ?

— Pardon ?

— Et comment expliquez-vous que les garçons aient attrapé une angine juste pour mourir brûlés ?

Mortka ne sut que répondre.

— Hier, vous n'étiez pas à la maison, reprit-il après un temps de silence.

Des larmes brillèrent dans les yeux de Korzeniowski.

— Des amis nous avaient invités à dîner. Cela s'est un peu prolongé. Mon Dieu… Ah, si nous avions refusé…

Il se mordit le poing.

— Ce n'est pas votre faute.

— Vraiment ? La faute à qui, alors ? Les enfants étaient malades, et au lieu de rester à la maison avec eux, j'ai préféré aller chez des amis. Mon Dieu… Martyna voulait rester, mais je l'ai persuadée qu'on pouvait au moins sortir un peu, puisque nous ne partions plus dans les Alpes… Je ne me le pardonnerai jamais…

Il se mordit à nouveau le poing. Mortka craignit cette fois que le sang coule.

— Jamais elle ne me le pardonnera… Mon Dieu… Elle ne me le pardonnera pas… Comment je demanderais pardon ? Comment je pourrais lui expliquer ?

Korzeniowski regardait Mortka avec des yeux terrifiés, comme si Mortka avait la réponse à sa question.

— Je pense que votre femme comprendra. Ce n'est pas votre faute, dit-il tout en entendant que sa voix sonnait faux.

— Elle ne comprendra pas. Vous ne la connaissez pas. Elle ne comprendra pas ça.

Korzeniowski avait l'air de plus en plus terrifié. Il regardait nerveusement autour de lui.

— Vous devriez prendre un calmant, conseilla Mortka.

À peine achevait-il sa phrase que, tel un esprit bienveillant, la belle-mère s'approchait de Szymon Korzeniowski. Elle tenait dans sa paume une pilule verte. L'homme la prit et l'avala rapidement en fermant les yeux.

Mortka se leva, prit dans son portefeuille une carte de visite qu'il posa sur la table.

— Si quelque chose vous venait à l'esprit, vous pouvez m'appeler à toute heure du jour et de la nuit.

Korzeniowski prit le carton qu'il considéra longuement. Puis il le reposa. Il eut un profond soupir, se recula sur sa chaise et fixa, les yeux vides, un point derrière l'épaule de l'inspecteur.

La belle-mère raccompagna Mortka jusqu'à la porte. L'inspecteur lui remit à elle aussi une carte de visite.

— À tout hasard, dit-il.

— Merci, monsieur l'inspecteur.

Elle lui ouvrit la porte.

— Monsieur l'inspecteur…

— Oui ?

— Attrapez celui qui a tué mes petits-enfants.

— Je l'attraperai. Je le promets.

Il savait qu'il devrait tenir une telle promesse.

À peine l'inspecteur était-il entré chez McDonald's qu'il était accroché par un homme grassouillet d'âge moyen, à la calvitie naissante. Bien que portant une chemise blanche et un costume repassé de frais, il ne faisait pas bonne impression. Un teint luisant, de rares cheveux gras, un léger tremblement des mains et une forte odeur de cigarette lui donnaient un aspect repoussant.

— Inspecteur Mortka ? demanda-t-il d'une voix délicate, presque féminine.

— Oui.

— Dieu merci ! dit l'inconnu avec soulagement. Un quart d'heure que je passe pour un pédé en accostant tous les hommes seuls qui entrent ici. Jaroslaw Sztoch. Nous avons rendez-vous.

L'agent d'assurances serra si fortement la main tendue de l'inspecteur qu'on eût cru qu'il voulait lui briser les doigts.

— Asseyez-vous quelque part, d'accord ? proposa l'inspecteur. Je vais m'acheter quelque chose à manger.

— Ah.

L'agent d'assurances prit place à une table pour deux près d'une fenêtre. Il tira d'une sacoche en cuir un paquet de papiers noircis de texte imprimé petit qu'il commença à parcourir lentement. Entre-temps Mortka avait commandé un menu Big Mac. Une agréable et jeune serveuse posa sur son plateau un Coca, le Mac et des frites, avant de le remercier poliment et de lui adresser un sourire chaleureux. Le policier se demanda s'il devait lui donner un pourboire, mais la fille adressait déjà un regard interrogateur au client suivant.

L'inspecteur vint s'asseoir devant Sztoch et déballa son déjeuner.

— De quoi vouliez-vous me parler ? demanda-t-il. Je comprends que M. Kameron était assuré chez vous, sur la vie ou pour la maison.

— Pour la maison, sur la vie ? Assuré peut-être, mais pas chez nous, inspecteur. Il avait assuré chez nous une collection de tableaux.

Mortka se rappela ce paysage de Wyczolkowski accroché dans le bureau de Kameron. Pour lui, ça ne faisait pas grande différence avec les illustrations des calendriers, mais il n'avait jamais prétendu non plus s'y connaître en art. Il lui fallait toujours vérifier le nom du peintre, qui toujours lui sortait de la tête.

— Kameron était collectionneur ?

— Vous ne saviez pas ? s'étonna l'agent d'assurances. Oui, Jan Kameron était collectionneur. Pas très connu, mais il avait chez lui un Wyczolkowski, des Kossak, des Gierymski, un Falat, et même un Malczewski.

Mortka avait entendu parler de Malczewski et de Kossak. Les noms des autres ne lui disaient rien.

— Ce n'étaient pas des œuvres dignes de figurer au Musée national de Varsovie ou de Cracovie, mais je pense qu'à Lodz ou à Katowice on les aurait acceptées avec des baisemains. Kameron collectionnait principalement les classiques du XIXe et du début du XXe. D'où ce mélange de réalisme, de scènes de bataille, de romantisme et d'Art nouveau, qui n'était pas sans charme. Comme nous avons assuré cette collection pour une somme non négligeable et qu'on nous a déclaré qu'elle avait été détruite par un incendie, je suis obligé de venir vous en parler.

Mortka prit le gobelet en carton qu'il fit tourner entre ses mains.

— Quelle était la valeur de ces tableaux ? s'enquit-il.

— Difficile à dire, inspecteur, répondit légèrement Sztoch. Les prix des ventes aux enchères sont très variables, et il s'y passe des choses bien étranges.

Une croûte pourra se vendre pour plusieurs centaines de milliers de zlotys, quand de véritables petits chefs-d'œuvre partent pour quelques milliers ou dizaines de milliers de zlotys. Nous avions accepté d'assurer la collection de M. Kameron pour trois millions de zlotys.

Mortka eut un sifflement d'admiration.

— Ça valait tant que ça ?

— Une partie de la collection appartenait déjà à la famille de M. Kameron, et il avait acheté lui-même des tableaux à l'époque, si je peux dire, de sa splendeur. Il nous a donc semblé que la collection valait cet argent.

— Joli.

— Comme vous l'imaginez sans doute, je veux savoir s'il existe des éléments qui justifieraient un non-paiement d'indemnisation.

Mortka continuait à jouer avec son gobelet.

— Non, dit-il. Il n'y en a pas. C'est l'acte d'un pyromane. Gardez l'information pour vous, mais le même incendiaire a mis le feu à une autre maison du quartier, et sans doute à deux autres encore. Je ne peux pas vous révéler comment nous en sommes arrivés à cette conclusion, mais croyez-moi, nous sommes en mesure de le prouver. Pour ce qui est des tableaux, il est possible qu'ils aient été volés avant l'incendie. C'est pourquoi je vous demanderai de me faire parvenir une liste des œuvres que vous avez assurées. On cherchera s'ils n'ont pas été écoulés quelque part.

— Bien entendu, monsieur l'inspecteur. Puis-je vous demander votre mail ?

Mortka donna sa carte de visite à l'agent d'assurances et réattaqua son Big Mac.

— Si je comprends bien, c'est l'œuvre d'un pyromane fou ? demanda l'assureur pour confirmer.

L'inspecteur reposa son bout de pain. Il regarda autour de lui, vérifiant que personne ne les écoutait, puis il se pencha.

— C'est vous qui le dites. Et moi je ne dis pas le contraire. Vous savez ce que c'est aujourd'hui… Le bien de l'enquête avant tout.

Sztoch se gratta le nez, puis nota quelque chose en marge d'une feuille.

— L'affaire est donc malheureusement assez claire, remarqua-t-il.

— Eh oui, confirma l'inspecteur en croquant une frite.

— Mais bon, je ne m'attendais au fond pas à autre chose. Même si mon chef ne va pas être content.

— Et pourquoi ?

Sztoch eut un sourire de biais.

— Vous savez comment c'est dans ce métier. S'il y a le moindre prétexte pour refuser de verser quelques malheureux milliers de zlotys à un pauvre type, on y va. Alors, pour trois millions, vous pensez !

L'agent d'assurances se leva et rangea ses affaires.

— À tout hasard, je vous laisse mon numéro de téléphone. S'il y avait du nouveau, je vous serais reconnaissant de m'appeler. D'accord ? demanda-t-il. De toute manière, nous restons en contact.

Mortka acquiesça. L'agent d'assurances posa devant lui sa carte de visite, puis se dirigea vers la sortie. L'inspecteur termina tranquillement de déjeuner et sirota son Coca en réfléchissant.

Kameron était collectionneur d'art. Quel sens cela pouvait-il avoir ? Par rapport à l'incendie, aucun, mais l'affaire était différente si on considérait son assassinat. Il fallait examiner la liste des tableaux, contrôler les receleurs, le milieu criminel de l'art. Il n'y était pas bien introduit, et les vols de tableaux, surtout ceux exécutés sur commande, étaient parmi les plus difficiles à élucider. Néanmoins, il espérait que la chance lui sourirait.

Mortka revint au commissariat. Il tombait de fatigue, mais il avait encore plusieurs choses à régler et ne voulait donc pas rentrer chez lui. Il trouva Kochan dans son bureau. Il lui résuma ses rencontres et ses conversations de la journée. L'adjoint lui répéta que l'on n'avait rien trouvé de suspect à propos de Korzeniowski.

— Sauf que Szymon, c'est le frère de Krzysztof Borzestowski, grommela Mortka.

— Sauf que… reconnut Kochan. Ah, j'ai quelque chose pour toi.

L'adjoint donna à Mortka une feuille pliée en deux.

— C'est quoi ?

— L'accord du juge pour lever le secret bancaire sur les comptes des Kameron. J'ai appelé là où il fallait, et j'ai rendez-vous demain à huit heures avec son gérant. Nous connaîtrons la situation des comptes et autres actifs, parce que Kameron avait tout au même endroit.

— J'irai moi-même, décida Mortka.

Kochan se contenta de hausser les épaules.

— Comme tu voudras. L'adresse et tous les détails sont sur la feuille. J'ai aussi parlé avec la légiste, la nouvelle. Une sacrée bête, soit dit entre nous. Elle a déjà fait l'autopsie des gamins.

— Et alors ?

— Les garçons sont morts d'asphyxie par gaz carbonique. Elle dit qu'ils sont morts dans leur sommeil, avant que n'arrivent les flammes. Une mort très douce.

— Ce n'est pas ça qui va consoler les parents.

Mortka s'assit devant son ordinateur. Il dut attendre longtemps avant que celui-ci accepte de démarrer. Puis il inséra un CD de photos, et les cinq minutes suivantes, il se bagarra avec le programme graphique avant de réussir enfin à visionner les images.

Il tomba d'abord sur les photos des enfants brûlés et se souvint de la fille de Wyrwa. Comme lorsqu'il avait entendu parler de sa maladie, il éprouvait la peur que ces souffrances de cauchemar puissent frapper ses propres enfants. La peur se muait ensuite en soulagement parce que la tragédie avait touché quelqu'un d'autre. Scrutant les visages des badauds qui entouraient la maison en flammes, il réalisa qu'il n'était pas le seul à réagir ainsi. Et il eut honte. De lui-même, et pour les autres.

L'examen de toutes les photos lui prit une demi-heure. Quand il eut terminé, il s'étira sur sa chaise. Il ferma les yeux et songea qu'il devait rentrer chez lui. Mais quelque chose le retenait.

Il redémarra le programme. Cette fois, il étudia les photos plus lentement et beaucoup plus attentivement. Il n'avait rien remarqué la première fois, mais il avait le sentiment que quelque chose lui échappait. Son doigt cliquait tout seul pour faire défiler les clichés. Il se frotta les yeux. Voilà ! Dans la foule de badauds. Un homme. L'allure musclée d'un sportif. Pourquoi n'y avait-il d'abord pas prêté attention ? s'interrogea-t-il. Justement parce qu'il avait le profil du coupable ? Non, il y avait autre chose. L'expression du visage. On y lisait une émotion qui ne se retrouvait chez personne d'autre sur la photo. Une sorte de terreur. Une terreur née d'un… sentiment de culpabilité ?

Brodka avait dit que les pyromanes ne voulaient jamais faire de mal à personne, et que si quelqu'un mourait, c'était en général dû au hasard. Était-ce le cas ici ? Il regardait comme hypnotisé le personnage sur l'écran.

Tu as mis le feu à la maison. Tu as pris tes précautions. Tu as d'abord répandu des produits incendiaires, et ensuite tu as lancé un cocktail Molotov. Tu t'es enfui, mais tu es revenu par un autre chemin pour contempler ton œuvre. Tu t'es caché parmi les badauds. Et voilà que les pompiers sortent deux garçons. Alors que la maison devait être vide, c'est ça ? En tout cas, c'est ce que tu croyais. Il ne devait rien arriver à personne. Et qu'est-ce que tu ressens ? De la terreur, c'est ça ?

— Kochan, viens par ici, appela Mortka.

L'adjoint rejoignit son collègue. Mortka agrandit la partie de la photo où se trouvait l'homme. Kochan l'examina attentivement.

— Ça colle, dit-il après un temps.

— Pour moi aussi.

— Tu le connais ?

— Non. Ce n'est aucun des voisins avec qui j'ai parlé.

Mortka saisit son téléphone et composa le numéro de Skalski. Le sergent décrocha à la troisième sonnerie.

— J'écoute, inspecteur.

— Cliché numéro DS1134.

— Un instant… Je ne suis pas devant mon ordinateur.

— Tu y seras quand ?

— D'ici cinq minutes. Vous pouvez peut-être m'envoyer la photo par mail ?

— Sûr.

— Skalski21@poczta.onet.pl. Je suis à la maison.

Mortka envoya aussitôt la photo à l'adresse indiquée. Il regarda nerveusement sa montre.

— Je pensais à un truc, réagit Kochan. Le pyromane s'est d'abord introduit dans la maison des Korzeniowski, il y a versé son napalm, après quoi il a grimpé sur le toit pour jeter le cocktail Molotov par la cheminée. Pourquoi ça ? Pourquoi tous ces détours ? Pourquoi n'a-t-il pas simplement lancé une allumette sur le plancher en sortant ?

C'était une bonne question. Pourquoi ne se la posaient-ils que maintenant ? s'affligea l'inspecteur.

— Je pense qu'il voulait que nous sachions que c'était lui, que c'était son œuvre, poursuivit Kochan. Le cocktail Molotov jeté dans la cheminée, c'est sa signature.

— Oui, mais pourquoi est-ce si important pour lui ?

— Je n'en sais rien, le Kub, c'est une question pour la chamane.

Le téléphone sonna. Mortka décrocha.

— Skalski. J'ai la photo.

— Le type à gauche. Le jeune. En blouson noir et casquette en tissu.

Silence. On n'entendait dans l'écouteur que le bruit de l'ordinateur au travail et la respiration du policier.

— Je le vois, reprit Skalski.

— C'est qui ?

— Eh… je n'en sais rien. Je ne le connais pas, il ne me dit rien.

— Agrandis la photo, imprime-la et fais le tour du quartier avec. Peut-être qu'un des voisins saura. C'est peut-être un livreur de pizzas ou un commerçant du coin. Je veux connaître son nom et la raison pour laquelle il se trouvait sur les lieux.

— C'est notre suspect ?

— Je ne sais pas encore, mais aucun de nous n'arrive à le situer, et pourtant nous avons rendu visite à tous les habitants du quartier. C'est intrigant qu'en pleine nuit, en périphérie de Varsovie, on trouve dans un groupe de badauds un type qui n'a aucune raison d'être là.

— Et encore autre chose, intervint Kochan qui avait continué à regarder les photos. Je ne le vois que sur un seul autre cliché. À vue d'œil, tous les autres apparaissent plusieurs fois, plus de dix fois. Il a dû filer quand il a vu qu'on commençait à photographier la foule.

Mortka fit part à Skalski de la remarque de Kochan. Le sergent promit d'identifier au plus vite l'homme mystérieux sur la photo.

L'inspecteur mit fin à la conversation et rangea son téléphone. Il souriait dans sa barbe. Peut-être était-il d'un optimisme excessif, mais il sentait qu'il était tombé sur quelque chose. Même si ce quelque chose n'était qu'une photo un peu floue. Il parvint à la conclusion qu'il méritait d'aller se reposer.

Cette nuit-là, il rêva l'incendie chez les Kameron. Il se trouvait chez eux. Se tenant de côté, il regardait les flammes ramper de la cheminée et avaler progressivement les meubles, lancer des tentacules vers le corps de Jan Kameron et lécher les tableaux aux murs.

Puis il se trouva à l'étage. Dans la chambre à coucher. C'était la chambre de ses fils, mais sans qu'il sût comment, elle se trouvait chez les Kameron. Les garçons dormaient, inconscients du feu qui se rapprochait. Il le leur criait, il voulait aller les secouer, les réveiller, mais il était incapable de bouger. Et même s'il avait voulu faire un pas, il n'y serait pas parvenu. Parce que les garçons étaient déjà morts. Ils étaient déjà morts. Ils avaient été asphyxiés par l'oxyde de carbone.

Il se réveilla au milieu de la nuit, épouvanté et en nage. Il se leva, alla à la cuisine boire un verre d'eau froide avant de retrouver son lit. Il ne put de longtemps se rendormir. Il ne faisait que se retourner d'un côté sur l'autre. Quand il fermait les paupières, il voyait danser des flammes.

Chapitre 14

Sans Piotr ni Agnieszka, l'appartement était désagréablement vide et calme. Il était étrange d'entrer dans la cuisine sans avoir à nettoyer aussitôt des ordures, des restes de nourriture et des mégots. Cela donnait des remords à Mortka. Ses colocataires avaient disparu, et lui n'avait toujours rien fait pour les retrouver et les aider. De plus, il venait de réaliser que s'ils ne réapparaissaient pas, il lui faudrait payer la totalité du loyer.

L'inspecteur se lava, se rasa, prit son petit déjeuner et s'habilla. Puis il sortit et se rendit à la banque de Kameron, installée dans une grande tour argentée près du centre, sur la Pulawska. On l'y accueillit dans une salle de réunion et on l'installa devant une table. Une jeune réceptionniste lui proposa café ou thé, ou de l'eau, ou un jus de fruits. Il choisit un thé. Elle le lui apporta deux minutes plus tard. Encore deux minutes plus tard apparut une jolie blonde en tailleur cendré. Elle lui tendit la main. Lui, la sienne. Elle avait une poigne étonnamment forte et assurée.

— Olga Korzen, se présenta-t-elle. Inspecteur Mortka, si je ne me trompe ?

— Vous avez deviné.

Elle le regarda attentivement. Ils devaient être du même âge. Mais elle était très soignée, et maquillée… tandis que Mortka avait une allure… disons, de divorcé. Elle ne portait pas d'alliance.

— Je m'occupais comme gérante des opérations de Bourse de M. Kameron, expliqua-t-elle. Je suis autorisée à vous transmettre des informations sur tous ses avoirs dans notre établissement. Je dois avouer que c'est plutôt excitant.

— Comment ça ?

— Collaborer avec la police. Ça ne m'est jamais arrivé.

Elle sourit et s'assit en face du policier. Elle sortit une tablette d'un élégant étui en cuir, l'alluma et la brancha à un projecteur. À l'aide d'une télécommande, elle ouvrit un rideau et fit dérouler un écran blanc. Mortka constata avec jalousie que son ordinateur s'était mis en marche en moins d'une minute.

— Vous aurez en sortant sous forme analogique toutes les informations que je vais vous présenter maintenant, annonça-t-elle.

Il ne comprit pas bien ce qu'elle voulait dire.

— Sous forme analogique ?

— Excusez-moi. (Elle sourit et rajusta une mèche qui lui était tombée sur le front.) Je veux dire, tout simplement, imprimées.

Elle lança le programme de présentation. Une suite de chiffres apparut.

— C'est la position du compte des Kameron.

Il y avait huit mille zlotys, ce qui correspondait à ce que Mortka avait trouvé chez eux. Un autre tableau s'afficha à l'écran.

— Les Kameron avaient également des bons du Trésor pour cinq mille zlotys, continua la gérante. Voilà toutes leurs économies. Il y a eu davantage, mais M. Kameron avait misé le gros de son argent à la Bourse.

Elle cliqua, faisant apparaître un nouveau tableau.

— Nous voyons ici le relevé des transactions boursières de M. Kameron. Il y en a beaucoup, donc je résume. M. Kameron avait une fortune de plusieurs millions à la fin des années quatre-vingt-dix, mais il a vendu une partie de ses actions. J'ignore pourquoi.

Mortka se dit que c'était la période où il soutenait la carrière musicale de son épouse.

— Puis c'est allé cahin-caha. Il a fait quelques opérations malheureuses. J'ai entendu dire qu'il avait placé de l'argent dans le Groupe d'Investissement Varsovie. Ça, ça a été une histoire. Vous vous en êtes peut-être occupé ?

Il fit non de la tête.

— Il aurait fallu qu'il y ait au moins un mort, essaya-t-il de plaisanter.

Elle ne comprit pas la plaisanterie.

— M. Kameron s'est aussi laissé tenter par Elektrim, poursuivit-elle. Cette société est une légende de la Bourse de Varsovie. La cessation de paiement est intervenue en 2007, et les actions ont été retirées en 2008. M. Kameron, comme nombre d'investisseurs, a espéré qu'il en sortirait bien quelque chose. Ça a mal fini pour eux. Puis il a investi dans Bioton.

— J'en ai entendu parler. L'insuline, c'est ça ?

Elle acquiesça de la tête.

— En 2006, les actions de Bioton se payaient encore au-dessus de trois zlotys, mais depuis elles n'ont fait que baisser. Elles ne valent plus que vingt ou trente groszy. M. Kameron y a laissé une vraie fortune.

— Comment est-ce arrivé ?

— Quoi ? La chute du cours de Bioton ?

— Oui.

— C'est arrivé, c'est tout, dit-elle en remontant de nouveau la mèche rebelle.

Elle était mal à l'aise. Comme tous les vendeurs, elle n'aimait pas parler des mauvais côtés de la marchandise qu'elle vendait.

— À la Bourse, ce sont des choses qui arrivent, ajouta-t-elle. Les actions étaient surévaluées. Les investisseurs espéraient des profits, mais il y a eu la crise. Vous comprenez vous-même.

Ce n'était pas le cas, mais Mortka préféra ne pas poser davantage de questions. Il craignait que des explications plus détaillées ne fassent qu'accroître le trouble dans son esprit.

— M. Kameron a tout vendu il y a environ huit mois, continua la gérante. Il a expliqué qu'il voulait prendre une participation dans une société.

— La Komistex.

— Peut-être. Il m'a juste indiqué qu'il avait en vue une affaire, l'espoir d'un nouveau départ.

— Combien a-t-il perdu en tout à la Bourse ?

Elle fronça les sourcils et baissa le regard, cherchant quelque chose sur l'écran de sa tablette.

— Il a été un des plus malchanceux joueurs que j'aie connus, commença-t-elle prudemment, lorsqu'elle se rendit compte qu'elle n'échapperait pas à une réponse. Et il avait de plus une approche totalement erronée de la Bourse. Quelqu'un l'avait convaincu qu'on pouvait s'y faire une fortune. C'est vrai. Encore faut-il s'y connaître… Mais lui me faisait penser à un joueur invétéré. Vous voyez, celui qui va au casino et ne cesse de miser sur le même numéro, persuadé qu'il finira par sortir. Il choisissait une société, par exemple Elektrim, ou justement, Bioton, et il investissait de l'argent sans tenir compte des notations, des informations ou des avis d'analystes. Je vous en parle, que vous ne vous fassiez pas une idée fausse de ce qui se passe à la Bourse. Certains peuvent tout perdre, et Kameron a été de ceux-là. Mais à mon avis, inspecteur, ce n'était qu'une pathologie. Si ça ne dépendait que de moi, j'interdirais les investissements en actions à ce genre de personnes.

— Vous ne pouviez pas faire quelque chose ?

Elle éteignit le projecteur.

— Entre nous, inspecteur… Est-ce qu'un croupier arrête le jeu quand il estime qu'un joueur a assez perdu ?

— Non.

— Voilà. (Elle fit une mine contrite.) Nous recevons notre prime indépendamment de ce que le client gagne ou perd. Cela ne me plaît pas forcément, mais les affaires doivent tourner. De plus, jusqu'à il y a peu, la loi nous interdisait de conseiller les clients. C'est autorisé depuis un certain temps, mais Kameron n'a jamais écouté personne.

Elle haussa les épaules.

— Combien a perdu Kameron ? redemanda Mortka.

— À la Bourse, environ douze millions de zlotys. Et je ne sais pas combien il a misé sur le Groupe Investissement Varsovie.

Douze millions ! Mortka n'arrivait pas à imaginer qu'on puisse avoir autant d'argent, et encore moins en perdre autant. Il se demandait comment Kameron avait pris tout cela.

— C'est beaucoup d'argent, dit-il en s'efforçant de garder un ton indifférent.

— En effet, c'est beaucoup, admit-elle, mais quelque chose dans sa voix révélait que ce chiffre ne lui faisait aucun effet.

— Merci de votre aide.

La gérante débrancha sa tablette et le raccompagna. La même réceptionniste qui lui avait apporté un thé lui remit un dossier.

— Ah, oui. Et comment marchaient ses affaires ces derniers temps ? demanda l'inspecteur. Il misait toujours ?

— Ces derniers temps… Ces derniers temps, il avait recommencé à jouer à la Bourse, répondit la gérante. Il avait investi soixante-dix mille zlotys.

— Sur quoi ?

La gérante eut un sourire mystérieux.

— Vous n'allez pas me croire… Sur Bioton.

— En effet, difficile à croire.

— Inspecteur, si vous avez un jour des liquidités, passez me voir. J'ai quelques prospects intéressants sur lesquels on peut faire du dix, vingt pour cent. Si vous êtes intéressé, appelez-moi quand vous voudrez.

Elle sortit une carte de visite. Elle écrivit au dos son numéro personnel, puis lui remit le petit bout de carton. Mortka la regarda partir. Elle avait de jolies jambes. Très jolies.

L'inspecteur arriva au commissariat à dix heures moins le quart. Il salua Kochan et alluma son ordinateur. Après une dizaine de minutes, il put consulter sa boîte mail. Il y trouva quantité d'offres commerciales, le rapport de Skalski et un message de Jaroslaw Sztoch. En annexe, il trouva la liste des tableaux assurés. Mortka l'imprima et l'emporta pour la réunion.

Cette fois, ils étaient seulement trois : Mortka, Kochan et Skalski. Chacun fit un résumé des évènements de la veille. L'inspecteur s'efforçait de garder son calme, mais il ne put cacher son enthousiasme quand ils en vinrent à la question du type mystérieux sur la photo.

— Est-ce qu'on sait déjà quelque chose à son sujet ? demanda Mortka.

Kochan et Skalski firent non de la tête.

— Les gars du commissariat chez moi font tout le quartier avec la photo et demandent aux habitants. Ils doivent me faire signe dès qu'ils auront une indication, mais pour le moment je n'ai encore aucun appel, développa Skalski.

— Paradoxalement, c'est bon signe, affirma Mortka. Si personne ne le connaît, c'est peut-être justement notre homme.

— Et la chamane alors ? intervint Kochan. Elle a dit que le pyromane devait habiter ou travailler dans le coin.

— La chamane, ce n'est qu'une chamane, elle peut se tromper.

— D'accord, inspecteur, mais… (Skalski s'interrompit au milieu de sa phrase.) Je n'en sais rien… Ce n'est qu'une photographie.

Mortka regarda Kochan sur le visage de qui se peignait la même incrédulité que chez Skalski.

— Je suis le seul à trouver bizarre qu'au milieu de la nuit un inconnu vienne se mêler aux curieux ? On ne vous a pas appris qu'un criminel revenait toujours sur le lieu de son crime ?

— On nous l'a bien appris, fit lugubrement Kochan. Mais on nous a aussi appris à ne pas s'exciter à la première foutaise venue. Il peut s'agir d'un livreur de pizzas, d'un fêtard, d'un poivrot, d'un taxi, d'un journaliste, d'un type qui s'est perdu, ou d'un prostitué mâle qui rentre du boulot. Tu sais ce que c'est, le Kub. En particulier dans ce genre d'histoires. On piétine, on cherche, on finit par trouver ce qui ressemble à une piste, on s'y accroche et on oublie le reste du monde. Après quoi, vient la déception. Toi et moi, et même Skalski, on a vécu ça déjà plus d'une fois.

Mortka donna en lui-même raison à son collègue, mais il restait taraudé par un étrange pressentiment. Il se fiait rarement à son instinct, affirmant publiquement que rien de pareil n'existait, qu'il ne s'agissait que de racontars de policiers paresseux. Cette fois, il en allait autrement. Ce visage sur la photo… Il y voyait le sentiment de culpabilité aussi clairement qu'un « nique les flics » tagué au spray noir sur un mur blanc de neige. Il n'avait aucun doute : c'était cet individu précisément qui avait mis le feu à la maison des Korzeniowski. Et, par miracle, le photographe de la police l'avait saisi juste au moment où le masque lui tombait du visage.

— Moi aussi, j'ai des doutes, mentit Mortka. Mais je veux savoir qui c'est. Je veux savoir ce qu'il fabriquait dans ce coin au milieu de la nuit. On doit le retrouver, c'est clair ? Skalski, si personne ne le connaît à Ursynow, faxe sa photo à chaque commissariat de Varsovie et ses environs. Le type peut très bien habiter à Wolomyn, Piaseczno ou je ne sais quelle banlieue.

— Et que dois-je écrire, inspecteur ?

— Que l'individu n'est soupçonné de rien mais que nous devons l'interroger. Qu'on relève son identité sous n'importe quel prétexte. Mais surtout qu'on ne l'effraie pas. S'il y a une possibilité de le retenir, qu'on le retienne et qu'on nous prévienne aussitôt.

— Oui, chef.

— La chamane a indiqué que les pyromanes pouvaient avoir sur la conscience des feux de moindre importance. Kochan, tu prends la photo et tu vérifies que personne de semblable n'a été arrêté pour incendie volontaire cette dernière année. Même pas forcément arrêté, on a peut-être des portraits de types dans ce genre.

— Dans quelle zone ?

— Dans l'idéal, la Pologne entière. Tu sais comment c'est. Des gens viennent du fin fond du pays chercher du travail à Varsovie. Comme si on était l'Irlande, ici. Mais pour le moment, commence par la capitale et ses environs. Tu peux embaucher un stagiaire pour ce boulot.

Kochan sourit de toutes ses dents.

— D'accord, mais je te rappelle que toi-même tu n'es pas de Varsovie.

— Que j'aime de tout mon cœur, et d'ailleurs le grand-père de mon ex est mort ici pendant l'insurrection… Au travail ! J'ai aussi une liste de tableaux qui se trouvaient dans la maison des Kameron. Kochan, passe-la à qui il faut, et que les gars ouvrent l'œil. On va peut-être les voir ressortir.

L'adjoint prit la liste de Mortka et la parcourut du regard. Il ponctuait les noms d'un signe de la tête. Il claqua soudain des doigts comme si quelque chose lui était revenu.

— J'ai vérifié les deux autres familles, à propos de leur lien avec Borzestowski, dit-il. Les Borowski, les propriétaires de la première maison incendiée, ont d'emblée reconnu qu'ils connaissaient notre B Majuscule.

L'inspecteur dressa l'oreille.

— Vraiment ?

— Oui, oui. Le groupe de ce type a joué à plusieurs fêtes organisées par Borzestowski. Il a l'air plutôt innocent. Pour ce qui est de l'autre maison, les Filipek, aucun lien possible à établir entre eux et Borzestowski ou son entourage.

— Donc sans doute une fausse piste, admit le commissaire. Si l'incendiaire a pris comme victimes certaines personnes liées à Borzestowski, ce n'est que par hasard.

— C'est ce que je pense aussi, approuva Kochan.

— Skalski ?

Le jeune policier hésita.

— Je n'en sais rien. Je ne connais pas suffisamment les faits.

— Lance-toi. Qu'est-ce que tu en penses ?

— Que ça fait un peu trop de hasard.

Skalski avait la mine de celui qui se demande s'il a donné la bonne réponse. Pas au sens où elle serait juste ou pas, mais conforme à l'opinion de Mortka.

L'adhésion aux théories du chef, la pire des maladies dont souffre la police polonaise. Les subalternes font leurs les opinions de leurs supérieurs pour assurer leur avancement, ne pas se faire d'ennemis, et plus simplement pour avoir la paix. Ceux qui ont leur propre opinion et le courage de la défendre sont peu nombreux, se dit l'inspecteur. Voilà pourquoi il appréciait tant Kochan. L'adjoint appartenait à cette peu nombreuse catégorie de courageux.

— C'est vrai que ça en fait beaucoup, approuva Mortka.

— Tu veux interroger Borzestowski ? demanda Kochan.

— Je ne sais pas. Peut-être qu'on devrait. Mais est-ce qu'il nous dira quelque chose ?

— J'en doute.

— Justement. C'est pourquoi nous devons nous retenir jusqu'au moment où nous aurons un levier sur lui, quelque chose pour le presser.

— C'est toi le chef, le Kub.

L'inspecteur admettait qu'une conversation avec Borzestowski serait très difficile. Difficile de dire qui, de lui ou de la police, serait le véritable interrogateur. Et Mortka devait s'avouer avec honte qu'il craignait cet homme. Le B Majuscule, comme l'appelait Kochan, voulait tellement mettre la main sur celui qui avait provoqué la mort de ses neveux qu'il était prêt à éliminer tout obstacle sur sa route. Fût-ce un officier de la police de Varsovie.

Soudain l'inspecteur fut pris d'inquiétude. Il se souvenait des mots de Borzestowski : « Vous aussi, vous avez deux enfants. » Il décida de mettre fin à la réunion.

— D'accord. La priorité maintenant, c'est le type sur la photo. Il faut mettre la main dessus. Kochan, il faudrait sélectionner un type de l'entourage de Borzestowski qui aurait accès aux données qui nous intéressent, et qu'il serait plus facile d'interroger et de faire tomber que le B Majuscule.

— Je te trouve ça.

— Alors, au travail, messieurs.

Il sortit de la pièce sans attendre son reste. À peine dans le couloir, il tira son téléphone de sa poche et appela Ola. Elle ne répondit pas. Quelque chose serait-il arrivé ? Où étaient les garçons ? À l'école, sûrement… Il lui sembla qu'il devrait s'y rendre. Il essayait fiévreusement de se souvenir de l'adresse.

Puis son portable sonna. Il regarda l'écran. C'était Ola.

— Tu as appelé, entendit-il dans l'écouteur.

— Où sont les garçons ?

— Comment ça ? À l'école… Il se passe quelque chose ?

Il hésita. Il ne savait quoi lui dire de concret.

— Rien, sûrement. Mais fais attention à eux.

— Mais qu'est-ce qui se passe, le Kub ?

— Rien. Fais juste attention à eux.

— Le Kub ?

— Je dois couper.

Et il coupa son téléphone. Il regrettait déjà cette conversation. Il s'était laissé aller à ses émotions et il avait paniqué. Certainement sans raison. Et maintenant il aurait Ola en plus sur le dos. Elle ne lui laisserait plus un moment de tranquillité de toute la journée, ni de la semaine, et même de tout le mois. Il maudit sa propre stupidité.

— Le Kub !

Andrzejewski approchait d'un pas rapide, un journal à la main. Sans un mot, il le tendit à l'inspecteur. C'était *Gazeta Wyborcza*, le supplément local. « UN PYROMANE À URSYNOW » titrait en grosses lettres le journal. L'article commençait par des informations sur la mort des enfants Korzeniowski. Puis suivait le récit de l'histoire de Klaudia Klau et les déclarations de sa mère. Elle incriminait la police. Les pompiers avaient fait des déclarations énigmatiques, et le porte-parole de la police avait affirmé que l'enquête était en cours. « Tandis que tout le quartier tremblait de peur devant le mystérieux pyromane », concluait l'article avec perfidie.

— Tu as de la chance, dit Andrzejewski lorsque Mortka finit de lire, que ça ne soit pas sorti dans l'édition principale. Mais depuis ce matin le téléphone du service de presse n'arrête pas. *Fakt*, *Superexpress*. Sans parler du journaliste de *Grand Format* qui veut te rencontrer. Il veut absolument te voir.

— Pas question.

— C'est ce que j'ai dit à l'attaché de presse. Ajoute la TVN et La 3 Régionale, et tu peux imaginer la merde où nous sommes.

Ils se turent, les yeux rivés sur le grand titre en caractères noirs.

— On a une piste. Une solide, affirma doucement l'inspecteur.

— Szydlon se plaint de ce que tu ne l'appelles pas.

Mortka jura par-devers lui.

— Je l'appelle tout de suite.

— Tu dois résoudre cette affaire, le Kub, lui dit amicalement Andrzejewski. Les médias commencent à s'y intéresser, et ce qui intéresse les médias intéresse la hiérarchie, tu comprends ? Si, comme je le suppose, *Fakt* et *Superexpress* en font leurs gros titres demain, je serai réveillé samedi par la voix doucereuse de M. le ministre de l'Intérieur.

— Je vais attraper ce pyromane, promit Mortka.

Andrzejewski lui tapota le bras avant de l'abandonner, journal en main, au milieu du couloir.

Mortka appela le procureur Szydlon depuis le téléphone fixe de son bureau. Il lui rendit compte en détail des avancées de l'enquête durant près d'une demi-heure. Puis, la demi-heure suivante, il répondit à ses questions. Il dut encore à la fin écouter de bons conseils sur ce qu'il devait faire absolument, ce qu'il aurait dû faire, dans l'idéal, plusieurs jours plus tôt. Quand il reposa l'écouteur, il eut l'impression que son oreille avait gonflé.

Kochan n'était pas dans le coin. L'inspecteur lui laissa un mot sur son bureau, disant qu'il allait à l'hôpital parler avec Klaudia Kameron.

Cette fois, il ne rencontra pas le Dr Pawlik. Un autre médecin le conduisit dans les couloirs de l'hôpital :

grassouillet, d'un certain âge, moustache grise, à qui tout le monde s'adressait en disant « mon colonel ».

Ils s'arrêtèrent devant la petite pièce où se trouvait la Kameron. Le « colonel » jeta un œil à l'intérieur.

— Elle a une visite, dit-il. Attendez un instant, inspecteur.

— Comment va-t-elle ?

— Mieux que n'importe qui aurait pu l'espérer. Quand on l'a amenée ici, j'ai pensé qu'elle resterait infirme jusqu'à la fin de sa vie. Maintenant, j'estime que la réhabilitation et la chirurgie plastique peuvent faire des miracles. Nos docteurs se bagarrent déjà pour savoir qui va pouvoir rédiger la description de son cas.

L'inspecteur fut traversé par l'idée que le Dr Pawlik n'était pas à l'hôpital parce que justement elle était en train d'écrire son article. Même si cela lui paraissait peu vraisemblable. Pawlik était comme lui : le travail bien fait comptait plus que la carrière.

— Nous avons des problèmes avec les journalistes, continua le « colonel ». Il y a sans cesse quelqu'un qui veut faire une interview avec elle. Qui aurait pensé que nous aurions un jour à soigner une pipole ?

— Et la visite, c'est qui ?

— Aussi un pipole. Je veux dire une pipole plutôt. Pas une journaliste.

Une infirmière apparut au coin du couloir.

— Colonel, je vous cherche partout. La salle d'op est prête, fit-elle sur un ton de reproche.

— J'arrive, j'arrive. Inspecteur…

Le médecin le regarda d'un air entendu.

— Je me débrouillerai.

— Plus vite, colonel, pressa la femme. Vous nous mettez au supplice.

Le «colonel» lui adressa un geste désabusé, mais il se hâta dans la direction indiquée. L'inspecteur s'approcha de la fenêtre. Il vit des infirmiers entrer dans le bâtiment avec un malade sur un brancard. Il se retourna lorsqu'une femme sortit de la chambre de Klaudia Kameron. Il la reconnut. Une grande blonde aux cheveux longs, le nez légèrement retroussé et de beaux yeux noisette. Elle portait un jean serré et une veste en daim sur un chemisier blanc largement échancré. Une chaînette retenant un bloc d'ambre serti d'argent pendait entre ses seins. Mortka plongea dans le décolleté.

— Je peux vous aider? demanda la femme avec ironie.

Il releva les yeux. Elle avait une étrange expression d'oiseau de proie, comme si elle attendait le moment de lui fondre dessus.

— Je vous connais de quelque part, fit-il, dubitatif.

C'était la première chose qui lui était venue à l'esprit.

— Vous n'êtes pas le seul, grogna-t-elle. Pervers, ajouta-t-elle à part soi.

Mortka se sentit offensé.

— Inspecteur Jakub Mortka, de la Police criminelle, annonça-t-il, comme si son grade et son emploi pouvaient effacer la mauvaise impression qu'il venait de faire.

Il rougit, conscient que ce n'était pas sa meilleure idée.

— Policier? (Elle l'examina.) Vous devez vous occuper de l'affaire de Klaudia?

Il acquiesça.

— Elle m'a parlé de vous.

— En bien, j'espère.

— Elle, oui. Sa mère par contre n'a pas une bonne opinion de vous. Elle vous trouve agressif, désagréable et pervers.

— Pervers ?

Elle haussa les épaules.

— Ça, je l'aurais trouvé toute seule, reconnut-elle.

Il éclata de rire. Elle non.

— Excusez-moi. (Il claqua des doigts.) Pour… Je n'ai aucune excuse.

— Ne vous en faites pas. Tous les mecs sont des cochons.

Elle prononça la phrase d'un ton indifférent.

— Quel est votre nom ?

— Apparemment, vous me connaissez.

Cette fille commençait à lui taper sur les nerfs. Il s'efforçait d'être courtois, et elle n'en tenait aucun compte.

— Votre visage me dit quelque chose, mais je n'ai pas la mémoire des noms, mentit-il.

— Joanna Blonik.

— Vous jouez dans cette série…

Il claqua à nouveau des doigts. Ça lui revenait. Il revoyait le visage sur l'affiche non loin de l'immeuble de la Direction centrale.

— *Rancart à l'ombre*, compléta-t-il.

— Toujours agréable de rencontrer un fan, fit-elle d'un ton acide. Vous avez vu la série ?

— Hélas, non.

— C'est à cause de gens comme vous qu'ils ont arrêté la série.

— On l'a arrêtée ?

— Oui. Avant les fêtes. Les abrutis.

— La série était bonne et les téléspectateurs ne l'appréciaient pas ?

— La série n'était pas mauvaise, mais quand on est diffusé le vendredi soir, on a la concurrence des films à succès de la Une et de TVN : rien d'étonnant si on passe en dessous du million d'audience. Je ne sais pas ce qui leur a pris quand ils ont choisi l'heure de diffusion à l'antenne. Ça ne pouvait pas marcher. Les crétins !

Mortka en avait déjà assez d'entendre des jérémiades d'actrice et il décida de changer de sujet.

— Vous connaissez Mme Kameron depuis longtemps ?

— Longtemps ? Des années ! Même si nous n'étions plus en contact depuis un certain temps… Mais quand j'ai lu dans le journal ce qui lui était arrivé, j'ai décidé de lui rendre visite. La pauvre !

L'actrice arborait une mine affligée. Mortka ne put déterminer si elle était sincère ou jouait la comédie.

— Comment vous êtes-vous connues ?

— Lors d'un spectacle, après la sortie de son premier disque. Nous nous sommes vite entendues. Vous voyez, nous venions toutes les deux de petites villes, et nous voulions réussir. Pour moi, ça a marché, pour elle, non. Mais de toute façon, nous nous retrouvions de temps à autre pour un café. Histoire de bavarder.

— Que pouvez-vous me dire d'elle ?

— Elle ? C'est une femme très malheureuse.

— Malheureuse ? Pourquoi ?

— Parce que c'est une ratée. Avec en plus un ivrogne de mari.

Ça, c'était du nouveau…

— Paix à ses cendres. Mais Klaudia m'a raconté que le gars buvait sec. Et ne maîtrisait plus du tout ses affaires. Il avait perdu des quantités d'argent à la Bourse.

— Je sais. Elle avait des ennemis ?

— Non. (Elle hésita.) Plutôt non. Il y avait bien ce Stasinski à qui son mari avait fait casser la gueule, mais c'était il y a longtemps.

Elle regarda sa montre.

— Vous devez sans doute y aller, avança Mortka.

— Oui, confirma-t-elle d'un ton indécis.

L'inspecteur vit que l'actrice voulait ajouter quelque chose, mais se demandait si elle le devait. Il attendit patiemment. Il était persuadé que s'il la pressait, elle se fermerait comme une huître. Parfois, les silences prolongés sont le meilleur moyen de recevoir de nouvelles informations.

— Je pense que nous nous retrouvions uniquement parce que Klaudia avait besoin de matière à rêver, déclara-t-elle finalement, toujours incertaine de bien faire.

— Je suis désolé, mais je ne comprends pas.

Elle sourit légèrement et caressa, par réflexe, son pendentif d'ambre.

— Il me semble qu'elle se plaisait à imaginer qu'elle était moi, expliqua-t-elle. Finalement, moi, j'ai une vraie vie, celle qu'elle aurait voulu avoir. Donc, naturellement, de temps en temps, pour se redonner de l'allant, elle se demande comment ça serait si nous échangions nos places.

— Et ça serait comment ?

Elle haussa les épaules, exprimant clairement que cela ne l'intéressait pas.

— Et vous, inspecteur ? Est-ce que vous vous imaginez parfois être un autre ? Songez-vous à qui vous seriez si vous aviez fait d'autres choix dans la vie ?

— Non. (Il mentait.)

— Oh ! (Elle haussa les sourcils.) *The right man in the right place*. C'est si rare.

— Et vous-même ? Vous vous imaginez parfois être une autre ?

Elle pouffa.

— Je suis actrice, inspecteur. C'est mon travail. Au revoir.

Elle fit volte-face et se dirigea vers la sortie en faisant claquer ses talons. Tous les malades de sexe masculin la suivirent du regard, observant ses fesses remuer en rythme dans son jean serré.

Mortka sortit son carnet et nota les questions qu'il devait poser à Klaudia Kameron. Il entra. Le « colonel » avait bien dit que la malade était en meilleur état, mais le policier ne vit pas de différence. L'essentiel de son corps était toujours recouvert de bandages. Mais cette fois, elle n'était plus assommée par des calmants. Elle reconnut l'inspecteur et sourit même à sa vue. Il la salua et s'assit sur la chaise que venait d'occuper l'actrice.

Il lui résuma ce qui s'était passé dans la maison des Korzeniowki. Elle parut sous le choc. Lorsqu'elle compris que deux garçons étaient morts, des larmes coulèrent de ses yeux.

— Vous comprenez que je doive vous poser quelques questions.

Elle acquiesça.

— Vous connaissiez les Korzeniowski ?

— C'étaient des voisins. Ils possédaient une maison pas très loin. Je les rencontrais parfois dans un magasin ou en promenade.

— À part ça, vous étiez liés ?

— Non.

— Vous avez dit la dernière fois que votre mari vous avait enfermée dans la garde-robe…

— Oui.

Elle parlait avec difficulté, choisissant lentement ses mots. Mais elle avait plus de force que quelques jours plus tôt.

— Avez-vous entendu quelque chose pendant que vous étiez enfermée ?

— Non. Rien. Il avait poussé la musique à fond… pour m'assourdir.

Ça paraissait compréhensible, mais ça ne lui facilitait pas la tâche. L'inspecteur avait un témoin présent sur la scène du crime, mais qui n'avait rien vu ni entendu.

— Vous devriez éviter les contacts avec la presse tant que l'enquête n'est pas terminée.

— Et quand la terminerez-vous ?

— Bientôt… Vous connaissez Krzysztof Borzestowski ?

— Oui, sans doute… Je l'ai rencontré il y a longtemps. Un ami de Jan.

— Quand l'avez-vous vu pour la dernière fois ?

— J'ai oublié.

— Quelqu'un vous a parlé de lui dernièrement ? Son nom vous est-il revenu aux oreilles ?

— Par vous.

— Apparemment, votre mari buvait.

— Il buvait. Mais il n'était pas alcoo… lique.

L'inspecteur se demanda un moment ce que cela signifiait, mais il ne voulut pas débattre du moment où boire devient une maladie. Il sortit de sa poche un tirage de la photo de l'homme mystérieux prise devant la maison des Korzeniowski.

— Vous connaissez cet homme ?

— Non.

— Vous êtes sûre ?

Elle étudia la photo.

— Oui. Malheureusement.

Mortka rangea le cliché.

— Je suis fatiguée, dit-elle.

— Je comprends.

Il se leva et se dirigea vers la sortie. Elle l'arrêta à mi-chemin.

— Monsieur l'inspecteur…

Elle avait une voix faible.

— Oui ?

— Ces garçons… quel malheur !

Il attendit encore un instant, mais elle n'ajouta rien.

La neige se mit à tomber alors qu'il roulait vers le commissariat. Le mal de tête le reprit. Il avala deux cachets d'Ibuprome.

La rue Targowa, une des plus importantes du quartier de Praga, était noire de monde à cette heure. Mortka se reprocha de ne pas avoir choisi le bon itinéraire. Il restait coincé aux feux dans des bouchons, irrité et fatigué. Il observa un homme qui essayait sans succès de faire démarrer une voiture sur un parking. Finalement, l'homme descendit de la voiture et commença à donner des coups de pied dans les pneus. Sa fureur fit rire l'inspecteur. Le type ouvrit le capot, sortit des outils et dévissa la batterie.

Et là, Mortka eut un déclic. Il coupa la radio. Comme hypnotisé, il se mit à réfléchir.

Un type tout seul sortait la batterie de sa voiture. L'inspecteur avait lui-même fait pareil récemment. L'hiver était rude. Toutes les nuits, la température descendait à moins dix, moins vingt. Si on ne rangeait pas sa voiture dans un garage, on pouvait s'attendre à avoir des problèmes de batterie et de démarrage. Surtout avec un diesel.

Il eut comme un éclair dans la tête.

Entre-temps, les feux avaient changé, le conducteur derrière lui klaxonna. L'inspecteur n'avança pas pour autant, mais il sortit son portable de sa poche et composa le numéro de Kochan. L'adjoint décrocha presque aussitôt.

— Kochan, tu es devant ton ordinateur ?

— Non… au commissariat central.

— Tu dois absolument vérifier quelque chose pour moi, tu comprends ?

Kochan avala bruyamment sa salive.

— Qu'est-ce qui s'est passé ? demanda-t-il lentement.

Le type que Mortka observait venait justement de disparaître sous le porche d'un immeuble voisin.

L'inspecteur savait qu'il n'aurait pas dû dire ça, mais il lui fallait s'entendre dire ces mots :

— Je crois savoir qui a pu tuer Kameron.

Chapitre 15

Il fut réveillé par une lumière. Il se protégea les yeux de son avant-bras. Il ne savait ni où il était ni ce qu'il lui arrivait. Il fallut un moment à l'inspecteur pour réaliser qu'il se trouvait dans son bureau, sa veste pliée sous la tête en guise d'oreiller. Il se souvint d'avoir décidé après plusieurs heures de travail de faire une courte sieste. De s'être allongé sur le plancher lui avait donné mal au dos.

Jankowski se tenait au-dessus de lui avec un dossier. Mortka se releva en gémissant. Il secoua péniblement la tête.

— Tu devrais aller voir un médecin. Un psychologue, ou un psychiatre, dit le technicien.

— Et pourquoi ? demanda l'inspecteur en se frottant les yeux.

— Je dois reconnaître que je te prends pour un débile profond. Et que tu me donnes beaucoup de raisons pour ça. C'est pourquoi je n'ai pas spécialement de remords à faire savoir à droite et à gauche le grand crétin que tu es. Avant d'ajouter presque toujours que tu peux aussi avoir ton éclair de génie… Je crois que tu es un enfant autiste, Mortka. Tu sais, comme ce Rain Man. Un génial débile.

Jankowski, ayant terminé son allocution, sourit de toutes ses dents. Mortka s'ébroua, puis il arracha le dossier des mains du technicien et le feuilleta rapidement. Il s'arrêta plus longuement sur les conclusions. Il ne put s'empêcher de sourire.

— T'as ton gars, le Kub, dit Jankowski.

— Je sais. Merci de t'en être occupé.

— Pas de problème. Mais tu me dois une vraie bonne vodka. Tu as encore besoin de moi, Rain Man ?

— Non. Tu peux rentrer chez toi. Au cas où, je t'appelle.

— N'hésite surtout pas. Je débranche mon portable.

Le technicien sortit sans dire au revoir. Mortka relut les conclusions du rapport. Tout heureux, il appela la permanence et demanda qu'on aille lui interpeller le suspect et qu'on l'amène dans la salle d'interrogatoire. En attendant, il se rendit au distributeur et se prit un café.

Kochan était debout devant la vitre sans tain. Il observait la salle d'interrogatoire.

— Oh, la Belle au bois dormant s'est réveillée ! fit-il en guise de salut à Mortka.

L'inspecteur but une gorgée d'un café amer. Il fit la grimace et regarda, incrédule, son gobelet. Il n'y avait plus de sucre dans le distributeur ?

— Quoi de neuf avec ce type ? demanda-t-il en désignant le suspect.

— Lui ? Il joue au dur, mais à mon sens il va vite craquer. Jankowski a trouvé quelque chose ?

— Oui.

— Du bon ?

— Du très bon. Où est Szydlon ?

— Notre bien-aimé ? On m'a rapporté que la fierté et la gloire incarnées du parquet polonais étaient aussi torchées que moi l'autre soir. Sauf que lui se torche à la tristesse et qu'il est en train de chialer sur l'uniforme d'un collègue.

— Je ne vais pas attendre qu'il ait dessaoulé. On commence sans lui.

— À toi l'honneur, le Kub. Il est tout à toi.

Mortka finit son café et reposa le gobelet sur la table.

Il entra dans la salle d'interrogatoire. Mariusz Wyrwa ne réagit d'abord pas. Puis il leva la tête et regarda l'inspecteur. L'entrepreneur était pâle, ses mains tremblaient légèrement, mais il s'efforçait de paraître sûr de lui.

— Monsieur l'inspecteur…

— Bonjour.

Mortka prit place de l'autre côté de la table et brancha le magnétophone. Il regarda sa montre.

— Samedi 16 janvier 2010, deux heures dix-sept du matin. L'inspecteur Jakub Mortka conduit un interrogatoire dans l'affaire du meurtre de Jan Kameron. Suspect : Mariusz Wyrwa.

L'entrepreneur sourit avec ironie.

— Suspect ? Vraiment ? Enfin quelqu'un me dit pourquoi on m'arrête. C'est ridicule, monsieur l'inspecteur ! Vous comprenez ? C'est ridicule !

Il se leva de sa chaise en gesticulant devant Mortka. Le policier ne broncha pas.

— Rasseyez-vous, monsieur Wyrwa. Vous ne faites que prolonger inutilement les choses.

L'entrepreneur obéit à contrecœur.

— C'est ridicule, répéta-t-il. J'ai des relations, des relations haut placées. Au Parlement, et tout ça… Vous allez avoir des ennuis, inspecteur.

— Ça m'étonnerait, voyez-vous, répondit Mortka.

Il attendit un moment que Wyrwa se calme. L'entrepreneur s'agitait nerveusement. Il savait pourquoi on l'avait interpellé mais n'avait aucune idée de ce que la police retenait contre lui. L'inspecteur lui laissa le temps de se faire des idées.

— Que faisiez-vous dans la nuit du 8 au 9 janvier ? Concrètement, le 8 vers vingt-deux heures ?

— Vous le savez bien.

— Veuillez répondre à la question.

— J'étais chez moi. Je regardais la télé avec ma femme.

— Quelle émission ?

— Une série. *Rancart à l'ombre.*

— Tiens, c'est curieux, cher monsieur Wyrwa. Aujourd'hui, pardon, vu l'heure, hier, j'ai rencontré une actrice qui joue… enfin, qui jouait dans cette série. Elle m'a dit quelque chose que j'ai bien sûr vérifié. La série a été déprogrammée de l'antenne avant les fêtes. Vous n'avez donc pas pu la regarder.

L'entrepreneur haussa dédaigneusement les épaules.

— Et c'est pour ça que vous m'arrêtez ? À cause d'une série ? C'est ridicule. Tout simplement ridicule. Rien d'étonnant à ce que la pègre écume les rues quand on voit comment travaille la police.

— Vous ne pouviez pas regarder cette série.

— C'est que j'en regardais une autre, merde ! hurla Wyrwa.

Il soufflait lourdement. Il était emporté par l'émotion, et on voyait qu'il le regrettait déjà.

— Je ne fais pas la différence. De toute façon, je me suis vite endormi. C'est pour ça que vous m'arrêtez ?

Mortka fit non de la tête.

— Non, non. Pas pour ça, fit-il avant de replonger dans le mutisme.

Laisser encore un peu de temps à Wyrwa pour se faire des idées. Il voulait que l'entrepreneur s'interroge pour de bon sur sa situation, comprenne qu'il était cuit, et que cela n'avait pas de sens de mentir. Un aveu spontané fait toujours meilleur effet devant un tribunal ; pour tout le monde, pour la police, le procureur, le juge et même pour l'accusé.

— Que faisiez-vous dans la nuit du 8 au 9 janvier ?

— J'étais chez moi. Je regardais la télé.

Mortka hocha la tête.

— L'inspecteur Mortka quitte la pièce, dit-il avant de débrancher le magnétophone.

Sans bouger, il regarda Wyrwa dans les yeux.

— Vous avez une fille malade, n'est-ce pas ?

L'entrepreneur sursauta sur sa chaise.

— Mais qu'est-ce que ça a à voir…

— Qu'est-ce qu'il va lui arriver si nous vous incarcérons et accusons votre femme de complicité ? demanda Mortka.

Wyrwa bondit. Il pointa du doigt le visage de l'inspecteur.

— Vous n'avez pas le droit. Vous ne ferez jamais ça !

— Veuillez vous rasseoir.

— Non.

— Votre femme nous a menti. Nous pouvons l'arrêter, l'inculper.

— Vous n'avez pas le droit. Ça ne tiendra jamais devant un tribunal.

— Bien sûr, reconnut Mortka. Mais elle passera un moment en prison, le temps qu'un juge la fasse relâcher. Vous savez ce que c'est que la préventive ? On peut y rester quelques années. Moi aussi, j'ai des relations. Tenez, chez le procureur… Je peux lui obtenir un mois ou deux de vacances. Voire un peu plus. Que se passera-t-il avec votre fille ? Qui va s'en occuper ? Je parierais sur les grands-parents. Mais eux aussi ont des problèmes de santé. S'ils sont encore en vie, parce que votre femme et vous, vous n'êtes plus de première jeunesse. Ou alors un orphelinat, un refuge ?

Wyrwa se rassit, affichant un faible sourire.

— Vous ne ferez pas ça. Je connais les gens comme vous. Vous êtes le bon flic.

— L'efficace, corrigea Mortka en ponctuant chaque syllabe. Vous confondez efficacité et bonté.

Wyrwa posa les mains sur la table, fit tourner son alliance machinalement.

— Ce n'est pas seulement à cause de la série, n'est-ce pas ?

— Bien sûr que non.

Wyrwa hocha la tête.

— Et si j'avoue ?

— Dans ce cas, nous n'aurons pas à mêler votre famille à cette histoire. Je sais ce qui s'est passé. Ce n'est pas aussi horrible que vous le pensez. Si vous avouez, si vous trouvez un bon avocat qui saura parler avec le procureur, celui-ci pourra peut-être modifier la qualification de l'acte. Violences sans intention de donner la mort. Il y a des possibilités. Mais nous devons voir clairement votre volonté de coopérer. Si celle-ci venait à manquer… nous pouvons aussi charger la barque. Alors ?

L'entrepreneur ne faisait que hocher la tête. Mortka rebrancha le magnétophone.

— L'inspecteur Jakub Mortka retourne à la salle d'interrogatoire. Voulez-vous boire quelque chose ? demanda-t-il à Wyrwa.

— Non.

— Un café, du thé, de l'eau ?

— Non.

— Dans ce cas, dites-moi ce que vous avez fait dans la nuit du 8 au 9 janvier.

— Je suis allé voir Jan Kameron. Chez lui. Il fallait que je lui parle.

— De quoi ?

— J'ai une fille malade. Vous savez, inspecteur, son traitement coûte cher. Les médicaments, la rééducation, les consultations, les soins, les sorties… (Il fit une pause.) Je vais peut-être boire quelque chose.

— Plus tard, monsieur Wyrwa. De quoi vouliez-vous parler avec Kameron ?

— Jan… Jan…

Wyrwa dodelinait de la tête. Les mots franchissaient difficilement ses lèvres.

— Il volait la société. Moi qui avais besoin de chaque zloty, et ce salaud… Il a soutiré des dizaines de milliers de zlotys. Alors que nous avions du mal à boucler les fins de mois.

— Concrètement, qu'est-ce qu'il a fait ?

— Il falsifiait des factures et les comptes. Il se mettait dans la poche la différence entre ce que payaient les clients et ce qui arrivait dans la caisse.

— Comment vous en êtes-vous rendu compte ?

— J'ai rencontré un de nos clients fidèles en faisant des courses. Nous avons commencé à bavarder dans le magasin. Il a regretté d'être obligé de renoncer à notre collaboration, parce que nous avions drastiquement relevé nos prix. Je n'ai pas compris de quoi il s'agissait. Le soir même, je suis allé à la société et j'ai commencé à vérifier les livres de comptes. J'ai appelé plusieurs clients. J'ai découvert plusieurs escroqueries de Jan, et ce n'était que le début.

Ça pouvait coller. *Kameron piquant dans la caisse pour investir en Bourse*, se dit Mortka. *Il devait penser rembourser le jour où il se serait refait. Personne n'en saurait rien, et il garderait les bénéfices pour lui.*

— Et que s'est-il passé ?

— Je suis allé chez lui pour discuter.

— Comment saviez-vous que vous l'y trouveriez ?

— J'aurais vraiment été étonné de ne pas le trouver… Jan avait un problème avec l'alcool. En semaine, il se maîtrisait, mais le week-end il buvait devant sa télé jusqu'à perdre conscience. J'espérais le cueillir avant qu'il ne soit ivre. Mais je suis arrivé trop tard.

— Et vous avez néanmoins décidé de lui parler ?

— J'étais énervé, et il avait l'air encore relativement clair. J'ai mal évalué la situation. Il fumait, il avait mis la musique à fond, comme la télé, et il a refusé que je baisse le son.

— Qu'est-il arrivé ensuite ?

Wyrwa hocha la tête.

— Nous avons entamé la discussion. Il m'a traité de menteur. Il s'est fâché. Moi aussi, je l'ai engueulé. Puis… nous nous sommes battus. Je ne sais même plus qui a commencé. J'ai pris le premier objet qui était sur la table. Je l'ai cogné. À la tête. Plusieurs fois. Il est tombé sur le canapé. Quand je me suis rendu compte de ce que j'avais fait, j'ai déguerpi.

Il se tut, des larmes dans les yeux. Mortka débrancha le magnétophone.

— Je vais mette au propre vos aveux, et je vous les apporte à signer.

— Bien.

— On viendra vous chercher pour vous emmener en cellule.

Mortka se leva. Il se sentait tout drôle.

— Comment avez-vous compris ? demanda Wyrwa.

— La voiture, répondit Mortka.

— C'est-à-dire ?

— Pendant que nous vous attendions, vous avez garé votre BMW devant chez vous. Pas dans le garage. Alors qu'on a l'hiver du siècle et que vous avez un moteur Diesel qui a besoin de puissance au démarrage. J'ai moi-même dû enlever ma batterie. Si on peut, on met sa voiture à l'abri. Vous, non. Pourquoi ? Parce que vous avez deux voitures et une seule place. On a vérifié au Service des immatriculations : une Opel Vectra est enregistrée au nom de votre femme. Des témoins ont vu une voiture de ce type devant la maison des Kameron la nuit de l'incendie. C'était bien sûr insuffisant, mais nous avons interrogé les voisins. L'un d'eux vous a vu sortir vendredi soir. Avec l'Opel justement, car c'est cette voiture qui reste à l'extérieur d'habitude, et la BMW dans le garage. Mais après ce qui s'était passé, vous avez préféré rentrer l'Opel, n'est-ce pas ? Et dernier point : après votre interpellation, nos techniciens ont contrôlé l'Opel. Vous savez, la tête est très irriguée par le sang. Vous avez défoncé le crâne de Kameron. Vous avez dû beaucoup vous salir, n'est-ce pas ?

Wyrwa acquiesça.

— Nous avons trouvé du sang de Jan Kameron dans votre voiture. Sur le siège.

Ce n'était pas tout à fait vrai, mais l'entrepreneur n'avait pas besoin de le savoir. Jankowski n'avait pour le moment confirmé que la concordance entre le groupe sanguin de Kameron et celui des traces relevées dans la voiture, un groupe assez rare, AB+. En outre, les globules blancs des prélèvements étaient dépourvus des corpuscules de Barr, indiquant qu'il s'agissait du sang d'un homme. Enfin Wyrwa, sa femme et leur fille étaient du groupe A+. Donc les traces ne pouvaient être les leurs. Suffisamment de preuves pour être presque sûr qu'il s'agissait bien du sang de Kameron.

— J'ai nettoyé la voiture.

— On n'arrive jamais à tout nettoyer. Et nos gars savent chercher.

Mortka sorti, Wyrwa resta immobile à fixer le vide devant lui.

L'inspecteur reçut les félicitations de Kochan. Il n'éprouva cependant aucune satisfaction. L'entrepreneur pouvait bien avoir tué Kameron, mais ce n'était pas lui qu'il cherchait. Wyrwa n'était qu'un type ordinaire qui avait cédé à une impulsion : il ne portait pas le mal en lui. Il avait agi comme ces gens ordinaires qui commettent un crime et se bousillent la vie. Mortka ne pouvait s'empêcher d'éprouver de la compassion quand il les mettait en prison. Pour une raison incompréhensible et indéfinie, il lui semblait que quelque chose ne collait pas.

Mortka voulait attraper un pyromane. C'est lui qu'il voulait voir en prison.

Il rentra chez lui pour dormir quelques heures. Il se leva à cinq heures et demie, se lava, s'habilla, mangea quelque chose en vitesse et fut de retour à la Criminelle à sept heures. Il se remit au travail, prépara un procès-verbal de l'interrogatoire et recueillit la signature de Wyrwa. L'entrepreneur l'apposa avec un sourire triste et résigné.

— En fait, je suis soulagé, dit-il.

— C'est souvent comme ça.

— Qu'est-ce que je vais devenir ?

— Trouvez un bon avocat. Il y a beaucoup de choses à faire.

Ils se dirent au revoir. Ils ne se reverraient plus qu'au tribunal.

Chapitre 16

Contrairement à la majorité des gens, Stefan Majewski n'aimait pas les week-ends. Pendant la semaine, sa femme travaillait dans son administration, et de huit heures du matin jusqu'à quatre heures de l'après-midi, Majewski avait une paix royale. Il pouvait rester allongé sur le canapé, regarder la télé, sortir avec des copains devant l'immeuble, boire un coup et discuter le bout de gras. Les week-ends en revanche, sa femme restait à la maison et n'arrêtait pas de le saouler avec ses jérémiades, sur le boulot, sur les enfants, sur tous les problèmes, et avec des reproches, comme quoi depuis son accident il ne faisait rien que rester dans son fauteuil et se transformer en légume.

Avant, ça avait été autre chose. Majewski avait travaillé dans un entrepôt dix, douze heures par jour, acceptant toutes les heures sup, juste pour gagner un peu plus. Et même quand il tombait de fatigue, il serrait les dents parce qu'il voulait que ses filles aient les mêmes choses que leurs copines plus riches.

Puis était arrivé le jour où il avait fermé les yeux quelques secondes et où une caisse remplie de téléviseurs coréens lui était tombée dessus, lui cassant les côtes et lui fracturant la colonne vertébrale. C'était la faute d'un collègue tout aussi épuisé que Majewski lui-même.

Il paraît qu'on lui avait crié de s'écarter. Il paraît qu'on l'avait prévenu. Il n'en avait aucun souvenir. Il savait seulement qu'il avait fermé les yeux et pensé à son canapé dans le séjour où il aurait voulu s'allonger, une bière dans une main et une cigarette dans l'autre, en rentrant du travail. Puis il y avait eu un grondement assourdissant et une terrible douleur qui avait irradié dans tout son corps de cinquantenaire.

Après l'accident, il reçut une indemnité correcte et une pension moyenne. Sa colonne vertébrale était si abîmée que le médecin qui l'avait examiné n'arrivait pas à croire au miracle qu'il puisse encore marcher. Il ne pouvait plus travailler, encore moins porter le moindre poids. On lui avait même interdit d'aider à la maison, de faire la vaisselle après les repas, de passer l'aspirateur, laver le plancher ou même porter le sac de courses. Mais le changement le plus important eut lieu dans sa tête. La dure ambition paysanne qui l'avait poussé jusque-là disparut. Rien d'étonnant. Les filles avaient grandi, elles avaient quitté la maison et se débrouillaient seules. Elles n'avaient plus besoin ni de son argent ni de son aide. Découragement puis paresse commencèrent à ronger Majewski comme un cancer.

Il retrouva le plaisir de rester tard au lit, alors qu'il avait eu l'habitude de se lever à l'aube. Il découvrit la joie simple de traîner avec des collègues devant sa cage d'escalier à partager des bouteilles de vodka. Il se mit à aimer les soirées passées devant la télé tandis que sa femme s'affairait dans la cuisine, trop harassée par ses journées pour lui parler. Elle le regardait avec un air de reproche qu'il apprit vite à ignorer. Il n'y avait d'insupportable que le week-end, lorsqu'elle retrouvait assez de force et suffisamment de temps pour reprendre ses litanies d'accusation et ses rappels de l'homme magnifique qu'il avait été, et du débris sans valeur qu'il était devenu. Comme si ç'avait été par sa faute que ces foutus téléviseurs lui étaient tombés dessus ! D'ailleurs, même avant l'accident, elle le harcelait sous n'importe quel prétexte. Mais il savait alors la rappeler à l'ordre d'un geste ou d'un mot. Oh, que oui ! Stefan Majewski avait les week-ends en horreur, et il attendait avec impatience l'arrivée du lundi où tout rentrait dans l'ordre.

Après une succession d'essais et d'erreurs, il trouva le moyen de survivre à ces week-ends de malheur. Il se levait très tôt, alors qu'Iwona dormait encore, et partait promener le chien. Il achetait deux flasques dans la boutique 24/24, puis vadrouillait jusqu'à la Vistule. Il se régalait alors de la belle vue sauvage de la rive droite du fleuve en buvant sa vodka. Lorsqu'il rentrait à la maison, il était de bonne humeur, et les récriminations de sa femme se perdaient dans le bourdonnement de l'alcool dans sa tête.

Ce samedi ne dérogea pas à la règle. Majewski se promena entre les congères, les tas d'ordures, les squelettes chauves des arbres, observant la Vistule qui s'écoulait en charriant des blocs de glace. Rex, le clébard qu'ils avaient adopté quelques années plus tôt, courait tout autour, reniflant et cherchant des restes de nourriture.

Majewski venait de finir sa première flasque. La chaleur se répandait dans son corps tandis que le goût âpre et clair de la vodka lui restait dans la bouche. Il mit la main dans sa poche pour sortir la deuxième et l'ouvrit d'un geste d'expert. Il l'approcha de ses lèvres et avala une petite gorgée. Il songea qu'il était temps de rentrer, estimant qu'il aurait vidé la deuxième flasque au moment où il parviendrait à la maison. Il siffla le chien, mais le clébard ne se montra pas. Il avait dû renifler quelque chose dans les fourrés. Iwona lui répétait toujours de tenir Rex en laisse, mais lui le libérait dès qu'il était sorti du champ de vision de sa femme.

Il appela de nouveau le chien, vit quelque chose bouger sur le terrain, derrière les buissons. Il reprit une gorgée et partit dans cette direction.

— Rex, ici ! Rex, Rex…

Sa voix se coinça dans sa gorge, et son visage passa d'un beau rouge santé à un sinistre gris de glace. Rex était derrière les fourrés. Allongé dans la neige, il mordait le doigt d'un cadavre. Il frétilla de la queue en apercevant son maître.

Majewski fit un bond jusqu'à son chien. Il voulut le chasser d'un bon coup de pied loin du cadavre, mais la bestiole s'échappa, et l'homme perdit l'équilibre et s'étala dans la neige molle. Il vit là, sous son nez, les restes d'un visage brûlé. Il se redressa en un éclair et, oubliant l'animal, se mit à courir pour rentrer.

Rex le rejoignit, joyeux.

La réunion de dix heures fut plus courte que d'ordinaire. Mortka raconta à Skalski l'arrestation et l'interrogatoire de Mariusz Wyrwa. Le policier félicita l'inspecteur pour ce succès. Puis ils passèrent aux affaires courantes.

— Szydlon m'a appelé juste avant la réunion, dit Mortka. J'irai à son bureau lui porter les documents dès qu'on aura terminé ici.

— Szydlon n'est pas mort ? s'étonna Kochan.

— Il n'est pas mort, confirma l'inspecteur. Mais je te dirai sincèrement qu'il n'avait pas l'air particulièrement heureux d'avoir à venir travailler aujourd'hui.

— La gueule de bois, c'est à la maison qu'on la soigne le mieux.

— Le type sur la photo, ça donne quoi ? Skalski ?

— J'ai fait circuler le cliché dans tous les commissariats.

— Personne ne l'a reconnu ?

— On l'a reconnu, mais personne ne sait de qui il s'agit.

Mortka et Kochan regardèrent Skalski d'un air interrogateur.

— Comme les voisins de Korzeniowski ne le reconnaissaient pas, j'ai décidé de parler avec les autres victimes, poursuivit le jeune policier. Borowski a, semble-t-il, bu avec lui après un de ses concerts.

— Et alors ? demanda l'inspecteur.

Skalski fit une mine déconfite.

— Et rien. Borowski était saoul. Il ne se rappelle pas grand-chose. Sinon d'avoir parlé musique avec ce type.

— Borowski se souvient vraiment d'un discours d'ivrogne d'il y a quelques mois ? Le gars a la tête solide, s'étonna Kochan.

Skalski approuva.

— Borowski dit que ce fut une conversation étrange.

— En quel sens, étrange ?

— Ça avait bien commencé, et puis ils sont passés au rock fécal, et la discussion s'est enlisée. La femme de Borowski a ajouté qu'il lui avait semblé que le gars voulait se battre avec son mari, mais qu'il avait simplement préféré sortir du club.

— Pourquoi voulait-il se battre ?

— Ils n'en ont aucune idée. Mais ils ont ajouté qu'il pouvait savoir que la nuit de l'incendie ils ne seraient pas chez eux.

— Comment ça ?

— Borowski se vante devant tout un chacun, et à droite et à gauche, que sa femme l'accompagne à tous ses concerts. Il dit qu'elle est sa groupie personnelle.

Mortka se gratta le menton.

— Et les autres… comment ils s'appelaient, déjà ? (Mortka consulta son carnet.) Filipek. Qu'en disent-ils ?

— Ils ne le connaissent pas. Mme Filipek croit l'avoir croisé dans la rue, mais elle n'est pas sûre à cent pour cent que c'était lui.

L'inspecteur félicita Skalski. Il avait collecté des infos qui renforçaient la théorie selon laquelle l'homme sur la photo était le pyromane. La seule information inédite était qu'il n'était pas fan de rock fécal. D'un autre côté, elle n'était pas totalement véridique puisque le suspect avait assisté à un concert de Borowski. Mais pourquoi, dans ce cas, avait-il voulu tabasser le musicien ? Lui fallait-il seulement un motif ? Borowski, bourré, avait pu se comporter avec encore plus d'arrogance insupportable qu'à jeun, se dit Mortka.

Ils se partagèrent les tâches. Skalski poursuivrait ses recherches et Kochan irait montrer la photo aux informateurs de la police. Quelqu'un reconnaîtrait peut-être l'homme mystérieux, même si la probabilité était faible.

Mortka voulut de son côté que les documents concernant Wyrwa parviennent au plut tôt chez le procureur, et prit donc sur lui d'établir le contact avec Szydlon.

Gruda leur tomba dessus au moment où ils sortaient de la salle de réunion. Il avait dû attendre exprès qu'ils terminent.

Il claqua des doigts dans leur direction, comme on hélait les garçons de café autrefois, avant que ceux-ci ne jugent ce geste inapproprié.

— Salut, la jeunesse ! Une question rapide : qui d'entre vous peut me conduire à Praga ? Nous avons là-bas un client qui nous attend au bord de la Vistule.

Kochan lança un regard interrogateur à Mortka. L'inspecteur se contenta de hausser les épaules.

— Si ça te chante, vas-y.

— J'ai plusieurs personnes à interroger qui habitent à Praga.

— OK, grommela Mortka sans enthousiasme.

— Alors, roulez, jeunesse ! lança Gruda. Ramasse tes trucs, et je t'attends au parking. Et que ça saute, jeunesse, et que ça saute…

À peine Gruda avait-il tourné les talons que Kochan lui tendait son médius. Puis il courut chercher ses affaires.

Dans son bureau, l'inspecteur épingla sur un tableau en liège la photo de l'homme mystérieux. Il le considéra longuement. Il pouvait avoir vingt ans et quelques. Une allure sportive. Vêtu de façon ordinaire, ne se distinguant en rien. Sauf par cette expression du visage, ce regard terrifié rempli de culpabilité.

Pourquoi as-tu voulu cogner Borowski ? se demanda Mortka.

Il resta encore une demi-heure à son bureau pour mettre de l'ordre dans les documents qu'il rassembla dans un dossier jauni avant de se rendre chez le procureur.

Le procureur Szydlon était pris toutes les dix secondes d'un frisson, comme s'il allait vomir. Il se tenait à sa fenêtre ouverte et fumait une cigarette. Le vent emportait la fumée droit sur le visage de Mortka, qui se demanda s'il avait l'air aussi pitoyable deux jours plus tôt. Le procureur se racla la gorge, ôta la cigarette de sa bouche et cracha par la fenêtre.

— Tu as choisi ton jour pour coffrer un mec. Vous ne faites rien de la semaine, et juste aujourd'hui, samedi…

Il n'acheva pas sa phrase, se contenta d'un geste désabusé. Mortka haussa les épaules. Il n'avait aucune intention de se laisser provoquer.

Le procureur alla à son bureau, en tira un gobelet dans lequel il jeta un cachet d'Alka-Seltzer, puis versa de l'eau dessus. Il but le remède avec un dégoût visible.

— D'accord, inspecteur, fais voir ce que tu as.

Mortka posa le dossier devant lui. Szydlon défit péniblement le nœud, chaussa ses lunettes et parcourut les procès-verbaux. Il s'attarda plus longuement sur les aveux de Wyrwa.

— Pourquoi ne t'assieds-tu pas, inspecteur ? demanda-t-il sans détourner le regard du document.

Mortka s'assit sur le siège que lui désignait le procureur. En plein courant d'air.

— Je peux fermer la fenêtre ? demanda-t-il.

— Je t'en prie.

Il alla fermer la fenêtre puis se rassit. Il ferma les yeux, s'assoupit un instant. Il se réveilla alors que sa tête tombait sur sa poitrine. Il se frotta les yeux.

— Il ne reviendra pas là-dessus ? demanda le procureur.

Mortka ne comprit d'abord pas la question.

— Wyrwa ne reviendra pas sur ses aveux ? développa Szydlon.

— Je ne sais pas. Il n'a pas l'air de vouloir se défiler, mais vous savez bien que dans un commissariat on dit une chose, on signe n'importe quoi, et après, devant le tribunal, on nous présente comme la gestapo extorquant des aveux en serrant les roubignoles du suspect.

— Et alors, comment ça s'est passé ?

— Je ne lui ai pas serré les roubignoles.

— Autre chose ?

— Je lui ai peut-être un peu fait peur, reconnut Mortka.

Le procureur eut une moue dégoûtée.

— Tant pis. Il faudra que je m'arrange avec ça, dit Szydlon.

Il reposa les papiers et regarda Mortka par-dessus ses lunettes.

— Nous sommes partis sur le mauvais pied, inspecteur, affirma-t-il soudain.

L'inspecteur, surpris, eut un geste indéfini qui pouvait vouloir dire « il n'y a pas de quoi parler ».

— Moi aussi, on me met la pression, ajouta Szydlon. Mais pour ce qui est de moi, ça vous est bien égal, n'est-ce pas ?

— Il est naturel que les supérieurs attendent des résultats.

— Oui, c'est naturel, grommela le procureur.

Il paraissait déçu par la réponse de l'inspecteur et se replongea dans les papiers. Soudain, il eut un gémissement de douleur et se prit le front dans les mains.

Juste à cet instant, le téléphone sonna dans la poche de Mortka. L'inspecteur le prit, se leva et sortit de la pièce. Il regarda l'écran : c'était Kochan. Il décrocha.

— Mortka.

— Le Kub, il faut que tu viennes.

— Que s'est-il passé ?

— Le mieux serait que tu te ramènes.

— Tu ne me dis pas pourquoi ?

— Pas au téléphone. Arrive, je te dis.

— Où ça ?

— Côté nord du pont Siekierkowski, en face de Goclaw. Pas loin, il y a une station d'essence et une bouche à incendie.

— Je vois où c'est. J'y suis dès que je peux.

Mortka coupa et revint à Szydlon. Le procureur était toujours plongé dans la lecture. L'inspecteur décida de ne pas l'interrompre.

Il arriva sur place en vingt minutes, ayant trouvé sans peine l'adresse donnée par Kochan. Il avait repéré les voitures de police depuis la digue Miedzeszynski. Il tourna derrière la station Statoil dans un petit chemin qui menait à la Vistule et se gara. Il descendit de sa voiture et montra sa carte à un agent qui lui indiqua la direction à prendre.

Après une centaine de mètres, il aperçut Kochan. L'adjoint le rejoignit et le salua en évitant son regard.

— Qu'est-ce qu'on a ici ? demanda l'inspecteur.

Kochan se détourna, enfonçant ses mains dans ses poches. Il regardait la Vistule.

— Je ne sais pas quoi te dire, déclara-t-il après un temps. Le mieux serait que tu ailles voir par toi-même.

Il guida Mortka vers le fleuve.

— C'est un poivrot du coin qui l'a trouvé vers neuf heures et demie. Stefan Majewski. Il promenait son chien. Il a effacé pas mal de traces.

Gruda, à quelques pas de là, désignait avec énergie quelque chose aux techniciens et aux policiers.

Ils s'arrêtèrent devant le corps. Kochan s'agenouilla et tira le drap blanc qui recouvrait la dépouille. L'inspecteur chancela quand il vit le défunt.

La neige fondue autour du corps dessinait un cercle de terre nue qui signalait que le corps avait été brûlé sur place. Les vêtements étaient carbonisés et en lambeaux.

Le visage et le corps étaient couverts de fragments de peau calcinée qui ressemblaient à des découpages d'enfant dans des morceaux de viande alternativement crue et brûlée. Malgré cela, Mortka reconnut la victime.

Il avait devant lui le cadavre de Piotrek.

Vingt minutes passèrent avant qu'il reprenne ses esprits. Il s'était assis dans sa voiture, sirotant le thé que lui avait apporté une policière et, la tête vide, il regardait le volant.

Il se sentait minable. Le remords s'abattait sur lui. Il se disait qu'il s'était planté comme jamais. Son colocataire, un jeune gars, lui avait demandé de l'aide, et lui, il l'avait ignoré. Il s'était forcé à croire qu'il n'y pouvait rien, mais ce n'était pas vrai. Il aurait au moins pu aller trouver ce Lièvre, lui faire peur, et même s'il n'avait pas réglé la question de la dette, il aurait pu aider à négocier un accord ou obtenir un temps de répit. Mais l'inspecteur n'aimait pas ce garçon, et il se fichait bien de ses problèmes. Ce petit merdeux en avait pris pour son grade. Sauf que maintenant, il était mort.

Kochan ouvrit la portière et s'assit sur le siège passager. Ensemble, ils gardèrent le silence. L'adjoint finit par souffler doucement :

— Ce n'est pas ta faute.

Mortka envoya un coup de poing sur le volant.

— Comment ça, merde, pas ma faute ! C'est moi qui l'ai viré de l'appart. Je ne lui ai laissé aucun espoir, apporté aucune aide. Je n'ai fait que lui confirmer qu'il l'avait dans l'os.

— Tu ne pouvais pas prévoir…

— Comment ça, merde, pas prévoir ! répéta-t-il, furieux. Il avait une dette envers un type de Borzestowski ! À quoi je devais m'attendre ? À un baiser sur le front et une tape amicale sur l'épaule ?

Il redonna un coup sur le volant. Les larmes lui venaient aux yeux.

— J'aurais aussi bien pu le tuer moi-même, souffla-t-il.

Kochan avala sa salive.

— Là, tu déconnes, le Kub, dit-il lentement. Tu peux te dire ce que tu veux, mais ce n'est pas ta faute. Et tu vas bien finir par le reconnaître.

Au lieu de répondre, Mortka frotta la main qui lui faisait mal.

— Qu'est-ce qu'on a ? demanda-t-il.

Kochan se recula contre l'appui-tête.

— Le corps arrosé d'essence, puis brûlé, répondit-il sans entrain. À quatre-vingt-dix pour cent, il était déjà mort avant. Il faut attendre le rapport du légiste sur les causes du décès. On dirait qu'il a été battu à mort ou étouffé. On n'a pas retrouvé de traces de couteau ou de balle.

— Des témoins ?

— Non. Mais on visionne les bandes de surveillance vidéo de la ville. Je doute qu'on y trouve quelque chose, mais ça ne peut pas faire de mal de vérifier.

— Pas faire de mal, reprit Mortka en écho.

— On a isolé des traces de pneus. Elles peuvent venir de la voiture qui l'a amené. Un véhicule ordinaire, des pneus standard. Rien de particulier.

Mortka se frotta la mâchoire.

— Ça veut dire que le crime a été commis ailleurs, dit Mortka, se parlant à lui-même plutôt qu'à Kochan. Il n'est venu ici que pour se débarrasser du corps. Pourquoi l'a-t-il brûlé ? Pourquoi ne l'a-t-il pas jeté dans la Vistule ?

Kochan soupira, pressentant qu'il allait se fourrer dans une situation dont il aurait du mal à se dépêtrer.

— Ce n'est pas ton enquête, le Kub, dit-il par sens du devoir seulement, sachant qu'il n'avait aucune chance de ramener Mortka à la raison.

— Je sais. Mais comme tu m'as fait venir… Pourquoi n'a-t-il pas jeté le corps dans la Vistule ?

— C'était peut-être son plan à l'origine ? lança Kochan. Mais une fois sur place, il a vu que le fleuve était à moitié gelé. Il lui aurait fallu traverser jusqu'au milieu… Est-ce que la glace l'aurait supporté, lui avec le corps ? En plus il faisait noir, et il ne pouvait pas voir où la glace tenait. Ça aurait fini avec deux corps dans la Vistule, et nous aurions deux cadavres à identifier au lieu d'un.

— Si son plan était de jeter le corps dans la Vistule et qu'il a changé d'avis au dernier moment, il ne devait pas être préparé à cette éventualité. Il n'avait pas d'essence.

— Et dans le réservoir ?

Mortka fit non de la tête.

— Il lui aura fallu une pompe. Un truc qu'on ne trimballe pas dans son coffre. Il faudrait vérifier les vidéos de surveillance des stations d'essence à proximité autour de l'heure du crime. L'assassin a pu aller acheter une pompe ou de l'essence quand il s'est rendu compte que la Vistule était gelée.

— Je passe le message à Gruda.

— Et la fille ? Agnieszka ?

— Aucune trace. Tu penses qu'ils l'ont enlevée aussi ?

Il acquiesça. Kochan retourna les idées dans sa tête, puis haussa les épaules et accepta le rôle que lui imposait la situation.

— Le Lièvre, dit-il simplement.

Mortka démarra sans un mot.

Tout le monde pensait que le surnom du Lièvre dérivait de son nom de famille. Mais c'était faux. On l'avait d'abord appelé le Tordu, parce qu'il avait les jambes et la colonne vertébrale tordues. Jeune, il ressemblait à un sac d'os. Il subit des années de gymnastique corrective, puis de muscu, et quand les stéroïdes l'arrondirent, il prit du poids et de la masse musculaire. Mais le surnom du Tordu perdura. Jusqu'au jour où on s'aperçut qu'il avait un talent naturel pour disparaître, devant la police, devant les supporters de l'équipe de la Legia, l'ennemi héréditaire, et devant la concurrence. Et quelqu'un fit un jour la remarque que « le Tordu avait filé comme un lièvre ». Ça lui était resté.

Non que le Lièvre n'aurait pas su se castagner au besoin. Ça, il savait faire, envoyer valser des rangées de dents… Mais à la différence de beaucoup d'autres, il mesurait ses chances de façon réaliste, et son instinct lui permettait de renifler le danger à un kilomètre. Trois contre un, par exemple, ce n'était pas la peine. La police : mieux vaut se carapater. Un collègue avec une tête à porter un feu : prendre ses jambes à son cou. Des principes simples, peut-être, mais qui augmentaient ses chances de survivre et de conserver une parfaite dentition. Principes que des potes du Lièvre ne parvenaient pas, pour des raisons inconnues, à assimiler. C'est pourquoi les collègues marinaient à la base tandis que le Lièvre montait dans le groupe de Borzestowski. Parce que Borzestowski appréciait ceux qui savaient minimiser les pertes et maximiser les profits.

Cette fois pourtant, le Lièvre fut trompé par son instinct. La cause ? Peut-être un mélange d'alcool et de dope, et la gueule de bois qui s'en était suivie ; à moins qu'après deux ans sans anicroche dans le business il ne se soit senti trop sûr de lui. Toujours est-il que quand il était allé ouvrir à cet enfoiré qui tapait à la porte, il ne s'était attendu à rien de mal.

Le Lièvre avait posé la chaîne et tourné la poignée. Au même moment, le type de l'autre côté avait cogné dans la porte, qui vint le heurter au front, tandis que la chaîne sautait en trois endroits en même temps. Le bandit tomba sur le plancher. Il se retourna sur le ventre en un éclair et se releva.

Trop lentement.

Un des agresseurs l'attrapa par la chemise, le colla contre le mur et lui asséna un coup dans les reins. Puis un deuxième. Le Lièvre retomba à terre, cette fois pour recevoir des coups de pied dans les côtes. Il gémit et se mit en boule.

— Le voilà pacifié, dit une voix au-dessus de lui.

Le Lièvre risqua un regard vers le haut. Deux types se tenaient au-dessus de lui. Tous les deux environ la trentaine. Il ne les connaissait pas. Le premier, un peu plus jeune, paraissait incertain. L'autre avait en lui ce quelque chose qui fit s'affoler l'instinct du Lièvre, et le gangster sut aussitôt qu'il fallait prendre des mesures.

C'est ce deuxième qui sortit un pistolet en débloquant le cran d'arrêt. Et ce seul bruit serra douloureusement l'estomac du Lièvre. L'autre le visait à la tête.

— À genoux, ordonna-t-il.

Le Lièvre obéit docilement. Il s'était toujours imaginé ce moment différemment. Il s'était dit qu'il garderait un calme plein de cynisme. Au lieu de cela, il s'efforçait tout juste de ne pas vomir, les yeux rivés sur l'entrejambe d'un type qui tenait un pétard.

— Tu n'y vas pas un peu fort, le Kub ? demanda le jeune.

Mortka fusilla Kochan du regard et appuya le canon de son pistolet contre le front du Lièvre. Le bandit était pâle comme un bâton de craie.

— Vous avez tué Piotrek, affirma l'inspecteur.

Le Lièvre cligna trois fois des yeux.

— Qui ça ?

— Piotr. Un étudiant. Celui qui te devait cinquante mille.

Les neurones du cerveau chargé de la veille recommençaient lentement à connecter, et le Lièvre comprit enfin de qui il s'agissait.

— Ah, c'est toi le flic qui habite avec lui, dit-il avec un sourire de soulagement qui lui éclaira le visage.

Il croyait qu'ayant affaire à des policiers il ne risquait rien. Il reçut à ce moment un coup de crosse sur la tête qui le fit retomber.

— C'est bien moi. Et alors ?

— Jésus… mec… relax… je lui fais cadeau de sa dette… gémit le Lièvre en se tordant sur le plancher, la tête entre les mains.

Mortka était rouge de hargne. Avant qu'il puisse faire quoi que ce soit, Kochan s'était interposé entre le bandit et lui.

— On se calme, le Kub. On se calme.

L'inspecteur souffla profondément, avant d'acquiescer. Kochan recula, tout en restant assez près pour pouvoir intervenir à tout moment.

— Tu ne m'as pas écouté, le Lièvre. Nous l'avons trouvé. Et identifié. Nous savons que tu l'as tué…

— Mais, mec, qu'est-ce que…

— Silence, le Lièvre, l'interrompit Mortka d'une voix basse mais très ferme. Ta vie dépend de deux réponses à deux questions très importantes.

— Mais, mec… Tu ne vas pas me tuer ! Tu es flic.

— Te tuer, non, reconnut l'inspecteur. Mais te massacrer, te briser les vertèbres… Tu comprends bien : résistance à une arrestation, attaque contre la police… Nous sommes deux respectables gardiens de l'ordre, et tu n'es qu'une vulgaire ordure que personne ne va regretter. Tu veux passer le restant de tes jours en chaise roulante, le Lièvre ? Tu imagines comme ça sera chouette ? Avec une place réservée sur le parking des supermarchés ? C'est vrai que tu ne pourras plus baiser et que maman devra se remettre à te changer les couches, mais imagine ces places de parking réservées… Avec un putain de badge rien que pour toi.

— Me fais pas ça, répéta le Lièvre, déjà moins sûr de lui.

Il était toujours allongé sur le plancher, se tenant la tête à l'endroit où il avait reçu le coup de crosse.

— On verra… Écoute bien. Il y a deux questions. Et deux réponses. Comme à « Qui veut gagner des millions ? ». Prêt ?

Le Lièvre n'était absolument pas prêt, mais il ne pouvait qu'être d'accord. Comme hypnotisé, il regardait le canon du pistolet tourné vers lui.

— Où est la fille ?

— Quelle fille ?

— Mauvaise réponse, gronda Mortka. Concentre-toi ! La fille avec Piotr. Agnieszka. Elle était dans l'appartement quand tes bourriques sont arrivées. Où est-elle ?

— Mais, mec… je n'en sais rien. Je te jure que je n'en sais rien.

Mortka fit la grimace. Il regarda d'un air interrogatif Kochan qui se contenta de hausser les épaules.

— D'accord. Deuxième question, mec. T'as une chance de te racheter. Qui a tué Piotrek ? Toi, ou un autre ?

— Je ne sais pas de quoi tu parles. Sérieux. Hier j'ai fait un peu la bringue avec mes potes et quelques jolis culs.

— Qui a dit qu'il était mort hier ? demanda Mortka.

Il réorienta le canon de son pistolet de la tête vers le bas du ventre du Lièvre. Des larmes de terreur sortirent des yeux du bandit. Il tremblait de tout son corps.

— Qui a tué Piotrek ?

— Je ne sais pas !

Mortka gardait le pistolet dirigé sur le Lièvre. Le bandit le regardait, terrorisé.

— Le Kub… Le Kub…

L'inspecteur abaissa son arme. Kochan eut un soupir de soulagement. Mortka se rendit compte avec honte qu'il avait vraiment eu l'envie, un instant, d'appuyer sur la gâchette. Qui sait… S'il avait été seul… Il eut peur rien que d'y avoir pensé. Il baissa la tête et se passa une main dans les cheveux.

Kochan retourna le Lièvre, lui plia les bras et lui passa les menottes.

— Bouge pas, fumier, dit-il. J'appelle Gruda et les techniciens. Qu'ils vérifient cette turne.

— D'accord, acquiesça l'inspecteur.

Il avait la gorge complètement sèche. L'adrénaline était retombée. Il se sentait faible et fatigué. Ses muscles tremblaient. Il entra dans la cuisine pour boire un peu d'eau, puis il passa dans la grande pièce, s'assit sur le canapé et attendit l'arrivée du reste de l'équipe.

Le Lièvre était allongé à quelques pas de lui, le visage frottant le tapis.

Ils étaient dans la cour de l'immeuble, dans le quartier de Praga, pas loin du rond-point du Moulin. Le Lièvre avait déjà été emmené en garde à vue. Les habitants du quartier avaient un moment observé l'action, mais comme il ne se passait rien, ils s'étaient vite dispersés pour rentrer chez eux. Ne restaient que quelques enfants, Gruda, furibard, et Mortka qui subissait la colère du vieux policier.

— Qu'est-ce que tu m'as fait là, espèce de connard !

— Je t'ai arrêté un suspect qui risquait de quitter la ville, répondit calmement Mortka.

La réponse ne fit qu'attiser la fureur de Gruda.

— Flic de mes deux ! (Il heurta du doigt la poitrine de Mortka si fort que celui-ci pensa qu'il lui en resterait un bleu.) Ce n'est pas ton enquête !

— Tu sais très bien que dans ces affaires, ce sont les premières vingt-quatre heures qui comptent. Je t'ai arrêté un suspect qui allait se faire la malle.

Gruda serra les poings.

— Écoute… Tu lui as cassé la gueule.

— Il s'attaquait à des policiers. Légitime défense. Kochan pourra confirmer.

— Quand un policier dit qu'il n'a pas frappé un suspect, et qu'il a pour le confirmer la parole d'un autre poulet, alors là, je les crois. Mais tu me prends pour un con ? (Gruda fit la moue puis lança un gros crachat vert dans la neige.) Je me fiche que tu l'aies bousculé ou tabassé, mais si tu m'as fait merder mon enquête et qu'un avocat arrive à prouver que nous avons outrepassé les limites, ne compte pas sur moi pour te faire un cadeau. Vu ?

— Comme le nez au milieu de la figure.

— Alors, maintenant et comme à confesse, tu me dis qui était ce gamin assassiné, et ce qui le reliait au Lièvre.

Mortka raconta tout ce qu'il savait de ses colocataires. Gruda, toujours furieux, écoutait attentivement, prenant des notes, posant des questions, ou demandant de répéter une phrase. Ils restèrent dans le froid une bonne heure. Quand ils se séparèrent, la colère de Gruda semblait être retombée. Mortka promit de téléphoner si quelque chose lui revenait à l'esprit.

Il rentra directement chez lui. Il passa juste à côté chez Rossmann pour acheter une boîte de gants en latex et des sacs-poubelle.

Une fois dans l'appartement, il ôta sa veste qu'il rangea dans sa chambre, sortit le pistolet de son étui et le posa sur la table. Puis il enfila les gants, prépara des sacs et entra dans la chambre de Piotrek.

Ce qui le frappa d'abord fut l'odeur de moisi. La porte étant fermée, la puanteur n'avait pu se répandre ailleurs. Il en localisa rapidement l'origine : sur le rebord de la fenêtre, un petit tas de sandwichs pourrissaient dans une assiette. Il les jeta par la fenêtre.

Il commença la fouille par le bureau. Des crayons et stylos à bille en majorité hors d'usage dormaient dessus, au milieu de papiers noircis de chiffres et de dessins. À première vue, rien d'intéressant. Des exercices rapportés, à faire à la maison. Il ne trouva pas de notes personnelles.

Il ouvrit les tiroirs l'un après l'autre. Il y trouva des cahiers de dessins techniques, un manuel de mécanique, des mouchoirs propres et des sales, un cendrier avec des mégots et des emballages de barres choco.

Dans les armoires, plusieurs pièces de vêtements. Il fouilla dans les poches dont il ne tira qu'un vieux billet froissé de dix zlotys. Il vérifia aussi ce qu'il y avait sous le lit, mais il n'y trouva, outre une épaisse couche de poussière, qu'un vieux morceau de pizza.

Il retira les gants qu'il jeta dans la poubelle et en enfila une autre paire. Il passa dans la chambre d'Agnieszka. Tout était là bien plus ordonné. Aucun déchet, pas de papiers sur le plancher, pas de restes de nourriture. Le lit était fait, un nounours en peluche appuyait tristement sa tête dans un coin, la poussière était balayée, des photos de vacances étaient accrochées aux murs.

Il s'arrêta sur l'une d'elles. Elle montrait Agnieszka, souriante, avec en fond une petite ville du Sud baignée par un soleil tendre. Mortka la reconnut. Ce devait être quelque part en Toscane, là où le policier était parti en vacances avec sa femme et leurs enfants, deux ans plus tôt. Le voyage aurait dû ranimer l'ancienne passion mais s'était révélé une véritable catastrophe. Il avait pris le premier jour un tel coup de soleil qu'il était devenu rouge comme une écrevisse, le dos douloureux au moindre mouvement. Ola les traînait sans pitié d'un musée à l'autre, d'une église à l'autre, et lui, il avait sombré dans un ennui et une fatigue supérieurs à ceux de ses tout jeunes fils qui eux, au moins, pouvaient exprimer leur mécontentement par des cris, des tapements de pieds et des pleurs. Ils lui donnaient mal à la tête, mais en secret il les jalousait. Il était rentré en Pologne plus fatigué qu'avant le départ. Et pour ce qui est de la passion, ils n'avaient fait l'amour en Italie qu'une fois, lorsque Mortka, sous l'effet d'un vin italien bon marché, s'était jeté sur Ola dans le lit, et qu'elle, pour avoir la paix, avait décidé de le laisser faire son affaire, restant de marbre le temps qu'il finisse.

Il adressa un sourire triste à la photo.

Il passa ensuite en revue les livres soigneusement alignés sur une étagère. Il lut des titres qui ne lui disaient rien et des noms d'auteurs qu'il ignorait. Piekar, Sapkowski, Mankell, Pilipiuk, un volumineux essai de Maria Janion sur les vampires, une *Histoire du théâtre*, d'épais volumes intitulés *Positivisme*, *Romantisme*, *La Jeune Pologne*, un ouvrage consacré à Wyspianski.

Il vérifia qu'Agnieszka n'avait rien caché derrière la rangée de livres. Il dut se livrer à une difficile gymnastique de la main avant de tirer un petit sachet de feuilles vertes pressées. Il l'ouvrit et reconnut l'odeur caractéristique de la marijuana.

Il y en avait trop peu pour soupçonner Agnieszka de trafic. Elle devait sûrement trouver plaisir à se rouler un joint de temps en temps, comme la majorité des étudiants. Mortka ne savait que faire de sa trouvaille. Ce pouvait être une piste, mais d'un autre côté, il ne voulait pas que la fille ait des ennuis pour une si mince affaire. Il replaça le sachet là où il l'avait trouvé.

Il y avait un petit tas de disques à côté des livres. Surtout des éditions pirates, sans couverture, juste dans des enveloppes en papier. Kazik, Kult, Metallica, Iron Maiden, Cradle of Filth.

Il passa à l'armoire. Il y restait aussi quelques vêtements. Ils avaient dû faire leur sac en vitesse, pensant revenir à l'occasion plus tard pour le reste, se dit Mortka. Il examina les fringues. Une paire de pantalons, quelques chemisiers avec des inscriptions moyennement drôles, deux blouses noires. Une robe. Il s'étonna. Il ne l'avait jamais vue avec. De la lingerie et la moitié d'un paquet de serviettes.

Dans le petit bureau, il trouva un carnet de notes et, plus intéressant, le journal d'Agnieszka, de l'année précédente. Il s'assit sur le lit et commença à lire. Elle avait une belle écriture ronde, très féminine.

Les notations étaient irrégulières et, dans la majorité des cas, sans grand intérêt. Agnieszka racontait à quelle heure elle était allée se coucher, ce qu'elle avait fait, à quelle heure elle était rentrée, ce qui s'était passé en cours. Elle tombait parfois dans d'obscures digressions pseudo-littéraires que Mortka ne comprenait pas vraiment. En novembre, elle avait eu peur d'être enceinte. Le retour de ses règles fut salué par une inscription spéciale entourée de quantité de points d'exclamation et de sourires stylisés, encore qu'elle se plaignît de douleurs dans le ventre.

Il trouva aussi quelques remarques sur lui. Elle écrivait qu'il avait belle allure, qu'il avait « un charme rude », et en même temps qu'il était « attirant mais inquiétant ». Cette description lui plut. C'était ainsi qu'il voulait se voir. Dans une notation ultérieure, Agnieszka affirmait par contre qu'il était insupportable et se comportait comme un bouffon ordinaire.

Il referma le journal et le rangea dans le petit bureau. Rien d'autre ne retint son attention. Il y avait un tableau en liège au-dessus du bureau d'Agnieszka. Elle y avait épinglé son emploi du temps à l'université et des photos : d'elle-même, de sa famille et de Piotrek. Il détacha une photo de la fille. Il l'emporta à la Criminelle d'où il la diffusa à tous les commissariats de la ville. Les policiers qui tomberaient sur une trace de la fille devaient aussitôt le contacter. Mortka savait qu'il aurait dû en informer Gruda, mais il n'en éprouva aucun remords.

Il rentra chez lui. Dans la boutique en bas de l'immeuble, il s'acheta quatre bières. Il les but en regardant la télé et s'endormit sans s'en apercevoir.

Il ne fit aucun rêve.

Chapitre 17

Il se leva à neuf heures passées. Pour la première fois depuis des jours, il se sentit reposé. Il prit un long bain et un petit déjeuner léger. Au premier café du matin il essaya, crayon en main, d'esquisser le programme de la journée. Il savait qu'il devrait être chez les garçons vers quatre heures. Il décida de les emmener à la patinoire : il y en avait une près de la station Imielin, non loin de chez eux. Il avait encore devant lui quelques heures à mettre à profit.

Il téléphona à Gruda. Celui-ci n'eut aucun plaisir à entendre la voix de Mortka dans l'écouteur, mais il accepta de parler.

— D'après les légistes, le garçon est mort dans la nuit de vendredi à samedi. Cause de la mort : étouffement. Il y a aussi des traces de coups. Vraisemblablement, il y a eu bagarre. Il n'a pas été torturé, il n'y a pas de traces de garrottage. Le corps a certainement été brûlé pour faire disparaître les preuves, mais l'auteur des faits ne s'attendait manifestement pas à ce que le feu fasse si peu de dégâts, dit négligemment Gruda en faisant de longues pauses entre ses phrases pour tirer sur sa cigarette.

— Il ne s'agit donc pas d'un professionnel, réagit Mortka.

— Plutôt non. Le Lièvre nie avoir quoi que ce soit à voir avec la mort du garçon. Il affirme qu'après que vous êtes tombés sur ses collecteurs mercredi, il a décidé de ne plus s'occuper de la dette de Piotrek. Il ne comprenait pas de quoi il retournait, pourquoi Piotrek habitait chez un policier… Est-ce que nous le cachions ? Il a un alibi. Il est resté dans un club jusqu'à quatre heures du matin. On a même des enregistrements de caméras de surveillance qui l'ont fixé pour la postérité. Tu as massacré le mauvais type, gamin, conclut Gruda en ricanant méchamment.

— De toute façon, il ne l'avait pas volé. Et je me doutais bien qu'il ne l'avait pas exécuté lui-même. Il pouvait confier le travail à quelqu'un.

— Pour une question de dettes, on casse plutôt les jambes, gamin.

— À moins qu'on ait voulu faire un exemple. Ou que le type ne se soit plus maîtrisé.

Avec un souffle méprisant, Gruda envoya de la fumée dans l'écouteur.

— Je ne suis pas persuadé, gamin. Et même si c'était le cas, ils l'auraient tué autrement qu'en l'étouffant.

Il a raison, se dit Mortka. L'étouffement était une forme très particulière d'assassinat. On étouffe quelqu'un de la famille, un frère, une sœur, sa femme ou sa copine. Pas un étranger, un débiteur. Pour ce dernier, ce serait plutôt un grand coup sur la tête.

— Et la fille ? On l'a retrouvée ?

— Pas la moindre trace. J'ai eu son numéro par les parents du garçon, mais elle ne répond pas. Elle est peut-être chez des amis. Tu as des idées là-dessus ?

— Non. Il faudrait faire un tour à l'université. Elle est en troisième année de lettres.

— Il faudrait, en effet. Et de ton côté, tu as trouvé quelque chose, gamin ?

Il savait qu'il devait tout dire. C'était le principe. S'il lui cachait maintenant quelque chose, le collègue ne l'aiderait plus jamais dans aucune enquête. Et la moitié du succès tenait aux informations des collègues, à leurs soupçons, à ce qui se disait. Plus d'une fois Mortka n'avait pu résoudre une affaire que parce qu'à la Criminelle quelqu'un avait eu accès au bon informateur.

— J'ai trouvé de la marijuana dans la chambre d'Agnieszka.

— Doux Jésus, gamin… gémit Gruda. Par les temps qui courent, je retrouverais de la marijuana jusque dans la chambre de ma propre fille. Autre chose ?

— Hélas, non.

— Et cette marijuana, il y en avait combien ?

— Pour son usage.

— Sûr qu'elle ne dealait pas ?

— Gruda, je sais que tu me prends pour un imbécile, mais est-ce que tu penses vraiment que j'aurais pu cohabiter avec des dealers sans m'en apercevoir ?

— C'est vrai que tu n'es pas bête à ce point, admit à contrecœur l'aîné des policiers. Mais après tes exploits d'hier, gamin, je me demande si je ne devrais pas changer d'avis.

Ils conclurent et raccrochèrent. Mortka remit son téléphone dans sa poche et se fit un café avant de s'asseoir devant une feuille de papier blanc.

Piotrek était mort dans la nuit de vendredi à samedi. Ils avaient filé, Agnieszka et lui, mercredi soir. Que s'était-il passé pendant les quarante-huit heures entre ces deux évènements ? C'était la clef de l'énigme de sa mort. Ils avaient quitté l'appartement en hâte, sous l'effet de la peur, mais ils avaient une esquisse de plan. Où voulaient-ils se cacher ? Chez des amis ? Peut-être avaient-ils quelque famille à Varsovie ? Pendant presque deux jours, ils avaient réussi à échapper aux types du Lièvre. Ils ne s'étaient fait prendre que vendredi. Pourquoi ? Qu'est ce qui avait cloché ? Ça pouvait être quelque chose de très simple… Ils n'étaient que deux étudiants apeurés sans aucune expérience de la planque. Ils avaient pu faire une erreur stupide : téléphoner au Lièvre ou à quelqu'un de son entourage, essayer de l'amadouer, de dédramatiser l'affaire, acceptant un rendez-vous ou le proposant eux-mêmes.

Ce qui le tracassait était de ne pas savoir ce qu'il était advenu de la fille. Il craignait que les types de Borzestowski ne l'aient enlevée, séquestrée dans une cave près de Varsovie, violée à tour de rôle jusqu'à la juger suffisamment brisée pour la vendre à un bordel en Allemagne ou en Hollande.

Il avait fini son café et se demanda s'il devait en prendre un autre. Il n'était que onze heures, et ça ferait le troisième de la journée. Il se décida pour un thé. Il se leva et rinça sa tasse.

Gruda doutait que les types de Borzestowski aient tué Piotrek. Mais si ce n'était pas eux, alors qui ?

Il essaya de se remémorer tout ce qu'il savait de ses colocataires. Un étudiant ordinaire, sale, négligé, et au fond assez primitif. Il venait d'une petite ville. Qui pouvait bien vouloir sa mort ?

Plusieurs réponses vinrent à l'esprit de Mortka, mais elles étaient soit stupides, soit franchement absurdes. Son imagination lui suggéra un étudiant ambitieux, désireux d'éliminer un concurrent plus doué, un camarade jaloux, amoureux de la fille, et autres fariboles. Il s'en voulait. Il avait vécu à leurs côtés quatre mois, mais ne savait rien d'eux.

Il finissait de préparer son thé quand la sonnette retentit. Il reposa la tasse fumante sur la table et passa dans l'entrée. Il regarda par le judas. Dans le couloir, il vit Borzestowski en compagnie de deux malabars. Mortka recula doucement jusqu'à sa chambre, prit son pistolet, vérifia qu'il était chargé et libéra le cran d'arrêt.

Borzestowski sonna une deuxième fois.

— J'arrive ! cria l'inspecteur.

Se souvenant de ce qu'il avait fait la veille chez le Lièvre, il assura la porte avec le pied et fixa la chaîne. Dans une telle situation, si quelqu'un donnait un coup pour forcer le passage, il aurait une chance de retenir la porte, puis de la refermer. Il tenait son arme cachée de sorte que ses visiteurs ne la voient pas.

Borzestowski sourit en guise de salutation.

— Oh, inspecteur, je suis venu bavarder un peu. On peut entrer ?

— C'est une blague ?

Le gangster hocha la tête d'un air compréhensif et claqua des doigts en direction de sa garde.

— Les gars, attendez-moi dans la voiture.

Les deux types de Borzestowski parurent mécontents, mais redescendirent docilement. Mortka les entendit refermer la porte du bas.

— Qu'est-ce qu'on fait, inspecteur ?

Il n'avait qu'une seconde pour se décider. Il retira la chaîne et ouvrit grande sa porte, mais sans laisser Borzestowski voir son pistolet.

Le gangster entra. Il considéra le logement.

— Un endroit agréable. Et chargé d'histoire. Rien n'a changé depuis les années soixante-dix, n'est-ce pas ?

Mortka referma la porte à double tour. Borzestowski se retourna et aperçut l'arme dans la main du policier. Il haussa les sourcils.

— Vous voulez vous servir de ça ? demanda-t-il sur un ton légèrement ironique.

— Donne-moi seulement un prétexte.

— Ouuuh… grogna-t-il. Un vrai dur à cuire, inspecteur ! Avec tellement de testostérone, il faut aller aux putes trois fois par jour pour se maîtriser la crampe. Le cas échéant, demandez-moi, et je vous fais passer à l'œil dans les meilleures agences de tout Varsovie. Qu'est-ce que vous en dites ?

Mortka ne répondit pas.

— C'est ce que je pensais, poursuivit Borzestowski sans se formaliser. Vous n'êtes pas intéressé. Peut-être préférez-vous les petits garçons ? J'ai ça aussi, pas de problème. Et personne n'en saura rien. Dans ce domaine, j'assure une discrétion totale. Mieux que chez monsieur le curé. Parce que le curé, comme on sait, il raconte à sa bonne, et la bonne va tout répéter dans le village.

— Ça suffit ! lança le policier.

— Excusez-moi, inspecteur. (Le gangster écarta les bras.) Ça me rend toujours un peu nerveux de voir quelqu'un devant moi avec un pistolet.

Borzestowski glissa la main à l'intérieur de sa veste. Mortka le mit en joue aussitôt.

— Du calme, inspecteur…

Borzestowski tira lentement un paquet de cigarettes tenu entre deux doigts.

— Je peux fumer ?

— Non.

Le gangster eut l'air déçu et rangea le paquet.

— Vous pourriez arrêter de me viser ? Votre main tremble un peu. J'ai peur d'un accident. Ni vous ni moi ne voudrions de ça.

— Tu es bien le seul.

— Vraiment, c'est le moment d'arrêter de jouer aux durs, inspecteur. Je ne suis pas venu ici pour écouter des discours. Et vous n'avez rien à me prouver.

Mortka abaissa son arme. Non qu'il se soit laissé convaincre par la tirade du gangster, mais son bras faiblissait, et il ne tiendrait de toute façon plus très longtemps tendu comme ça.

— On boit quelque chose ? proposa Borzestowski.

— À la cuisine, dit l'inspecteur.

Il montra d'un signe de tête le chemin au gangster. Il lui demanda de s'asseoir sur la chaise contre la fenêtre, à une distance sûre.

Mortka indiqua la tasse à Borzestowski qui remercia d'un geste. Il but une gorgée et fit la grimace.

— Je peux mettre un sucre ?

— Le sucre est sur l'étagère.

Le gangster prit le sucrier et versa trois cuillerées dans le thé. Puis il prit dans sa poche une flasque et ajouta un peu de vodka, pour le goût. Il mélangea.

— J'ai entendu dire que vous avez fait irruption chez le Lièvre hier, dit-il en faisant tinter la cuillère contre la tasse. Et de manière assez spectaculaire… Il est accusé d'avoir assassiné ce gamin, n'est-ce pas ? Piotr Stelmach. Merde, je ne savais pas que votre colocataire me devait cinquante mille zlotys. Si j'avais su, j'aurais annulé la dette. Qu'est-ce que c'est que cinquante bâtons entre amis, n'est-ce pas, inspecteur ?

Mortka sentait que le gangster voulait le provoquer, mais il ne voyait pas dans quel but. Il devait cependant reconnaître que Borzestowski ne s'en tirait pas mal.

— J'ai posé des questions, poursuivit Borzestowski. Ce n'est aucun de mes gars. Sûr, à cent pour cent.

— Pourquoi tu me racontes ça ?

— Pour qu'il n'y ait que de la transparence entre nous, inspecteur. Je ne voudrais pas que nos relations se gâtent à cause de cette triste affaire. Ça ne rapporterait rien à personne. Alors je viens ici… J'entre sans mes gars, je m'assieds dans la cuisine pour boire votre thé, et je déclare : je n'ai rien à voir avec la mort de ce garçon. Le Lièvre non plus.

Il fit une pause. Mortka hocha lentement la tête.

— Cet étudiant nous devait de l'argent, poursuivit Borzestowski. C'est vrai. Le Lièvre l'a fait tabasser ;

c'est aussi vrai. Mais après sa visite chez vous, quand vous êtes tombés sur les types du Lièvre avec votre collègue, il a été tellement désemparé qu'il n'a plus su quoi faire. Il s'est même dit que votre colocataire était un témoin sous protection. C'est loufoque, mais le Lièvre a parfois des idées loufoques. Pour le reste, c'est un bon gars. En tout cas, personne de chez moi n'a touché à un cheveu de cet étudiant. Enfin, depuis mercredi.

— Je ne vois toujours pas pourquoi tu me dis ça.

Borzestowski reposa sa cuillère sur la table et considéra un temps le reflet déformé de sa silhouette.

— Parce que nous avons des intérêts communs, inspecteur, expliqua-t-il. Plus encore aujourd'hui qu'avant. Vous m'aidez, et je vous aide. Vous me dites ce que vous savez de ce pyromane qui a tué mes neveux, et je lance mes gens dans la ville pour tout apprendre de ce Piotrek. Je sais que la police de Varsovie est irremplaçable, mais mes gars ne sont pas liés par les procédures, inspecteur. Je peux parfois obtenir plus d'informations que vous…

— Tu sais qui a tué le garçon ?

— Bien sûr que non, inspecteur, répondit Borzestowski.

Mortka le regarda droit dans les yeux. Il lui semblait qu'il disait vrai, mais il ne pouvait en être sûr.

— Mais, naturellement, je peux me renseigner, poursuivit le gangster d'un ton las. Montrer mon intérêt. Il est possible que le garçon ait eu des dettes ailleurs, chez un créancier moins patient que moi. Y avez-vous pensé, inspecteur ?

— Nous sommes en train de vérifier cette possibilité, mentit Mortka sans ciller.

Il était surpris et mécontent que cette hypothèse sorte de la bouche de Borzestowski. D'autres créanciers... C'était plutôt évident. On emprunte rarement à des types du genre du Lièvre avant d'avoir épuisé les autres possibilités. On va voir la famille, les amis, sa banque ou le mont-de-piété. C'est en dernier recours qu'on appelle celui qui dit accorder des prêts sans caution et en cinq minutes.

— Que faites-vous à ces gens ? demanda soudain Mortka.

— Je ne comprends pas la question, inspecteur.

— Des garçons comme Piotr Stelmach, précisa le policier. Il n'avait rien, aucun appartement, aucune voiture, rien à laisser en garantie.

Borzestowski eut un sourire ironique.

— Vous voulez plaisanter, inspecteur. Vous pensez que je vais vous donner les secrets du business ? Secret des affaires. Et je ne veux pas entretenir la concurrence.

— Cinquante mille, insista Mortka. Tu savais bien qu'il ne les rendrait jamais.

— Je suppose qu'il a su se montrer assez persuasif pour convaincre le Lièvre qu'il allait se refaire. Les joueurs ont des éclats dans le regard... Quand le Lièvre voit ça, il s'attendrit tout de suite. Nous sommes des gens normaux, au fond. Nous partageons les états d'âme de nos clients : nous nous réjouissons quand ils gagnent, et nous avons de la peine avec eux quand ils perdent. L'empathie va parfois trop loin, et nous commettons des erreurs. Nous oublions le business plan. Autre chose : j'ai imposé, comme les banques d'ailleurs, un programme de vente assez pointu. Certains de nos vendeurs, le Lièvre par exemple, sont capables, pour respecter le programme, d'accorder des crédits à n'importe qui, au premier qui se présente, sans regarder ses possibilités financières, son historique de crédit et je ne sais quoi encore. Tous les jours on peut lire dans les journaux qu'une vieille avec une retraite de mille zlotys par mois a obtenu un crédit de cent mille. Avec quoi va-t-elle rembourser ? Les banques… (Il secoua la tête comme si ça le touchait vraiment.) Ce sont des bandits. Mais personne ne s'en préoccupe parce qu'elles ont tous les politiques dans leur poche. Ce pays est pourri, inspecteur.

Mortka remit le cran d'arrêt de son pistolet qu'il posa en haut de l'armoire de cuisine. Il se détendit les doigts.

— Tu t'amuses bien ? demanda-t-il.

— Tout le contraire, inspecteur, affirma Borzestowski. Je suis venu avec une proposition concrète, et je perds mon temps en bavardages inutiles.

— Pourquoi tu lui as donné cinquante mille ?

— Je répondrai à cette question si vous répondez aux miennes.

— D'accord.

Le gangster prit sa tasse et but une gorgée.

— Tout d'abord, ces gamins ont des parents. Les parents ont des maisons, des appartements, des situations. Le gamin finit par caner et courir chercher de l'aide chez papa-maman. Neuf fois sur dix, les parents payent les dettes. Avec les intérêts.

— Et ceux qui ne payent pas ?

— On les envoie en vacances en Colombie, au Venezuela, au Pérou, au Maroc, en Thaïlande. Notre récompense pour nos plus fidèles clients.

— Certains doivent ne pas en revenir, avança Mortka.

— Ce sont de splendides pays habités par des gens merveilleux, très hospitaliers. Au point qu'ils ne veulent plus laisser repartir nos clients qui y passent quelques années ou plus dans de charmants hôtels pittoresques, encore que légèrement surpeuplés, je dois dire. Mais assez parlé de ma petite agence de voyages. À moi de poser une question, inspecteur.

Mortka hocha la tête. Il jouait avec le diable. Mais il espérait avoir assez d'esprit et de ressources pour gagner.

— Qui est l'incendiaire ?

— Un homme. Pas plus de trente ans. Normalement bâti. C'est tout ce que nous savons. Mais nous avons une piste…

— Laquelle ?

— Ça, c'est déjà une deuxième question.

— OK. Alors, deuxième round ?

— Agnieszka Krajan. La copine de Piotr Stelmach.

— Je ne la connais pas. Jamais entendu parler. Qu'est-ce qu'elle est devenue ?

— Disparue. On ne sait pas ce qu'elle devenue.

— Je demanderai ce qu'on peut savoir d'elle en ville. Maintenant, ma question.

— J'ai déjà répondu.

Borzestowski haussa les sourcils.

— Pardon ?

— Tu m'as demandé ce qui lui était arrivé. J'ai répondu que je ne savais pas.

Le gangster se leva de sa chaise.

— J'avais cru comprendre que nous avions un accord, inspecteur.

— C'est exact. Nous avions.

Borzestowski eut un sourire torve.

— Un autre round ?

— Je n'ai plus envie.

— Vous imaginez peut-être, inspecteur, que nous sommes en train de jouer ?

— Absolument pas. Je fais mon travail, que je considère avec le plus grand sérieux. Ça fait bientôt dix ans que j'attrape des salopards dans ton genre ou celui du pyromane.

Le gangster toisa l'inspecteur avec colère.

— Vous vous croyez intouchable, n'est-ce pas, inspecteur ? Immortel et à l'abri ? D'autres se sont déjà perdus dans le sable…

— Dures paroles. Des paroles qui peuvent t'envoyer en prison.

Borzestowski tendit ses poignets.

— Dans ce cas, arrêtez-moi, inspecteur. Je vous en prie. Passez-moi les menottes et emmenez-moi au commissariat. Mes gars attendent en bas. Il suffit que je leur fasse signe… Arrêtez-moi, inspecteur. Faites-moi ce plaisir.

Mortka resta immobile. Borzestowski finit par baisser les bras.

— C'est bien ce que je pensais, dit-il.

Le gangster reprit une gorgée de thé et passa devant Mortka. Il s'arrêta sur le pas de la porte.

— Je veux cet incendiaire, inspecteur. Et souvenez-vous que personne n'est immortel, lança-t-il en guise d'adieu.

Dans ce genre de situations, Mortka préférait être en service. Agir, interroger des suspects, chercher des assassins, fouiller des documents, tenir une réunion avec les collègues… Mais il n'y avait pas la moindre chance pour lui de se rendre utile : Gruda ne permettait pas que qui que ce soit mette le nez dans son enquête. Par ailleurs, en ce qui concernait le pyromane, aucun fait nouveau, aucune idée nouvelle. Ce qui ne l'empêchait pas de penser tantôt à l'une, tantôt à l'autre affaire. Il avait la tête pleine d'hypothèses qu'il écartait ensuite.

Ses fils avaient dû le remarquer. Ils déambulaient dans la patinoire, glissant d'un groupe à l'autre, mais sans joie d'être sur leurs patins. Après moins de vingt minutes, ils quittèrent la piste et allèrent se changer.

Mortka s'en voulait. Il aurait dû se concentrer sur ses enfants, leur parler, leur faire passer un bon moment en compensation du divorce et du fait qu'ils ne voyaient leur père qu'à peine deux fois la semaine.

Il leur proposa d'aller déguster une pizza. Ils acceptèrent, mais comme à contrecœur, pour lui faire plaisir. Il essaya de parler avec eux, mais ce fut une catastrophe. Il ne savait que leur demander ce qu'ils faisaient à l'école, ce qu'ils apprenaient, les notes qu'ils obtenaient, et il se rendit compte qu'il se comportait comme s'il menait un interrogatoire. Il finit sa pizza sans plus rien dire et les raccompagna jusqu'à la maison.

Quand elle récupéra les garçons, Ola surprit Mortka en l'invitant à prendre un thé. Il accepta. Son ex-femme s'occupa d'abord des enfants, écouta leur récit de la patinoire et de la pizzeria, puis les emmena dans leur chambre en leur demandant de jouer calmement. Elle revint dans la cuisine où Mortka se trouvait déjà. Il s'était assis.

— Je pensais que tu allais préparer le thé.

— Je n'ai pas voulu fouiller dans tes affaires. C'est chez toi maintenant.

Elle fit mine de répondre, puis renonça. Elle se contenta de mettre de l'eau à chauffer.

— Je voulais parler avec toi, dit-elle en versant des feuilles de thé dans la théière. De plusieurs choses. D'abord, tes parents ont téléphoné. Ils invitent les garçons chez eux pour les vacances et j'ai donné mon accord. Ils iront une semaine.

— À Tomaszow Mazowiecki ? Ça n'a rien d'affriolant.

— Comme tu le sais, pour le moment nous n'avons pas les moyens de leur offrir les Alpes. Deuxièmement, les garçons adorent leurs grands-parents, et ça leur fera plaisir de les voir. Et tes parents vont se faire une joie de les gâter.

— D'accord. Qu'ils y aillent.

— Ni ton père ni ta mère ne t'en ont parlé ?

— Je parle rarement avec mes parents. On n'a pas beaucoup de sujets de conversation communs.

Elle voulut ajouter quelque chose, mais renonça encore.

— Tu les amèneras ? demanda-t-elle.

— Oui.

Elle infusa le thé et posa une tasse devant lui. Elle s'assit du côté opposé de la table, écarta les cheveux de son front.

— Le deuxième sujet est beaucoup moins agréable, commença-t-elle. Pour moi.

Elle prit une profonde inspiration.

— Je voudrais m'excuser.

Il ne s'attendait pas à ça.

— De ne pas t'avoir dit que j'avais perdu mon boulot, pour tout le cirque avec la pension, pour toute cette histoire. Je suis sûre que si je t'avais fait signe, dit que j'avais vraiment besoin de cet argent, il serait arrivé le premier du mois ou même avant. Sauf que moi…

Elle s'interrompit, comme la gorge serrée.

— Ce n'est rien, dit-il.

— Attends. Ne me complique pas les choses, d'accord ?

Il avala sa salive.

— OK, souffla-t-il timidement.

— Je veux te dire une chose importante. J'ai du mal à le reconnaître, mais je considère que tu as le droit de savoir ce qui m'arrive. Surtout quand ça a des conséquences pour les enfants. Je sais que tu les aimes beaucoup.

Elle s'interrompit à nouveau, cette fois pour boire du thé. Mortka réalisa avec étonnement qu'il redoutait les paroles à venir.

— Tu sais que je t'aime, dit-elle soudain.

Il en resta bluffé.

— Moi aussi, je t'aime, répondit-il.

— Je sais.

— Cela signifie-t-il que… commença-t-il avec espoir, mais elle le coupa aussitôt.

— Non. Kub, je t'aime, mais tu es invivable. D'autres policiers, Kochan par exemple, réussissent à concilier vie familiale et professionnelle, mais tu es quelqu'un qui place toujours le devoir avant tout. C'est peut-être pour ça que tu fais un aussi bon… ex-mari. Parce que avec les enfants, je suis moi aussi entrée dans le cadre du devoir, des choses qu'il faut faire. Tu accomplis toujours ton devoir.

Ce qu'il entendait le blessait.

— Tu ne dis rien ? demanda-t-elle.

— Tu ne comprends pas…

— C'est toi qui ne comprends pas, Kub, l'interrompit-elle. Tu ne te comprends pas toi-même. Tu t'imagines être quelqu'un d'autre que celui que tu es en réalité. Tu te vois différemment. Mais la vérité, c'est que tu es un excellent policier, Kub, et… (des larmes apparurent dans ses yeux)… tu n'es qu'un policier. Tu n'as jamais été un mari, tu n'as jamais été un père. Même si tu as pu croire que c'était le cas.

— Merci pour le thé, dit-il en faisant mine de s'en aller.

— Attends… demanda-t-elle. Rassieds-toi. Je ne dis pas cela pour te faire du mal. Tout simplement, je voulais t'expliquer…

— Quoi ? Que je suis un père de merde, et un mari pire encore ? Vraiment, merci.

Elle resta silencieuse. Lui aussi. Il avait honte. Il n'aurait pas dû parler comme il venait de le faire, mais il n'avait pu se retenir. Elle l'avait touché à un point sensible.

— J'ai très douloureusement vécu notre divorce, reprit-elle finalement. Je ne l'ai jamais avoué à personne. Tu es comme tu es, et je n'ai pas su m'y prendre, m'adapter, accepter. Nous n'avions aucune chance. Malgré tout, je t'aime. C'est pourquoi ça me fait si mal…

À lui aussi, ça faisait très mal, mais il ne pouvait prendre sur lui de le reconnaître.

— Je pensais qu'après le divorce tout serait plus facile. Que je saurais faire face. De plus, tu m'as donné tout ce que je voulais. L'appartement, la voiture, les enfants.

— Oui…

— Nous étions mariés, et tu étais capable de téléphoner brusquement pour me dire une demi-heure avant la fermeture de la crèche que tu n'aurais pas le temps d'aller chercher les garçons. Ou de faire les courses. Ou mille autres choses. Il fallait que je laisse tout tomber pour sauver la situation.

— Excuse-moi pour ça. Je…

Elle le coupa d'un geste de la main.

— Ce ne sont pas des reproches, Kub. C'est déjà derrière nous. Maintenant, écoute-moi.

— D'accord.

— Après le divorce, j'ai pensé que tout serait plus facile. Je faisais déjà presque tout toute seule, et le facteur de chaos que tu représentais dans notre vie avait disparu. Tout n'avait plus qu'à se dérouler selon un plan préparé pour la journée, la semaine, le mois. Mais quelque chose n'a pas fonctionné. Le mécanisme s'est enrayé. Je me réveillais au milieu de la nuit, tu n'étais pas là, à côté, et je réalisais que tout était fini. Je pleurais dans mon oreiller. Je ne dormais plus. J'ai commencé à ne plus être à l'heure au travail. Puis à oublier d'aller chercher les garçons à l'école. Une bourde après l'autre, et j'étais hors de moi. Je ne sais plus si c'était contre moi, ou contre toi, ou contre la vie en général. Et à un moment, j'ai perdu tout contrôle. On m'a virée. Comme ça, hop ! (Elle claqua des doigts.) Ça n'a pas été facile, Kub. Le ciel m'est tombé sur la tête.

— Tu aurais pu me le dire.

— J'aurais pu, reconnut-elle. Mais je ne voulais pas. J'étais furieuse contre toi parce que tu ne voyais rien. Tu venais deux fois par semaine ; au début du mois, tu posais l'argent sur la table comme un grand seigneur...

— Ce n'est pas comme ça, protesta-t-il.

— Je sais. Puis je me suis mis dans la tête que tu savais que je n'avais plus de travail, puisque tu es policier. Et que tu n'étais pas aveugle, et que sûrement tu faisais tout pour m'humilier. Que je sois obligée de quémander ton aide. Et donc, je n'ai rien demandé.

Comment avait-elle pu penser tout ça de lui ? Il n'osait même pas poser la question, effrayé par ces révélations.

— Récemment, je me suis rendu compte que, tout simplement, comme d'habitude, tu ne pensais qu'à ton travail. Comment mettre la main sur un tueur et le boucler ? Tu es comme ça. Tu ne vois que ton travail, les criminels et les victimes. Rien d'autre… Je n'ai pas sollicité mes parents non plus. J'avais honte. Tu sais comment ma mère a réagi à l'annonce du divorce… Et puis j'ai compris certaines choses : entre autres, que je pouvais enfin compter sur toi. Après le divorce, nous étions devenus pour toi, les garçons et moi, si j'ose dire, quelque chose d'équivalent à ton travail, ou peut-être d'approchant.

— J'ai compris ce que j'avais perdu.

Elle sourit légèrement.

— Tu mens, Kub. Peut-être inconsciemment, mais tu mens… D'ailleurs, ça n'a pas d'importance. Je voulais te demander pardon de t'avoir caché que j'avais perdu mon travail, d'avoir vendu la télé… J'aurais dû te le dire, pour le bien des enfants.

Il prit une gorgée de thé. Il devait s'humecter les lèvres. Il avait la gorge nouée.

— Qu'est-ce que tu vas faire ?

— Je me suis un peu reprise ces deux dernières semaines, ça va mieux. J'ai été invitée à plusieurs entretiens d'embauche. Vendredi, j'ai reçu un appel de confirmation d'un cabinet. Ils veulent m'engager. Il ne me reste plus qu'à fixer les détails.

— C'est quoi comme cabinet ?

— Tu ne le connais pas. Moi non plus, d'ailleurs, je ne le connaissais pas. Pas une boîte prestigieuse. Plutôt une entreprise familiale tranquille, sans grandes ambitions ni projets spécifiques. Mais ils payent normalement. Comme ils ont leur siège à Ursynow, près de la maison, j'aurai des horaires normaux. Huit heures par jour. Comme le veut le Bon Dieu.

Il finit son thé et reposa sa tasse.

— Et toi ? demanda-t-elle.

— Tu sais que je suis en colocation avec des étudiants…

Elle repoussa les cheveux sur son front et sourit.

— Oui. C'est plutôt drôle.

— On a assassiné mon coloc.

Elle poussa un petit cri et porta la main à la bouche.

— Nous ne savons pas encore qui, ni pourquoi. De plus…

Il se tut. En fait, il ne voulait pas lui en parler. Pas maintenant. Pas après ce qu'il venait d'entendre. Il se leva.

— Mercredi, j'emmènerai les garçons à la piscine.

Il reprit son manteau, dit au revoir aux enfants et repartit chez lui.

En chemin, il s'arrêta à la supérette devant son immeuble pour acheter quatre bières fortes et une soupe chinoise. Le vide et le silence de l'appartement le mettaient mal à l'aise.

Il déposa son assiette sale dans l'évier déjà rempli de vaisselle. Il n'avait envie de rien laver et préféra ouvrir une canette. Il alluma la télé mais resta les yeux dans le vague, l'esprit vide, attendant que la torpeur de l'alcool se répande dans tout son corps.

Il s'endormit à la troisième canette.

Il rêva que le pyromane entrait dans la pièce. Il tirait un bidon de dessous sa veste et arrosait tout l'appartement d'essence, le lit, et lui avec. L'essence lui imprégnait les narines d'une odeur puissante. Mortka se contrôlait parfaitement. Maître de son corps, il aurait pu faire n'importe quoi, mais il ne fit rien. Il se contenta d'observer le pyromane qui lança une allumette, et les flammes qui envahirent l'appartement. Il resta allongé, immobile, dans un calme absolu, tandis que le feu dévorait son corps.

Chapitre 18

Il fut réveillé par le téléviseur allumé qui diffusait une émission réveille-matin, dont le présentateur bellâtre regrettait à l'antenne que ce nouveau lundi l'obligerait à attendre cinq jours jusqu'au prochain week-end. Mortka éteignit l'appareil.

Il ouvrit le frigo, où il ne trouva rien à manger. Il se rappela qu'il n'avait pas fait de courses la veille. Il se contenta donc d'un café et décida qu'il s'achèterait un petit déjeuner en allant au travail.

Sur le chemin, son téléphone sonna.

— Inspecteur Jakub Mortka. J'écoute ?

— Ici, agent Grzegorz Kazan. J'appelle pour dire que nous avons trouvé cette fille, Agnieszka Krajan.

Mortka retint son souffle, imaginant le corps d'une fille morte au bord de la route de Katowice.

— Que lui est-il arrivé ? réussit-il à demander.

— Rien, inspecteur. Saine et entière. Nous l'avons coincée alors qu'elle se rendait à son cours à la fac.

Un poids s'ôta de son cœur.

— Où êtes-vous ?

— Près de la fac, inspecteur.

— Amenez-la-moi au palais Mostowski. J'y serai dans un quart d'heure.

— Compris, inspecteur.

Il lui fallut moins de quinze minutes pour arriver à la Centrale. Compte tenu du verglas sur la route et de l'affluence du matin, c'était un bon temps. Il transpira plus d'une fois et essuya les coups de klaxon furieux d'autres conducteurs.

Il courut directement du parking à son bureau, sans saluer au passage ses collègues décontenancés. Agnieszka l'attendait déjà, en compagnie de deux jeunes policiers. Ils discutaient, plaisantaient comme s'ils s'étaient connus depuis toujours. À sa vue, la jeune fille sourit légèrement. Soulagé, il constata qu'elle était entière, en forme, en sécurité.

— Le Kub ! Salut !

— Inspecteur Jakub Mortka, se présenta-t-il aux deux policiers en leur montrant à tout hasard sa carte. Vous pouvez y aller. Merci de votre aide.

— Pas de quoi, inspecteur ! lança l'un des deux gars.

Ils le saluèrent de façon appuyée, et l'un d'eux lança une œillade à Agnieszka.

— Passons chez moi, dit Mortka.

Il la guida vers son bureau et la laissa s'asseoir à sa propre place. Kochan n'était pas encore arrivé.

— Tu veux un café, ou un thé ? demanda-t-il.

— Non. Merci. Pourquoi tu m'as fait amener ici ? Nous n'avons pas payé le loyer, ou un truc dans le genre ? On paiera dès qu'on aura des sous. Promis.

Cela fait deux jours. Et elle ne sait rien – cette pensée terrifia Mortka. Pour rien au monde il ne souhaitait annoncer l'assassinat de Piotr à Agnieszka. Il ne voulait pas voir les larmes couler en traînées de mascara sur ses joues pâles. Cependant, l'expression de son visage ou bien son regard durent le trahir, car la jeune fille pâlit.

— Il est arrivé quelque chose, affirma-t-elle.

Il acquiesça de la tête.

— Piotr est mort.

Les mots lui écorchaient la gorge.

— Nous avons trouvé son corps samedi matin… Je suis désolé.

Elle éclata en sanglots.

Il la prit dans ses bras, la serra fortement et la laissa s'épancher sur son épaule. Elle pleurait doucement, s'accrochant à sa manche de sweater.

— Je le savais… renifla-t-elle.

Elle n'arrivait pas à retenir ses larmes, et tout son corps tremblait. Mortka lui caressait délicatement la tête. Le seul geste de tendresse dont il était capable.

Kochan s'immobilisa à la porte, surpris. Mortka lui fit signe de repartir et l'adjoint disparut, avant de revenir un peu plus tard avec deux gobelets de thé. Il les posa sur la table et quitta le bureau.

Agnieszka mit un quart d'heure à reprendre ses esprits. Mortka tira à lui la chaise de Kochan, s'assit et sortit son carnet.

— Tu dois répondre à quelques questions, tu comprends ?

— Oui.

Elle était épuisée, mais elle semblait lucide. Il l'estima en état de lui communiquer quelques informations de base. Pour un interrogatoire plus détaillé, il attendrait qu'elle se soit reposée.

— C'est très important. Prends ton temps pour parler, et si tu en as besoin, tu t'arrêtes. D'accord ?

— Ouuui… Je peux te demander un mouchoir ?

Mortka fouilla dans ses poches sans rien trouver de convenable. Il sortit de l'armoire un rouleau de papier-toilette qu'il posa devant la jeune fille.

— Excuse-moi, mais je n'ai rien de mieux.

— Pas grave.

Elle arracha un morceau de papier et se moucha.

— Il faut que tu me racontes ce que vous avez fait à partir de mercredi.

Elle prit une profonde respiration.

— Nous avons eu très peur… (Elle commença lentement comme si les mots devaient s'échapper de sous sa langue.) Après ton départ, nous avons eu peur que les autres reviennent. Nous avons ramassé quelques affaires et nous avons filé.

— Où êtes-vous allés ?

— Dans une auberge de jeunesse. Il y en a une, place Dabrowski, pas loin de l'ambassade d'Italie.

L'ambassade était en plein centre-ville, à une station de métro de la Centrale. *Dire que je la croyais au bout du monde, alors qu'elle était à deux pas d'ici*, songea Mortka.

— Qu'est-ce que vous avez fait ?

— Nous avons réfléchi à qui on pouvait emprunter de quoi rembourser la dette. Ni ses parents ni les miens n'ont assez d'argent pour ça. Et puis, on ne voulait pas les impliquer. Nous ne voulions pas non plus quitter Varsovie. On va ici à la fac…

Une note d'hystérie monta dans sa voix.

Mortka lui tendit un gobelet de thé. Elle le prit avec empressement, le tenant dans ses mains comme pour se tranquilliser.

— Le vendredi, il a disparu, poursuivit-elle après un instant. Je me suis dit qu'il voulait filer tout seul, qu'il était parti se cacher quelque part. À Wroclaw, comme tu avais dit. Je me suis un peu inquiétée, mais j'étais sûre qu'il finirait par faire signe, mais lui…

Elle fondit de nouveau en larmes.

— Ne pense pas à ça, dit l'inspecteur.

Elle posa sa main sur la sienne et la pressa doucement.

— Si j'étais venue plus tôt…

— Ça n'aurait rien changé. Concentre-toi et réponds à mes questions, tu comprends ? C'est vraiment très, très important.

— Oui.

— Bois un peu de thé.

Elle obéit docilement.

— Piotrek avait d'autres dettes ? Envers quelqu'un d'autre ?

— Aucune idée. Il ne m'en a pas parlé. Peut-être à la banque… Il a dit qu'il ne pouvait plus obtenir de prêt étudiant.

— Il a disparu vendredi. Il a dit un truc spécial avant de quitter l'auberge ?

— Ah, il a dit qu'il savait où trouver de l'argent. Qu'il avait un pote qui lui passerait les cinquante mille. Il était tout excité.

— Tu connais ce pote ?

Elle hocha la tête.

— Un certain Pawel. Il est originaire de par chez nous. Un peu plus vieux que Piotrek.

— Son nom de famille ?

— Je ne sais pas.

— Tu sais où il habite ?

— Ah, je ne connais pas l'adresse, mais je suis allée chez lui et je sais comment y retourner. Dans le quartier de Goclaw.

Goclaw, de grandes barres d'immeubles, se trouvait à proximité de l'endroit où on avait découvert le cadavre. Il y avait aussi un mobile : l'argent que ce Pawel devait remettre à Piotrek pour on ne sait quelle raison… Un différend qui se termine en tragédie. Ça avait un sens, se dit le commissaire.

— Tu m'emmènes là-bas, d'accord ?

— D'accord.

— À quoi il ressemble, ce Pawel ? Tu pourrais me le décrire ?

Elle réfléchit et soudain se pétrifia. Ses yeux s'arrondirent de peur et de stupéfaction ; elle leva une main tremblante et montra du doigt le tableau de liège où était épinglée la photo de l'homme mystérieux prise devant chez les Korzeniowski.

— C'est Pawel, bredouilla-t-elle, avant de sangloter à nouveau.

Tous étaient déjà présents dans la salle de réunion : Kochan, Skalski, le procureur Szydlon, Brodka. Mortka entra avec la mine de qui s'apprête à envahir l'Afghanistan.

— J'ai préparé un portrait psychologique, intervint Brodka.

Mortka l'ignora. Il regarda sa montre.

— Je reporte la réunion à dix-sept heures. Skalski, tu peux retourner à Ursynow. Kochan, tu viens avec moi. Monsieur le procureur…

Szydlon lui lança un regard interrogatif.

— Nous avons un suspect. Si la chance nous sourit, vous pourrez le voir dès aujourd'hui en cellule. Nous allons avoir besoin d'un ordre de perquisition, ajouta Mortka.

— Donnez l'adresse, inspecteur, je vous le signe tout de suite, répondit Szydlon.

— Malheureusement, nous ne la connaissons pas. Merci de ne pas me demander pourquoi. On y va dans un premier temps, histoire d'assurer.

— Si quelque chose cloche, vous faites tout ce qu'il faut. Le cas échéant, j'antidaterai sans problème.

Mortka se sentit un élan soudain de sympathie pour le procureur.

— Merci. Kochan, on y va.

Ils sortirent ensemble de la salle de réunion. Mortka résuma rapidement la situation à l'adjoint qui répondit d'un sifflement admiratif, et ils passèrent prendre la jeune fille.

Agnieszka s'était trompée. Pawel n'habitait pas du tout le quartier de Goclaw. Cela faisait une heure qu'ils tournaient dans les rues autour des HLM, manœuvrant dans la neige entre les voitures. L'inspecteur regardait tour à tour la rue et l'indicateur d'essence : il allait bientôt devoir faire le plein. Agnieszka n'arrêtait pas de dire que ce n'était pas le bon endroit. Mortka cachait avec peine son irritation croissante, tandis que Kochan commençait à jouer au morpion sur son portable.

— T'as regardé le match ? demanda-t-il sans quitter son écran des yeux.

— Le match ? Qui jouait ?

— Je ne sais pas. L'équipe de la Legia ? risqua l'adjoint. Et merde, je ne m'intéresse même plus au foot, remarqua-t-il soudain.

Mortka obliqua dans une petite rue.

— C'est ici ? demanda-t-il à la fille assise sur le siège arrière.

Il regarda dans le rétroviseur et vit Agnieszka faire non de la tête, encore une fois. Des larmes lui montaient aux yeux, et ses mains aux ongles peints en noir tremblaient.

— On rentre, le Kub. Putain, ça n'a plus de sens, grogna Kochan.

Mortka se mordit les lèvres. Ils étaient tout près, et malgré tout ils n'arrivaient pas à mettre la main sur ce pyromane. Il aurait voulu hurler de rage.

— Alors, c'est ici ? demanda-t-il d'une voix d'outre-tombe.

— Non ! cria la fille. Ce n'est pas ici, je vous dis que ce n'est pas ce quartier !

— Tu as dit Goclaw, ça devait être Goclaw, et on est à Goclaw !

Il freina et se retourna vers Agnieszka. La fille était blême. Des larmes coulaient sur ses joues.

— Ce n'est pas ici, répéta-t-elle en baissant la tête.

Mortka rougit de honte.

— Excuse-moi.

— Ce n'est pas ici, murmura Agnieszka comme pour elle-même.

— Alors on rentre, oui ? intervint Kochan.

Mortka ne répondit pas. Il mit les gaz et ressortit dans la rue Fieldorf. La voie vers le rempart Miedzeszynski était embouteillée, il prit donc la direction d'Ostrobramska. Agnieszka regardait par la vitre en silence.

Lorsqu'ils arrivèrent devant un grand centre commercial, elle s'anima.

— C'est ici qu'habite Pawel, annonça-t-elle.

Mortka ralentit. Kochan ferma son portable et se tourna vers la fille.

— Ici ?

— Oui, par ici, confirma Agnieszka.

— On est à Praga Sud, et pas à Goclaw, remarqua Kochan sur un ton de reproche.

— Je n'en savais rien, gémit-elle. On m'avait dit que c'était Goclaw.

— Oui, et que c'était à un croisement avec deux rues, et…

— Kochan, ça suffit ! Par où je vais ?

— Par ici, je crois, hésita Agnieszka en indiquant une rue en biais qui partait d'Ostrobramska.

L'inspecteur suivit ses indications. Elle reconnut successivement des maisons, des magasins.

Mortka était soulagé. Il avait craint qu'Agnieszka ait oublié où habitait le pote. Le retrouver aurait alors été l'équivalent de chercher la fameuse aiguille dans la meule de foin. Plus de cinquante mille personnes logeaient dans le seul quartier de Goclaw. Une petite ville en soi. À ceci près que, dans une vraie ville, tout le monde se connaît, alors que les HLM abritent une masse anonyme. Y retrouver quelqu'un relevait de l'exploit.

Ils arrivèrent devant un immeuble de trois étages en bout d'une rue adjacente. Bien que l'heure fût précoce, ils eurent du mal à trouver une place de parking.

— C'est ici, affirma la fille.

— Tu es sûre ? demanda Mortka.

Elle acquiesça.

— Quelle cage d'escalier ?

Sans hésiter, elle désigna la première à gauche. À la porte, Kochan appuya sur un bouton d'interphone au hasard. Après plusieurs essais, quelqu'un répondit.

— J'écoute.

— Bonjour, je suis de la pizzeria. Ça serait pour mettre des prospectus, je peux ?

L'habitant anonyme leur ouvrit la porte et ils entrèrent. La cage d'escalier était plutôt jolie, fraîchement repeinte et soignée. Aucune ordure, aucun mégot, pas une canette. Ça sentait le sol lavé. Agnieszka conduisit les policiers au premier étage et leur désigna la première porte à gauche. L'inspecteur sonna. Une deuxième fois. Et une troisième. Personne ne vint ouvrir.

— Le gars est peut-être au boulot, suggéra Kochan. Il n'est même pas une heure.

— C'est possible, concéda Mortka.

Il examina les serrures. Des fermetures standard, faciles à vaincre. Il fouilla dans la poche de sa veste et en extirpa un rossignol.

— Tu as l'intention de forcer la porte ? demanda Kochan, incrédule.

— T'inquiète, le rassura Mortka. En cas de pépin, je prends tout sur moi.

— Ça ne me plaît pas.

— Alors, regarde ailleurs.

Kochan haussa les épaules et se détourna.

Mortka prit une profonde inspiration et se mit au travail. Il ne sentait plus aussi bien les serrures que dans le temps et craignait de casser son crochet. Toutefois, il entendit enfin le grincement caractéristique, et la porte s'ouvrit. Il tira de sa poche des gants en caoutchouc, les enfila et entra.

C'était un petit studio ordinaire. Contre un mur, il y avait un canapé-lit, et contre celui d'en face, une table, une télé, une armoire et une étagère avec quelques livres. Pour un logement d'homme célibataire, il y régnait un ordre peu commun. Aucune vaisselle sale dans l'évier, pas de bouteilles de bière sur le plancher ni de vieux journaux ni de cartons à pizzas. Même pas de mégots dans le cendrier sur le rebord de la fenêtre. C'est surtout l'odeur qui attira l'attention de Mortka – un relent parfaitement perceptible d'essence, d'huile et de produits chimiques provenait de l'armoire.

— La fille devrait attendre à l'extérieur, dit l'inspecteur.

Agnieszka baissait les yeux, gênée.

— Et qu'est-ce qui se passe si le suspect revient ? demanda Kochan.

— Juste. Restez ici. Kochan, surveille qu'elle ne touche à rien.

— Je ne suis pas une gamine, s'insurgea-t-elle. Je peux sortir. Il ne m'arrivera rien.

— Tu attends ici, ordonna Mortka.

De toute évidence, il se tenait dans l'appartement du pyromane qu'il cherchait depuis plus d'une semaine. Il ne pouvait pas bousiller ça. Il ouvrit l'armoire, y trouva étonnamment peu de vêtements. Un vieux pantalon, quelques chemises, une blouse. Aucun linge de corps. Cela l'inquiéta, mais il n'en laissa rien paraître. En bas de l'armoire, il y avait une rangée de bouteilles de produits chimiques : de l'essence, un bidon d'huile de moteur, un flacon de chlorure de potassium – l'étiquette faisait foi –, d'autres composants chimiques non identifiés et un petit flacon d'acide sulfurique. Il eut un long soupir. Maintenant, il était sûr.

— Kochan, amène Agnieszka à la voiture et appelle les gars du labo. Et tu surveilles les abords.

— Et toi ?

— Je reste ici.

— Tu as une arme ?

— Oui.

Kochan prit la fille par le bras et, d'une manière délicate mais décidée, il la conduisit hors du logement.

Pendant ce temps, Mortka examina les livres sur l'étagère. Principalement des titres anciens : *Messire Thadée*, *Sur les barricades de Varsovie* de Komornicki… Un polar de Coben, le *Da Vinci Code*, *Harry Potter* et quelques autres. Plus significatifs, des manuels de chimie pour élèves de terminale et d'entrée en fac étaient soigneusement alignés. Il les parcourut rapidement et remarqua qu'on avait coché les passages consacrés à la production de substances explosives. Les pages étaient sales, les coins cornés. Ces bouquins avaient visiblement beaucoup servi.

À côté, une petite pile de disques. En majorité des originaux : Doda, Gosia Andrzejewicz, Feel, un truc de Kazik, le dernier Chylinska, et deux disques de Klaudia Klau. Sur l'un, un autographe très lisible, tracé avec un feutre épais : la signature « Klaudia Kameron » sur la couverture.

Curieux, est-ce que ce foutu Pawel savait qu'il mettait le feu à la maison de son idole ? se demanda Mortka.

Il ne trouva pas d'objets personnels, documents, papiers, carnets, notes, photos ou souvenirs de vacances. Cela l'inquiéta encore plus que l'absence de linge dans l'armoire. Il n'y avait pas non plus d'ordinateur.

Un instant plus tard, il entendit plusieurs coups fermement frappés à la porte. Il n'y avait pas de judas et il hésita avant de se résoudre à entrebâiller la porte. Deux policiers se tenaient sur le seuil. L'un d'eux avait la main sur le tonfa de service, prêt à dégainer. Mortka, les paumes moites et le cœur battant la chamade, soupira de soulagement et ouvrit la porte en grand.

— Bonjour, dit l'aîné des policiers. Vous habitez ici ?

— Non.

Il remarqua que les deux fonctionnaires ne s'étaient pas présentés à lui comme son grade l'exigeait.

— Que faites-vous ici ?

— Et vous ?

Les policiers se jetèrent un regard entendu, et Mortka réalisa aussitôt son erreur. Personne n'avait prévenu les flics du coin de sa présence sur les lieux. Le jeune se mit à jouer du tonfa.

— Sortez de l'appartement, mettez-vous le visage contre le mur. Mains sur la nuque.

— Ce n'est pas ce que vous pensez, les gars, temporisa Mortka en portant la main à la poche de sa veste pour prendre son portefeuille et montrer sa carte.

Il laissa involontairement voir la gaine de son pistolet. La réaction du flic de patrouille fut instantanée : il porta un coup à l'articulation du genou, et l'inspecteur s'effondra avec un cri. L'autre lui atterrit sur le dos et lui tordit douloureusement les bras pour lui passer les menottes. Il le retourna et vérifia le contenu de ses poches. Il sortit l'arme, puis le portefeuille. Quand il vit la carte de police, il blêmit.

— Oh putain… gémit-il.

— Quoi ? s'enquit son collègue en jetant un œil pardessus son épaule.

— *Fuck!* lança-t-il en comprenant qui ils avaient menotté.

— Aidez-moi à me relever, grommela Mortka.

Ils s'exécutèrent, penauds, défroissèrent sa veste et lui ôtèrent les menottes.

— Mille excuses, inspecteur, dit l'un d'eux. On a eu un appel selon quoi il y aurait eu un cambriolage dans cet appartement.

Mortka ne l'entendait pas. Il gémissait, des larmes plein les yeux. La douleur dans sa jambe gauche était si forte qu'il n'arrivait presque plus à penser. Il eut du mal à se mettre debout et dut s'appuyer contre le mur. Il espérait n'avoir rien de cassé.

— Vous cognez les suspects d'entrée ? demanda-t-il sèchement.

— Vous savez comment c'est, inspecteur…

— Non, je ne sais pas comment c'est ! hurla-t-il si fort que son cri résonna dans toute la cage d'escalier.

Les policiers déconfits baissaient la tête. Mortka soufflait lourdement. Il leur arracha son arme, puis son portefeuille. Il était furieux. Contre lui-même d'abord : il aurait dû téléphoner au commissariat du quartier et signaler sa présence.

— D'accord. Puisque vous êtes là, vous allez pouvoir servir à quelque chose, les mecs.

— Mais, inspecteur, nous avons… commença le fonctionnaire de patrouille, mais il s'interrompit lorsque son collègue lui envoya une bourrade.

— Vous trouverez en bas mon collègue, l'inspecteur adjoint Dariusz Kochan. Il attend dans une voiture avec une fille. Vous allez le voir, discrètement, comme pour lui filer un PV ou lui faire des remarques. Il vous dira qui on cherche. Vous comprenez, ou il faut que je vous le mette par écrit ?

— Compris, inspecteur.

— Alors, du balai. Et faites savoir chez vous qu'il ne s'agit pas d'un cambriolage, qu'il n'y ait pas une deuxième patrouille de crétins pour débarquer.

— Compris, inspecteur.

Les policiers sortirent précipitamment de la cage d'escalier. Mortka massa sa jambe endolorie puis rentra dans l'appartement.

Il resta un moment sur le canapé, puis se mit à marcher dans la pièce, prenant garde de ne pas apparaître à la fenêtre, afin que le pyromane ne puisse pas l'apercevoir depuis la cour quand il reviendrait. De minute en minute, une inquiétude diffuse le gagnait, dont il ne pouvait se défaire. Il alla à la salle de bains qu'il repassa en revue. Soudain, il jura et réprima une envie de donner un coup de poing dans la glace. Il venait de comprendre que ses pires craintes se réalisaient : ce n'étaient pas seulement les vêtements qui manquaient mais aussi une brosse à dents et un rasoir. Cela ne pouvait signifier qu'une chose : le pyromane ne mettrait plus les pieds ici.

L'homme se félicitait de sa prévoyance. Depuis la visite de Piotrek avec son exigence absurde de cinquante mille zlotys, et son chantage nettement moins absurde, il s'était attendu à ce que ça arrive. Voilà pourquoi, depuis vendredi, il gardait l'essentiel dans sa voiture : ses papiers, ses vêtements, l'argent, son ordi. Il pouvait disparaître à tout moment.

Le week-end n'avait amené aucune surprise, et il s'était persuadé que son plan improvisé avait réussi. Le corps de Piotrek avait été réduit en cendres, ou au moins était devenu méconnaissable. Il lui avait pris sa carte d'identité et son permis, qu'il avait découpés en morceaux jetés dans des poubelles prises au hasard au centre-ville et à Praga. Il n'excluait pas, bien sûr, d'avoir oublié quelque chose, commis une erreur. Il avait dû agir dans une précipitation à laquelle il n'était pas accoutumé. C'est pourquoi il s'était presque attendu à une visite de la police dès le samedi. Mais cela ne s'était pas produit. La police n'était venue ni le samedi ni le dimanche. Il en avait conclu qu'il pouvait se sentir en sécurité. Il n'avait pourtant pas remonté ses affaires de la voiture, ni fait la fête pour marquer son succès, et il en était fier. Au lieu de ça, il avait pris un congé, réglé toutes ses affaires en retard, et il pouvait maintenant disparaître de la capitale pour deux semaines, sans attirer l'attention.

Il était maintenant garé devant son immeuble où il venait chercher ses dernières affaires. Il observa attentivement les lieux avant de descendre de voiture et vit deux flics en uniforme entrer dans sa cage d'escalier. Cela lui parut étrange. Aucun ivrogne, aucune famille pathologique, aucun délinquant n'habitait là. Il ne connaissait à vrai dire pas tous les locataires, et la visite des policiers pouvait ne rien avoir en commun avec lui, mais il décida d'attendre.

Assis dans la voiture, il fut pris de doutes douloureux. Il songea qu'il devrait peut-être descendre, courir vers ces fonctionnaires de police, et leur avouer tout ce qu'il avait fait. Il leur raconterait tout, du début à la fin. Les incendies, Kameron, et qu'il n'avait voulu assassiner ni les deux garçons ni Piotrek.

Mais quand il vit les policiers ressortir, visiblement énervés, il ne bougea pas. Il lui revint à l'esprit que tout pouvait bien se terminer, et que dans un mois ou deux il se prélasserait sur les plages espagnoles.

Les policiers se dirigèrent vers une voiture garée un peu plus loin. Il y avait à l'intérieur un type à la tête antipathique et une fille. C'est elle qui retint son attention. Mince, brune, pâle. Il la connaissait.

— Agnieszka, murmura-t-il.

Maintenant, il en était sûr. Ils l'avaient trouvé. Par quel miracle ? Bon, ce n'était pas si terrible : il savait désormais où il en était et n'avait plus besoin de faire des suppositions.

Il mit le clignotant et démarra. En passant près de la voiture, il résista à la tentation de regarder Agnieszka. Trop risqué : elle pourrait le remarquer.

Il vérifia dans le rétroviseur que personne ne le suivait. Lorsqu'il fut persuadé que non, il sourit et accéléra.

Il était en sécurité.

Mortka était assis, immobile, tandis que Gruda se jetait d'un mur à l'autre comme un tigre dans une cage trop petite, et que le directeur adjoint Andrzejewski essayait de se cacher derrière l'écran de son portable. Toute l'attitude du chef de la section indiquait qu'il aurait préféré être ailleurs et ne pas avoir à démêler une telle dispute. Tout était bien égal à Mortka. Il était horriblement déçu. Il avait eu le pyromane si près, à portée de main, et il n'avait pas réussi à l'attraper. Ce fils de pute avait, d'une manière ou d'une autre, compris qu'on allait venir le chercher, et il s'était enfui.

— Finissons-en et retournons au travail, soupira l'inspecteur.

Ces quelques mots suffirent pour faire éclater un Gruda cramoisi.

— Enfoiré de mes deux ! lança-t-il.

Il se serait volontiers jeté sur Mortka.

— Inspecteur ! Pas de ces noms d'oiseaux ici, lui signifia Andrzejewski en se penchant prudemment derrière son ordinateur.

Gruda ouvrit la bouche pour rétorquer, mais au dernier moment il se retint et serra les dents.

— Le Kub, qu'as-tu à dire pour te justifier ? demanda le directeur adjoint.

Mortka haussa les épaules.

— Je menais une enquête.

— Mon enquête ! brailla Gruda.

— Szydlon était au courant de tout et a tout approuvé.

Andrzejewski se décida enfin, mais sans plaisir, à affronter la situation. Il lui fallait prendre le parti soit de Mortka, soit de Gruda. D'ordinaire, il réglait ce genre de disputes sans réflexion inutile. Cette fois, la situation était différente. Il avait devant lui deux de ses meilleurs policiers, dont l'engagement au travail était tel qu'il se demandait s'ils étaient tout à fait normaux. Mais au lieu de collaborer, ils se jetaient l'un contre l'autre à chaque occasion qui se présentait. Il n'arrivait absolument pas à le comprendre.

— C'est pour ça, le Kub, que j'ai parlé à Szydlon. Il m'a dit que tu ne lui avais pas donné toutes les informations, fit-il après un temps de réflexion.

Mortka en resta bouche bée.

— Quoi ? Il ment ! Il savait tout.

— Il dit le contraire. Et que Gruda a raison.

Mortka regarda Andrzejewski, sidéré.

— Les deux affaires se recoupent, protesta-t-il.

— Tu as appris ça quand ? demanda Gruda. Avant ou après avoir interrogé mon témoin clef dans l'affaire ?

— Le Kub ?

— Gruda n'était pas dans le coin. À aucun moment. Je ne pouvais pas attendre.

— Pas dans le coin ? Tu m'as cherché ?

L'absence de réponse de Mortka était la plus claire des réponses.

— Ce n'est pas la première fois, ajouta Gruda en fixant Andrzejewski droit dans les yeux. Il a fait irruption chez le Lièvre, il lui a cassé la gueule et l'a retenu sans me consulter. Et après, c'est moi qui ai dû m'excuser de la brutalité policière devant le procureur, le juge et Dieu sait qui encore. Il cherchait la fille, bien entendu sans rien me dire.

— C'est peut-être pour ça que j'ai eu un résultat, remarqua Mortka.

Gruda estima alors qu'il ferait mieux d'ignorer la remarque de son adversaire.

— Il l'a interrogée sans me prévenir, poursuivit-il sans se démonter. Et sans me consulter, il a fait le tour de Varsovie avec elle avant de forcer la porte du suspect et de faire un scandale avec la police de Praga Sud. On ne sait pas ce qu'il a fabriqué dans cet appartement, et combien de traces il a effacées à l'occasion. Ce n'est plus possible, chef! C'est ou lui, ou moi. Tu choisis qui?

L'ultimatum de Gruda stupéfia Mortka. Il s'attendait à une critique de fond, justifiée, mais pas à ça.

Andrzejewski se contentait de hocher la tête comme s'il s'était justement attendu à une telle question.

— Gruda a raison, prononça Andrzejewski avec gravité. Je suis désolé, le Kub…

Il mit un moment à comprendre le sens de ces paroles. Il jaillit de sa chaise.

— Quoi? Tu m'enlèves l'affaire.

— Oui, le Kub. Je t'enlève l'affaire. Tu as toi-même dit que les deux se recoupaient. Dans un cas pareil, il fallait coopérer, et visiblement c'est au-dessus de tes forces.

Andrzejewski parlait d'une voix ferme, décidée. Il avait vraisemblablement pris sa décision avant cette réunion. Donc, Gruda avait eu le temps de l'embobiner avant de faire venir Mortka. Des gouttes de sueur perlèrent au front de l'inspecteur. Il se savait en terrain miné et chaque faux pas, chaque mot imprudent pouvait lui coûter cher.

— Impossible, fit-il lentement. Je la mène depuis le début. Tu ne peux plus me l'enlever maintenant.

Andrzejewski resta inflexible.

— Malheureusement, le Kub. À cause de la mort de Piotr Stelmach, tu en fais une affaire personnelle. Ce n'est pas professionnel.

— Putain de vérité !

Gruda fit une moue de dédain.

— Je te l'enlève, le Kub, répéta sèchement le directeur adjoint. Tu t'inclines.

Mortka se tourna vers Gruda. Il aurait juré que le vieux affichait un sourire moqueur.

— Qu'est-ce que tu cherches, Gruda ? Tu as un taux d'élucidation insuffisant ? Tu manques de réussite ? C'est pour ça que tu attends que je résolve l'affaire pour me la piquer ? C'est bien ça, vieux fils de pute chauve ?

— Le Kub !

Andrzejewski tapait du poing sur le bureau.

— Suffit ! C'est moi qui décide ! À partir de maintenant, c'est l'inspecteur Gruda qui mène l'enquête sur le pyromane et l'assassinat de Piotr Stelmach. C'est clair ?

— Je la suis depuis le début ! Je suis le seul à tout savoir…

— Et Kochan ? intervint Gruda.

— Justement. Et Kochan ?

Mortka sentit ses forces le quitter. Il ne savait plus comment se défendre. Avec un geste de désarroi, il se laissa tomber sur la chaise.

— C'est définitif? demanda-t-il.

Andrzejewski acquiesça.

— C'est décidé. Gruda reprend l'enquête, et Kochan viendra l'assister. En cas de besoin, tu collaboreras avec Gruda, tu répondras à toutes ses questions et tu lui donneras toutes les infos concernant l'enquête. C'est un ordre, compris ?

Mortka envoya un salut d'une main nonchalante.

Gruda sortit le premier. L'inspecteur attendit que la porte se referme sur lui pour se lever de sa chaise.

— Pourquoi ?

Andrzejewski eut un geste vague de la main.

— Tu te conduis de manière non professionnelle, le Kub, c'est tout. Tu es un flic admirable, un des meilleurs qui soient, mais j'ai parfois l'impression que tu n'es pas encore devenu adulte. Gruda te ressemble : vous avez le même éclat dans le regard, vous êtes tous les deux prêts à vous saigner à blanc pour résoudre une affaire, mais lui a bien tout compris, et il sait se comporter correctement. Toi, non. Et c'est tout. Le Kub, il n'y a aucun sous-entendu.

Il marqua une pause. Mortka eut un sourire aigre.

— C'est une enquête importante. Très importante, continua Andrzejewski. La Direction générale nous demande tous les jours si nous avons attrapé le coupable. Je ne peux pas te laisser foirer. On te tiendra au courant, bien sûr.

Mortka se contenta de secouer la tête.

— Demain, congé, le Kub, dit le directeur adjoint en guise d'adieu. Tu te reposes. Souffle un peu. Mercredi, on te trouvera un dossier à suivre.

— OK, rétorqua l'inspecteur.

Kochan rentra chez lui peu avant vingt-trois heures, de mauvaise humeur et fatigué. Gruda n'avait pas voulu le laisser partir plus tôt. « Nous avons une affaire à résoudre, un pyromane à arrêter, des choses à vérifier. » L'inspecteur adjoint entendait encore sa voix geignarde. Il n'arrivait pas à se défaire de ce refrain, pas plus qu'on ne se défait dans sa tête du tube de l'été pendant les vacances, le tube qu'on déteste et qu'on chantonne sans le vouloir. Kochan savait qu'il n'y aurait que quelques canettes de bière pour l'aider. Il espérait les trouver dans le frigo, bien fraîches, à l'attendre avec tendresse. Tout pour le mieux, et pour tout le monde.

Sa femme l'accueillit dans l'entrée. Il la regarda avec une grimace involontaire.

— Alors, femme, à quoi tu ressembles, là ? Même pas maquillée, fit-il.

— Le Kub est là qui t'attend, enchaîna-t-elle.

Tout étonné, Kochan fit un signe de tête, enleva rapidement son manteau et ses chaussures et passa dans la pièce principale. L'inspecteur Mortka attendait à la table, devant un thé froid.

— Le Kub… (Kochan écarta les bras dans un geste d'impuissance.) C'est vraiment con qu'ils t'aient enlevé l'affaire…

Mortka plissa les yeux et recula sa chaise.

— Gruda s'accroche comme un morpion, lança-t-il au plafond.

— Tu avais un peu franchi les bornes…

— Juste un peu.

Kochan s'assit près de lui.

— Ania, apporte-moi une bière ! cria-t-il vers le fond de l'appartement.

Sa femme revint immédiatement, apportant une bière forte. Il prit la canette qu'il ouvrit, laissant échapper des bulles de mousse blanche. L'adjoint aspira bruyamment, s'exclamant grossièrement entre deux gorgées. Ania était entre-temps partie se réfugier dans la chambre du fils.

— Tu es venu pour quoi ? demanda Kochan.

— Prendre la température… Je veux savoir comment l'affaire se développe.

— Pas de problème.

— Mais d'abord… (L'inspecteur hésita.) Ania a des bleus sur les bras.

Mortka observait la réaction de son collègue. Kochan reprit un peu de bière.

— Vraiment ? Il faudra que je lui demande ce qu'il lui est arrivé.

— Écoute, Darek…

— Non, l'interrompit fermement Kochan. C'est toi qui écoutes. Je sais très bien où tu veux en venir. Mais c'est des foutaises. Tu comprends ?

Kochan fixait Mortka droit dans les yeux. L'accusation semblait l'atteindre, parce que son regard chargé disait qu'il était quand même un bon flic et que l'inspecteur n'avait pas à lui retirer sa confiance. Et encore moins à se mêler de ses affaires personnelles.

— Je suis crevé, le Kub, absolument crevé, poursuivit-il, espérant que le léger tremblement de sa voix ne trahirait pas son indignation. Ou nous perdons notre temps, et je dois t'expliquer pourquoi tes doutes ne sont qu'un ramassis de délire, ou bien on parle de l'enquête. Tu choisis. Mais vite, parce qu'il faut que j'aille me coucher. Je dois me présenter tôt demain matin.

Kochan porta la canette à ses lèvres. Il reprit deux grandes gorgées.

— Dans ce cas, parlons de l'enquête, fit l'inspecteur après un long et lourd silence. Qu'est-ce que vous avez établi ?

Kocha reposa la bière sur la table et croisa les mains derrière la tête.

— Une chose après l'autre. L'appartement n'appartenait bien sûr pas au suspect. Il le louait à une certaine… (il ferma les yeux pour chercher le nom)… Jolanta Rysik. Oui, je crois que c'est son nom. Tout se passait oralement. Aucun papier signé, rien du tout. Rien déclaré aux impôts, bien sûr. Le suspect était un locataire tranquille. Jamais de fiesta, il ne buvait pas. Il payait régulièrement. Par chance, elle avait tout de même son nom : Pawel Grocki. Comme Agnieszka connaissait le patelin d'où il venait, on a retrouvé son adresse et tout le reste. Il a vingt-sept ans. Des parents divorcés. Son père vit à Londres.

— Où est-ce qu'il est domicilié ?

— Chez maman. Un coin près de Myszkowo. Entre Cracovie et Czestochowa.

— Je sais où c'est, grogna Mortka.

Kochan reprit la canette et tapota l'aluminium avant de se pencher vers l'inspecteur.

— Et maintenant, la bombe pour toi.

— Je suis tout ouïe.

— Grocki a été un temps pompier volontaire.

Mortka siffla doucement. Pour une bombe, c'en était une. Personne mieux qu'un pompier ne sait comment mettre le feu.

— Et ses états de service ?

— Impeccables. Admirables, même. Il a sauvé un gamin, une fois. Tu vois le tableau : des gosses qui veulent s'allumer un feu, avec toute l'herbe qui est sèche. Avant qu'ils aient eu le temps de comprendre, ils avaient déclenché un incendie. Un des garçons s'est perdu dans la fumée, encerclé par les flammes. Grocki l'a retrouvé et ramené en lieu sûr.

— Un héros, quoi.

— Eh oui, reconnut Kochan. Exactement ce qu'a dit le capitaine des pompiers avec qui j'ai parlé. Il a ajouté que Grocki avait même songé un moment à en faire son métier. Mais il ne s'est pas présenté à l'examen. Il avait pourtant suivi les cours.

— Qu'est-ce qu'il faisait à Varsovie ?

Mortka lançait les questions de manière automatique, sans réfléchir, et son adjoint répondait sans plus réfléchir lui non plus.

— Il travaillait dans un atelier de réparation. Il a fait un collège technique. Comme il ne trouvait pas de boulot à Myszkowo, son oncle lui a trouvé une place chez un pote. Il est arrivé ici il y a quatre ans, et il est resté. C'est, paraît-il, un très bon ouvrier. Consciencieux, travailleur, agréable avec les clients, qui l'apprécient en retour.

— Et le tonton ?

— Le frère de son père. Il est mort d'un cancer l'an dernier. La tante n'a pas revu Grocki depuis l'enterrement. On n'a pas de raison de ne pas la croire, mais à tout hasard, on la garde à l'œil.

— Des copains ?

— On les contrôle tous. Surtout ceux de son boulot et de son club.

— Quel club ?

— Il pratiquait les arts martiaux. Tu vois, avec des types plutôt louches… Des supporters de l'équipe de la Legia, de ceux qui s'entraînent dans les cages d'escalier, des gus connus pour la bagarre, et un tas d'abrutis normaux qui, on ne sait pourquoi, aiment en prendre plein la gueule.

L'inspecteur connaissait ce genre de clubs. Les salles d'entraînement puaient la sueur rance et le sang frais. Dans la plupart des cas, il valait mieux ne pas reconnaître qu'on travaillait dans la police pour éviter que quelqu'un ne te démolisse « sans le vouloir », ou ne te claque méchamment les roustons.

— Grocki, il avait une nana ?

— Sans doute.

— Sans doute ?

— Ses collègues soupçonnent que oui, mais personne n'a vu la fille, personne ne sait à quoi elle ressemble, ni qui ça peut être. Lui-même n'en a rien dit. Mais tu vois, il se mettait sur son trente et un, il achetait des trucs divers : fleurs, babioles et fanfreluches…

— Un amour secret ?

Kochan hocha négativement la tête.

— À mon sens, c'est un pédé, lança-t-il. Mais il ne se vantait pas, parce que les gars du club l'auraient démoli à la première occasion, et les mécanos ne sont pas du genre particulièrement tolérant non plus.

Mortka n'avait rien contre les homos, mais Kochan, en revanche, était de ceux qui piquent une crise d'agressivité quand ils voient deux hommes se tenir par la main.

Ça agaçait Mortka, qui, pourtant, ne protestait jamais. Dans la police, comme dans l'armée, toute expression de sympathie pour les gays revenait à se tirer une balle dans le pied.

— Si c'est le cas, il faudra vérifier dans le milieu, dit-il.

— Le pire serait qu'il ait un sponsor haut placé. Tu vois le tableau : lui, un mec jeune, sportif, bien foutu. Un morceau de choix pour une vieille pédale bedonnante…

Un gay pyromane. Ça sonnait incroyable et absurde. Comme de tuer quelqu'un parce qu'on a épuisé son forfait de portable.

La chamane avait expliqué qu'un pyromane pouvait se venger d'un tort réel ou imaginaire, imputé aux habitants du lieu où il perpétrait ses forfaits. Était-on dans ce cas ? Quelqu'un du quartier lui aurait-il nui ? Peut-être un homme avait-il profité de lui avant de le laisser tomber… Ou bien s'agissait-il d'une histoire de haine homophobe ? Non, ça paraissait improbable, se dit Mortka. Pourtant, Grocki devait bien avoir un motif. C'est ce qui leur manquait jusque-là : ils connaissaient le coupable, mais ignoraient pourquoi il mettait le feu. Qu'est-ce qui pouvait bien le pousser ?

— Il a une voiture ?

— Une vieille Opel Astra de 1998, couleur bordeaux. Enregistrée à Myszkowo. J'ai oublié le numéro.

Ils avaient l'homme. Nom, prénom, voiture, domiciliation, tout. Mortka avait le sentiment d'être un marathonien courant pour l'or, dont un lacet se dénoue avant la ligne d'arrivée et qui se fait doubler par le peloton. Il voulait mettre la main lui-même sur ce pyromane. Pour les enfants Korzeniowski, pour Piotrek et Agnieszka… Et on lui en enlevait la possibilité juste avant le finish.

— Quelqu'un a interrogé sa mère ? demanda-t-il.

— On a prévenu les gars de Myszkowo. Ils y sont allés et ont parlé à la bonne femme. Elle ne savait pas où était son fils. Son dernier contact avec lui remonte à la semaine dernière, au téléphone. Elle était visiblement épouvantée. Elle n'a pas arrêté de demander ce qui s'était passé. Quand on lui a dit, elle a éclaté en sanglots. Elle n'arrivait pas à croire qu'il s'agissait de son enfant dans toute cette histoire. Tu connais le genre…

— Je connais, confirma Mortka.

— Les gars de Myszkowo ont promis de repasser la voir régulièrement.

Kochan fit soudain claquer ses doigts comme s'il s'était souvenu de quelque chose.

— Au fait, j'oubliais : notre type a pris un congé.

— Pardon ?

— Le samedi, il a téléphoné à son chef et dit qu'il voulait prendre deux semaines de congé. Il a fait aujourd'hui une apparition au bureau juste pour remplir et signer la demande.

— C'est-à-dire qu'il savait qu'on le cherchait, conclut tristement Mortka.

Son hypothèse se confirmait. Il éprouva une satisfaction mauvaise en comprenant que Gruda aurait toutes les peines du monde à mettre le grappin sur Grocki.

— Possible qu'il ait su, grommela Kochan. À tout hasard, nous avons prévenu l'aéroport et les gars de la Gare centrale. Gruda pousse le procureur à lancer un mandat d'arrêt, mais Szydlon considère que c'est excessif.

— Si Grocki est vraiment parti dans la nature, impossible de savoir quand on l'attrapera.

Kochan approuva de la tête et reprit sa bière.

— Quelqu'un va faire un tour à Myszkowo ? demanda Mortka.

— Non. Nous avons trop de travail par ici. En plus, les gars de là-bas…

— Je n'ai pas confiance dans ces types, grogna l'inspecteur, irrité. D'abord, tu sais très bien que les flics de province ne nous aiment pas, nous, ceux de Varsovie, et qu'ils nous savonnent la planche dès qu'ils le peuvent. Deuxièmement, ce n'est pas eux qui ont trouvé le cadavre. Tu crois qu'ils en ont quelque chose à foutre d'attraper le type ? Ils feront ce qui est de leur compétence, rien de plus, et avec le moins d'énergie possible. Et j'imagine qu'ils ont d'autres chats à fouetter.

Les journaux et la télé étaient en effet accaparés par une gigantesque panne dans la région, qui avait privé d'électricité des milliers de personnes. L'hiver exceptionnellement rude avait chargé les lignes électriques de givre, offrant ainsi une large prise au vent qui arrachait les câbles comme des bouts de tissu.

— Qu'est-ce qu'on peut faire ?

— Donne-moi l'adresse de la bonne femme. J'irai demain.

Kochan écarquilla les yeux, incrédule.

— Tu crois pas que tu as déjà assez chargé la barque ? demanda-t-il.

— Demain, j'ai congé. Je peux faire ce que je veux. Par exemple, faire une excursion et visiter un château dans la Vallée des Aigles. Il y a bien un château dans le coin ?

— Aucune idée.

— J'en trouverai bien un.

Kochan regardait par la fenêtre, s'interrogeant sur la demande de son collègue. En acceptant de lui donner l'adresse, il s'exposait à de sérieux désagréments. Tout le monde saurait que les informations sur la mère venaient de lui. Pourtant, il ne faisait rien d'interdit : Gruda avait bien précisé, même si ça lui déplaisait, que Mortka devait être tenu informé de l'avancée de l'enquête. Se rappelant que le vieux l'avait gardé au poste jusqu'à dix heures du soir, Kochan éprouvait une certaine joie à lui rendre un peu la monnaie de sa pièce.

— Je t'envoie l'adresse de la mère de Pawel demain par SMS, décida-t-il. Mais n'en fais pas trop là-bas, d'accord ? Et ne raconte pas que c'est moi qui te l'ai donnée.

— Je veux juste jeter un coup d'œil, le rassura Mortka. Parler un peu avec elle, et avec le capitaine des pompiers du coin. Renifler, quoi. Je saurai qui étaient les amis de ce Grocki. Peut-être a-t-il d'autres copains à Varsovie, ou quelqu'un chez qui il pourrait se cacher ?

Sur ce, ils se séparèrent et Mortka rentra directement chez lui.

Roulant dans les rues enneigées de Varsovie, il se demandait s'il avait fait le bon choix. Il avait bel et bien vu les traces sur les bras d'Ania quand elle avait essayé de les cacher en enfilant un sweater à manches longues.

Peut-être se faisait-il des idées ? Les Kochan avaient un petit gamin qui, sans le vouloir, pouvait aussi donner des coups. Lui-même avait eu une jambe couverte de bleus le jour où Jedrek avait fait une crise d'hystérie dans un magasin de jouets. Il s'était roulé par terre en hurlant à pleine gorge, donnant des coups de pied à toute personne qui l'approchait. Les clients regardaient Mortka avec une réprobation amusée, tout en caressant les têtes blondes de leurs propres enfants bien élevés. Le policier ne parvenait pas à calmer son fils, quoi qu'il essayât. Il supplia, donna des ordres, fit même semblant de sortir du magasin, mais rien n'eut le moindre effet sur le petit Jedrek. Il n'en hurlait que plus fort. Mortka avait fini par lui donner trois claques sur les fesses, avant de l'attraper par son blouson, le coincer sous son bras et le sortir de force du magasin. Il n'avait pas calmé

Jedrek, mais au moins avait-il échappé aux regards des clients moqueurs et du personnel fatigué par cette crise de démence infantile.

Plus tard dans la nuit, assis tout seul dans la cuisine devant un thé, son cœur se serra. Il n'aurait pas dû frapper son fils. Il ne se pardonnait pas de s'être laissé guider par la colère. Et pire : s'il n'avait pas entendu le cri terrifié d'une des vendeuses, il ne se serait pas arrêté à trois tapes. Sans elle, il aurait frappé son fils jusqu'à se fatiguer la main.

Il ignorait pourquoi son fils, jusque-là si gentil, s'était comporté de la sorte. Mais ils traversaient à l'époque une période difficile pour tous, non seulement pour son couple mais aussi pour les enfants. Des émotions pénibles imprégnaient leurs vies, vibraient dans la maison au rythme des reproches réciproques. Ola et lui étaient adultes et parvenaient à contenir leur hargne croissante ; un enfant ne pouvait résister à ces crispations de colère. Si telle avait été la cause réelle du comportement de Jedrek, Mortka considérait comme un miracle que cela ne se soit produit qu'une fois.

Certains enfants, et il le savait très bien, n'avaient pas besoin d'un contexte particulier pour être frappés d'hystérie. Il suffisait de leur reprendre un jouet, de leur faire quitter un terrain de jeux ou de leur parler sur un ton un peu vif. Peut-être avait-ce été le cas avec Ania ? C'était possible. Il se souvenait que Kochan avait plus d'une fois indiqué que leur fils était insupportable.

Il se calma. Il parlerait une bonne fois à tête reposée avec Darek, mais il n'avait sans doute pas de raison de s'inquiéter maintenant.

Sans doute… Ces mots lui laissaient dans la bouche un goût amer qu'il s'efforçait de ne pas remarquer.

Ania Kochan était justement en train de faire la vaisselle lorsqu'elle sentit sur sa nuque le souffle de son mari. Il la saisit brusquement par les bras, lui faisant mal et l'effrayant.

Elle ne voyait pas ce qu'il pouvait lui reprocher, rien ne lui venait à l'esprit : le dîner était prêt, il n'y avait plus qu'à le réchauffer ; le fils dormait gentiment dans son lit ; elle s'était occupée de l'invité, et la bière était au frais. Une bière forte, comme il l'aimait. Elle la lui avait apportée aussitôt qu'il l'avait demandée. C'est vrai qu'elle ne s'était pas maquillée, mais il était déjà tard… Qu'est-ce qui pouvait bien le fâcher ?

Elle ne voyait pas. Et ça lui faisait peur.

— Tu t'es plainte, gronda-t-il à son oreille.

Elle ne comprit pas.

— Tu t'es plainte au Kub, reprit-il.

S'agissait-il de cette conversation, lorsqu'elle avait raccompagné Mortka à la porte ? Elle s'était pourtant contentée de lui demander de laisser Darek un peu tranquille.

Il lui serrait les bras.

— Mais je ne me suis plainte de rien, murmura-t-elle.

Ses lèvres tremblaient.

— Pauvre connasse.

Elle essaya de se dégager délicatement, mais il l'en empêcha.

— Lâche-moi, demanda-t-elle.

Il refusa. Il lui tordit le bras d'un geste vif tout en lui enserrant le cou de son autre main. La stupeur lui coupa le souffle.

Il la traîna derrière lui, la cognant contre les meubles. Elle gémit de douleur. Elle perdit l'équilibre.

— Espèce de pute ! Tu te prends pour la princesse que le chevalier vient pour sauver sur son beau cheval blanc ?

Il la maintint devant la glace dans la salle de bains. Il la saisit par les cheveux qu'il serra dans son poing, l'obligeant à regarder son reflet.

— Mais regarde-toi ! sifflait Kochan à son oreille. Tu n'es pas la princesse. Aucun chevalier blanc ne va venir te chercher. Et tu sais pourquoi ?

Elle ne dit rien. Il la secoua si violemment qu'elle faillit heurter la glace.

— Et tu sais pourquoi ? répéta-t-il.

— Non ! gémit-elle.

— Parce que tu as l'air d'une merde. Et qu'on t'emmerde. Tu comprends ? Tu as l'air d'une merde.

Ils entendirent les pleurs de leur fils. Kochan la lâcha. Il s'essuya les mains contre sa chemise comme dégoûté.

— Va le calmer, ordonna-t-il.

Elle courut vers son fils en sanglotant. Kochan se contenta de lancer quelques jurons. Il avait envie de se saouler. Il passa dans la salle de séjour ; il aurait voulu être déjà saoul.

Chapitre 19

Mortka quitta Varsovie le matin, juste après avoir reçu le SMS avec l'adresse de Grocki. Il faisait encore nuit, et le gel était si puissant que de menus points de givre vinrent se piquer dans sa barbe. Il avait besoin de sortir au plus vite de l'appartement vide qui commençait à l'effrayer. Il repensait à Piotrek, à la visite de Borzestowski, et surtout à Agnieszka. Devait-il l'appeler pour prendre de ses nouvelles ? Comment surmontait-elle les évènements récents ? Il craignait, cependant, d'être mal compris et ne voulait surtout pas l'importuner.

Il y avait beaucoup de circulation sur la bretelle vers Katowice. Dans le sens des départs on pouvait tout de même rouler, tandis que les voies menant à Varsovie étaient bloquées : les habitants des communes de banlieue se rendaient au travail. La route ne se dégagea qu'après Rawa Mazowiecka. À partir de Piotrkow Trybunalski, les radars disparurent, et il put accélérer.

Il dépassa Czestochowa, obliqua à Kozieglowa, dont tous les habitants devaient vivre de la culture de sapins de Noël et de la fabrication de guirlandes : presque chaque maison arborait un panneau annonçant la production d'objets de décoration de fêtes.

Il arriva à Myszkowo une demi-heure plus tard. La ville ne lui fit pas bonne impression : vulgaire, laide, grise, mal entretenue, recouverte d'une couche de neige sale comme d'un vieil édredon. Il laissa sa voiture dans le centre, près de la gare, où se trouvaient quelques grands magasins, et entra dans un café pour prendre un petit déjeuner et boire un jus bien noir.

Il aurait dû s'annoncer auprès de la police locale, ou du moins prévenir de sa présence, ne fût-ce que par politesse. Mais dans ce cas, Andrzejewski apprendrait sa venue, ce qu'il préférait éviter.

Tout en ingurgitant une omelette légèrement brûlée, il étudiait une carte de la région, cherchant des indications pour se rendre dans le bourg où vivait la mère de Pawel Grocki. La serveuse lui garantit que toutes les routes alentour étaient dégagées et qu'on pouvait circuler. Il la crut.

Mais passé Myszkowo, les conditions se détériorèrent. Les routes non entretenues étaient glissantes et, pour couronner le tout, la neige se mit à tomber. Les arbres étaient recouverts d'un givre brillant, tandis que les fils électriques ployaient en tremblotant entre les poteaux.

Dans le village d'où venait Grocki, le courant avait été rétabli. Mortka s'arrêta devant un magasin pour demander où se trouvait la maison de la mère. Il en profita pour recueillir quelques racontars : la vendeuse reprochait au père de Grocki d'être un coureur de jupons irresponsable qui s'était réfugié en Angleterre, où on avait perdu sa trace ; il avait dû s'y trouver une jeune Anglaise à dents de cheval, détail étonnant, compte tenu de la distance qui séparait Myszkowo de Londres… Mortka ne demanda pas d'où cette vendeuse tenait des informations aussi précises sur la nouvelle conquête du père Grocki, remercia et retourna à sa voiture.

Malgré les indications, il lui fallut dix bonnes minutes pour trouver la maison, bien cachée tout au fond d'une ruelle étroite. La voie avait été déneigée le matin même, mais il était tombé depuis une bonne dizaine de centimètres. Mortka, craignant de s'enliser, se gara devant une palissade près de la route principale et continua à pied.

Il faisait un froid insupportable et il regrettait de ne pas avoir pris de bonnet. Il fourra ses mains dans ses poches et se contracta pour lutter contre la température glaciale.

Mme Grocka habitait dans une vieille baraque en bois dotée d'un toit de tôles vertes. La bicoque n'était pas grande et contenait tout au plus trois pièces, cuisine et salle d'eau comprises. Un hangar, des toilettes peut-être hors d'usage, une niche à chien et une serre démolie dont l'intérieur était aussi enneigé que la cour complétaient le tableau. Le tout ressemblait à un musée délabré de la campagne polonaise, destiné à montrer le retard de la civilisation. C'était d'autant plus surprenant que tout autour s'étendaient de belles propriétés soignées.

Mortka entra dans la cour. À sa vue, un chien jaillit de la niche. Un bâtard ordinaire qui aboya furieusement. Il tirait si fort et avec tant d'énergie qu'on aurait pu croire qu'il allait arracher sa chaîne, mais il finit par se calmer.

L'inspecteur s'étonna de ce que personne n'ait réagi aux aboiements. Il ne remarqua aucun mouvement, personne ne se montra à la fenêtre. Peut-être la femme était-elle au travail ?

Il remarqua dans la neige des traces régulières, des traces de pneus qui conduisaient vers le hangar. Il les suivit, souleva le loquet en métal et entrouvrit précautionneusement la porte. Entre des pneus usagés, des ferrailles diverses et quelques vieilleries ordinaires se trouvait une Opel Astra bordeaux. Son cœur battit plus fort. Il chercha son téléphone portable.

À cet instant, il entendit un bruit. Il n'eut pas le temps de se retourner. Un coup lourd sur l'arrière du crâne lui fit perdre conscience.

Quand il rouvrit les yeux, il sentit une terrible douleur à la tête. Il prit peur. Il se trouvait à l'intérieur de la baraque. Attaché à une chaise. Il tenta de remuer et constata que les liens se distendaient.

La pièce sentait le vieux, la poussière et l'humidité. Les murs étaient rongés par des champignons. Il y avait près de lui une table couverte d'une nappe blanche, sur laquelle un sucrier était posé ; plus loin, une commode avec une petite télé. Un sofa sur lequel dormait une femme d'une cinquantaine d'années, vêtue d'un pull de laine violette.

— Madame… lança doucement Mortka.

Elle ne réagit pas.

— Madame, reprit-il, plus fort.

L'inspecteur remarqua alors que la femme était anormalement pâle et qu'aucun souffle ne soulevait sa poitrine. Il fut parcouru d'un frisson. Pour se calmer, il ferma les yeux et respira profondément en comptant lentement jusqu'à dix. Ce n'était pas le moment de paniquer, même s'il sentait la morsure glaçante de la peur. Quand il eut compté jusqu'à dix, la porte s'ouvrit, et Pawel Grocki entra. L'inspecteur le reconnut aussitôt, même si le garçon était plus grand et plus baraqué qu'il n'en avait l'air sur la photo. Il portait un jean sale et graisseux, et un blouson gris.

— On est réveillé, constata Grocki d'un ton neutre.

Il posa sur la table les affaires de Mortka : ses papiers, son portable et son arme.

— Très bien.

L'homme était blême. Sa mâchoire tremblait nerveusement. Il s'essuyait machinalement les mains sur son blouson.

— Pawel… tenta Mortka.

Grocki le regarda d'un air absent.

— Oui ?

— Il faut que tu me détaches, dit l'inspecteur en s'efforçant de parler d'une voix calme mais ferme.

Grocki secoua vigoureusement la tête.

— Non. Je ne peux pas. Je ne peux faire ça.

— Il faut que tu me détaches, répéta Mortka. Tu as des ennuis. Tu as tué des gens.

— Je ne voulais pas faire de mal aux enfants, répliqua-t-il lentement. Ni à Piotrek. Ce n'est pas ma faute. C'est arrivé malgré moi.

— Et cette femme ?

Grocki hésita, il fronça les sourcils et regarda le corps.

— Maman ne voulait pas me comprendre, souffla-t-il. Elle a eu peur des policiers qui sont venus hier. Ils n'auraient pas dû lui faire peur. Ils n'auraient pas dû lui raconter toute cette histoire. Elle a voulu que j'aille me livrer. J'ai essayé de lui expliquer que je ne pouvais pas, mais elle a dit qu'elle irait elle-même. Je ne pouvais pas la laisser faire…

— Je vois. Je comprends.

L'homme se passa la langue sur les lèvres et esquissa un sourire de biais.

— Non. Vous ne comprenez pas, inspecteur. Vous ne comprenez pas. Mais j'en ai rien à foutre. Ce qui est fait est fait, n'est-ce pas ?

— Deux enfants, Pawel… Les deux garçons, Piotrek, et maintenant ta maman. Nous savons qui tu es, ce que tu as fait… On va t'attraper.

Pendant quelques secondes, Mortka crut qu'il avait ramené Grocki à la raison. Mais le pyromane fit le geste de viser l'inspecteur d'un doigt et de tirer.

— Vous ne m'attraperez pas, déclara-t-il avec hauteur, sûr de lui. Oh, que non ! J'ai un plan.

— Un plan ?

— Ouais. Un plan. Parce que j'agis toujours avec un plan. Et vous ne le connaissez pas.

— Alors, explique.

— Non, non, inspecteur. (Grocki promena un doigt sous le nez de Mortka.) Ça ne marche pas comme ça. Mais je peux vous confier ce que je vais faire d'ici un petit moment.

— C'est-à-dire ?

— Mettre le feu à cette maison. Avec vous au milieu, inspecteur. Nous sommes bâtis à peu près pareil : je laisserai mes papiers ici, en veillant à ce qu'ils ne brûlent pas, et je vais prendre les tiens. Quand on trouvera ton cadavre, on pensera que c'est moi.

Mortka se rendit compte qu'il parlait à un fou. Grocki était comme en transe, perdu dans ses rêves. Il n'avait aucune chance de le toucher par des arguments rationnels. Mortka ne pouvait jouer qu'avec le temps, espérant qu'une idée lui viendrait à l'esprit, ou qu'il aurait un coup de chance.

— Ton truc est idiot dit-il. Tout simplement idiot. Je suis flic, Pawel. Les collègues savent que je suis ici. Ils ont mon schéma dentaire. Ils identifieront le corps grâce à mes dents. Personne ne se laissera prendre à ton truc.

— Mais je peux très bien t'arracher les dents ?

Grocki ne plaisantait pas. Les cheveux se dressèrent sur la tête de Mortka qui, cependant, continuait à tenter de relâcher discrètement ses liens. Il n'avait pas les jambes attachées, si seulement il pouvait réussir à sauter sur Grocki, le faire tomber par terre et le maîtriser…

— Ils perdront du temps avec cette histoire de dents, inspecteur, et moi, je serai déjà loin et en sécurité, continua Grocki.

Il s'interrompit soudain, cligna des yeux comme pour se rappeler quelque chose et demanda :

— Et Kameron ?

Mortka ne comprenait pas.

— Les deux gamins, Piotr, maman, tu ne dis rien de Kameron. J'ai aussi tué Kameron.

— Tu ne l'as pas tué.

Grocki se jeta sur le policier et le saisit par les pans de son blouson. Il avait l'air abasourdi.

— Si je te dis que je l'ai tué ! s'écria-t-il. Tu ne vas pas me la faire, connard. Je l'ai tué. Il a cramé, le fils de pute. Tu comprends ? Il a cramé !

— Tu ne l'as pas tué, répéta l'inspecteur.

Il voulait que Grocki reste au plus près de lui. Il allait bientôt avoir les mains libres et il pourrait ainsi l'attaquer.

— Tu as bousillé sa femme qui est à l'hôpital.

Grocki le lâcha et se redressa.

— Oui… reconnut-il. Ça a vraiment été un accident. Une erreur dans le scénario. Ce n'est pas ce que je voulais.

— Mais Kameron, tu voulais le tuer ?

Grocki siffla doucement.

— Assez discuté.

Il disparut derrière la porte. Mortka secoua plus fortement ses bras, espérant se libérer et attraper son arme. Mais il s'y prit mal et, au lieu de se distendre, le nœud se resserra.

Grocki revint avec un jerrycan. Il dévissa le bouchon et fit couler un filet d'essence depuis la pièce jusqu'au couloir derrière la porte.

Mortka avait la nausée à cause des vapeurs d'essence qui lui entraient dans les narines.

— Minute, Pawel, deux mots. On peut éviter tout ça, dit fiévreusement l'inspecteur.

Grocki répandait l'essence sans rien dire. Il en versa particulièrement sur le sofa et le corps de sa mère. Il s'acquittait de sa tâche avec soin, pour ne pas dire une tendresse particulière. Quand il eut finit, il embrassa la morte sur le front. Puis il s'approcha du commissaire ;

Mortka serrait les dents. Grocki pencha le jerrycan, mais il n'en coula que quelques gouttes.

— Terminé, dit le pyromane.

Il reboucha le jerrycan qu'il posa près de la table. Il prit les papiers du policier et les rangea dans sa poche, glissa le pistolet à la ceinture de son pantalon.

— Écoute, Pawel, ce que tu fais n'est pas sensé, reprit l'inspecteur d'une voix douce. Laisse-moi t'aider. On peut arranger des choses… Pawel… Pawel ? Tu m'entends ?

Grocki sortit de la pièce et ferma la porte à clef.

— Pawel ! Pawel ! Putain ! Reviens ! hurla Mortka en tirant frénétiquement sur ses liens.

Une langue de feu apparut sous la porte puis les flammes se jetèrent sur l'ensemble de la pièce. L'inspecteur fut frappé par l'odeur de peau et de cheveux brûlés, puis par une vague brûlante et une nuée de fumée sombre qui l'asphyxia. Il hurlait sauvagement. Il s'arracha du sol avec la chaise toujours attachée à son corps, et entreprit de frapper de toutes ses forces contre le mur. La chaise se brisa, et une longue écharde lui transperça le dos. Il était blessé, mais libre.

Il se jeta contre la porte de tout son poids, elle ne frémit même pas. Elle était trop résistante, ou bien Grocki avait eu le temps de la bloquer avec quelque chose.

Une flamme vint lui lécher la main. Il sauta de côté. La peau lui brûlait, l'air ardent lui arrachait les poumons. Il s'empara du téléviseur, débranchant le câble de la prise, et le jeta contre la fenêtre. La vitre se brisa et une partie du montant se détacha. Il ramassa un pied de la chaise cassée pour finir de débarrasser le cadre des morceaux de verre. Le feu se rapprochait… Il eut l'impression que ses cheveux commençaient à roussir. Il sauta en avant et retomba de l'autre côté de la fenêtre, planté dans la neige molle.

Il roula sur lui-même pour étouffer les flammes qui consumaient ses vêtements. Puis il se releva non sans peine. Il toussait.

Il pensa tout de suite à l'Opel cachée : Grocki voudrait sûrement s'enfuir avec. Sans réfléchir, il courut jusqu'au hangar et vit de loin que la porte en bois était grande ouverte. Grocki lui tournait le dos, juste à côté de la voiture. Il dut entendre le policier car il se retourna en un éclair, le pistolet prêt à faire feu pointé sur Mortka qui leva les mains.

— Pawel, tu dois te rendre, dit-il.

Il n'avait pas fini sa phrase que son corps réagissait par instinct. Il se jeta sur le côté une fraction de seconde avant que Grocki appuie sur la gâchette. La balle passa tout près. Le pyromane s'élança vers l'inspecteur.

Mortka se releva et fila vers le mur latéral du hangar. Il se cacha derrière le coin, se collant à la paroi, devant la réserve de bois. Il remarqua un billot dans lequel était plantée une hache, et un auvent sous lequel se trouvait du bois scié. La hache était trop loin, et l'inspecteur jugea qu'il n'aurait pas le temps de l'atteindre, d'autant que Grocki accourait. Il souleva donc l'une des bûches et retint son souffle. Il n'aurait qu'une seule chance.

Il ne voulait pas mourir.

Il entendait les pas, tout proches. Il jaillit de l'encoignure. Grocki tira. L'inspecteur sentit une douleur cuisante au côté. Il frappa d'un coup de bûche la main tendue du pyromane. Il avait touché juste, et le pistolet s'envola. Il asséna un deuxième coup que Grocki esquiva, se protégeant le torse et reculant d'un pas. Mortka se jeta quand même sur lui de tout son corps. Ils luttèrent un moment. Grocki réussit à se dégager et plaça deux coups éclair au visage de Mortka. L'inspecteur se rejeta en arrière vers le tas de bûches. Grocki fit deux pas et empoigna la hache sur le billot.

Mortka n'avait aucune chance. L'homme était trop rapide et trop fort. Il se tenait de nouveau devant l'inspecteur, la hache brandie, mais le policier réussit au dernier moment à reculer devant le fer qui s'abattait sur lui.

Puis il sauta en avant, dépassa son agresseur décontenancé et exécuta une manœuvre qu'il avait répétée des centaines de fois à l'entraînement ; il parcourut trois mètres, fit une roulade et atterrit sur le sol.

Il saisit le pistolet par terre et se retourna. Grocki était déjà là, la hache levée, prête à s'abattre. Mortka ne pouvait détourner le regard du tranchant qui allait lui fendre le crâne.

Il tira. Une jambe de Grocki plia selon un angle non naturel à hauteur du genou. Il hurla de douleur et de terreur, et Mortka appuya une deuxième fois sur la gâchette. Il toucha cette fois Grocki à la poitrine. Puis à la tête. Et des morceaux de cervelle roses éclaboussèrent la neige. Le pyromane tomba.

Mortka abaissa son arme. Il soufflait lourdement. Sa tête bourdonnait, et il avait le sentiment de se trouver en pleine mer pendant une tempête. Pris de nausée, il se laissa tomber et plongea le côté gauche de son visage dans le froid de la neige. Il avait peur de perdre connaissance. Mais maintenant, il pouvait se le permettre. Il entendait au loin la sirène des pompiers.

Chapitre 20

Deux jours plus tard, lorsque Mortka entra dans la petite salle de réunion de la Direction centrale, tout le monde se tut. Sans un mot, il prit place à côté de Brodka. En plus d'elle se trouvaient là Gruda, Kochan, Skalski, le directeur adjoint Andrzejewski, le procureur Szydlon et un officier du commissariat de Myszkowo, dont l'inspecteur ne parvenait pas à se rappeler le nom.

Il s'assit, cherchant en vain la position la moins douloureuse. Il ressemblait à un invalide de guerre. On lui avait mis des pansements à l'épaule, à l'endroit où l'éclat de la chaise brisée s'était enfoncé, et au côté, là où la balle l'avait frappé. Il avait en plus la tête bandée. Par chance, la blessure était superficielle. L'hématome causé par le coup porté par Grocki était de la taille d'un petit ballon. Tout son visage était enflé et les nombreuses traces qui le parcouraient avaient pris une teinte violette.

— Continue, Gruda, dit Andrzejewski.

Gruda se racla la gorge, prit un verre d'eau et but une gorgée.

— Dans la voiture de Grocki, on a trouvé, entre autres, un agenda où étaient notées les adresses des maisons qu'il avait incendiées, ainsi que des notes, des croquis et des informations sur les moments où les habitants seraient absents. Il n'y avait cependant pas de notes comparables concernant la maison de Jan Kameron. Nous avons trois témoins qui ont vu Grocki ou sa voiture sur les lieux juste avant les incendies. La taille de ses chaussures correspond à celle des traces trouvées sur le terrain des Korzeniowski. Si on prend cela en compte, tout comme les indices récoltés dans l'appartement loué par Grocki, et les déclarations de l'inspecteur Jakub Mortka, ici présent, qui a recueilli les aveux de Grocki concernant l'incendie de la villa des Kameron et de celle des Korzeniowski, nous pouvons admettre que Grocki est le pyromane d'Ursynow Ouest. Y a-t-il des questions sur ce volet de l'affaire ?

La question s'adressait principalement au procureur Szydlon. Celui-ci fit non de la tête.

— Meurtre de Piotr Stelmach… continua Gruda. Nous soupçonnons que Piotr Stelmach s'est présenté chez Pawel Grocki – qu'il connaissait depuis leur enfance à Myszkowo – pour lui demander de l'argent, afin de s'acquitter de ses dettes de jeux. Pour une raison inconnue, ils se sont disputés, et Grocki a tué Stelmach. Il a ensuite transporté le corps jusqu'au bord de la Vistule où il l'a brûlé. On a retrouvé des cheveux de Piotr Stelmach dans la voiture de Grocki, ainsi que des traces biologiques dans son appartement. L'empreinte des pneus de l'Opel de Grocki correspond aux traces laissées à l'endroit où le corps a été jeté. Compte tenu de tous ces éléments et des déclarations de Jakub

Mortka, selon qui Grocki a indirectement reconnu avoir tué Piotr Stelmach, nous pouvons conclure qu'il est l'auteur de ce meurtre. Y a-t-il des questions ?

Personne ne réagit. Gruda reprit une gorgée d'eau.

— Meurtre de Barbara Grocka, dit-il, avant un silence. Le plus probable est que Barbara Grocka souhaitait que son fils se rende lui-même à la police. Mais Pawel Grocki n'en avait pas l'intention et ils se sont disputés à ce propos. Nous soupçonnons que Grocki était alors émotionnellement très instable, et qu'il n'a pas pu se maîtriser. Il a selon toute vraisemblance involontairement tué sa mère en l'étouffant sous un oreiller. Je considère qu'il n'y a pas de raison de discuter cette question plus en détail ici, puisque la police et le procureur de Myszkowo en sont saisis.

Personne ne protesta. Gruda remercia et se rassit. Andrzejewski se leva et regarda l'assemblée.

— Mesdames, messieurs, je voudrais remercier tous ceux qui ont pris part à l'enquête. Agent Skalski, vous avez accompli un magnifique travail à Ursynow. Je vais envoyer dès aujourd'hui au commandant une lettre de remerciements avec la liste des travaux que vous avez effectués pour nous. J'espère qu'elle entraînera au moins une petite récompense.

— Je vous remercie infiniment, répondit Skalski.

Andrzejewski se rassit. Szydlon se racla la gorge.

— Et maintenant, c'est mon tour, oui ? demanda le procureur. Bien. Je ne vous prendrai moi aussi qu'un bref instant. Je remercie tous ceux qui ont participé à l'enquête. En particulier l'inspecteur Gruda, qui a dû la reprendre à la fin. J'avais craint que cela ne nuise à la qualité du travail, mais je dois reconnaître que collaborer avec vous a été remarquable.

Il fit une brève pause. S'il attendait que Gruda le remercie à son tour, il fut amèrement déçu.

— Je voulais aussi annoncer que je vais clore cette enquête. Encore une fois, je vous remercie, fit-il en conclusion.

Mortka se redressa brusquement. Heurtant le dossier, il décrocha son bandage à l'épaule. Il siffla sous la douleur.

— Vous ne pouvez pas faire ça ! dit-il.

— Pourquoi ?

— Il y a trop de questions sans réponses. Trop de choses qui ne collent pas.

— Quelles questions, le Kub ? intervint Andrzejewski. Nous avons établi que Grocki avait mis le feu aux maisons des Kameron et des Korzeniowski, qu'il est responsable de la mort des fils Korzeniowski, qu'il a tué Piotr Stelmach et sa propre mère. Nous n'avons pas de pistes qui indiqueraient que des tiers auraient été impliqués.

— Grocki n'a pas le profil voulu, affirma Mortka. Madame la psychologue va certainement appuyer ma position.

Brodka commença à se triturer nerveusement les cheveux.

— C'est-à-dire… commença-t-elle en traînant sur les mots. Pawel Grocki n'avait en effet pas le profil type d'un pyromane, beaucoup de ses caractéristiques ne coïncident pas… En revanche, sur certains points, sa personnalité recouvre ledit profil.

Mortka jura en son for intérieur. La chamane se la jouait assurance tous risques. Il ne pourrait pas compter sur son aide.

— Il nous manque un motif, dit-il. Nous ne savons pas pourquoi Grocki a mis le feu à ces maisons. Pourquoi justement les Kameron et les Korzeniowski ?

— Que voulez-vous, inspecteur ? Nous ne le saurons jamais, rétorqua le procureur.

Parce que c'est moi qui ai tué Grocki, se dit méchamment Mortka.

— Vous ne m'avez pas convaincu, monsieur l'inspecteur. L'enquête est close en raison du décès de l'auteur des faits, ajouta Szydlon.

Mortka serra les poings. Ça ne devait pas finir ainsi : il considérait de son devoir de comprendre pourquoi les fils Korzeniowski étaient morts. Mais de toute évidence, il était le seul à le penser.

— Dans ces conditions, la réunion est terminée, répéta Andrzejewski. Je demande aux inspecteurs Gruda et Pasewicz de Myszkowo, ainsi qu'à l'inspecteur Mortka de rester.

Skalski et Kochan sortirent de la petite salle. Brodka se pencha vers Mortka. Elle lui tendait sa carte de visite.

— Monsieur l'inspecteur, si vous avez envie de parler, n'hésitez pas à m'appeler.

— Je n'ai pas besoin de thérapie.

— Vous connaissez les règles. Vous devez bénéficier d'une assistance psychologique. Ça peut être moi ou quelqu'un d'autre. À vous de choisir.

Elle se leva et sortit.

Le silence se fit. Andrzejewski tapota d'un doigt sur la table.

— Le Kub, commença-t-il. Puisque nous n'avons pas eu l'occasion de parler depuis lundi, je voudrais d'abord te poser la question qui nous préoccupe tous… (Il prit une grande inspiration.) Mais qu'est-ce que, putain, tu es allé fabriquer là-bas ?

Mortka laissa passer un moment. Il rassemblait ses forces en vue de la confrontation.

— Je voulais rencontrer la mère de Grocki. Lui parler, dit-il sèchement.

— Pourquoi ?

— À cause de l'enquête.

— L'enquête dont tu avais été exclu ?

— Celle-là même.

Andrzejewski tapa du poing sur la table.

— Tu divagues !

— Pas du tout.

Ils se mesurèrent du regard. Le directeur adjoint fut le premier à baisser les yeux. Il regarda son dossier.

— Tu t'es rendu à la maison des Grocki sans consulter personne, et sans l'accord de tes supérieurs, dans le cadre d'une enquête dont tu avais été exclu. En plus, tu t'y es rendu seul. Tu n'as pas informé le commissariat de Myszkowo de ta venue ni de tes actions.

— C'était mon jour de congé. Les jours de congé, je peux faire ce que je veux, n'est-ce pas ? Pour ce qui est du commissariat de Myszkowo, j'ai l'impression que les informer n'aurait pu qu'aggraver les choses.

Pasewicz se redressa sur sa chaise et demanda :

— C'est-à-dire ?

— Que vous avez complètement bousillé l'affaire.

— Pardon ? Ça serait de notre faute ?

— De qui d'autre ? Vos gars se sont rendus la veille chez Grocka. Pawel Grocki s'y trouvait certainement déjà. Vous n'avez pas remarqué la voiture cachée dans la remise, alors qu'elle n'était pas si difficile à trouver. Vous deviez observer et fouiller la maison, ce que vous n'avez pas fait, lança Mortka, hors de lui. Oui, c'est votre faute ! Si vous aviez fait votre boulot correctement dans ce foutu Myszkowo, Grocki serait maintenant sous les verrous.

Pasewicz rougit de colère.

— Tout policier qui mène des opérations de terrain là où il n'a pas compétence doit informer les autorités locales. C'est dans le putain d'ABC du métier, répondit-il.

— J'avais congé, répéta Mortka. Vous aussi ? Tout le commissariat, peut-être ?

— Le Kub, suffit ! intervint Andrzejewski. L'inspecteur Pasewicz a raison. Tu devais les informer de ta venue sur leur territoire. Et arrête d'agiter ton jour de congé, parce que je n'ai pas le souvenir que tu aies déposé une demande de congé.

Mortka en resta pétrifié. Andrzejewski lui avait bel et bien donné son jour, mais pas de manière officielle, et il n'avait jamais imaginé qu'il le retiendrait contre lui.

— Tu es allé voir Grocka sans en informer personne. Cela s'est terminé par un immense incendie et deux cadavres. Et tu es le seul à savoir ce qui s'est réellement passé, ajouta le directeur adjoint.

— J'ai déjà présenté des explications, et je le referai encore un million de fois. Y aurait-il de nouveaux indices qui contrediraient ma version des faits ?

— Bien au contraire, le Kub. Chaque indice que nous trouvons la confirme. Mais là n'est pas la question. Dans la police, nous avons des principes. Ils imposent, par exemple, des normes de collaboration entre unités pour éviter des interférences dommageables. En les respectant, on diminue les pertes humaines des forces de police. Ce sont ces principes que tu as violés. D'abord en allant sur place, puis en te laissant maîtriser et dérober ton arme, et finalement en poursuivant seul et sans arme un agresseur armé dont tu savais qu'il était dangereux. Que tu aies survécu tient du miracle ! Tu n'as plus qu'à faire à genoux le pèlerinage à la Vierge de Czestochowa.

— Il fallait bien quelqu'un pour arrêter ce fils de pute. Visiblement, il n'y avait que moi que ça intéressait… J'aurais dû faire quoi ?

— D'abord, obéir et ne pas te mêler de l'enquête.

Mortka renifla d'un air de dédain. Il en avait assez de ces manières de voir les choses.

— Le Kub, tu es suspendu.

L'inspecteur crut d'abord avoir mal entendu, ou qu'Andrzejewski plaisantait. Mais le directeur adjoint était d'un sérieux mortel.

— Rends ton arme et ta carte.

— À quel titre ?

— Dans l'intérêt du service, le Kub. Un mois, pour commencer. Puis nous prendrons une décision plus permanente en fonction de la position du procureur de

Myszkowo et du résultat de son enquête dans l'affaire de la mort de Pawel Grocki et de Barbara Grocka.

Mortka savait qu'il ne servirait à rien de bagarrer. Le directeur adjoint ne changerait pas d'avis. De plus, Andrzejewski voulait et devait sanctionner Mortka. Il le voulait parce qu'il était véritablement en colère, et il le devait parce qu'il avait un chef au-dessus de lui qui pouvait soudain s'intéresser à l'affaire. Il protégeait ses arrières.

— Autre chose ?

— Non, le Kub, c'est tout.

Le directeur adjoint quitta la salle. Le policier de Myszkowo sortit avec lui. Ils échangèrent quelques mots, Mortka fut certain d'entendre le mot « déjeuner ». Peu après, Gruda s'approcha de lui et lui posa une main sur l'épaule.

— Désolé, gamin. Je n'ai rien à voir avec ça. Si ça débouche sur quelque chose, je prendrai ta défense devant le conseil de discipline.

— Sûr que tu le feras… Toi aussi, tu as foiré. Tu n'as envoyé personne chez Grocka, alors que tu aurais dû. En plus, c'est à cause de toi qu'on m'a enlevé l'enquête.

Gruda eut un sourire triste.

— N'essaye pas, gamin.

— Quoi ?

— Tu t'es mis tout seul dans la fosse à purin. N'essaye pas de m'y faire mariner avec toi.

Il lui pressa délicatement l'épaule.

— Courage, gamin.

Il sortit, laissant Mortka seul dans la salle de réunion. L'inspecteur retournait entre ses doigts la carte de visite de Brodka. Il la rangea dans son portefeuille. Puis il alla rendre son arme et sa carte, signa l'accusé de réception de sa suspension et rentra chez lui.

Quelques heures plus tard, un livreur vint frapper à sa porte. Il remit à Mortka, surpris, un paquet. L'inspecteur défit le carton dans sa cuisine. Il y trouva un grand panier de victuailles. Des fromages français, du vin, du foie gras, du chocolat suisse, des sirops. Un petit mot était accroché au panier décoré. Il était écrit « Merci ». Et une signature : « B ».

Mortka remballa le tout et referma le paquet avec du scotch. Il sortit le donner au coin de la rue à un clodo médusé. Il retourna se coucher.

Il ne savait que faire de lui-même. Ses journées se passaient à attendre un coup de téléphone du procureur de Myszkowo, lui demandant de se présenter pour répondre à des questions. Il ne s'inquiétait pas pour la suite : le procureur qui dirigeait l'affaire était de la vieille école. Il avait fait ses classes dans la Pologne populaire, et il ne croyait pas à des trucs comme les prétendus droits des prévenus. Après le premier interrogatoire, il avait amené Mortka à la machine à café, lui avait tapé sur l'épaule et dit de ne pas s'en faire, qu'il se débrouillerait pour qu'il ne lui tombe pas un cheveu de la tête. Il avait ajouté que c'était une bonne chose qu'il ait abattu ce fils de pute, parce que, pour des raclures du genre de ce Grocki, même perpète aurait été une peine trop douce.

Mais Mortka supportait mal l'inaction. Il restait au lit des journées entières, regardait la télé et ne descendait qu'à la supérette s'acheter à manger et des bières.

Il pensait beaucoup aux fils Korzeniowski qui avaient péri dans l'incendie. Comment en était-on arrivé là ? Quel était le motif de Grocki ? Pourquoi avait-il choisi ces maisons-là, et pas d'autres ? L'inspecteur sentait quelque chose lui échapper dans cette affaire, quelque chose d'essentiel, qu'il avait négligé... Peut-être ne parviendrait-il pas à remédier à cette négligence, et cette perspective le rendait fou. Il se remémorait toute l'enquête, jour après jour, interrogatoire après interrogatoire.

Ces garçons lui apparaissaient en rêve. Ils étaient entourés de flammes. Ils mouraient en le regardant d'un air accusateur. Il lui semblait les avoir trompés, un sentiment qui ne le laissait pas en paix.

Il avait renoncé à voir ses propres enfants. Il leur parlait seulement de temps à autre au téléphone. Il ne voulait pas qu'ils voient son visage balafré, et la tuméfaction mettait du temps à disparaître. Il apprit par eux qu'Ola avait obtenu un travail dans un cabinet.

Il prit contact avec la propriétaire de l'appartement et lui raconta en détail ce qui était arrivé à Piotr et Agnieszka. Elle fut choquée. Elle accepta de baisser le loyer. Il lui demanda s'il devait chercher d'autres colocataires. Elle ne savait pas. Elle devait y réfléchir. Elle bredouilla quelque chose comme quoi elle se déciderait peut-être à vendre. Elle le lui ferait savoir.

Une semaine plus tard, le samedi soir, le visage enfin dégonflé, il tira de l'argent à la banque et se rendit chez

Ola. La fin du mois approchait, et il s'était convaincu d'aller chez son ex-épouse apporter la pension alimentaire. Mais ce n'était qu'un prétexte pour sortir de chez lui, pour parler à quelqu'un… Peut-être verrait-il ses petits Jedrek et Michal ; peut-être pourrait-il oublier quelques instants ces deux garçons morts qui ne le laissaient pas en paix…

Quand Ola ouvrit la porte, il fut étourdi par son parfum. Elle portait une petite robe noire, un maquillage élégant et des bijoux qui soulignaient la couleur de ses yeux. Elle devait porter un soutien-gorge spécial, parce que sa poitrine semblait plus imposante que d'ordinaire.

— Le Kub ?

— Salut. Je peux entrer ?

Indécise, elle ouvrit la porte puis le laissa passer à l'intérieur.

— On est bientôt en février. Je t'ai apporté l'argent. Je sais que tu as un boulot, mais quelques sous ne font jamais de mal.

Il tira une enveloppe de sa poche avant de se figer : un homme venait de faire son apparition dans l'entrée. Un grand blond, sportif, belle allure, pantalon de flanelle et chemise blanche. Ola prit l'argent. Elle avait l'air décontenancée.

— Euh… Adam, voilà le Kub, mon ex. Le Kub, voilà Adam.

L'homme s'approcha et tendit une main à Mortka. Il avait une poigne solide.

— En fait, nous nous connaissons. Mais ça me fait plaisir de te rencontrer. Ola m'a parlé de toi. Tu travailles dans la police, n'est-ce pas ?

— Exact. Mon Dieu… (Il se sentit rougir.) Excusez-moi, je ne voulais pas vous déranger…

Mortka s'interrompit et fronça les sourcils.

— Excuse-moi, tu as dit que nous nous connaissions ?

— De vue, expliqua l'homme. J'habite près de chez toi. De l'autre côté de la rue. Nous faisons les courses dans les mêmes magasins. Il nous est même arrivé d'échanger quelques mots. Tu étais parti il y a quelque temps ?

— À savoir ?

— Je n'ai plus vu ta voiture.

L'inspecteur examinait l'homme qui se tenait devant lui. De fait, son visage lui rappelait quelque chose. L'homme eut soudain un rire gauche.

— Excuse-moi, dit-il en se frappant le front d'un doigt. Je raconte des bêtises. Mais j'ai plusieurs choses en tête à la fois. C'est quand même terrible qu'un étranger te dise savoir ce que tu as comme voiture !

— Oui, c'est un peu étrange, reconnut Mortka. J'y vais. Je pourrais juste dire un mot aux garçons ?

— Les garçons passent la nuit chez mes parents.

— Aha… Et je peux te dire un mot ? En particulier ?

Ola acquiesça de mauvais gré. Elle s'excusa auprès d'Adam et emmena Mortka à la cuisine.

— J'ai entendu dire que tu avais obtenu ce travail. Félicitations.

— Merci, répondit-elle froidement. Qu'est-ce que tu veux, le Kub ?

Il hésita.

— C'est qui, ce type ?

— Adam ? Une connaissance.

— Une connaissance ?
— Oui, une connaissance.
— Ce qu'il raconte sur ma voiture…
— Dans une situation bête, il raconte des bêtises. Ça arrive. Autre chose ?
— Il y a longtemps que vous vous voyez ?
— Deux, trois semaines.
— Trois semaines, répéta-t-il après elle. Et ça suffit pour aller au lit avec ?
— Tu veux dire ?
— Ne fais pas semblant. Tu penses que je ne vois pas ce qui se passe ? Petite robe noire, maquillage, un décolleté jusqu'au nombril, et les enfants par hasard aujourd'hui chez les grands-parents.

Son visage se ferma.

— Sors d'ici, siffla-t-elle à voix basse, mais résolue. Sors d'ici avant de dire des choses que tu regretteras par la suite.

Il obéit. Elle le raccompagna jusqu'à la porte, comme pour s'assurer qu'il quittait bien l'appartement. Il s'arrêta sur le seuil, se retourna et la regarda dans les yeux.

— Il y a quelques jours, j'ai failli y rester.

Ses narines frémirent.

— Sors d'ici, le Kub, répéta-t-elle.

Il ne bougeait pas. Elle avait maintenant des larmes dans les yeux.

— Tu n'as pas entendu ? Dégage !

Il fila. Il entendit la porte claquer derrière son dos et des clefs tourner dans les serrures.

De retour chez lui, il s'assit à sa table devant une canette de bière. Cet Adam se comportait de façon étrange, mais

Ola avait raison : c'était une situation gênante. Quelque chose dans ce qu'il avait dit interpellait toutefois Mortka. L'inspecteur but une gorgée de bière et prit son téléphone. Il appela Kochan.

— Je voudrais que tu fasses quelque chose pour moi, dit-il lorsque le collègue décrocha. Trouve une photo de Klaudia Kameron juste avant l'incendie.

À la mi-février, Mortka rencontra Klaudia Kameron devant l'entrée d'un des ensembles d'appartements de Mokotow. Il l'attendait depuis une bonne heure et demie, et était déjà presque congelé. Assailli par le doute, il s'apprêtait à renoncer à son projet et à rentrer chez lui. Mais il était retenu par la vue d'une Porsche Cayenne noire qui lui rappelait pourquoi il était là.

Il la vit finalement descendre d'un taxi. Au début, il n'était pas sûr que ce fût bien elle. Elle portait un manteau de fourrure ; alors même qu'il faisait nuit, elle arborait de grandes lunettes de soleil et un foulard épais derrière lequel elle dissimulait son visage. Mais la silhouette, l'âge, la couleur des cheveux, tout coïncidait. Elle marchait encore avec des béquilles.

— Madame Kameron !

Elle s'arrêta, le regarda et se détendit en le reconnaissant.

— Monsieur l'inspecteur. Bonsoir.

— Bonsoir, madame.

Elle eut un léger sourire.

— Quoi de neuf pour vous ? Vous allez bien ? demanda-t-il.

— Oui, merci. Pas trop mal… J'ai arrêté les antidouleurs récemment, les médecins sont satisfaits, et leurs pronostics sont positifs. La chaîne Téléstyle m'a contactée il y a quinze jours. Nous allons signer un contrat : ils veulent faire une série documentaire, avec moi dans le rôle principal. Sur ma rééducation et les opérations de chirurgie plastique, jusqu'au complet rétablissement et le retour à mon aspect antérieur. J'ai accepté, parce que ça finance en partie le traitement et m'assure un accès aux meilleurs chirurgiens. Vous pourriez participer...

— En qualité de quoi ?

— De vous-même, bien sûr ! (Elle éclata d'un rire grinçant, comme si elle avait mal.) Vous savez, vous avez dirigé l'enquête. Vous êtes une sorte de héros.

— Merci, mais sans doute non. Par principe, j'évite tout contact avec la presse et la télévision. Ce n'est pas pour moi.

— Réfléchissez, inspecteur. Je vais en parler aux producteurs. J'ai aussi un fan-club à Varsovie et à Gdansk : j'ai reçu quantité de lettres et de vœux de rétablissement. C'est vraiment beau, et ça me donne de la force ! Et puis je passe du temps au tribunal, vous savez, l'affaire Mariusz Wyrwa... Le pauvre ! C'est terrible, ce qu'il a fait, mais parfois j'ai pitié de lui. Assez parlé de moi ! Vous aviez peut-être quelque chose à dire ?

Il hocha la tête.

— Envie de parler. De la mort de votre mari, d'un peu tout ça.

— Ne m'en veuillez pas, mais c'est un sujet douloureux. Je préférerais éviter.

Elle fit un pas vers l'entrée de son immeuble. Il lui barra le passage.

— J'insiste. C'est important pour moi.

— Dans ces conditions… dit-elle avec regret.

— Vous savez que Pawel Grocki a aussi tué Piotr Stelmach et sa propre mère.

— Oui. Je l'ai entendu dire. Pauvre femme ! Pauvre garçon !

— Piotr Stelmach était mon colocataire. C'est pourquoi sa mort ne me laisse pas en repos.

Elle se raidit de surprise.

— Je comprends. Ce doit être difficile pour vous, d'autant que vous êtes policier. C'était un de vos amis ?

— Non. En fait, je ne l'aimais pas beaucoup. Mais là n'est pas la question. Piotr était joueur et il s'était endetté pour cinquante mille zlotys auprès de gangsters. C'est à cause de cette somme qu'il est allé voir Pawel Grocki. Sa compagne affirme qu'il était sûr que Pawel lui donnerait cette somme. C'est étrange… Pourquoi Pawel aurait-il été prêt à lui donner – j'ai dit donner, pas prêter – une telle somme ? D'autant que ni Grocki ni sa mère n'avaient jamais eu autant d'argent. D'où l'aurait-il sorti ?

Elle haussa les épaules.

— Sincèrement, je n'en ai aucune idée.

— Il devait vous le prendre à vous, cet argent.

Le temps s'étira à l'infini. Il regretta de ne pas voir son visage, ses yeux. Il était sûr qu'il y aurait lu la vérité.

— J'avoue que je ne comprends pas, répliqua-t-elle calmement.

— Vous comprenez très bien, mais je vais quand même vous expliquer. Votre vie, disons-le sincèrement, ne s'est pas déroulée comme vous l'aviez imaginé. Vous deviez devenir la star de la chanson, la reine de la scène. Mais après un premier disque, le second a fait un four. Cela aurait été supportable si votre mari avait pu vous garantir une existence à un niveau convenable. Hélas ! Il a perdu sa fortune dans des affaires malheureuses et à la Bourse. Au lieu de nager dans le luxe, comme vous vous l'étiez représenté, vous avez atterri dans une maison quelconque, avec un mari soiffard. Et comme nombre de femmes dans semblable situation, vous vous êtes trouvé un amant. Un beau gosse sportif, tout juste sorti de sa province, Pawel Grocki.

Il prit une profonde inspiration. Il se sentait une envie de tourner les talons et de s'enfuir. Mais il savait devoir finir ce qu'il venait de commencer.

— Votre mari ne possédait qu'un bien précieux, continua-t-il. Une collection de tableaux. Le produit de leur vente vous aurait permis de revenir à une vie de luxe véritable. Sauf, si je ne m'abuse, que votre mari ne voulait pas en entendre parler. Cette collection, c'était ce qui le rattachait à la vie. Alors vous avez imaginé peu à peu un plan pour vous débarrasser du mari et récupérer la collection. Vous avez persuadé Pawel Grocki de mettre le feu à votre maison un vendredi soir, soirée traditionnelle de beuverie pour votre mari. S'enivrant jusqu'à perdre conscience, il ne réussirait jamais à sortir d'une maison en flammes. Et plus important, les tableaux assurés pour des millions de zlotys brûleraient aussi.

Les paroles de l'inspecteur ne produisaient aucun effet sur Klaudia.

— Un tel incendie ne manquerait pas d'éveiller les soupçons. La compagnie d'assurance aurait des doutes, pourrait refuser l'indemnisation, et vous resteriez alors sans mari dans une maison en ruine. Vous aviez donc besoin d'une série. Dans le même quartier, et avec des caractéristiques suffisamment analogues pour que l'on pense sans hésiter à l'action d'un fou. Je n'ai pas cessé de me demander pourquoi Grocki mettait toujours le feu avec des cocktails Molotov. De cette manière si originale… Mais c'était bien de cela qu'il s'agissait ? C'était sa signature, l'élément essentiel de la pièce que vous étiez en train de jouer pour la compagnie d'assurances. Il fallait qu'il ne subsiste aucun doute. Tant qu'à Varsovie il y aurait un pyromane pour sévir… vous étiez tranquille ! Je me suis aussi longtemps demandé comment Grocki choisissait les maisons à incendier. Or, c'est vous qui les lui indiquiez. Parce que *vous* saviez qui était absent, et quand.

— Et comment j'aurais su ? demanda-t-elle avec un sourire figé. Je ne connaissais personne, à part les Korzeniowski.

— Personnellement, bien sûr, non ; mais de vue, vous les connaissiez tous, expliqua Mortka.

Il avait fait quelques jours plus tôt la tournée des maisons des victimes avec la photo de Klaudia Kameron. La photo avait été prise environ un an auparavant. Et par exemple, Borowska n'avait pas voulu croire que la femme sur la photo était cette même Klaudia Klau de la télé, dont elle se moquait si souvent avec son mari. Mortka la comprenait : sans maquillage ni retouches, sans éclairage, et âgée de quelques années de plus, elle avait un tout autre aspect que sur les pochettes de disques.

En saison, les femmes du quartier allaient aux champignons dans le bois Kabacki. Il leur arrivait de temps à autre de bavarder en se réchauffant. De leur côté, les Filipek affirmaient que la femme sur la photo était celle avec qui on pouvait toujours papoter en faisant la queue pour payer à la caisse. Ils ne savaient pas comment elle s'appelait, mais ils avaient des connaissances en commun.

— Le jour de l'incendie, vous deviez aller dans un centre de cure, et votre mari aurait brûlé vif dans sa propre maison, continua le policier. Puis, vous auriez expliqué que vous étiez partie seule au centre de cure parce que votre mari était saoul, ou qu'il ne devait rentrer que le lendemain, je ne sais pas exactement. Toujours est-il que les choses n'ont pas fonctionné comme prévu... D'abord, le jour où Grocki devait mettre le feu à la maison, vous vous êtes disputée avec votre mari. Jan Kameron est entré en fureur quand il a appris que vous aviez réservé un week-end dans un spa. Vous n'aviez probablement pas les moyens de le payer... La situation a échappé à tout contrôle, et il vous a enfermée dans la garde-robe. Vous avez d'abord crié pour qu'il vous relâche, puis vous avez passé la moitié de la nuit à réfléchir à une façon de sortir de là. Vous avez réussi, mais trop tard. L'incendie faisait rage dans toute la maison. Comme vous avez fini à l'hôpital, vous n'avez pas pu savoir que les Korzeniowski avaient annulé leur voyage dans les Alpes en raison d'une maladie de leurs enfants. Et comme vous ne l'avez pas su, Grocki non plus.

Elle ne réagissait toujours pas. Elle restait là à écouter.

— Venons-en à Piotr Stelmach. J'ai ma théorie sur sa mort. Grocki, comme tout bonhomme, aimait se vanter. Il a su tenir sa langue longtemps, mais il a un jour raconté à Piotr, qui était une vieille connaissance de son patelin d'origine, que, pardonnez-moi l'expression vulgaire, il se farcissait l'ancienne candidate à Miss Pologne, la chanteuse Klaudia Klau. Piotr a fait le rapprochement lorsqu'il a vu votre photo en couverture de *Fakt* et lu l'article sur l'incendie et la mort de votre mari. Je suppose qu'il ne savait pas avec certitude si Pawel était bien l'incendiaire, mais il se trouvait déjà dans une situation désespérée. Il a voulu simplement le faire chanter : ou bien Pawel lui donnait l'argent, ou lui, Piotr, allait à la police raconter que Grocki était votre amant, et qu'il pouvait être impliqué dans l'incendie. C'est pour ça qu'il est mort. Tout bien considéré, c'est une ironie du sort que ce soit en fait Wyrwa qui ait tué votre mari. Ces incendies, la mort de deux enfants… Rien de tout cela n'était nécessaire. Si vous aviez attendu, vous auriez pu vendre légalement ces tableaux.

Il en avait terminé et il l'observa attentivement.

— Et vous avez des preuves pour illustrer toutes vos fables ? demanda-t-elle.

Il sourit. Il espérait donner l'impression d'un homme sûr de lui.

— Des indices, fit-il avec une nonchalance feinte. Quand j'ai parlé avec Grocki, j'ai été étonné par sa réaction lorsqu'il a appris que ce n'était pas lui qui avait tué Kameron. Il a eu peur. Pour moi, il était évident que Wyrwa avait tué Kameron, mais je ne le lui ai pas dit. L'idée que votre mari, contrairement à ce qui avait été écrit dans les journaux, ait pu survivre le terrifia. Maintenant, je sais pourquoi. Cela anéantissait tout le plan. Tous les dédommagements iraient à Kameron, et non à vous. Plus d'argent ! Par ailleurs, il y a quelques autres éléments. Par exemple, votre disque dédicacé avec votre signature…

— Lorsque je me produisais, après les concerts, je distribuais de nombreux autographes.

— Sur son disque, vous avez signé Klaudia Kameron. Vous aviez oublié votre nom de scène, c'est ça ?

Mortka nota qu'elle venait de réagir pour la première fois. Elle devait être étonnée et furieuse de s'être laissé prendre à cause d'une faute aussi stupide.

— Ce ne sont que des indices, monsieur l'inspecteur. Vous avez des preuves ?

— Pas encore, mais je vais en trouver. C'est une question de temps. Je vais vérifier vos factures et vos comptes mail. Vous deviez bien vous rencontrer quelque part… Peut-être chez lui ? Peut-être à l'hôtel ? Je trouverai des gens qui vous auront vus ensemble. Je prouverai que vous aviez une liaison. Je vous le promets.

Il s'était imaginé des centaines de fois cette conversation, il avait planifié ce qu'il devrait dire et essayé de prévoir ses réactions. Il espérait qu'elle nierait tout, qu'elle l'insulterait, le menacerait d'un procès, d'une plainte au procureur, qu'elle lui prouverait qu'il se trompait. Il n'avait pas imaginé qu'elle se contenterait d'éclater de rire. Et pourtant, c'est ce qui se produisit.

— Je vous en prie, monsieur l'inspecteur. Prouvez, prouvez… J'attendrai. Mais vous savez quoi ? Cela ne changera rien. Parce que je reconnaîtrai cette liaison. (Elle changea subitement de ton, passant des rires aux larmes.) Oui, monsieur le Président, c'est vrai, j'ai eu une liaison avec Pawel Grocki. Mais je ne savais pas que c'était lui, le pyromane. Pourquoi n'ai-je rien dit ? J'avais honte, monsieur le Président. J'avais honte ! C'était si douloureux.

Elle s'interrompit.

— Ou mieux. (Elle reprit le ton pleurnichard.) Oui, monsieur le Président, j'ai eu une liaison avec Pawel Grocki, mais j'avais rompu avec lui. C'est sûrement pour cette raison qu'il a mis le feu à ma maison et fait tout ça.

Elle retira ses lunettes d'un geste théâtral pour montrer à Mortka les cicatrices enflées de ses brûlures.

— Et vous savez quoi ? Les gens me pardonneront. Parce que je suis une star, monsieur l'inspecteur, et on pardonne tout aux stars. Et vous ne prouverez jamais que je lui aurais demandé de mettre le feu à toutes ces maisons. Parce que c'est bien vous qui l'avez tué. C'est vous qui avez foiré, monsieur l'inspecteur.

Elle remit ses lunettes, puis s'éloigna en s'appuyant sur ses béquilles.

Il ne l'arrêta pas. Silencieux, il la regarda entrer dans l'immeuble, saluer le gardien qui l'aida à avancer dans le couloir, puis disparaître dans l'ascenseur. Elle avait raison. Le seul à pouvoir la dénoncer, c'était Pawel Grocki, et Grocki était mort. Mortka ne réussirait même pas à prouver leur liaison. Il était suspendu. Par ailleurs, cela n'intéresserait plus personne. On avait trouvé et liquidé le coupable, l'affaire était close, le dossier remisé sur une étagère. L'important n'était pas de découvrir la vérité et de punir les coupables, l'important, c'étaient les chiffres d'élucidation que l'on pourrait ajouter aux statistiques pour se faire valoir auprès des supérieurs.

Quelqu'un se tenait juste derrière Mortka. Un homme. L'inspecteur sentit un souffle sur son cou.

— C'est elle ?

Mortka ne répondit pas. Il ne savait pas quoi dire. Et pourtant, c'était bien lui qui avait téléphoné à cet homme, lui qui l'avait fait venir ici. Car ce n'étaient pas les statistiques d'élucidation qui intéressaient l'inspecteur. Le sens de son travail, et ce qui le maintenait en vie, et ce qui lui laissait un peu de respect de soi, c'était que justice soit faite. Cela valait-il la peine d'être policier si aucune sanction n'était prononcée contre une personne responsable de la mort de deux jeunes garçons ?

— Tu n'en sauras jamais rien. Et si ça te dégoûte, tu n'as même pas besoin de dire un mot. Juste un signe. C'est elle ?

Mortka, malgré lui, hocha très lentement la tête.

Il entendit l'homme s'éloigner. Il se retourna et eut le temps de voir Borzestowski monter dans la Porsche Cayenne et rouler vers le centre.

Il se força à bouger. Il marcha sans but une bonne heure, avant de se décider à rentrer chez lui. Il savait qu'il ne pourrait plus se regarder dans un miroir jusqu'à la fin de sa vie. Mais il savait aussi que personne ne viendrait le fixer avec reproche dans ses rêves. Cela devrait lui suffire.

Épilogue

L'incarcération de son mari fut pour Katarzyna Hopla la meilleure chose de sa vie. Même si rien n'avait laissé prévoir une telle issue. Lorsqu'elle apprit ce qu'il avait fait, elle fut désespérée. De quoi pourrait-elle vivre ? Et son enfant ? Son mari la consola, répétant que tout irait bien.

Et, ô merveille ! pour la première fois de sa vie, il eut raison. Cela commença par une enveloppe arrivant au début de chaque mois dans sa boîte aux lettres, avec trois mille zlotys. Kazimierz n'en gagnait que deux, dont il buvait la plus grande part, ou qu'il perdait dans des machines à sous. Elle eut soudain suffisamment d'argent pour subvenir à tous ses besoins, et même pour en mettre de côté.

De plus, les malabars au crâne rasé qui avaient coutume de leur rendre visite avant que Kazik aille en prison disparurent. Ils les avaient menacés de les battre, de mettre le feu chez eux, ils avaient démoli leur voiture et l'armoire de l'entrée. Kazik leur avait emprunté de l'argent pour jouer, et il n'avait pas de quoi rembourser. Il avait tout perdu. Il ne lui avait jamais dit combien cela représentait.

Alors que la condamnation de Kazik avait paru à sa femme être une catastrophe, elle se révéla finalement être la solution à tous ses problèmes. Elle ne comprit pas comment cela avait été possible, mais préféra ne pas s'y intéresser. Elle se contenta de se réjouir de sa chance.

Kazimierz Hopla reconnut devant le tribunal sa responsabilité dans le décès de Klaudia Kameron. La chanteuse était morte à l'hôpital, trois heures après l'accident, des suites de traumatismes internes et de blessures nombreuses. Même si des doutes subsistèrent quant à savoir si Hopla était bien le conducteur, le procureur décida d'ajouter foi à ses déclarations. Hopla prit dix ans pour ce qu'il avait fait, avec de grandes chances de sortir plus tôt pour bonne conduite.

Il y en eut pour estimer le verdict trop clément.

FIN

PAPIER À BASE DE FIBRES CERTIFIÉES

Le Livre de Poche s'engage pour l'environnement en réduisant l'empreinte carbone de ses livres. Celle de cet exemplaire est de :
400 g éq. CO_2
Rendez-vous sur www.livredepoche-durable.fr

Composition réalisée par Soft Office

Achevé d'imprimer en février 2018, en France sur Presse Offset par
Maury Imprimeur – 45330 Malesherbes
N° d'imprimeur : 225693
Dépôt légal 1re publication : avril 2018
LIBRAIRIE GÉNÉRALE FRANÇAISE – 21, rue du Montparnasse – 75298 Paris Cedex 06

29/0805/5